키라임 파이

KEY LIME PIE MURDER

살인사건

조앤 플루크 지음 / 박영인 옮김

해문

키라임 파이

KEY LIME PIE MURDER

살인사건

등장인물

....

한나 스웬슨	'쿠키단지' 라는 베이커리 카페 운영
안드레아 토드	한나의 여동생, 부동산 중개인
미셸 스웬슨	한나의 막냇동생
마이크 킹스턴	위넷카 카운티의 경찰관
노먼 로드	레이크 에덴의 치과의사
리사와 허브 비즈먼	한나의 어린 동업자와 그녀의 남편
팸 벡스터	조단 고등학교 가정 교사
윌라 썬퀴스트	팸의 보조교사이며 대학 졸업반 학생
샘 웨버	루비의 의부이자 브리아나의 아버지
루비	딥 프라이드 캔디 바 부스의 주인
브리아나	루비의 이복 여동생
터커 스미스	브리아나의 약혼자
로니	미셸의 남자친구
마가리타, 클라라	홀른벡 자매로 한나의 이웃

6월의 둘째 주 월요일, 정확히 8시 45분에 한나 스웬슨은 비서의 책상 옆 기둥에 놓인 번호표 기계에서 번호표를 뽑아들고는 딱히 무어라 묘사할 거리가 없는 무미건조한 대기실의 역시나 무어라 묘사할 거리가 없는 의자에 풀썩 앉았다.

아주 뜨겁고 습한 날이었다. 매년 이맘때라면 당연한 날씨였다. 다른 주에서는 호수의 물고기들이 힘차게 뛰놀고, 마을 사람들의 살림살이 역시 수월할 이때에 미네소타만큼은 그 반대였다. 높은 습기와 열기 때문에 호수의 물고기들은 제아무리 맛있는 미끼가 유혹해도 강바닥에 붙어 떨어질 줄을 몰랐고, 사람들의 살림살이는 수월한 것과는 아주 거리가 멀었다.

농가를 소유한 사람은 더욱 그랬다. 한해 농사가 풍작이라면 독립기념일인 7월 4일쯤에는 옥수수라도 무릎 높이만큼 자라겠지만, 6월 둘째 주에 자라난 것이라곤 습도뿐이었다.

한나는 낮게 윙윙거리는 소리에 인상을 찌푸렸다. 그녀는 그 소리가 태풍의 구름이 몰려오는 소리가 아니라 좀전에 본, 축제 때 쓰일 놀이 기구들을 잔뜩 싣고 축제장을 향하던 큰 트럭에서 나는 소리이기를 간절히 바랐다.

오늘은 트라이 카운티 페어가 개최되는 첫날이다. 곧 정오가 되면 페어장의 문이 열릴 테고, 돌아오는 이번 한 주간 마을은 전시회를 보러 온 사람들과 놀이기구를 즐기는 사람들, 그리고 매일 오후에 열릴 로데 오에 참가하는 사람들로 부쩍 붐빌 것이다.

한나는 황토색 소매에 붙은 오렌지색 고양이털 몇 개를 손으로 툭툭 털어냈다. 떨어진 오렌지색 털들은 한나 옆에 있는 오렌지색 의자 위에 사뿐히 내려앉았다. 매주 청소기를 돌리는 데도 모이쉐의 털을 감당해 낼 수가 없었다.

한나와 함께 사는 오렌지와 흰색 고양이인 모이쉐는 하루에도 청소 기 먼지봉투 두 개 분량의 털을 마구 떨어뜨렸다. 오죽하면 한나가 집 에 오렌지와 흰색이 섞인 카펫을 깔고 오렌지와 흰색이 섞인 가구들로 싹 바꾸고, 녀석의 털이 빠지는 시기에는 오렌지와 흰색의 음식만 먹을 까 심각하게 고민까지 했을까.

물론 그렇게 한다고 해서 녀석의 털이 덜 빠지는 것은 아니겠지만, 어느 정도는 모른 척하고 살 수 있지 않겠는가? 적어도 얼마나 많은 털 가닥 위를 밟고 다니고, 앉고 다니며, 먹고 다니는지는 신경 쓰지 않아 도 될 테니까. 이런 종류의 의자라면 효과 만점이다.

한나는 고양이털이 정확히 어느 지점에 내려앉았는지 포착할 수 없 었다. 하지만 이런 의자에 장시간 앉아 있는 일은 절대 유쾌하지 않았 다. 이건 여느 대기실에서나 볼 수 있는 매우 흔한 의자였다. 기능면에 서는 우수할지 모르겠지만, 매우 불편하고 우스꽝스러운 모양을 하고 있었다.

한나는 몇 번이고 되풀이해서 손목시계를 내려다보는 일보다 왜 많 은 회사에서 대기실에 놓을 의자로 이런 종류를 사는지 생각해보기로 했다. 플라스틱 의자는 뭔가를 쏟거나 흘려도 염려할 필요가 없었고, 마구 다뤄도 흠집이 나지 않는다는 장점이 있었다. 게다가 단조로운 공간에 다채로운 색감을 더해 줄 수 있다는 점도 장점이다.

한나가 앉아 있는 의자는 여섯 개가 한 줄로 묶인 것이었는데, 그녀는 이걸 보면 도둑들이 무척 실망하겠다고 생각했다. 하지만 어떤 도둑이 이런 시시한 의자 따위를 탐내겠는가.

자세를 곧추세워 앉아 있으니 등이 아파지기 시작했고, 한나는 일부러 몸을 앞으로 숙였다. 하지만 통증은 더 심해졌다. 바로 앞에 놓인 의자의 등받이에 의자가 성인의 평균 신체 사이즈에 맞춰 제작되었다고 적힌 것을 본 한나는 의문이 생겼다.

정말로 평균에 딱 맞는 신체 사이즈를 가진 사람이 존재하기는 하는 것일까? 신장이 6피트(180㎝)가 넘는 사람들과 5피트(150㎝) 정도밖에 안 되는 사람들을 한 데 섞었을 때 나올 수 있는 평균 신장은 5.5피트(167㎝)다. 평균이란 고작 통계적인 수치일 뿐이다.

예전에 평균 사이즈라고 적힌 바지를 샀다가 낭패를 본 이후로 한나는 '평균'의 합리성을 믿지 않았다. 그때 샀던 바지는 큰 키의 사람에게는 짧고 작은 키의 사람에게는 긴, 애매모호한 길이였던 것이다. 물론 어딘가에 그 바지가 꼭 맞는 사람이 있을 수도 있겠지만, 한나는 지금껏 그런 사람을 만나보지 못했다.

이 의자가 정말 평균 체형에 맞게 제작된 것이라면 제조사에서 샘플로 측정한 모델의 신체 사이즈는 한나의 사이즈와는 아주 거리가 멀 것이다. 한나는 주위를 둘러보았다.

아무래도 이런 생각을 하는 건 그녀뿐이 아닌 것 같았다. 트라이 카운티 페어의 담당비서를 만나려고 대기실에서 기다리는 사람들은 모두 한나만큼이나 불편한 얼굴을 하고 있었다.

"스웬슨?"

마침내 비서가 한나의 이름을 불렀고, 한나는 딱딱한 정장에 중절모를 쓴 남자가 막 일어난 자리로 가 앉았다.

"허가증을 발행해 드리기 전에 몇 가지 개인정보가 필요해요."

여자는 서랍을 열어 서류철을 꺼내어 펼친 뒤 펜을 쥐고는 한나를 쳐다보았다.

"성함이 어떻게 되시죠?"

"한나 루이스 스웬슨."

"결혼은요?"

"미혼이에요."

"나이는?"

"서른."

한나는 살짝 한숨을 내쉬었다.

지금이 6월이니 한 달만 있으면 곧 서른한 살이 된다. 몇 살이 되어야 노처녀 반열에 드는 것일까? 작년에 서른이 되었을 때 이미 노처녀가 되어버린 것일까? 아니면 독신 여성들이 늘어나는 최근 추세에 편승하여 마흔이 되기 전까지는 노처녀 취급을 받지 않아도 될까?

이런 고민은 결코 엄마에겐 털어놓지 못할 것이다. 안 그래도 우리의 딜로어 스웬슨 여사께서는 장녀인 한나에게 생체시계가 물 흐르듯 흐른다는 잔소리를 해대고 있으니 말이다.

"주소는요?"

"메이타임 레인 4637가요."

한나가 자신의 아파트 주소를 불러주며 살짝 미소를 지었다. 비록 노처녀일지는 몰라도 나에겐 안락한 집과 사랑해 마지않는 일이 있다.

"시와 주는?"

"레이크 에덴, 미네소타."

"허가증을 신청하는 이유는 뭐죠?"

늘 그랬듯이 이번에도 한나의 오지랖이 넓었는지도 모르겠다. 하지만 조단 고등학교의 가정 교사인 팸 백스터가 새벽 6시부터 전화를 걸어서는 에드나 퍼거슨이 급성 맹장으로 급하게 병원에 실려 갔다는 소식을 전하는 데야 한나도 어쩔 도리가 없었다.

팸은 거의 빌듯이 에드나 대신 판정단원에 신청해줄 것을 간청했고, 한나는 흔쾌히 그러겠다고 했다.

"크리에이티브 아트 빌딩에서 열리는 제빵 경연대회의 판정단원으로 대신 참가하게 됐어요."

"정말 운이 좋으시네요!"

비서가 갑자기 친근한 미소로 한나를 올려다보며 말했다.

"그래요?"

"그럼요! 나도 판정단원이 얼마나 되고 싶었다고요. 디저트도 무척 좋아하는데다가 살도 빼고 싶거든요."

한나는 눈을 깜빡거렸다.

"살을 빼고 싶어서 제빵 경연대회의 판정단원이 되려 한다고요?"

"네, 그래요. 저희 이모는 초콜릿 공장에 취직해서 무려 30파운드(13.5kg)나 살을 뺐거든요. 공장에서는 이모가 원하는 대로 마음껏 캔디를 먹게 해줬는데, 며칠 지나고 나서는 캔디나 초콜릿은 입에 대지도 않지 뭐예요. 퇴직하신지 이제 10년이 됐는데 아직도 초콜릿은 쳐다보려 하지 않으세요."

"그 방법은 저한테 소용없을 거예요." 한나가 말했다.

"어째서요?"

"베이커리 카페를 운영하는데, 전 아직도 디저트를 좋아하거든요."

비서는 한나에게 허가증을 건네주며 한숨을 내쉬었다.

"아마 저한테도 소용은 없을 거예요. 혹시……, 그 베이커리 카페가

'쿠키단지' 아닌가요?"

"맞아요."

"어머, 파랑은 떼 놓은 당상이에요!"

"파랑이요?"

"파란 리본 말이에요. 그러니까 당신이 딴다는 이야기는 아니고요. 당신을 찍어서 사진 대회에 출품한 남자 말이에요. 어젯밤에 봤는데, 그 사진이 최고였어요."

5분도 채 지나지 않아 한나는 비서가 알려준 사진 전시장 입구를 물끄러미 바라보고 서 있었다. 사진 속 한나는 무척 자연스러운 모습을 하고 있었는데, 그녀는 사진이 찍힌 줄도 모르고 있었다.

어찌됐건 사진 속 한나는 무척 예뻤다. 내심 머금고 있던 한나의 미소가 얼굴 전체로 점점 더 환하게 번지더니 발끝까지 퍼져 나갔다.

사진을 바라보는 한나는 마치 온몸이 웃은 듯한 기분이었다. 정말 멋진 사진이다. 한나는 사진 속 주인공이 자신이라는 사실을 좀처럼 믿을 수 없었다! 무엇보다도 머리카락은 평소처럼 엉망으로 헝클어져 있지도 않았고, 색깔도 빨간색보다는 적갈색에 가까웠다.

그것도 모자라 사진 속 한나는 실제보다 10파운드(4.5kg)는 더 날씬해 보였다. 눈도 감지 않았고, 자세 역시 전혀 어색하지 않았을 뿐더러 입가에는 미묘한 미소까지 머금고 있었다. 이 사진은 그야말로 기적이다.

도대체 어떤 사진작가가 다른 사람도 아닌, 한나를 파란 리본에 합당한 피사체로 찍을 수 있단 말인가! 물론 노먼 로드가 있다.

한나의 파트타임 남자친구인 노먼 로드는 치과의사 일을 하면서 사진작가 일도 병행하고 있었는데, 그녀가 아는 한 그는 최고의 신랑감이었다. 하지만 불행하게도 한나는 흔쾌히 그를 선택할 수 없었다. 비록 머리로는 그를 선택하는 것이 현명하다는 것을 잘 알지만.

아마 결혼에 대한 마음의 준비가 덜 된 탓인지도 모른다. 엄마가 아무리 생체시계 운운하며 한나를 재촉한다 해도 적당한 때가 되기 전까지 한나는 결코 남자와 팔짱을 끼고 연단을 행진할 생각이 없었다.

혼자만의 생각 속에서 퍼뜩 깨어난 한나는 시계를 내려다보았다.

9시 30분. 10시에 팸과 그녀의 조교인 윌라 썬퀴스트를 만나기로 했으니 결혼에 대한 공상에 빠져 있을 시간이 없었다.

한나는 다시 사진을 쳐다보았다. 가로 2피트(60㎝), 세로 3피트(90㎝)의 커다란 사진 속 배경은 쿠키단지였다. 카운터 뒤에 걸린 거울에 창문에 새겨진 카페 로고가 선명하게 비춰 보였다. 아마 그 때문에 비서가 한나를 알아볼 수 있었던 모양이다.

한나는 카운터 뒤에 서서 매우 사랑스러우면서도 행복에 빛나는 눈길로 먼 곳을 응시하고 있었다. 분명히 무언가, 혹은 누군가 무척 사랑하는 사람을 떠올리는 듯한 표정이다. 한나는 자신이 그때 떠올린 그것이, 아니, 그 사람이 도대체 누구였을까 스스로도 궁금해졌다.

카운터 왼쪽 벽에 걸린 달력으로 한나는 날짜를 확인할 수 있었다. 이 사진은 로스 바튼과 영화 스태프들이 레이크 에덴에 머물렀을 때 노먼이 찍은 것이다. 벽에 걸린 시계는 거의 정오를 가리키고 있었으니, 조만간 로스와 스태프들이 점심을 먹으려고 쿠키단지에 당도했을 것이다. 한나는 자신이 아마도 옛 대학 친구인 로스를 생각하고 있었던 모양이라고 추측했다. 이제는 적어도 대학 동창 이상이 된 친구 말이다.

하지만 마이크 킹스턴도 있다. 한나는 레이크 에덴에서 가장 잘생긴 형사이자 잘 나가는 싱글인 그를 생각하고 있었는지도 모른다. 마이크를 생각할 때면 한나는 늘 얼굴에 미소가 떠나지 않고, 심장도 마구 쿵쾅거리니 말이다. 그것도 아니라면 노먼을 생각하고 있었는지도. 물론 그가 심장이 멎을 만큼 잘생긴 것은 아니지만, 그는 다정하고, 자상하고, 친절하고, 또……

"오, 이런!"

한나는 숨을 낮춰 나지막한 소리로 외쳤다.

자신이 왜 미소를 짓고 있었는지 기억해내지 않는 이상 그건 영원히 미스터리로 남을 수밖에 없는 일이다.

한나는 마지막으로 사진을 한 번 더 쳐다보고는 건물을 미련 없이 빠져나왔다. 그 유명한 모나리자도 왜 미소를 짓는지 아직 아무도 모르지 않는가.

한나는 푸드 코트 사이의 지름길을 택해 가로질렀다. 푸드 코트에는 갖가지 음식과 간식들이 진열된 소풍용 탁자들이 놓여 있었다. 탁자 중 몇 개는 개장을 위한 준비를 모두 끝낸 상태였는데, 한나는 '딥-프라이드 캔디 바'라고 적힌 표지판 앞에 멈춰 섰다.

표지판 밑에 조그마한 글씨체로 적힌 설명은 그저 슬쩍 한 번 보기만 했을 뿐인데도 군침이 돌게 하기 충분했다. '딥-프라이드 캔디 바'는 퍼넬 케이크(반죽을 기름에 튀겨서 만든 케이크)의 사촌 격이라고 할 수 있는데, 달콤하게 치댄 반죽을 뾰족한 막대기를 꽂아 차게 식힌 다음 먹음직스러운 황갈색이 돌 때까지 기름에 튀긴 디저트였다.

'딥-프라이드 캔디 바'를 파는 가게 이름은 '죄악의 열매'였는데, 한나는 아주 안성맞춤인 이름이라고 생각했다. 거기에 '영양가 전혀 없음'이라는 문구도 덧붙여야 옳지 않을까 생각했지만, 아마 그렇게 하면 아무도 사먹는 사람이 없을 것이다.

캔디 바의 종류가 무척 다양했기 때문에 한나는 '밀키웨이'를 고를까, '스니커스 바'를 고를까 한참을 고민했다. 하지만 바로 그때 누군가 한나를 부르는 소리가 들렸다.

한나가 고개를 돌려보니 푸드 코트 저쪽 편에서 안드레아가 한나를 향해 달려오고 있었다. 너무 열심히 달린 탓에 안드레아의 얼굴은 붉게 달아올랐고, 머리 위로 높게 올려 묶은 머리에서는 금발이 여러 가닥 흘러내려 목 주변으로 흩어져 있었다.

안드레아는 지극히 평범한 밝은 푸른색 바지에 그와 어울리는 민소매 블라우스를 입고 있었는데도 패션모델같이 멋져 보였다.

한나가 나지막이 말했다.

"놀라워, 정말이지, 놀라워."

마침내 한나에게 당도한 안드레아가 물었다.

"뭐가?"

"너, 너무 예쁘잖아."

"언니 눈이 나빠진 거 아니야? 지금 입은 옷은 진짜 오래된 것들이고, 머리도 다 헝클어졌단 말이야."

"그런데도 예뻐 보인단 말이야."

"그렇게 봐주니 정말 고마운데, 지금은 그런 얘길 하고 있을 때가 아니야. 언니 도움이 필요해서 급하게 달려왔어."

그때 '딥-프라이드 캔디' 바의 주인이 가게 문을 드르륵 열었다.

"저 '딥-프라이드 캔디 바'에 대해선 레이크 에덴 신문에서 읽었는데. 설마 사 먹으려던 건 아니겠지, 언니?"

한나가 부인하고 나섰다.

"아직 가게 문을 열지도 않았잖아. 여기 푸드 코트는 정오가 되어야 문을 연다구."

"그렇다면, 안심이야!" 안드레아가 손으로 부채질해댔다.

"저게 얼마나 칼로리가 높은지 언니한테 굳이 설명하지 않아도 될 테니 말이야. 아직 크리스마스 때 체중이 그대로지?"

"그래."

한나는 차마 안드레아 앞에서 나중에 페어가 정식으로 개장하고 나면 홀로 다시 이곳을 찾아 '딥-프라이드 캔디 바'를 사먹을 생각이라고 말할 수 없었다.

"근데 왜 내 도움이 필요하다는 거야?"

"일단 앉고 보자구. 내가 보여줄 테니."

안드레아는 커다란 느릅나무 아래 놓인 소풍용 탁자로 한나를 이끌었다. 그러고는 탁자 위를 한 번 쓸더니 가져온 파일을 펼쳐놓았다.

안드레아가 맏딸인 트레시와 함께 각기 다른 포즈로 찍은 네 장의 사진을 내려다보며 한나가 물었다.

"모전여전 콘테스트에 제출할 사진들이야?"

"맞았어. 노먼이 어젯밤에 가져다줬는데, 어느 걸 골라야 할지 모르겠어. 오전 10시까지는 사진을 제출해야 하는데."

안드레아가 시계를 내려다보며 살짝 얼굴을 찌푸렸다.

"이제 겨우 12분밖에 안 남았다구."

한나는 사진을 한 장 한 장 들여다보았다. 사진은 모두 비슷비슷하게 잘 나왔지만, 아주 미세한 차이로 유독 한 장이 눈에 띄었다.

"이거." 한나가 그 사진을 가리켰다.

"어째서?"

"네 얼굴 각도가 정확히 중앙을 가리키고 있잖아."

"정말이네."

대답하는 안드레아는 전혀 행복해 보이지 않았다.

"마지막 사진은 어때?"

"잘 나오긴 했는데, 둘이 그렇게 닮아 보이지 않아. 트레시는 카메라를 정면으로 바라보는데, 넌 시선이 살짝 비켜났잖아."

"나도 알아. 난 그냥……."

안드레아가 미세하게 떨리는가 싶더니 이내 한숨을 내쉬고 말았다.

"그냥 뭐?"

"그 사진에 머리 모양이 가장 예쁘게 나온 것 같아서."

"그건 맞아, 하지만 무슨 미인 선발대회에 제출할 사진이 아니잖아. 이건 모전여전 닮은꼴 대회에 제출할 사진이라구."

안드레아가 사진들을 챙겨 다시 파일에 넣었다.

"언니 말이 맞아. 언니가 골라준 사진을 낼게."

한나의 자매용 레이더망이 민감하게 반응하기 시작했다. 뭔가 문제가 있는 것이 분명하다. 안드레아는 지난 3분간 머리 모양에 대해 두 번이나 말을 꺼냈다.

돌려 말할 줄 모르는 한나가 단도직입적으로 물었다.

"머리 모양에 무슨 문제라도 있는 거야?"

안드레아가 눈물이 그렁그렁한 눈으로 외쳤다.

"그럴 줄 알았어! 언니가 눈치 챘다는 건 곧 마을 사람 전부가 눈치 채는 건 시간문제란 얘기야. 그이는 다 찾아냈다고 했지만, 몇 가닥 빠뜨린 게 분명해."

"찾아내다니, 뭘?"

안드레아는 심호흡을 한 번 한 뒤 용기를 내어 털어놓았다.

"흰머리! 금방 백발이 되고 말 거야, 언니. 난 이제 겨우 스물여섯 살인데, 어떻게 이럴 수가 있지? 심지어 엄마도 아직 백발이 아닌데 말이야!"

'현대 미용술의 도움을 받은 덕분이시지.'

한나는 생각한 것을 실제로 말하진 않았다. 나이보다 어려보이는 엄마의 외모에 큰 기여를 하는, '레이븐 윙'이라는 상표의 값비싼 염색약에 대해서는 절대로 함구하겠다고 엄마와 약속했기 때문이었다. 하지만 안드레아의 슬픔에 두 발을 담가버린 지금으로선 스핑크스의 지혜가, 아니, 정신과 의사의 지혜라고 해도 간절했다. 선의의 거짓말을 해서라도 일단은 안드레아를 안정시켜야 했기 때문이다.

"오트밀."

한나가 커다란 숄더백에 넣어 가져온 여분의 쿠키 꾸러미를 떠올리며 입을 열었다.

"뭐라구?"

"엄마가 그러는데, 오트밀이 노화방지에 그렇게 좋대. 매일 드신다던걸."

"콜레스테롤 감소에는 좋다고 들었어. 어떤 사람은 그걸로 얼굴 마사지도 한대."

안드레아는 잠시 생각에 잠겼다.

"정말 엄마가 그게 노화를 방지해준다고 믿고 있단 말이야?"

"그래. 하지만 이 얘긴 엄마한테 하면 안 돼."

"왜?"

"흰머리가 나는 것이 당연하게 여겨질 만한 나이라는 걸 상기시켜 드리면 안 될 테니까. 그런 얘길 했다가는 모욕으로 여기실 거야."

안드레아는 또다시 생각에 잠겼다.

"언니 말이 맞아. 말하지 않는 편이 낫겠어."

"그럼, 오트밀 방법 시도해볼 거야?"

그러자 안드레아가 얼굴을 찌푸렸다.

"난 오트밀 싫어해. 언니가 흑설탕 위에 오트밀을 뿌리고는 초콜릿칩으로 덮어 위장한 다음에 나한테 먹였던 거 기억나?"

"기억나고말고. 아주 효과만점이었지. 늘 그릇을 깨끗하게 비웠으니까."

"언니 생각으론 그랬겠지. 사실 난 흑설탕이랑 초콜릿칩만 먹고 남은 오트밀은 언니가 안 볼 때 브루노에게 먹였다구."

"정말이야?"

한나의 환상이 깨어져 버렸다. 영리한 방법으로 섭취하게 했다고 생각한 오트밀의 풍부한 영양분은 안드레아가 아닌 스웬슨가의 강아지가 섭취했던 것이다.

안드레아가 한나의 표정을 살피며 말했다.

"말 안 하는 게 나을 뻔했나?"

"괜찮아."

금방 또 다른 계획을 세운 한나가 미소를 지었다.

'지금껏 나를 속인 대가로 오늘부터 매일 오트밀을 먹게 할 테다!'

"브루노는 정말 예쁜 강아지였는데. 털 색깔이 얼마나 부러웠다고."

"그러게. 아주 부드럽기까지 했지. 난 지금도 아이리시 세터(적갈색의 새 사냥개)만 보면 목에 메."

한나는 심호흡을 했다. 방금 세운 계획에 바로 돌입할 참이었다.

"오트밀에 대해 솔직하게 얘기해줘서 고마워."

"왜?"

"브루노가 나이를 먹어도 흰털이 나지 않았던 이유를 이제야 깨달았거든. 바로 네가 먹인 오트밀 때문일 거야. 그걸 네가 먹지 않은 게 참 안타깝다."

안드레아는 끙 소리를 냈다.

"진작 알았으면 열심히 먹었을 텐데. 이제 너무 늦어버린 것 같아!"

"그렇지 않아. 엄마도 젊었을 때는 오트밀은 손도 대지 않으셨는걸."

"정말?"

"네가 그땐 너무 어려서 기억을 못 할지도 모르겠지만, 엄마는 아침으로 커피만 드셨어. 그리고 정오가 되기 전까지는 배가 고프지 않다고 하셨지. 근데 지금 생각해보니 그건 그냥 빈말이었던 것 같아."

"어째서?"

"다이어트 중이란 사실을 공개적으로 시인하고 싶지 않으셨던 거지. 엄마가 미셸을 낳고 나서 체중이 많이 느셨잖아. 그걸 빼느라 무척 고생하셨지."

"그럼 언제부터 아침을 드시기 시작한 거야?"

"내가 대학에 들어간 뒤부터일 거야. 그때는 내가 집에 있지 않았으니까 확실하지는 않지만, 처음으로 흰머리가 발견된 직후부터 오트밀을 드신 것이 분명해."

안드레아는 어깨를 살짝 으쓱해 보였다.

"좋아. 그럼 나도 그렇게 하겠어. 확률은 반반이지만, 오트밀보다는 흰머리가 더 싫으니까."

"잘 생각했어!" 한나가 가방에서 쿠키 꾸러미를 꺼냈다.

"오트밀을 좀더 맛있게 섭취하기 위해, 여기 선물이야."

"쿠키?"

"카렌 루드의 스웨덴 스타일 오트밀 쿠키야. 진짜 스웨덴 스타일로 구운 거라서 맛도 끝내줘. 카렌이 이사 가기 전에 엄마가 받아놓은 레시피로 만들었어."

"고마워, 언니. 오트밀 쿠키도 별로 좋아하지 않지만, 그냥 생오트밀을 먹는 것보단 나을 것 같아."

"하나 맛봐."

안드레아가 쿠키를 꺼내 한 입 베어 물었고, 천천히 쿠키를 씹더니 이내 '씩' 웃었다.

"맛있다! 맛있어, 언니!"

"맛있어 할 줄 알았어. 단조로운 쿠키지만, 어떤 때는 단조로운 게 최고지."

"우습게 들릴지도 모르겠지만, 이걸 먹으니까 언니의 정통 스타일로 구운 설탕 쿠키가 생각나."

"그럴 수밖에. 둘 다 버터가 많이 들어가는데다가 바삭하고 씹히는 느낌에 달콤한 맛도 똑같은걸. 하루에 꼭 세 개씩 먹는 거 잊지 마. 모자라면 카페로 와서 더 가져가. 여름에는 그 쿠키, 매일 구울 계획이니까 말이야. 녹아내리는 재료가 들어가지 않아서 더운 여름에도 오래 들고 있을 수 있으니 좋아."

한나가 시계를 내려다보더니 이내 얼굴을 찌푸리기 시작했다.

"어서 서둘러야겠어, 안드레아. 사진 제출 마감시간에 늦으면 안 되잖아."

"그렇지." 안드레아는 자리에서 일어나 몇 걸음 멀어지다 말고 한나를 돌아보았다.

"고마워, 언니. 무슨 일이 있을 때마다 늘 언니가 위로를 준단 말이야."

한나 역시 미소를 지어 보였다. 안드레아가 한나의 촌스러운 패션 감각이나 통통한 몸매에 대해 이러쿵저러쿵 잔소리를 늘어놓을 때면 몹시 짜증이 나기도 하지만, 그런 자매간의 알력다툼에서 이번 판은 단연코 한나의 승리였다.

스웨덴 스타일의 오트밀 쿠키 (카렌 루드)

오븐은 섭씨 176도로 예열합니다. 틀은 오븐 중앙에 둡니다.

재료

버터 1컵 / 백설탕 3/4컵 / 베이킹소다 1티스푼

밀가루 1컵(체질할 필요 없습니다) / 오트밀 2컵 / 계란 노른자 1개

만드는법

1. 전자레인지용 그릇에 버터를 담아 '강'으로 약 1분 30초 간 돌립니다. 그런 후 실온에서 식힌 다음 백설탕을 넣어 섞어줍니다.

2. 1에 베이킹소다, 밀가루, 오트밀을 넣고 골고루 섞이도록 저어줍니다.

3. 계란 노른자를 포크로 잘 풀어준 다음 위의 그릇에 넣고 다시 섞어줍니다.

4. 기본 사이즈의 쿠키틀에 기름칠(들러붙음 방지용 스프레이를 뿌려줘도 좋아요)을 한 뒤 반죽을 조그마한 공 크기로 떼어 틀 위에 올립니다. 약 12개 정도 올릴 수 있는데, 나열이 끝났으면 반죽을 위에서 눌러준 다음, 땅콩버터 쿠키를 만들 때처럼 포크로 십자 모양을 그립니다.

5. 섭씨 176도에서 10~12분 동안 굽습니다. 가장자리에 먹음직스러운 황갈색이 돌기 시작하면 완성입니다. 완성된 쿠키는 틀 위에서 2분 정도 식힌 다음 선반으로 옮겨 완전히 식힙니다.

"쿠키를 가져다줘서 너무 고맙다고 내가 인사했던가?"

세 명의 여성으로 구성된 판정단원의 단장인 팸 백스터가 또다시 쿠키로 손을 뻗으며 말했다.

"그럼요, 그것도 여섯 번이나요."

윌라 썬퀴스트가 곧이어 손을 뻗으며 물었다.

"저는요?"

"아마 일곱 번쯤 했을걸."

"뭐라고 부른다고 했지?"

"파인애플 딜라이트. 리사의 고모님인 어마 베이커에게서 아이디어를 딴 거예요. 고모님은 말린 자두를 사용하셨는데, 리사가 그걸 파인애플로 바꾼 거죠. 허브가 파인애플이라면 깜빡 죽거든요."

"쿠키 굽기 대회에 나가면 대상은 떼 놓은 당상일 거예요!"

윌라가 선언했다.

"아니, 그럴 수 없어. 대회 규칙에 따르면 베이커리 카페를 운영하는 사람은 대회에 출전할 자격이 없거든."

윌라가 웃음을 터뜨리며 말했다.

"하긴 그래야 다른 출전자들이 겨뤄볼 만하겠죠."

예쁘장한 외모의 20대 후반 윌라는 팸의 보조교사로서 막 한 학기를 끝낸 참이었다. 보수는 그렇게 많지 않았지만 팸과 조지 부부가 윌라에게 어마어마하게 싼값으로 자신들의 아파트 지하방을 세준 덕분에 윌라는 트라이 카운티 대학에서 교육학 학위를 마칠 수 있었다.

"대회 규칙에 대해 질문사항은 없어, 한나?"

팸이 조그마한 크기의 제빵 경연대회 심사를 위한 가이드라인 책자를 덮으며 말했다.

"없어요. 채점표만 보면 다 아는데요, 뭐. 제출한 심사물에 대해 여러 방면으로 1부터 10까지 점수를 매겨 넣으면 되는 거잖아요."

윌라가 말했다.

"채점이 끝나면 팸이 채점표를 모두 걷어가는 거죠. 그리고 그날 밤 안으로 점수들을 커다란 점수표에 옮겨 적은 다음 팸이 승인을 위한 서명하는 것으로 모든 과정이 끝나요."

팸이 책자에 달린 샘플용 채점표를 내려다보았다.

"그럼 채점 기준들에 대한 질문은?"

윌라가 얼굴을 찌푸리며 말했다.

"저, 궁금한 게 하나 있어요. 외관과 외형의 차이가 뭐죠?"

그러자 팸이 미소를 지었다.

"나도 같은 걸 물었더랬어! 외관은 심사물이 접시에 담겨 나왔을 때 겉으로 본 모양을 뜻하고 외형이란 샘플로 조각을 잘라내었을 때의 모양을 말해."

한나가 대답했다.

"그거 말 되네요. 외관을 통해 케이크의 장식이나 프로스팅을 평가하고, 외형을 통해서는 시식을 위해 자른 단면과 더불어 속까지 모두 평가할 수 있는 거겠죠."

여전히 모르겠다는 표정으로 윌라가 물었다.

"그럼 파이는요?"

"외관으로는 파이 껍질의 겉면과 머랭을 평가하고, 외형으로는 조각의 단면으로 커스터드 크림의 질감이나 안에 든 베리에 물이 너무 많지 않은지 등을 평가하는 거야."

윌라가 대답했다.

"이제 알았어요. 그럼 빵이나 커피 케이크는 어떻게 하죠? 오늘 밤 심사물이 바로 그거잖아요."

"팬에서 구운 거면 윗부분의 바삭함이 어떤지 눈으로 평가하고 가장자리에 황갈색이 잘 올랐는지도 보면 돼. 만약 커피 케이크라면 장식이라든가 과일 혼합 정도를 파악하면 되겠지. 롤이나 기타 빵, 도넛도 마찬가지고."

"알았어요." 윌라가 다시 책자를 내려다보았다.

"머핀도 그렇게 심사하면 되겠는데, 쿠키는 외관과 외형을 어떻게 구분 지어 평가하죠? 쿠키는 단면을 썰거나 할 수 있는 게 아니잖아요."

"한나?"

팸이 한나를 돌아보았다.

"좀 까다롭겠지만, 가능해. 어떤 쿠키 종류는 프로스팅도 하고 설탕으로 장식도 하니까. 그런 걸 외관으로 칠 수 있겠지. 또 견과류나 말린 과일로 장식하는 경우도 있잖아. 만약 장식이 전혀 없는 쿠키라면 오븐에서 얼마나 먹음직스러운 색감을 내며 구워졌는지를 보면 돼."

윌라만큼 알쏭달쏭한 표정으로 팸이 물었다.

"외형은 어쩌지?"

"외형을 평가하려면 한 입 베어 먹어 보거나 두 조각을 내면 될 거예요. 속이 든 쿠키라면 그 속이 잘 채워졌는지도 보고, 초콜릿칩이나 다진 견과류가 든 것이면 그 양이 어느 정도 들어갔는지, 너무 많이 들어갔는지 아니면 너무 적게 들어갔는지를 평가하고, 오븐에서 얼마나 전문적으로 구워냈는지를 보면 되고. 사실 쿠키는 각각의 경우에 따라 조금씩 달라요."

윌라가 말했다.

"한나가 판정단원에 포함되어서 정말 다행이에요. 쿠키를 심사하는 건 무척 어려울 것 같거든요."

"그래도 재미있을 거야. 오늘 밤 몇 시에 만나면 되죠?"

팸이 시간표를 확인했다.

"저녁 6시 이후면 좋겠어. 심사물 제출이 그때까지니까."

팸은 다시 윌라를 돌아보았다.

"8시면 끝나지, 윌라?"

"네, 미인대회가 끝나는 대로 바로 올게요. 커튼이 닫히고 나면 모두 자유롭게 귀가할 수 있을 테니까요."

그때 한나의 귀가 퍼뜩 열렸다.

"혹시 미스 트라이 카운티 선발대회를 말하는 거야?"

"네, 샤프롱(대회의 여성 도우미)으로 참여하게 됐어요."

한나가 말했다.

"우리 집 막내가 거기 출전하는데."

"미셸 스웬슨? 명부에서 이름을 봤어요."

"혹시 그 애를 보거든 엄마 집에서 보자고 전해줘. 난 심사를 마치는 대로 가겠다고 말이야. 오늘 아침 일찍 버스편으로 오기로 했거든."

윌라가 물었다.

"대학에서요?"

"맥칼레스터. 영화학 전공해. 근데 과연 이번 대회에서 이길 수 있을지 모르겠어."

"어쨌든 도전해봐야죠. 사진을 봤는데, 동생이 아주 예쁘던데요. 하긴 심사하는 데 예쁜 것만이 다가 아니지만요."

"재능? 성격?"

윌라가 고개를 젓자 팸은 알 수 없다는 듯한 표정을 지었다.

"그것도 포함되지만, 여느 미인대회에서처럼 그건 그저 일부일 뿐이에요. 하루는 이브닝드레스를 심사하고, 또 하루는 수영복을 심사하고, 다른 하루는 개인기를 심사하고, 나머지 하루는 아나운서와 인터뷰가 있거든요. 마지막 날은 즐기기 위한 무대로 참가자들이 관객들에게 뮤지컬을 선보일 거예요. 그리고 토요일 밤에 미인대회 행진이 있은 다음 심사단에서 우승자와 기타 상을 받을 참가자를 발표하죠."

한나가 물었다.

"그럼 미스 트라이 카운티가 다른 대회랑 다른 게 뭐지?"

"우린 참가자들의 인품도 봐요. 제가 가진 자료를 봐요."

윌라는 한나와 팸이 볼 수 있도록 가방에서 필기판을 꺼내어 보였다.

"참가자들은 정오까지 강당에 도착해서 저에게 등록 확인을 받아야 해요. 그리고 다양한 행사 장소에 제때 모습을 보여야 하죠. 언론사들과 인터뷰도 잡혀 있고, 오후에는 심사단 앞에서 대회 출전에 임해야 하고요, 매일 저녁 7시부터 8시까지는 관객들 앞에 서야 하죠. 그저 수영복을 입고 섹시한 포즈를 취하는 것 이상의 무언가가 필요해요."

한나가 말했다.

"하루 8시간 노동이야."

"그렇게 볼 수 있죠. 대회 기획자가 지금은 은퇴해서 애리조나에 사는데, 전화로 이야기한 적이 있어요. 그런 활동 계획들이 전부 다 참가자의 성숙 정도와 독립성을 시험하기 위한 거라고 하더라구요. 그런 기준으로 실제로 평가가 매겨지는 거예요. 그래서 제가 이런 자료를 가지고 있는 거구요."

한나는 필기판을 다시 내려다보았다.

"참가자들의 이름이 왼쪽 줄에 적혀 있네. 근데 윗줄에 적힌 숫자들은 뭐야?"

"각 숫자는 인품의 각 항목을 나타내요. 코드화되어서 누군가 내 필기판을 훔쳐본다고 해도 어느 참가자가 어떤 점수를 받고 있는지 알 수 없죠. 그저 숫자만 보일 뿐이니까요."

팸이 말했다.

"그렇다면 그 코드에 대해 우리한테 말해줄 리는 없겠군. 그래도 각 항목에 어떤 것들이 있는지는 알려주면 안 될까?"

"그 정도야 가능하죠. 하나는 불평지수예요. 행사 장소를 이동할 때마다 불평한다거나 그런 사항들을 언론과의 인터뷰 때 말한다거나 계속 웃는 게 힘들어 죽겠다는 둥, 처음부터 이런 대회에 참가하는 게 아닌 데라고 말하는 둥 투덜대면 바로 불평지수가 매겨지는 거죠."

"그렇구나." 한나가 대답했다.

"매번 우는소리 하는 사람을 반길 사람은 없을 테니까. 그럼 다른 항목들은 뭐야?"

"게으름 지수도 있어요. 만약 약속 시간에 늦거나 하면 바로 점수가 매겨지죠. 규칙 위반 지수도 있고요."

팸이 물었다.

"예를 들면?"

"음, 욕을 하면 안 되는 규칙 같은 거요. 참가자들은 참가자용 이름표를 단 동안에는 절대 욕을 하지 못하게 되어 있거든요. 어린 소녀들이 참가자들을 이상향으로 바라보고 있는데, 나쁜 롤 모델을 제시하는 꼴이 되면 안 될 테니까요. 만약 그런 규칙을 잊고 다섯 번 이상 욕을 하게 되면, 그 자리에서 바로 자격 박탈이에요."

한나가 물었다.

"그럼 다른 항목보다 좀더 중요하게 여겨지는 항목이 있는 거야?"

"그럼요. 뭔가 불법적인 일을 저질러도 예외 없이 바로 자격 박탈이에요. 반면 단순히 지각을 한다거나 계획된 일정에 나타나지 않는다거나 하는 등 상대적으로 덜 심각한 건 한 번의 기회를 더 줘요."

팸이 말했다.

"복잡한 것 같네."

"별로 그렇지도 않아요. 그냥 인생 같은 거라고 보면 될 걸요. 어떤 일의 결과는 다른 것에 비해 더 혹독하기도 하죠."

한나가 물었다.

"그래서 다른 미인대회보다 이번 대회가 더 공정하다는 거지?"

"제 생각으론 그래요. 사실 전 미인대회 같은 건 별로 좋아하지 않거든요. 근데 이번 건 제가 본 것 중 최고예요. 모든 참가자들이 공정하게 평가받거든요. 그렇게 평가한 점수들을 합산했을 때 기준에 미달하면 탈락하는 거죠."

"그럼 참가자들이 자격을 박탈당했을 때 네가 직접 알리게 되는 거야?"

"네."

"그것참 힘든 일이겠는데."

"그렇죠. 그래도 흔쾌히 하겠다고 했어요. 부디 중도에서 자격을 박탈당하는 사람이 없기를 간절히 바라야죠. 사전에 규칙은 모두 복사해서 나눠줄 거니까 다들 꼼꼼하게 인지하고 있을 거예요. 그리고 평소 행동사항에 대해 제가 불시에 평가하겠노라는 말도 해줄 거예요. 그리고 한 점만 더 잃으면 자격 박탈일 때는 공지도 해줄 생각이고요. 그러니 이보다 더 공정한 심사가 어디 있겠어요."

"난 쿠키 누크 부스에 들러서 더 필요한 기구들이 없는지 살펴봐야겠어요."

두 사람과 함께 크리에이티브 아트 빌딩에서 나오며 한나가 말했다.

그때 윌라가 물었다.

"저게 바스콤 시장님 부스인가요?"

"좀 더 정확히 말하자면 레이크 에덴 상업회 부스이긴 하지만, 바스콤 시장님이 이끌어가고 있으니까 그렇게 봐도 되겠지."

팸이 씩 웃었다.

"올해 선거가 있는 게지."

한나가 대답했다.

"맞아요. 근데 이번엔 경쟁자도 없어요."

윌라가 물었다.

"시장님께 도전할 만한 사람이 과연 있을까요?"

그러자 한나와 팸, 모두 고개를 설레설레 저었다.

윌라가 고집스럽게 되물었다.

"아무도?"

한나가 대답했다.

"없을걸. 모두 그가 레이크 에덴을 잘 이끌어가고 있다고 생각하니까."

"그리고 시장자리를 원하는 사람도 없고." 팸 역시 지적했다.

한나가 살짝 웃음을 터뜨렸다.

"그럴 만하죠! 뭔가 문제라도 생기면 다들 시장부터 찾으니까요."

"맞는 말이에요. 우리 반에 전기가 나갔을 때 바로 퍼비스 교장 선생님께 말씀드렸더니, 제일 먼저 하신 일이, 글쎄 샬롯을 시켜 시장님께 연락을……."

월라가 갑자기 하던 말을 멈추더니 얼굴이 금세 창백해져서는 입을 떡 벌렸다.

한나는 다급히 그녀의 팔을 잡았다.

"무슨 일이야?"

"아니……, 아니."

"어디 아픈 거야?" 팸이 월라의 다른 쪽 팔을 붙들었다.

"아뇨! 그냥 좀……, 앉아야겠어요."

한나가 말했다.

"푸드 코트 모퉁이로 데리고 가세요. 전 물을 좀 가져올게요."

한나는 가장 가까이에 있는 부스에서 물 한 잔을 따랐다. 그리고 돌아오는 길에 월라가 무엇 때문에 놀랐는지 주변을 둘러보았다.

근처에서 벌어지는 일이라고는 야외무대에서 선보이는 밧줄 던지기 시범뿐이었다. 몇몇 카우보이가 아이들에게 밧줄 던지는 방법을 가르쳐주고 있었다.

"고마워요, 한나."

한나가 월라에게 물컵을 건네주자 월라가 인사했다.

"무슨 일이지 모르겠는데, 갑자기 현기증이 났어요."

팸이 물었다.

"아침은 먹은 거야?"

"아뇨, 그래도 한나가 가져다준 쿠키를 많이 먹어서 배는 안 고팠어요. 아마 햇빛 때문에 그랬을 거예요. 햇빛이 너무 강해서 현기증이 난 거예요."

팸이 재빨리 고개를 끄덕였다.

"그럴 수도 있겠어. 잠시 여기 앉아 쉬다가 모자 파는 부스로 가자구."

"하지만, 팸. 정말로 모자는 필요 없는……."

팸이 윌라의 말을 가로막고 나섰다.

"아냐, 필요해. 내가 하나 사줄게. 열사병 때문에 우리 판정단원 중 하나를 잃을 순 없지!"

"그래서 우리 전부 모자를 장만했지."

한나가 이야기를 매듭지으며 리사에게 가방을 건넸다.

"여기 리사 것도 있어. 너무 예쁜데 값까지 싸. 행사로 두 번째 사는 모자는 겨우 1달러에 팔지 뭐야."

"고마워요, 한나."

가방을 열어 가장자리에 빨간 꽃 장식이 달린 하얀 밀짚모자를 꺼내 드는 리사의 표정이 환하게 밝아졌다.

"너무 멋져요."

한나는 미소를 지었다.

모자 판매 부스에서 나오면서 한나는 바스콤 시장의 부스에 들러 파인애플 딜라이트 열 상자를 주문받았다. 그러고는 분주할 오후 타임의 카페를 도우러 쿠키단지로 돌아온 길이었다.

진한 커피를 한 모금 마시려고 머그잔을 들어 올리며 리사가 물었다.

"근데 다들 어디 간 거죠? 물론 불평하는 건 아니구요."

"나도 마찬가지야." 한나도 동의했다.

두 사람은 가장 좋아하는 뒤쪽 테이블에 앉아 점심 쿠키를 먹기엔 이르고 아침 쿠키를 먹기엔 너무 늦은 한가로운 시간을 즐기고 있었다.

"제가 파인애플 딜라이트 반죽을 하는 동안 한나는 여기서 손님을 기다리고 계시겠어요? 아니면 한나가 반죽하고, 제가 홀을 지키고 있을까요?"

"뭐?"

깜찍한 동업자를 끔뻑이는 눈길로 바라보며 한나가 되물었다.

어젯밤에 잠을 많지 자지 못해 눈을 제대로 뜨고 있기조차 어려웠다. 리사는 서빙할 때 입은, 카페 로고가 새겨진 앞치마를 두르고 있었는데, 앞치마 끈으로 허리를 두 번이나 감아 매었다.

한나는 또다시 눈을 끔뻑거렸다. 가게 로고 옆에 그려진 쿠키 그림은 사람이 베어 문 모양으로 한 조각이 없어진 모양이었는데, 마치 기적이 일어나는 것처럼 반짝이고 있었다.

"한나가 여기 있는 게 낫겠어요. 엎드려서 잠깐 눈이라도 붙이세요. 다들 페어에 가고 없는데다가 친구들이 오면 알아서 커피랑 쿠키를 먹고, 계산도 한 뒤에 돌아갈 테니까 염려할 것 없을 거예요."

리사의 말대로 하는 것이 좋겠다.

어젯밤에는 모이쉐 걱정 때문에 제대로 잠을 청하지 못했다. 평소라면 침대 위 한나 옆으로 다가와 2초 만에 코를 골다가 녀석이 가장 좋아하는 침대 발치 자리로 옮겨 새근새근 잠을 잤을 텐데, 어젯밤 모이쉐는 침대로 오지 않고, 거실에서 밤을 새우는 바람에 한나는 몇 번이고 거실로 나가 녀석이 잘 있는지 확인해야만 했다.

모이쉐가 제법 평온한 얼굴로 창밖을 응시하는 것을 확인한 뒤에야 한나는 침대로 돌아와 얼마 남지 않은 잠을 간신히 청할 수 있었다.

"좋아."

한나가 동업자를 향해 감사의 미소를 지어 보였다.

"리사가 얼마나 보석 같은 존재인지 내가 최근에 말한 적 있던가?"

"네, 지난주에요. 보석이라면 기왕이면 사파이어였음 좋겠네요."

"왜?"

"사파이어가 바로 제 탄생석이거든요. 파란색 사파이어는 정말이지 너무 예뻐요."

그 말을 마지막으로 리사는 작업실로 사라졌고, 한나는 너무나 절박하게 테이블 위로 엎드렸다.

대학 시절 첫 학기, 아침 8시에 시작했던 지리학 시간에도 한나는 늘 이랬다. 교수님은 늘 프로젝터로 지도를 제시하며 강의를 진행했는데, 어둑어둑한 조명 탓에 금세 고개를 떨어뜨리곤 했던 것이다.

한나는 매번 지리학 시간이면 그렇게 좋았지만, 스터디 그룹의 일원인 반 친구에게 직접 만든 쿠키를 날라다 준 덕분에 간신히 시험만은 통과할 수 있었다.

파인애플 딜라이트

오븐은 섭씨 176도로 예열합니다. 틀은 오븐 중앙에 두세요.

재료

파인애플 추출액 2티스푼(대신 바닐라를 사용하셔도 됩니다)

말린 파인애플 다진 것 2와 1/2컵(다진 다음에 측량하셔야 해요-말린 파인애플을 구하지 못하셨다면 다른 말린 과일을 사용하셔도 됩니다. 초콜릿칩 크기로 다지세요)

다진 코코넛 플레이크 1/2컵(다진 후에 측량하세요)

롤드 오트 (껍질을 벗겨 찐 다음 밀대로 으깬 귀리) 3컵

거품 낸 계란 4개 분량(포크로 휘저으세요) / 밀가루 4컵

베이킹파우더 1티스푼 / 베이킹소다 1티스푼

버터 2컵 / 황설탕 2컵 / 백설탕 2컵 / 소금 1티스푼

만드는법

1. 그릇에 버터를 담아 전자레인지에 녹입니다(강으로 3분). 설탕을 넣고 잠시 식힙니다. 그런 후 거품 낸 계란과 베이킹파우더, 베이킹소다, 소금, 그리고 파인애플 추출액을 넣습니다. 마지막으로 밀가루를 넣은 뒤 다진 파인애플과 다진 코코넛, 롤드 오트를 넣고 골고루 반죽합니다. 완성된 반죽은 다소 딱딱할 거예요.

2. 쿠키틀에 기름칠을 합니다(저는 반죽을 동그랗게 굴려서 구웠답니다).

3. 섭씨 176도에서 12~15분 동안 굽습니다. 틀 위에서 2분 간 식힌 뒤 선반으로 옮겨 완전히 식힙니다.

4. 쿠킹호일에 담아 냉동실에 얼려 놓고 먹어도 좋답니다.

어-오! 마이크 킹스턴이 있다. 그리고 노먼 로드도 함께였다.

두 사람은 연단 위에서 한나를 기다리고 있었다! 조만간 이 교회 안에서는 싸움이 벌어지고 말 것이다. 이건 모두 한나의 잘못이다.

도대체 어쩌자고 두 사람의 청혼을 모두 받아들이고 말았단 말인가!

두 사람이 이야기하는 소리가 들렸는데 전혀 화가 난 것 같지 않다. 마이크가 무슨 말인가 하자 노먼이 웃음을 터뜨렸다.

두 사람은 천하에 둘도 없는 친구 사이인 것처럼 굴고 있었고, 그걸 본 한나는 왠지 마음이 놓였다. 적어도 둘 중 하나를 선택할 필요가 없으니 말이다. 아마 그새 법이 바뀌어 한꺼번에 두 명의 남편을 맞이하는 일이 불법이 아니게 된 모양이다.

노먼이 커피에 대해 뭔가 말을 꺼내고는 앞줄 좌석 자리를 대신 꾸민 카운터로 다가갔다. 거긴 크누드슨 목사의 할머니인 프리실라가 즐겨 앉는 자리였는데, 한나는 새삼 할머니 건강이 괜찮으신지 걱정되었다. 80대 노인에게는 무더운 여름날의 감기도 위험할 수 있으니 말이다.

카운터 뒤에는 커피포트가 있었는데, 한나는 교회의 할아버지, 할머니들이 과연 그걸 두고 어떻게 생각하실지 궁금해졌다. 교회의 지하실이나 예배당의 뒤쪽에 놓인 커피는 언제든 환영이겠지만, 연단의 바로 앞에 놓인 커피포트는 크누드슨 목사의 설교를 방해할 수 있다고 생각하지 않겠는가. 게다가 결혼식이 있는 연단 바로 앞에 커피포트는 모욕적으로 느껴질 수도 있다.

하지만 모두들 한나가 커피를 얼마나 사랑하는지 잘 알고 있으니, 하느님께서도 너그러이 용서해주시리라 믿는다. 지난달 크누드슨 목사는 애니스 보즈가 조그마한 티컵 푸들 강아지를 안은 채 연단에서 인사하는 것을 허용해준 바 있었다.

커피의 향은 그야말로 환상이었다. 한나는 절로 코가 찡긋거려지고, 입 안에 침이 돌았다. 커피는 한나가 좋아하는 것 중 하나다. 당장에라도 가서 한 컵 따라 마시고 싶었다. 근데 신부가 미리 모습을 보여도 괜찮은 걸까? 그것도 커피를 마시러? 아니면 마이크나 노먼에게 부탁하는 편이 좋을까?

하지만 어쩐지 두 사람의 목소리는 전혀 마이크와 노먼 같지 않았다. 한 명의 목소리는 여자 목소리라고 보는 것이 더 나을 듯했다. 두 개의 목소리는 뭔가에 대해 우스갯소리를 나누고 있었다.

"한나? 커피 좀 가져왔어요."

노먼의 목소리가 너무 하이톤이다. 하지만 한나는 전혀 개의치 않았다. 커피를 가져왔다는 데 무엇이 대수랴! 노먼과는 이심전심으로 마음이 통하는 모양이었다. 이제 그토록 원하던 커피를 손에 넣었으니, 초콜릿만 있으면 완전히 행복할 것 같았다.

"그리고 블랙 앤 화이트도 조금 가져왔어요. 초콜릿이 필요할 것 같아서요."

마이크의 목소리 역시 평소와는 조금 달랐지만, 이 역시 한나는 개의치 않았다. 이건 기적이 분명하다. 마이크와도 마음이 통하지 않았는가. 이러니 두 사람 모두 연단에서 한나를 기다릴만하다!

그만한 가치가 있는 두 사람이다! 둘 다 이렇게 한나와 텔레파시가 통하고 있으니 결혼해도 마땅하리라.

"하겠어요."

한나는 눈을 번쩍 뜨며 두 사람을 향해 미소를 지었다. 하지만 금세 이곳이 교회가 아니라는 사실을 깨닫고 말았다.

한나는 쿠키단지의 테이블에 앉아 있었고, 리사가 건너편에 앉아 있었으며, 그 옆에는 리사의 남편인 허브가 함께였다. 결혼식 같은 건 어디에도 없었다. 한나는 눈을 마흔 번이나 끔뻑거린 뒤에야 그 모든 것이 꿈이었다는 사실을 깨달았다.

허브가 물었다.

"하다니, 뭘?"

한나는 멍한 표정으로 그를 쳐다보았다. 허브가 무슨 말을 하는 것인지 도통 알 수가 없었다.

"갑자기 화들짝 일어나서는 우릴 향해 배시시 웃으며 하겠다고 했잖아."

"오." 한나는 재빨리 생각했다.

"그게, 그러니까……, 네가 초콜릿이 필요할 것 같다고 했잖아. 그래서 대답한 거야. 필요하겠다고 말이야."

허브가 난처한 질문을 더 쏟아내기 전에 한나는 리사를 향해 고개를 돌렸다.

"지금 몇 시지?"

"오후 2시 30분 조금 넘었어요. 정오까지 손님이 한 명도 없길래 아예 카페 문을 닫았어요."

허브가 말했다.

"메인가에 있는 가게들은 모두 일찍 문을 닫았어. 아무도 영업을 안 해. 심지어는 로즈의 카페도 말이야. 다들 페어장에 간 것 같아."

"그렇구나."

한나는 커피를 한 모금 마시고 쿠키를 한 입 베어 먹었다. 예상한 만큼이나 맛있었다. 커피와 초콜릿만큼 환상적인 궁합도 드물 것이다.

그때 리사가 허브의 손을 잡았다.

"오늘은 교통 운행도 금지된 날이라 바스콤 시장님이 허브에게 휴가를 주셨어요."

허브가 제안했다.

"그러니까 쿠키 반죽하는 걸 도와줄게. 아니면 배달이라도 다니던가, 그것도 아니면 한나는 집에 가서 하루 쉬든지 해. 내가 대신 있을 테니까."

리사의 눈이 반짝이는 것이 보였다. 두 사람은 이제 결혼한 지 4개월째였는데, 좀처럼 같이 시간을 보낼 짬이 없었다. 둘 다 한 주에 6일 이상을 일하는데다가 일요일에는 허브의 어머니와 리사의 아버지와 함께 시간을 보내기 때문이었다.

한나가 허브를 돌아보며 말했다.

"배달 건이 하나 있긴 해. 대신 리사도 같이 데려가야 해."

"좋아. 어딘데?"

"페어장. 리사가 방금 구운 파인애플 딜라이트를 쿠키 누크에 배달하면 돼."

한나는 리사를 향해 미소를 지었다.

"우리 손님들도 모두 페어장에 가 있으니까 지금 카페에 있는 쿠키를 모두 포장해서 페어장에 가져가 봐."

"좋아요. 샘플용으로 몇 개 남겨두고 남은 것은 모두 포장할게요."

"그래."

리사가 기억하는 것이 한나는 내심 반가웠다.

쿠키가 모두 팔린 것이 아니라면 한나는 늘 남은 쿠키를 포장해서 트럭에 가져다 두었다. 그렇게 가져다둔 쿠키 샘플은 종종 유용하게 사용되곤 했는데, 특히 사업 확장에 아주 큰 도움을 주었다.

리사가 시계를 내려다보며 말했다.

"45분 정도면 충분히 다녀올 거예요. 그러니까 늦어도 오후 3시 30분까지는 올 수 있을 거예요. 갔다 와서 내일 구울 쿠키 반죽을 해놓을게요."

그러자 한나가 고개를 저었다.

"그건 내일 아침에 하자. 메뉴 중에 굽기 전에 많이 숙성시켜야 할 쿠키도 없으니까."

"음, 그렇다면……."

리사가 망설였다. 뜻하지 않게 하루 휴가를 얻은 것이 왠지 마음에 걸리는 모양이었다.

"정말 괜찮아. 나도 몇 가지 마무리만 지어놓고 바로 집에 갈 거야."

리사가 쿠키를 포장하는 동안 한나는 커피를 한 컵 더 따랐다. 그러고는 허브의 순찰차에 박스 나르는 것을 도왔다. 허브와 리사가 순찰차를 타고 멀어지는 것을 보며 한나는 리사가 허브의 옆자리로 옮겨 탄 뒤 그에게 가까이 붙어가는 것을 보았다. 두 마리의 다정한 잉꼬 새가 러브 모드로 가득 찬 오후 시간을 보낼 거란 사실은 삼척동자가 봐도 알 만한 사실이었다.

1시간 후, 한나는 아파트 문을 열었다. 모이쉐의 평소 환영의식에 대비해 만반의 준비를 한 채였다. 녀석의 환영의식은 2년이 지나도 변함이 없었다. 한나가 문을 열었다 하면 모이쉐는 그녀의 품 안으로 번개처럼 달려들어 한나를 뒤로 주춤하게 하였다.

로켓처럼 솟아오르는 모이쉐의 모습을 볼 때마다 한나는 레이크 에덴 역사학회에서 본 적이 있는 오래된 사진 한 장이 떠올랐다. 한나의 할아버지와 동료가 에덴 호숫가에 둥글게 서서 큰 가죽공을 서로 던지며 노는 모습의 사진이었다. 엄마의 자체 조사에 따르면, 사진 속 공은 무려 20파운드(9kg) 이상 나간다고 했다.

지난번 모이쉐를 수의사에게 데려갔을 때 체중이 23파운드(10kg)였으니 모이쉐의 이런 환영의식을 한나는 이제 그저 운동이려니 하고 받아들여야 할 것 같았다. 하긴 사실을 말하자면 한나가 하루에 하는 운동은 이뿐만이 아니다. 매일 커다란 설탕과 밀가루 포대를 나르고, 커피를 리필하고 쿠키 등을 나르느라 카페 홀을 하루에도 몇 번이고 왔다 갔다 하지 않는가.

한나는 우두커니 서서 모이쉐의 출현을 기다렸다. 하지만 아무 일도 일어나지 않았다. 문은 이미 열렸지만, 모이쉐는 어디에도 모습을 보이지 않았다. 놀란 한나는 황급히 집 안으로 들어서서는 의자 위에 가방을 아무렇게나 던져놓았다.

"모이쉐?"

겁에 잔뜩 질린 채 한나가 모이쉐를 불렀다.

하지만 대답은 없었다. 불길한 예감에 한나는 온몸이 서늘해졌다. 녀석이 멍한 표정으로 창밖을 내다보던 오늘 아침에 바로 수의사에게 데려갔어야 했던 건데 그랬다.

동물들은 아파도 스스로 아프다고 말할 수 없으니 인간들은 그들의 신호를 잘 간파하고 있어야 한다. 이를테면 평소와 다른 행동도 일종의 신호라고 볼 수 있을 테다. 녀석은 한나에게 그걸 표현하고자 했던 건데 바보 같고 무책임한 한나는 그 신호를 무시해버리고 말았다!

진정하자, 한나는 속으로 생각하며 심호흡을 했다. 당황해봤자 좋을 것이 없다. 일단 마음을 진정시키고 차분하게 생각해야 한다. 그런 후 모이쉐를 찾아서는 어디 아픈 곳이 없는지 제대로 살펴야 하겠다.

한나는 주방으로 향했다. 어쩌면 먹이그릇에 머리를 박고 열심히 식사 중인 탓에 한나가 오는 소리를 듣지 못했을지도 모른다. 하지만 키티 크런치가 수북이 쌓인 먹이그릇 주변에도 녀석은 털끝 하나 보이지 않았다. 대신 한나를 더욱 놀라게 한 것이 있었다.

아침에 카페로 나가기 전에 가득 부어준 키티 크런치가 아직 그대로라니 믿을 수 없었다. 늘 너 먹고 싶어서 안달인 녀석이 지금까지 먹이에 손끝 하나 대지 않았다니, 이건 정말 말도 안 되는 일이다!

"어-오."

크런치가 수북이 담긴, 모이쉐의 가필드 먹이그릇을 바라보며 한나는 끙 소리를 냈다. 이맘때쯤이면 그릇은 텅 비어 있어야 정상이고, 녀석은 그 앞에 앉아 더 달라며 야옹거려야 정상이다. 무언가 심각한 일이 벌어지고 있음이 틀림없다.

한나는 주방에서 모이쉐가 평소 잘 다니던 곳을 모두 들여다보았지만, 녀석은 없었다. 이제 몇 년만 더 묵으면 앤티크 반열에 들어설 포마이카 테이블 밑에도 없었고, 휴지통 뒤의 후미진 곳에도 없었다.

녀석은 주방에 없었다. 먼지 뭉치로 변신하여 2인치 높이밖에 안 되는 냉장고 밑 틈에 들어가 숨은 것이 아니라면 말이다.

다음은 세탁실이다. 한나는 세탁기 뒤를 확인하는 것은 물론 너무 좁아 녀석이 들어설 틈도 없는 건조기 뒤도 살펴보았다. 그때 모이쉐가 화장실로 사용하는 모래 상자의 모래 한 부분이 젖어 있는 것이 눈에 띄었다. 이건 곧 오늘 아침에 한나가 모래를 새로 갈아주고 나서 녀석이 한 번 이상은 모래 상자를 사용했다는 의미다.

이건 그나마 좋은 징조다, 그렇지 않은가?

한나는 복도를 따라 침실로 향하다가 손님방의 문이 열린 것을 보고는 발걸음을 멈추었다. 모이쉐가 틈만 나면 손님방으로 들어가, 엄마가 언젠가 크리스마스 선물로 준 값비싼 침대 덮개에 아플리케로 장식된 나비들을 자꾸만 긁어댔기 때문에 손님방은 늘 문을 잠가두는데, 이상한 일이다. 문의 잠금 걸쇠가 저절로 풀렸는지도 모르겠다.

엄마의 소중한 나비들이 철 따라 이곳저곳으로 옮겨 다녀야 하는 이주의 고통보다 더 혹독한 시련을 겪기 전에 앞으로 손님방 문단속을 더 꼼꼼히 챙겨야겠다고 한나는 생각했다.

한나는 손님방 안에 빠끔히 머리를 들이밀었다. 하지만 침대 위에 모이쉐는 없었고, 침대 덮개도 그대로였다. 무사한 나비들을 확인한 한나가 막 문을 닫으려는데 눈동자의 움직임이 포착되었다.

한나가 불렀다.

"모이쉐?"

"냐아아아아옹!"

힘차고 우렁찬 모이쉐의 울음소리에 한나는 큰 안도의 한숨을 내쉬었다. 모이쉐는 괜찮아 보인다. 근데 도대체 무엇 때문에 한나를 마중나오지 않은 것일까? 그리고 왜 먹이를 먹지도 않았을까?

방 안으로 들어선 한나는 모이쉐를 발견하자마자 얼굴을 찌푸리고 말았다. 믿을 수 없게도 모이쉐는 손님방 창가 틀 위를 아슬아슬하게 걸으며 아파트 밖, 홀른벡 자매가 사는 집을 쳐다보고 있었다.

자매의 집에는 아무도 없었다. 오늘은 월요일이니 자매가 모두 오후 내내 레이크 에덴 병원에서 자원봉사 일을 하고 있을 것이다.

홀른벡 자매는 둘 다 본업에서 퇴직한 상태였다. 마가리타는 유치원 선생님으로 40년을 일했고, 클라라는 레이크 에덴 법원의 속기사로 42년간을 일했다. 두 사람은 틈만 나면 한나에게 나머지 인생은 남을 위해 봉사하면서 살고 싶다고 했고, 실제로 둘은 활동적인 교회 신도이기도 했다.

한나가 두 자매를 처음 만난 것은 그녀가 이 아파트로 이사 온 첫 날이었는데, 자매는 한나를 저녁식사에 초대해 클라라가 직접 만든 멕시코 요리들을 대접했다. 햄버거와 옥수수, 그렇게 맵지 않은 초록색 칠리, 잘게 다진 치즈, 그리고 토마토 양념 소스로 만든 캐서롤이었는데, 위에는 캐서롤 안에 들어간 것보다 더 잘게 썬 치즈와 역시 잘게 부순 옥수수 칩을 얹어서 바삭바삭한 맛을 더했다.

마가리타는 음료를 준비했는데, 자신의 이름과 비슷한 마가리타에 독한 데킬라 대신 백포도주를 넣어 내어주었다. 자매가 독한 술에 약했기 때문이었다. 자매가 준비한 요리와 음료의 궁합은 그야말로 환상이었다.

"뭐 하고 있었어, 모이쉐?"

한나가 좁다란 창가 위를 걷는 모이쉐에게 다가갔다.

녀석이 쳐다보는 창밖을 내다보았지만, 자매의 집 창문에는 커튼이 쳐 있어서 아무것도 보이지 않았다.

"저기엔 아무도 없어. 클라라와 마가리타는 오늘 병원에 갔어."

"야옹!"

모이쉐는 한나의 이야기가 틀렸다는 듯 큰소리로 울었다.

하지만 한나가 녀석을 안아 올려 부드럽게 쓰다듬자 녀석은 금세 잠잠해졌다. 그뿐만 아니라 한나의 볼을 핥기까지 했다. 어지간히 기분 좋은 때가 아니면 볼 수 없는 행동이었다.

"고마워."

한나는 답례로 모이쉐의 귀를 살살 긁어주었다. 그런 후 녀석을 안은 채 손님방에서 나와 방문이 잘 잠겼는지 확인하고 그 길로 주방으로 가 녀석의 먹이그릇 앞에 모이쉐를 내려주었다. 그러자 녀석은 불시에 원망스러운 눈길을 하고서는 마치 이렇게 말하기라도 하는 듯 한나를 쏘아보았다.

도대체 날 여기에 왜 데려온 거야? 크런치 따위는 관심 없다구.

"알았어. 잠깐 옷 갈아입고 와서 더 맛있는 거 줄게."

한나는 약속을 한 뒤 침실로 향했고, 그런 한나의 뒤를 모이쉐가 졸졸 따랐다. 몇 분 후 한나는 마침내 옷 갈아입기를 끝냈다. 엄마가 봤으면 미스 트라이 카운티 콘테스트에 출전하는 후보자의 언니다운 옷차림이라고 생각했을 법한 의상이었다.

한나는 머리카락을 빗은 뒤 미셸이 생일 선물로 사준 머리핀으로 한데 묶어 올리고선 모이쉐를 돌아보았다.

한나는 모이쉐에게 물었다.

"어때?"

한나는 지금 엄마가 몇 년 전에 사준 가벼운 여름 정장을 입고 있었다. 바지와 웃옷의 천은 주름이 잔뜩 들어간 소재였는데, 그걸 볼 때마다 한나는 아버지가 입으시던 가로 줄무늬의 박직 리넨(청색과 백색의 줄무늬가 들어 있는 인도산 천) 바지와 재킷이 생각났다. 한나의 옷은 흰색 줄이 들어간 남색 의상이었지만, 아버지의 옷은 흰색 줄이 들어간 황갈색 의상이었다. 이제 생각해보니 아버지의 의상도 엄마가 사준 것이었다. 그리고 아버지도 한나처럼 그 옷을 좋아하지 않으셨다.

한나가 잠시 추억에 잠긴 사이에도 시간은 거침없이 흘렀고, 한나의 패션 감각에 대한 엄마의 조언에 반항하는 것보다 지금은 끼니를 때우는 일이 더 중요했던 한나는 추억에서 퍼뜩 깨어났다.

"어차피 갈아입을 시간도 없어."

한나는 다시 주방으로 향했다. 그녀는 주방에 도달하자 모이쉐를 다시 바닥에 내려놓았다.

"참치?"

바다의 닭고기라고도 할 수 있는 참치를 무척 좋아하는 모이쉐에게 한나가 물었다. 하지만 모이쉐는 먹이그릇을 쳐다보지 않았다.

문가에 우두커니 앉아 있는 모이쉐는 희망 어린 표정으로 한나를 바라보며 마치 이렇게 말하는 듯했다.

맛있는 걸 얻어먹을 수 있기만 하다면 네가 무얼 먹든 상관 안 해.

"덴버 샌드위치?"

한나가 묻자 모이쉐의 귀가 쫑긋 올라갔고, 그걸 본 한나는 슬그머니 미소를 지었다.

"양파랑 피망도 넣을까? 아니면 넣지 말까?"

모이쉐가 표현의 변화를 보인 것을 한나는 자기 나름대로 해석했다. 적어도 한나는 자신이 모이쉐의 의사를 잘 파악하고 있다고 믿었다. 모이쉐는 양파와 피망이 들어가지 않는 대신 햄을 두 배로 넣은 덴버 샌드위치가 먹고 싶단다.

"좋아, 다 되면 부를게. 아직도 이웃집에 볼거리가 더 남아 있으면 거실에 있는 소파 뒤에 앉아 구경하도록 해. 소파 뒤는 창틀보다 훨씬 더 안전하고 편안하잖아."

한나는 왜 샌드위치에 '덴버'라는 지역 이름이 붙었을까 궁금해하며 햄과 피망, 양파를 썰었다. 그리고 잉그리드 할머니가 했던 것처럼 계란을 깨뜨려 포크로 휘휘 저은 다음, 미리 버터를 발라 예열을 해놓은 프라이팬에 부었다. 그런 후 가장자리를 제외한 중앙 부분에 다진 햄과 피망, 양파를 뿌리고, 남겨둔 가장자리에는 햄만 두둑하게 뿌렸다.

5분도 지나지 않아 한나의 샌드위치가 완성됐다. 한나는 역시 할머니의 특별한 방법을 따라 샌드위치를 네 등분한 뒤 불투명 유약을 입힌 초록색의 주물 오지그릇(별모양의 봉우리들이 솟아 있는 그릇)에 담았다. 그리고 모이쉐의 것은 파란색 접시에 담았는데, 샌드위치의 노란 계란 색과 접시 색이 아주 먹음직스럽게 잘 어울렸다.

한나는 접시 두 개를 들고 거실로 나왔다. 만약 모이쉐에게 오지그릇을 사용하게 한다면 엄마는 두 가지 이유를 들어 한나를 적극적으로 말리고 나설 것이다. 우선 엄마는 애완동물은 자고로 애완동물용 그릇을 사용해야지 사람이 먹고 마시는 그릇을 함께 사용해서는 안 된다고 믿고 있었다. 심지어 식기세척기에 함께 그릇을 넣어두는 것조차 꺼렸다.

두 번째로 엄마는 앤티크나 가문 대대로 내려오는 옛 물건들을 무척 소중히 생각했다. 만약 스웬슨가에 대대로 내려오는 접시 여섯 개 중 하나를 한나가 모이쉐에게 내준 걸 아신다면 엄마는 그 자리에서 졸도해버리고 말 것이다.

소파 앞 커피 테이블에 접시를 내려놓고 TV를 틀어 KCOW의 뉴스 프로그램에 채널을 맞춘 뒤 한나는 소파 뒤에 있는 모이쉐를 불렀다.

한나의 소리를 들은 녀석은 귀를 쫑긋거리긴 했지만, 그 자리에서 꼼짝도 하지 않았다. 한나는 샌드위치의 고소한 냄새가 멀리까지 퍼지도록 손으로 부채질을 해보았지만, 역시 소용없었다. 하는 수 없이 한나는 마지막 수단으로 접시를 들고 녀석에게 가까이 다가가 코 밑에 샌드위치를 들이밀었다.

"왜 그래, 모이쉐? 배가 안 고픈 거야?"

"냐아아아옹." 모이쉐가 말했다.

한나가 해석하기엔 '이번에는 제대로 맞췄구먼.'이란 뜻 같았다.

"알았어. 접시는 여기 둘 테니까 먹고 싶을 때 먹어. 하지만 조심해야 해. 접시를 깨뜨리면 우리 둘 다 엄마한테 죽어."

모이쉐의 대답은 거의 울음소리에 가까웠다.

녀석의 눈은 어느새 실처럼 가느다래졌고, 털은 적을 만났을 때처럼 자신의 몸짓을 좀더 커 보이게 해 위협감을 주려 평소의 두 배로 부풀었으며, 꼬리는 맹렬하게 앞뒤로 흔들거렸다. 그저 엄마 이야기를 하는 것만으로도 모이쉐는 늘 이런 반응을 보였다.

녀석은 엄마를 싫어했다. 아마 엄마를 처음 만났던 때부터 그랬을 것이다. 한나가 아직 길들지 않은 고양이라 거칠다고 한사코 말렸는데도 엄마는 모이쉐를 안아 올리려 했다.

기세등등한 고양이와 고집 센 인간의 한 판 대결이었다고 표현하면 좋을까. 결국 기세등등한 고양이가 승리를 거두고 말았다. 엄마는 결국 모이쉐를 안아보는 걸 포기해버리고 말았다. 물론 그렇게 되기까지 애꿎은 팬티스타킹 여섯 켤레가 희생되어야만 했다.

한나가 녀석의 등을 쓰다듬어 주었다.

"미안. 이제 엄마 얘기는 안 할게."

모이쉐는 한나의 말을 알아듣기라도 한 듯, 숨을 한 번 내쉬더니 다시 자리에 앉아 창밖을 응시했다.

샌드위치를 먹으며 한나는 TV를 보았다가 이웃집을 건너다보았다가 했지만, 여전히 클라라와 마가리타의 집에서는 아무도, 아무것도 움직이지 않았다. 혹시 겉으로 보기에는 쉽게 알 수 없는, 무언가 좋지 않은 일이 발생해 모이쉐가 그것을 감지하는 것은 아닐까?

한나는 상상력을 펼쳐보았다. 아침에 클라라는 몸이 좋지 않아 마가리타 혼자 병원에 간다. 그렇게 동생이 집을 비운 사이에 클라라의 몸 상태가 전화도 걸지 못할 정도로 급격히 나빠진다.

혹시 그런 그녀가 아주 모기만 한 소리로 도움을 청하는 것은 아닐까? 그 소리를 오직 모이쉐만 들은 건? 확인을 위해 한나는 수화기를 들어 병원에 전화를 걸었다. 그러자 나이트 박사의 비서인 이반 블레어가 전화를 받았다.

한나가 인사를 건넸다.

"안녕, 이반. 혹시 오늘 홀른벡 자매가 병원에 나갔는지 물어보려고 전화했어요."

"왔다가 방금 집으로 돌아갔어요. 급한 일이면 나가서 불러볼게요. 아마 아직 주차장에 있을 거예요."

한나가 재빨리 말했다.

"아니에요, 그냥 확인만 하면 됐어요. 그렇게 중요한 일은 아니거든요. 자매한테는 나중에 집에 오면 직접 얘기할게요."

"알았어요. 근데 오늘 저녁에 있는 미스 트라이 카운티 콘테스트에 한나도 가죠?"

"물론이죠. 우리 미셸이 출전하는 걸요."

"알고 있어요. 안 그래도 미셸이 에드나 퍼거슨에게 줄 꽃을 들고 오늘 아침에 여기 왔었어요. 아, 카드에 한나 이름이 적혀 있었으니 당연히 알고 있겠군요."

"네."

한나가 마땅히 해야 했었을 일을 대신 해준 막냇동생에게 마음으로 고마워하며 대답했다.

"혹시 에드나가 먹지 말아야 할 음식 같은 것도 있나요? 쿠키를 좀 가져다줘도 괜찮을까 해서요."

"잠깐만요. 컴퓨터로 기록을 확인해볼게요."

이반이 확인하는 동안 한나는 아직 뜯지도 않은 채 책상 밑바닥에 덩그러니 놓인 컴퓨터 상자를 쳐다보았다. 지난달 내기에서 진 대가로 노먼의 도움을 받아 억지로 구매한 컴퓨터였다.

노먼은 트라이 카운티 페어가 끝나는 대로 한나에게 컴퓨터를 속성으로 알려주겠노라고 제안했고, 한나는 그의 제안을 흔쾌히 받아들였다. 물론 한나도 기본은 알고 있지만, 대학을 졸업한 이후로는 한 번도 사용하지 않았고, 그간 세월도 많이 흘러 컴퓨터도 변모를 거듭하였을 터이니 처음부터 다시 배워야 할 것 같았다.

원래 테크놀로지의 세계에서는 하루가 멀다 하고 새 기술이 탄생하지 않는가. 새 컴퓨터 역시 빛을 보지 못한 채 상자에 갇혀 세월을 보내는 중이니, 상자를 뜯어 저걸 배울 때쯤이면 또 새로운 무언가가 개발되지 않을까?

"박사님이 평소대로 식사하면 된다고 기록해놓으셨네요."

이반이 말했다.

"제한은 없어요. 쿠키는 마음껏 가져오셔도 되겠요, 한나. 만약 박사님이 갑자기 처방을 바꾸셔서 쿠키를 먹지 못하게 되거든 제가 알맞은 쿠키 주인을 찾아 드릴 테니 걱정하지 마시구요."

간식거리를 들고 방문하겠노라고 약속한 뒤, 한나는 전화를 끊고 모이쉐를 돌아보았다. 녀석은 여전히 창밖 옆집에서 시선을 떼지 못하고 있었다.

"방금 확인도 해봤는데, 역시 옆집에는 아무도 없어."

하지만 모이쉐는 들은 척도 하지 않고, 옆집 커튼 너머로 환상적인 장면이라도 펼쳐지는 듯 뚫어져라 창밖을 응시했다.

방법이 없어진 한나도 최대한 눈을 깜빡이지 않으려 노력하며 모이쉐가 바라보는 곳을 함께 바라보았다. 마치 한 시간과도 같은 1분이 지났는데도 옆집 창가에서는 아무 일도 일어나지 않았다. 그런데 바로 그때 커튼이 조금 흔들리는 것이 한나의 눈에 띄었다.

한나가 모이쉐에게 말했다.

"봤어! 저것 때문에 지금까지 지켜보고 있었던 거야?"

모이쉐는 마치 스핑크스와 같은 표정으로 한나를 흘끗 쳐다보았다.

그 눈길은 꼭 한나에게 이렇게 말하는 듯했다.

난 모든 지식의 원천이자 일개 인간에게 있어 수수께끼와도 같은 존재이니라.

한나는 그저 백기를 들 수밖에 없었다. 심지어 정말로 커튼이 흔들렸던 것이 맞는지도 헷갈리기 시작했다. 하지만 한나가 본 것이 정말로 맞다면 거기에는 그럴만한 이유가 있을 것이다.

이를테면, 에어컨 바람 같은? 자매의 집에는 집을 지을 때부터 에어컨이 빌트인으로 부착되어 있었다. 만성 알레르기를 앓은 클라라를 위해 꽃가루나 기타 알레르기 유발물질을 걸러주기 위한 방책으로 나이트 박사가 에어컨 설치를 권유했기 때문이었다.

"그럼 나중에 보자, 모이쉐."

한나는 접시를 들고 주방으로 가서는 녀석이 손도 대지 않은 샌드위치를 먹이그릇에 옮겨 담았다.

"난 페어장에 가서 미셸을 응원하고 올 테니, 넌 움직이는 커튼이나 계속 구경하고 있어."

한나는 막냇동생이 금방이라도 단추가 터져버릴 듯한 야한 의상을 입고 나오지 않은 것이 너무나도 자랑스러웠다. 반짝이는 새하얀 새틴 드레스를 입은 미셸은 우아하고 아름다웠다. 마치 그리스 여신과도 같은 스타일의 드레스는 쿠키단지의 메인가 이웃인 부 몽드의 여주인, 클레어 로저스가 직접 골라준 옷이었다.

오늘 저녁 프로그램 안내에 따르면, 클레어는 오늘 밤 대회 때 참가자들을 통해 부 몽드의 의상들을 모두 선보이고는 일종의 경매 시스템으로 의상을 판다고 했다. 그러니까 경매에 앞서 참가자들에게 우선권을 주는데, 자기가 직접 입은 의상을 사고 싶어 하면 무려 50%의 할인가에 주는 파격적인 제안이 있고, 만약 참가자가 원하지 않는다면 그 의상은 다시 클레어의 가게 쇼윈도에 걸려 높은 경매가에 매각되기를 기다리게 된다는 것이다.

"천재적이에요."

한나가 클레어의 팔을 잡고는 프로그램의 페이지를 가리켰다.

"정말 그렇죠?"

곱상한 금발에 날씬한 몸매(이런 몸매를 가질 수만 있다면 뭐든 다 할 수 있겠다. 단, 다이어트만 빼고)의 소유자인 30대의 클레어가 살짝 웃음을 지었다.

"사실 밥의 아이디어였어요."

밥은 루터교회의 목사인 로버트 크누드슨의 이름이었다.

클레어와 크누드슨 목사는 하루라도 빨리 결혼하고 싶어 했지만, 그러기에는 조금 복잡한 문제가 있었다. 그것은 바로 대부분의 레이크 에덴 사람들이 클레어가 지난 수년간 시장의 정부였다고 믿고 있다는 사실 때문이다. 아무도 그것이 정말인지를 증명하지 못했지만, 그런 소문은 사람들의 입을 타고 온 마을에 번졌었다.

클레어가 말했다.

"한나 어머님이 벌써 전화하셔서는 미셸의 드레스를 사겠다고 하셨어요. 정말 우아한 의상이죠?"

한나는 고개를 끄덕였다.

클레어의 눈썰미는 모두가 인정하는 사실이었고, 동생인 미셸만 해도 대회 때 입을 드레스 문제를 상의하러 제일 먼저 클레어를 찾았다.

"정말 멋져요. 저보다 더 예쁜 드레스는 없을 거예요."

"내 생각도 그래요."

클레어가 한나를 향해 활짝 웃었다.

"미셸이 미스 트라이 카운티의 왕관을 차지하게 될까요?"

그러자 한나는 어깨를 으쓱해 보였다.

"글쎄요. 모르겠어요. 그건 클레어에 대한 질문만큼이나 대답하기 난해한데요."

"내 질문이요?"

"네, 과연 크누드슨 목사님이 언제 클레어와의 약혼을 발표하실 수 있을까요?"

클레어는 살짝 한숨을 내쉬었다.

"내년 봄쯤에는 할 수 있을 것 같아요. 그때쯤이면 사람들이 소문을 조금 잊어주지 않을까요."

한나가 믿을 수 없다는 표정으로 클레어를 쳐다보았다.

"농담이겠죠! 레이크 에덴이 얼마나 작은 마을인데요. 작은 마을 사람들은 꼭 코끼리 같다니까요."

"절대 잊어버리지 않는단 말이죠?"

"자기 부인에게 히는 마지막 약속이 아니라면요."

한나가 말을 던져놓고는 아차 하고 말았다. 지금은 농담 같은 것을 주고받을 때가 아닌데 말이다.

"아마 크누드슨 목사님이 여름쯤에는 발표하는 것이 좋을 듯싶어요, 클레어."

"올여름에요? 왜요?"

"결혼식이 자주 있는 때가 여름이잖아요. 사람들 마음에도 사랑이 넘치고요. 게다가 각자 집안에 결혼행사가 많아 아주 바쁠 테니 목사님과 클레어에 대한 일을 생각할 겨를이 없을 거예요."

클레어가 의심스러운 표정으로 물었다.

"정말 그럴까요?"

"100% 확신할 수 없지만 시도해볼 만은 해요. 그래도 소문이 떠돈다면, 그때 그냥 이겨내 봐요."

한나는 잠시 생각에 잠기더니 이내 비장의 카드를 꺼내 들었다.

"아니면 지금 당장 발표하는 건 어때요? 그러지 않으면 누군가 클레어가 크누드슨 목사님과 염문을 뿌리고 있다고 소문을 낼지도 모르잖아요."

"그렇지 않을 거예요!" 클레어는 충격을 받은 듯했다.

"그럴 수도 있어요. 그러니 내가 클레어라면, 그런 장애쯤은 다 해치워버리고 지금 당장 발표하겠어요."

클레어는 긴 생각에 잠겼다. 그러고는 한숨을 푹 내쉬었다.

"한나 말이 맞아요. 8월 말에는 발표하라고, 밥에게 이를게요. 그때는 사람들이 휴가를 많이 떠나니까요. 만약 8월 마지막 주 일요일에 약혼 발표하게 되면, 그 자리에 한나도 있어줄 거죠?"

"그럼요."

지금은 6월이니, 크누드슨 목사의 교회 사람들이 클레어를 두 팔 벌려 환영해줄 방안을 찾기까지 두 달이라는 시간적 여유가 있음을 감사하며 한나가 대답했다.

클레어 말했다.

"내일 가게에 들러요. 내일 물건이 들어오는 날인데, 한나에게 아주 딱 어울릴만한 바지와 웃옷 세트가 있어요."

한나는 망설였다. 지금은 새 옷을 살 만한 형편이 못되었다. 하지만 클레어가 저렇게까지 이야기하는 데는 꼭 그만한 값어치가 있었다. 게다가 클레어는 늘 한나에게 파격적인 할인 혜택을 주곤 하니, 한나는 이번에도 항복하고 말았다.

한나가 약속했다.

"그럴게요. 근데 이번 달은 주머니 사정이 좋지 않아서요."

"내가 언제 한나에게 제값 받고 판 적 있나요?"

한나가 다시 망설이며 말했다.

"없죠. 은행에서 일하는 도우 그리어슨이 각종 공과금으로 내 수표책에서 나머지 수표를 모두 뜯어가고 나면 한 장도 더 쓸 여력이 없을 정도에요."

"그렇게 심해요?" 클레어가 걱정스러운 표정을 지었다.

"아니……, 뭐, 아주 안 좋은 건 아니고요."

"일단 내일 와서 옷을 입어 봐요. 한나가 마음에 든다고 하면 아주 싸게 줄게요. 어차피 한나 카페 덕에 우리 가게도 매상이 배로 올랐는걸요. 사람들이 쿠키나 커피를 마시러 와서는 우리 가게 쇼윈도 옷도 보고 가니까요. 한나의 카페에 다녀가는 손님들이 우리 가게에도 얼마나 많이 들르는지 한나는 모를 거예요."

"그래요?"

"네, 특히 한나 어머님은 수시로 오세요. 그리고 올 때마다 한 벌 이상은 꼭 사 가신답니다."

"엄마는 충분히 그럴만한 능력이 되시죠."

손목시계로 시간을 확인한 한나는 서둘러 준비했다.

"그만 가봐야겠어요, 클레어. 오늘 밤에 있는 제빵 대회 심사를 맡았거든요."

제때 맞춰 클레어가 인사했다.

"행운을 빌어요. 그럼, 내일 봐요, 한나."

클레어가 떠나자 한나는 주변을 둘러보았다.

사람들은 여전히 강당 안을 채워가고 있었고, 한나는 자신도 얼른 자리를 비워주는 것이 좋겠다는 생각이 들었다. 어딘가 급하게 가야 할 곳이 있었다. 조금만 서두른다면 팸과 윌라를 만나기 전에 은밀한 간식을 즐길만한 여유를 마련할 수 있을 것이다.

2분도 지나지 않아 한나는 딥-프라이드 캔디 바 부스의 모퉁이를 돌았다. 숨을 헐떡이던 한나는 잠시 멈춰 서서 간신히 숨을 골랐다.

부스 안에 놓인 카운터 뒤에는 인상이 좋아 보이는 여자가 서 있었는데, 가슴에 단 명찰에는 붉은색 두터운 글씨로 '루비'라고 쓰여 있다. 마침 부스 안에 사람이 없었기 때문에 한나는 주문을 하려고 카운터로 다가갔다.

루비라는 이름의 여자가 물었다.

"뭘 드릴까요, 손님?"

한나는 결정을 내려야 했다. 온종일 밀키웨이를 먹을까 스니커스 바를 먹을까 고민해 오던 참이었다. 물론 딥-프라이드 캔디 바 하나가 커피 케이크와 시나몬 빵, 그리고 롤케이크를 한데 합친 것만큼의 칼로리를 지니고 있다는 사실을 잘 알고 있었지만, 종일 캔디 바 생각이 머릿속에서 떠나지 않아 미칠 것만 같았다. 이런 갈망을 멈추려면 하나 사먹는 수밖에 없었다.

"손님?"

루비의 재촉에 한나는 생각에서 퍼뜩 깨어났다.

그러자 루비는 무엇 때문인지 알겠다는 듯 미소를 지으며 말했다.

"고르기가 무척 어려우시죠?"

"밀키웨이에 들어가는 게 오리지널 밀크 초콜릿인가요? 아니면 50%의 다크 초콜릿인가요?"

"오리지널 밀크 초콜릿이 들어간답니다. 다른 건 써본 적이 없어요."

루비의 대답을 나름대로 해석한 한나가 물었다.

"밀크 초콜릿을 제일 좋아하시나 봐요?"

"네, 그래요. 왜 그 자체만으로도 완벽한 맛을 내는데 다른 것을 첨가하는지 전 이해가 안 된다니까요."

"저도 그래요."

"땅콩이 든 M&M도 그렇고, 최근에 나온, 과일과 견과류를 넣은 허쉬의 키세스 초콜릿도 정말 마음에 안 들어요. 초콜릿은 원래 씹을 필요도 없이 입 안에서 녹이면서 먹게끔 되어 있는 거잖아요, 안 그래요?"

한나는 동지를 만난 기분이었다.

"그렇죠. 사실 전 지금 딥-프라이드 캔디 바를 먹으면 안 돼요. 제빵 대회에서 심사를 맡게 되었는데, 시작이 15분도 남지 않았거든요."

그러자 루비가 허리를 제치며 시원하게 웃음을 터뜨렸다.

"정말 그러네요. 먹으면 안 되겠어요. 이건 칼로리도 엄청 높은데다가 한 입 먹기 시작하면 멈출 수 없거든요. 이게 은근 중독성이 있어요."

"칼로리가 얼미나 되는데요?"

지난 이틀간 상추만 먹고살았다면 이 캔디 바쯤은 칼로리가 얼마가 됐든 마음 편히 먹어치울 수 있었을 텐데 생각하며 한나가 물었다.

"모르는 게 좋을 걸요!"

"그 정도예요?"

"더 심해요. 제가 언젠가 한 번 셈해봤는데, 1천대로 올라가서 그만 두고 말았어요. 칼로리를 공개해 버리면 가게 문을 닫아야 할 것 같아 서요."

"그렇군요."

한나는 캔디 바의 칼로리가 루비의 표현처럼 그렇게 높은 것은 아니 기를 내심 바랐다.

"그래도 하나 먹어봐야겠어요. 아침에 여길 지나면서 캔디 바를 본 이후부터는 종일 캔디 바 생각이 머리에서 떠나지 않았거든요."

"좋아요. 그럼 어떤 걸로 드릴까요?"

"아직도 밀키웨이랑 스니커즈 사이에서 고민 중이에요. 어떤 게 더 맛있……."

누군가 부르는 소리에 한나는 하던 말을 멈추고 뒤를 돌아보았다.

한나가 끙 소리를 냈다.

"어-오! 우리 엄마예요!"

루비가 미소를 지으며 말했다.

"현장에서 걸려버렸군요?"

아마 전에도 손님 중에 누군가 그 엄마에게 캔디 바를 사먹는 현장을 붙잡힌 사례를 경험한 적이 있었던 듯했다.

"맞아요. 늘 살 좀 빼라고 잔소리이신데……."

루비가 윙크하며 한나의 말을 가로막았다.

"아무 말도 하지 마요. 내가 알아서 해줄게요."

한나는 입을 꾹 다물었다. 루비가 이런 상황을 해결하는 데 전문가인 모양이었다.

"아, 본 것 같아요."

두 사람의 목소리가 엄마에게 들릴만한 거리 정도로 엄마가 다가오자 루비가 입을 열었다.

"5분 전에 여기를 지나서 관람차 쪽으로 갔어요."

한나는 루비에게 윙크해 보인 뒤에 고개를 돌려 엄마를 쳐다보았다.

"안녕, 엄마. 혹시 리사 보셨어요?"

"오늘 밤에는 못 봤구나."

엄마는 잔소리를 퍼부어댈 준비를 단단히 하신 듯했지만, 이내 엄마의 치켜세웠던 눈썹이 제자리에 안착하는 것을 보니 포화지방과 저칼로리, 콜레스테롤 수치에 대한 핀잔은 접어두기로 한 모양이었다.

루비가 아주 성공적으로 엄마의 잔소리 폭탄을 해체한 것이다. 한나는 루비에게 쿠키 한 상자를 빚지고 말았다.

"아무튼 여기서 만나게 되니 반갑구나, 얘야. 근데 순간 난 네가……, 아니다."

한나는 다시 루비에게로 고개를 돌렸다.

"알려줘서 감사합니다. 그 딥-프라이드 캔디 바는 보기만 해도 살이 찔 것 같네요."

"그렇죠? 그래도 딥-프라이드 상추 같은 것을 팔아서는 돈이 안 되니까요."

한나는 웃음을 터뜨렸지만, 엄마는 뭔가 곰곰이 생각하는 듯했다.

"딥-프라이드 상추도 괜찮을 것 같은데."

루비가 말했다.

"글쎄요. 아마 그렇지 않을 거예요. 상추는 대부분 수분이잖아요. 그래서 다이어트에 1등인 식품으로 꼽히는 거죠."

그러자 엄마는 카운터로 바짝 다가갔다.

"정말 그래요."

루비가 말을 이었다.

"근데 딥-프라이드 브로콜리는 만들어봤어요. 정말 맛있던 걸요. 당근이랑 고구마도 괜찮구요."

엄마가 재빨리 고개를 끄덕였다.

"맞아요. 페어 때문에 여기 오신 건가요? 아니면 이 근방에 사시나?"

"페어 때문에 왔어요. 남편인 리그랑 같이요. 그이가 로데오 중계방송을 하거든요."

엄마가 말했다.

"오늘 오후에 역사학회 부스로 가는 길에 중계하는 목소리를 들었어요. 정말 멋진 목소리를 가지셨던데."

"제 생각도 그래요."

엄마가 물었다.

"그럼 페어를 따라서 여행하는 건가요?"

"네, 트레일러가 있어서 여기저기 돌아다녀요. 리그가 로데오 매니저 일도 함께 맡고 있거든요. 중계를 하면서 동시에 쇼를 진행하는 거죠."

"그 많은 카우보이와 동물들을 데리고 다니려면 꽤 고생이겠군요. 그만큼 돈을 잘 받아야……."

엄마가 갑자기 하던 말을 잠시 멈추더니 난처한 기색으로 입을 다시 열었다.

"사과할게요. 그런 사적인 부분까지 이야기하는 게 아닌데."

"괜찮아요. 신경 쓰지 않아요."

무척 놀라운 표정으로 두 사람을 쳐다보는 한나를 향해 루비가 고개를 돌렸다. 한나는 지금껏 엄마가 처음 만나는 사람에게 이토록 친근하게 구는 것을 한 번도 본 적이 없었다.

루비가 한나에게 말했다.

"어서 가봐야겠어요. 대회 심사가 있다면서요."

"참, 맞아요. 그럼 나중에 봐요, 엄마."

"그러자꾸나, 얘야."

엄마는 손을 흔들어 한나를 보내고는 다시 루비에게 고개를 돌렸다.

"여행하며 사는 삶은 어떤가요? 난 한 번도 여행해본 적이 없어서 말이에요. 우리 같은 작은 마을들은 사는 게 다 비슷비슷한가요?"

"커피 케이크 한 조각만 더 먹었다가는 죽어버릴 것 같아요!"

윌라가 의자 등받이에 기대며 배를 문질렀다.

그러자 팸이 웃음을 터뜨렸다.

"커피 케이크를 무려 열 조각이나 먹었으니 그럴 만도 해. 그래도 지금은 그나마 나은 편이야. 다음 여섯 번째 종목이 스위트 롤이거든."

입가심용으로 제공된 물병을 벌컥벌컥 들이키며 한나가 말했다.

"전부 시나몬이 든 건 아니겠죠."

팸은 명단을 살피더니 한나를 향해 엄지손가락을 치켜들었다.

"시나몬은 하나밖에 없어. 그리고 순서가 오렌지 롤 다음이니까 한나의 미뢰(맛을 느낄 수 있게 하는 혀의 감각기관)가 조금 쉴 수 있을 거야."

한나가 단어 하나하나에 뜻을 담아 대답했다.

"제 미뢰가 고맙다고 하네요."

이제 겨우 스위트 브레드 종목의 2/3를 거쳤을 뿐인데, 벌써 지쳐버리고 말았다. 그런 한나의 미각에 시나몬만큼 강한 자극을 주는 양념도 없었다.

"이번엔 모로칸 딜라이트야."

팸이 접시에 담긴 스위트 롤의 조각을 자르며 말했다.

"레시피를 보면 주로 들어간 재료가 코코넛이랑 꿀, 다진 호두, 그리고 데이트(대추야자 열매)이구."

한나는 믿을 수 없으리만큼 달달한 케이크를 한 조각 맛본 뒤 입을 떡 벌렸다.

"설탕이 너무 많이 들어갔어요."

윌라도 얼굴을 찌푸렸다.

"정말 그래요. 캘리포니아에서 먹어본 초콜릿 바클라와(달콤한 아랍식 패스트리) 만큼이나 달아요."

팸과 한나는 동시에 윌라를 쳐다보았다. 하지만 먼저 입을 연 것은 팸이었다.

"캘리포니아에는 언제 갔었어?"

"아주 오래전, 어디서든 잘 살 수 있다고 의기양양했던 때요."

그런 후 윌라는 애달픈 웃음을 지었다.

"근데 제 생각이 틀렸더랬죠. 그때 결코 미네소타를 떠나지 말아야겠다고 결심했어요."

팸은 알쏭달쏭한 표정을 지었다.

"미네소타를 떠난 적이 있는 줄 몰랐어."

"그랬었죠."

윌라의 볼이 다시 발그레해졌고, 한나는 윌라가 더 이야기하고 싶어 하지 않는 듯한 인상을 받았다.

"한 마디로 큰 실수를 한 거였죠. 제가 학교를 1년 넘게 쉬었던 기록이 있는 것, 팸도 보셨을 거예요."

팸이 말했다.

"성적증명서에서 봤어."

"그때 학교를 마치기 전에는 아무 데도 가지 말아야 한다는 사실을 깨달은 거예요. 근데 트라이 카운티 대학에 입학했을 때 기존에 수강했던 학점들을 하나도 인정받지 못했어요. 그래서 제 전공을 처음부터 다시 시작해야 했죠."

윌라가 말을 마치고는 팸을 향해 미소를 지었다.

"바로 그런 때에 팸이 저를 보조교사로 고용해주었고 그 덕분에 학교도 마치고 학위도 딸 수 있게 되었죠."

윌라가 무사히 공부를 마칠 수 있기를 바라며 한나가 물었다.

"그럼 졸업까지 앞으로 얼마나 남은 거야?"

"이제 한 학기 남았어요. 크리스마스 때까지 보조교사 일을 하면 드디어 학위를 따게 된답니다!"

"꼭 그렇게 될 거야."

팸이 말하고는 온갖 빵과 케이크들이 놓인 긴 테이블을 훑어보았다.

"이제 하나 남았어. 마저 점수를 매기고는 총합을 해서 우승자를 발표하자구. 대회가 끝나면 출품된 것 중에 맛있는 것 몇 개는 집으로 가져갈 수 있을 거야."

이 소식에 한나는 깜짝 놀라고 말았다.

"집에 가져갈 수 있는 줄 몰랐어요!"

"그래, 그렇게 해도 돼. 그래서 참가자들에게 일회용 접시를 사용하게 한 거라고. 우리가 가져갈 것을 고른 다음에 남은 것은 청소하는 사람들에게 주면 될 거야. 사실 그 사람들에게는 이게 1년에 몇 번 되지 않는 엄청난 횡재거든."

한나가 말했다.

"그러니 청소할 사람 구하는 건 식은 죽 먹기겠어요."

"아마도."

팸은 마지막 출품작을 집어 모두의 앞에 놓았다.

다른 출품작들과 똑같이 이것 역시 레시피가 적힌 카드가 붙어 있었는데, 참가자의 이름은 띄었다 붙였다 할 수 있는 테이프로 가려져 있었다. 거기에 참가자의 번호가 적혀 있어 번호를 기준으로 점수를 매길 수 있도록 하였다.

팸이 카드를 읽었다.

"초콜릿 체리 커피 케이크야. 참가자가 설명하기를, 버터를 넣어서 달콤하고 부드러운 반죽에 한 입 분량으로 자르고 다진 초콜릿과 체리를 넣었대. 거기에 녹인 다크 초콜릿을 뿌리고 체리로 장식했다는데, 진한 커피와 함께 먹으면 안성맞춤이라고 하네."

한나의 입에 군침이 돌기 시작했다.

"정말 맛있겠어요!"

윌라가 말했다.

"초콜릿과 체리는 전통이 있는 짝꿍이죠. 어떤 종류의 체리를 사용했대요?"

팸이 카드 뒷면에 적힌 재료 목록을 확인했다.

"다크 체리 파이 소를 썼는데. 반죽에다가 체리 파이 소를 넣었나 봐. 그런 다음에 초콜릿칩을 뿌리고, 그 위를 반죽으로 다시 덮은 거지."

한나가 물었다.

"체리 장식은요? 거기에도 체리 파이 소를 사용한 거예요?"

"아니, 체리 리큐어랑 빨간색 식용 색소를 사용했다고 되어 있어."

팸은 케이크를 한 입 크기로 세 조각을 잘랐다. 한나는 식용 색소를 잘 사용하지 않는 편이었지만, 짙은 다크 초콜릿과 분홍빛 체리 장식의 조화는 그야말로 환상이라는 사실을 인정할 수밖에 없었다.

각자의 조각을 맛본 뒤 팸이 두 사람을 향해 물었다.

"질문, 있어?"

한나와 윌라가 고개를 젓자 팸은 두 사람에게 채점표를 나누어줬다.

"그럼, 얼른 점수를 매기자구."

채점표를 받아든 한나는 문득 엄마가 초콜릿과 체리를 무척 좋아한다는 사실이 떠올랐다. 팸은 무엇이든 원하는 출품작은 집에 가져가도 좋다고 했다.

"혹시 괜찮으면, 이 초콜릿 체리 커피 케이크는 제가 가져가고 싶은데요."

팸이 대답했다.

"난 괜찮아."

윌라 역시 동의했다.

"저도 괜찮아요, 한나. 전 시나몬 도넛을 가져갈게요. 정말 맛있었거든요."

한나는 아무 말도 하지 않았다. 사실 한나는 그 도넛에 그다지 높은 점수를 주지 않았다. 너무 기름진데다가 시나몬을 너무 많이 넣은 것이 흠이었다.

"팸은 뭘 가져가실 거예요?"

"난 스티키 번즈(회오리 모양으로 둥글게 말아서 만든 빵). 조지가 좋아하거든. 그리고 사과 커피 케이크도 가져갈게. 그건 또 조지의 여동생인, 우리 아가씨가 좋아해. 냉동실에 넣어뒀다가 다음 주 아가씨 집에 갈 때 가져가야지."

몇 분간 세 사람은 점수를 정리하느라 여념이 없었다. 한나가 점수를 부르면 월라가 계산기로 합산하고 팸이 합산된 총점을 최종 점수표에 옮겨 적는 방식이었다. 점수 정리가 마무리되어 갈 때쯤 팸이 탄성을 질렀다.

팸은 믿을 수 없다는 듯 최종 점수표를 바라보며 말했다.

"세상에! 애덤작 부인이 겨우 장려상이란 말이야?"

한나 역시 팸만큼 놀라고 말했다.

"농담이시겠죠! 부인이 만든 건 한 번도 우수상 밑으로 내려가 본 적이 없잖아요!"

팸이 얼굴을 찌푸렸다.

"우수상도 고관절 수술을 받은 직후라 5분 이상 서 있지 못하던 상황이었을 때 얘기지. 뭔가 잘못된 게 분명해."

월라가 물었다.

"부인 것이 어떤 거죠?"

한나는 최종 점수표를 확인했다.

"32번, 시나몬 건포도 빵이야. 그 종목은 출품된 게 부인 것밖에 없어. 다들 애덤작 부인과 겨룰 자신이 없었던 거지."

팸이 월라에게 물었다.

"부인 점수를 옳게 매긴 거 맞아?"

"네, 작년만큼 맛있지는 않았지만, 그래도 9점이나 주었는걸요."

한나도 말했다.

"저도 거의 9점을 주었어요."

그러자 윌라의 표정이 어두워졌다.

"그렇다면 점수가 맞아요. 사실 제가 3점과 4점을 주었거든요. 점수를 모두 합했을 때 평균이 7점이 안 됐어요. 게다가 다른 출품자의 점수가 부인 것보다 월등히 높았고요."

"부인에게 3점과 4점을 줬다구?"

애덤작 부인의 빵을 윌라가 마음에 들어 하지 않았다는 사실이 한나는 놀라웠다.

"그건 기본 이하의 점수잖아."

"네, 건포도가 너무 많이 들어간 것 같아서요. 그리고 황금색 건포도가 함께 섞인 것도 마음에 들지 않았어요."

팸이 말했다.

"그래. 그밖에 또 뭐가 문제였어?"

"시나몬도 넉넉하게 들어가지 않았고, 제가 잘 모르는 양념이 들어간 것 같았어요. 그게 아마……, 카르다몸(향신료의 일종)이죠?"

재료 목록을 재빨리 확인한 한나가 대답했다.

"맞아. 그리고 또?"

"너무 오래 구워지기도 했어요."

팸이 한나를 돌아보며 말했다.

"윗부분이 조금 짙은 황갈색이었던 점은 나도 동의해."

"제 생각도 그래요. 그래서 외관에는 8점을 주었어요. 그래도 겉면이 여전히 촉촉해서 빵의 결도 괜찮았고, 큰 무리가 없었는데."

그러자 윌라가 후회의 기색을 비쳤다.

"애덤작 부인이 무척 실망하겠죠?"

팸과 한나가 고개를 끄덕이자 윌라가 한숨을 푹 내쉬었다.

"학교 바로 건너편에 있는 노란색 집에 사시는 분 맞죠?"

팸이 대답했다.

"맞아."

"혹시, 그러니까……, 규정상 안 되는 건 알지만, 그래도 혹시 점수를 바꿀 수는 없을까요?"

팸과 한나는 서로 시선을 주고받았다. 참으로 난감한 요청이 아닐 수 없었다.

"그럼 시험해볼까."

뭐라 대답해야 할지 난처해하는 팸 대신 한나가 입을 열었다.

"부인이 만든 빵에 대해서는 아직도 같은 생각이야?"

"네, 그렇긴 해요."

"그럼 예전에 매긴 점수가 유효한 거야. 누가 만들었는지 알고 나서 점수를 바꾸면 안 되지."

팸이 윌라에게 미소를 지으며 말했다.

"한나 말이 백번 옳아. 좋아하는 학생에게 낙제 점수를 주기 싫었을 때랑 같은 거지? 기억해?"

윌라가 한나를 돌아보았다.

"정말 착한 학생이었거든요. 기말 과제를 채점하는 데 정말 엉망이었어요. 아침식사를 만드는 게 과제였는데, 팬케이크와 베이컨, 계란을 만들었더랬죠."

팸이 윌라의 이야기를 이어받았다.

"베이컨에 기름을 제대로 빼지 않아 온통 번들거렸지. 계란은 완전히 태워버려서 한동안 탄내가 가시지 않았어."

한나가 물었다.

"팬케이크는요?"

그러자 윌라가 씁쓸한 미소를 지으며 말했다.

"안이 덜 익었어요. 게다가 시럽의 철제 뚜껑을 벗기지도 않고 전자 레인지에 넣어 돌리는 바람에 안에서 막 불꽃이 튀었죠. 여전히 그 생각만 하면 마음이 안 좋아요. 저 때문에 녀석이 과외 수업을 들으러 여름 방학 학교에 나가야 했거든요."

팸이 최종 채점표를 두 사람에게 돌려 서명을 받았다. 그런 후 각자 찍어둔 출전품을 챙겨 크리에이티브 아트 빌딩 앞에서 헤어졌다.

페어장을 가로지르며 한나는 달콤한 간식에 몰려드는 모기들을 쫓느라 손을 휘휘 저었다. 심사 첫날치고는 나쁘지 않았다. 아주 맛있는 도넛들도 많이 맛보았고, 엄마가 좋아하는 초콜릿 체리 커피 케이크를 들고 엄마 집으로 가서 미셀이 이브닝드레스 심사에서 우승한 것을 함께 축하할 수도 있었다.

한나가 막 회전문을 빠져나가려는데 퍼뜩 딥-프라이드 캔디 바 부스인, 죄악의 열매 생각이 났다. 한나는 지금 혼자다. 팸과 윌라도 집으로 돌아갔고, 엄마 역시 미셀을 데리고 집으로 가셨다. 리사와 허브도 마찬가지다. 지금이야말로 절호의 기회다. 지금이라면 무사히 딘 프라이드 밀키웨이를 손에 넣을 수 있을 것이다.

인생이란 좋은 것이야.

한 손을 들어 휘휘 모기를 쫓으며 한나는 생각했다. 방충용 의상만 갖춘다면 이보다 더 좋을 순 없을 텐데 말이다.

한나 앞에 적어도 여섯 명 이상의 사람들이 줄을 서 있었기 때문에 몇 분을 기다리고 나서야 카운터에 도달할 수 있었다. 하지만 다행히 그녀 뒤에는 아무도 없었기 때문에 한나는 루비와 잠시 이야기를 나눌 수 있었다.

"당신 거예요, 루비."

한나는 심사장에서 가져온 시나몬 건포도 빵을 루비에게 건넸다.

"장려상을 받은 건데, 맛만큼은 아주 좋아요. 전에도 먹어본 적 있는데 아침에 토스트로 먹으면 아주 맛있어요."

"정말 고마워요."

루비가 놀라움과 기쁨이 뒤섞인 음성으로 대답했다.

"아까 위기 상황을 잘 무마시켜 준 것에 대한 감사 인사에요."

"그 정도야 별거 아니에요. 부모님이 아이들을 강제로 끌고 가는 건 우리 부스에서 늘 있는 일이니까요."

"아주 어린 아이들이겠죠?"

"맞아요. 하지만 아이들이 다 컸을 때까지도 쉽사리 놓지 못하는 부모님들도 계시니까요. 나도 그렇구요."

한나는 깜짝 놀라 루비를 쳐다보았다. 한나와 비슷한 나이인 줄 알았는데, 다 큰아이가 있다는 걸 보면 그녀보다 훨씬 나이가 많은 모양이었다.

"그렇게 큰아이가 있다니, 믿을 수 없어요!"

"사실 친자식이 아니에요. 배다른 여동생인데, 저희 어머니가 돌아가시고 나서 거의 제가 키우다시피 했거든요."

한나는 묻지 않을 수 없었다.

"그때가 몇 살이셨는데요?"

"열한 살이요."

한나는 살짝 한숨을 내쉬었다.

그녀의 열한 살 시절도 루비와 비슷했다. 어린 아기였던 미셸을 엄마가 쉬는 동안 한나가 돌봤기 때문이다. 하지만 그래봤자 일주일에 몇 번 한두 시간 정도가 고작이었다. 그런데 루비는 그렇게 어린 나이에 아기를 돌보는 책임을 모두 떠안았다니, 한나는 상상조차 되지 않았다.

"그때 동생이 몇 살이었어요?"

"세 살이요. 쉽진 않았지만, 로데오를 하는 카우보이의 부인들이 많이 도와줬어요. 아이가 있는 부인들이 브리아나와 놀아주는 동안 난 겨우 집안일을 할 수 있었죠. 그리고 늘 식사 초대도 해주었어요. 미시 대니얼이라는 분은 종종 참치 캐서롤을 가져다주기도 했구요."

"정말 친절하셨네요."

"아뇨, 그렇지 않았어요. 지금껏 맛본 중 가장 맛없는 참치 캐서롤이었거든요. 근데 양아버지인 샘은 늘 예의 바르게 맛있다고 인사해야 한다고 가르쳤고, 우리는 시키는 대로 했어요. 하지만 오히려 그게 역효과를 내고 말았죠."

한나가 추측했다.

"그랬더니 더 가져다주시던가요?"

"맞아요. 매주 금요일이면 부인이 가져다준 참치 캐서롤을 먹어야 했어요. 그래서 아직도 참치 통조림만 보면 속이 울렁거려요. 아무튼 양아버지 주변 사람들 덕분에 그럭저럭 생활할 수 있었죠. 그리고 로데오 시즌이 끝나면 생활이 좀더 수월해졌어요."

"왜요?"

로데오를 하며 전국을 돌아다니는 건 어떤 삶일까 한나는 문득 궁금해졌다.

"겨울에는 플로리다에 있는 포트로데일의 할아버지 댁에서 지냈거든요. 할아버지, 할머니가 동생을 돌보는 동안 난 학교에도 갈 수 있었어요. 그리고 아버지는 해골 쇼를 기획하면서 지냈고요."

한나의 표정이 알쏭달쏭해 보였는지 루비가 재빨리 덧붙였다.

"그러니까 예산을 최대한 낮춰서 기획하는 쇼를 말하는 거예요. 살없이 뼈로만 한다고 해서 해골 쇼라고 부르죠. 공연을 공원에서 하기도 하고 텅 빈 주차장에서 하기도 해요."

"그러니까 양아버지께서 로데오 쇼를 중간에서 매개하는 에이전트 업무를 맡고 계시는군요?"

"그걸 포함해서 여러 가지 일을 하셨어요. 노스웨스턴 로데오&카니발 업체를 소유하고 계셨거든요. 팔이 두 번이나 부러지고 난 후 작년쯤에 겨우 사나운 황소를 타는 로데오는 그만두셨지만, 말 타며 재주넘는 것 정도는 아직도 하고 계세요. 저기 나무들 가장자리에 세워져 있는 위네바고 보이죠?"

한나는 루비가 가리킨 방향을 쳐다보았다. 사람들이 지나다니는 거리 뒤편 관람차 바로 왼쪽으로, 커다란 위네바고가 주차되어 있었다.

"보여요."

"저기가 바로 제가 자란 곳이에요. 물론 지금은 저기 살지 않지만요. 릭스랑 전 다른 트레일러를 장만했거든요. 근데 아버지는 아직도 브리아나랑 저기서 살고 계세요. 브리도 카우보이 중 한 명과 약혼했는데, 터커 스미스라는 이름의 황소 전문 카우보이에요."

로데오를 하며 방방곡곡을 누비는 삶을 상상해보며 한나가 말했다.

"정말 힘든 삶이겠어요."

"오, 정말 그래요. 한 곳에서 1주 이상 머물러 본 적이 없으니까요. 그건 즉, 자급자족하면서 사는 법을 터득해야 한다는 뜻이기도 해요."

루비가 이야기를 멈추더니, 한나의 어깨너머를 응시하며 말했다.

"자, 그럼 딥-프라이드 밀키웨이로 드릴까요? 지금은 어머니도 안 보이시는데."

한나는 웃음을 터뜨렸다.

심사 때문에 달디단 빵, 쿠키, 케이크들을 그렇게 많이 먹고서도 또 딥-프라이드 캔디 바에 손이 가는 것이 스스로도 잘 이해가 되지 않았지만, 어쨌든 딥-프라이드 캔디 바를 생각하는 것만으로도 한나는 군침이 돌았다.

"음, 정말 이러면 안 되겠지만……."

그때 누군가 또다시 한나의 이름을 불렀고, 한나는 하던 말을 멈추고 뒤를 돌아보았다.

저쪽에서 노먼이 부리나케 한나를 향해 달려오고 있었고, 한나는 한숨을 살짝 내쉬었다. 노먼을 만나는 일은 늘 반갑고 좋았지만, 이번만큼은 달랐다. 딥-프라이드 캔디 바가 마침내 손에 들어오려는 찰나 또다시 방해를 받고 말다니.

루비가 물었다.

"이번에도 못 먹게 되는 거예요?"

"네, 그래요."

한나는 대답을 한 뒤 고개를 돌려 옆에 와 있는 노먼을 향해 미소를 지었다. 오랜만에 보는 그라 한나는 그래도 반가운 마음이 들었다.

노먼이 물었다.

"이거 먹으려고요?"

"아뇨." 한나가 대답했다.

노먼은 엄마처럼 잔소리하거나 핀잔을 주려는 의도가 아닌 듯했지만, 혹시 모를 경우를 생각해 한나는 안전한 방향으로 대답했다.

"한나의 도움이 필요해요."

노먼은 한나가 들고 있던 커피 케이크가 든 팬을 가져가더니 루비에게 작별인사를 건넬 짬도 없이 한나를 데리고 부스 밖으로 나섰다.

"식기세척기가 고장 난 것 같아요."

한나는 도통 무슨 상황인지 이해할 수가 없었다.

"그것참 안 됐네요. 근데 난 식기세척기 고칠 줄 모르는데."

"당연히 그렇겠죠. 고쳐달라는 게 아니라 새 식기세척기를 사는 걸 도와달란 말이었어요. 오늘 브로슈어를 받아서 살펴봤는데, 두 개 모델 중에서 어느 걸 사야 할지 결정할 수가 없어요."

"그거라면 문제죠. 기꺼이 도와줄게요."

"고마워요, 한나. 제대로 된 걸 사지 못할까 봐 걱정했어요."

노먼은 한나에게서 뺏은 팬을 내려다보았다.

"에드나 대신 심사를 하게 됐다고 하던데. 이게 오늘 밤 우승한 출품작인가요?"

"아뇨, 이건 출품작 중 하나였던 초콜릿 체리 커피 케이크예요. 엄마에게 가져다 드리려고요."

노먼이 실망한 표정으로 물었다.

"지금요?"

"지금요. 커피 케이크를 가져가서 미셸이 오늘 이브닝드레스 심사에서 우승한 것도 같이 축하한 다음에는 바로 집에 돌아갈 거예요. 모이쉐가 좀 아픈 것 같아서요."

"왜요?"

"모르겠어요. 날이 더워서 그런가 아침을 전혀 먹지 않더라구요. 너무 걱정돼요."

"어제저녁은요?"

"어제도 냄새만 맡고 몇 번 핥더니 먹지 않았어요. 양파랑 피망을 뺀 덴버 샌드위치도 만들어줬는데, 거들떠도 안 보던데요. 햄도 두껍게 넣어줬는데, 건드리지도 않았어요."

"심각한 것 같네요. 우리 집에 들러서 잠깐 브로슈어만 가지고 한나 집에 가서 함께 모이쉐를 살펴보는 게 어때요? 잘하면 녀석이 먹게 할 수도 있을 것 같은데. 그리고 식기세척기 모델은 한나 집에서 잠시 짬을 내서 결정하면 되잖아요."

노먼의 제안은 두 번 생각할 필요도 없었다.

"좋아요."

한나는 활짝 웃으며 대답했다.

노먼은 늘 필요할 때 한나 옆에 있어준다. 그것이 바로 한나가 그를 좋아하는 이유 중 가장 큰 이유였다.

"안녕, 언니!"

한나가 들어서자 미셸이 반갑게 인사했다. 화장기 없는 얼굴에 청바지와 맥칼레스터 대학의 티셔츠를 입고 있었다.

"들고 온 거, 뭐야?"

"초콜릿 체리 커피 케이크. 엄마는 어디 계셔?"

"아빠 서재에. 컴퓨터로 작업할 게 있으시대."

"무슨 작업?"

"몰라. 물어봤는데, 개인적인 거라고 하셨어."

한나는 문득 재소자와 이메일로 사랑을 나누는, 영화 같은 장면이 떠올랐다.

"엄마, 인터넷 설치하셨나?"

"아니. 케이블 회사에서 다음 달에 무료로 초고속 인터넷 서비스를 설치해주겠다고 했대. 그래서 그때까지 기다릴 거라고 하시던데."

"잘 됐네! 그러니까, 난 또 혹시나 엄마가……."

한나는 자신의 생각을 무어라 표현해야 좋을지 몰랐다.

미셸이 물었다.

"정신병자나 흉악범들 말이지? 또 사기 행각에 말려드실까 봐?"

"맞았어."

"그런 거라면 난 걱정 안 해. 지난봄에 있었던 일로 배운 바가 많으실 테니 말이야."

"나도 부디 그러셨길 바라! 우리 엄마 같은 사람을 이용하려 들다니 생각할 때마다 화가 나 미치겠어."

"나도 마찬가지야. 하지만 이제 다 끝난 일이니까. 그리고 또다시 그런 일을 겪으실 만큼 엄마가 어리석진 않잖아."

미셸이 한나를 엄마가 계시는 서재 쪽으로 데려가며 말했다.

"부탁 하나만 들어줘, 응?"

한나는 그 부탁이 무엇인지 알기 전까지는 승낙할 수 없었다.

"부탁이 무언지에 따라서 대답은 달라."

"몰래 훔쳐보는 거야. 엄마가 뭘 하는지 보려고 했는데, 엄마가 프라이버시 스크린을 설치하셨어. 자판을 치기만 하면 꽃다발이랑 눈 덮인 소나무 숲 속 같은 사진만 뜬다니까. 그러니까 언니가 가서 엄마가 무슨 작업을 하고 계신 건지 살펴봐 봐. 난 누가 비밀이라고 말하고 얘기 안 해주는 거, 너무 싫더라."

"좋아, 알았어." 한나가 수락했다.

그런 후 엄마가 도대체 무슨 비밀을 숨기는 것인지 알아내고 말리라 결의를 다지며 복도를 따라 서재로 향했다.

"엄마?"

한나가 서재 문을 노크하고는 엄마가 미처 들어오라고 하기도 전에 문을 열었다.

한나가 서재로 들어서자 엄마가 한나를 올려다보며 인사했다.

"안녕, 애야. 잠시 거기 앉아 기다리겠니? 이 도표부터 끝내야 해서 말이다."

"그럼요. 미셸 말이 뭔가 개인적인 작업 중이라고 하셨다던데."

한나는 창가에 놓인 낡은 가죽 의자에 앉았다.

원래 아버지가 사용하시던 책상의자였는데, 엄마가 파란색 줄무늬 쿠션이 들어간 신식 모델의 의자로 교체하는 바람에 이제 찬밥 신세가 되어버리고 말았다.

신식 의자에는 한자리에 우두커니 놓인 구식 의자와는 달리 발에 바퀴가 달려서 여기저기 움직일 수도 있었고, 등받이나 쿠션 역시 사방으로 회전이 가능해서 한눈에 보기에도 사용하기 편리해 보였다.

"맞다."

"그러니까 궁금해지는데요. 무슨 일이신데요?"

"네가 신경 쓸 일이 아니구나, 애야."

엄마는 다시 열심히 타자를 치기 시작했고, 한나는 한숨을 내쉬었다. 단칼에 거절당하고 만 것이다. 단도직입적인 방법으로는 통하지 않으니 한나는 우회로를 생각해내야 했다.

"철자법에는 우리 가족 중에 너만큼 정확한 사람이 없지."

엄마가 잠시 타자치는 것을 멈추더니 말했다.

"추천서recommendation에 c가 하나고 m이 두 개가 맞지?"

"추천서요?"

한나는 자신이 질문을 제대로 들은 것인지 다시 한 번 확인했다.

"그래, 맞는지 안 맞는지만 말해다오."

"맞아요."

한나가 짧게 대답하고는 이내 다시 진격을 시작했다.

"누구 추천서를 써주고 계신 거예요?"

"아니, 잠깐만 기다려라. 조금 있으면 다 끝난다."

한나의 궁금증은 거의 폭발 직전에 다다랐다.

개인적인 일에, 추천서는 더더욱 아니라니. 공손하게 묻는 방법도 통하지 않고, 일단 미셸에게는 기회가 닿는 대로 훔쳐보겠다고 약속한 상황이었다.

한나는 시험 때 커닝하는 학생 같은 기분으로 목을 길게 빼고는 엄마의 컴퓨터 화면을 훔쳐보려 애썼다. 하지만 중심을 잃지 않는 한에서 볼 수 있는 것이라곤 희미하게 반짝이는 화면뿐이었다.

한나는 더 잘 보려고 고개를 한쪽으로 치우쳐보았지만, 바퀴가 달리지 않아 우두커니 놓인 의자 때문에 더블 스페이스(줄 사이를 두 줄씩 떼는 것)류의 희미한 선만 볼 수 있을 뿐이었다. 확실히 편지는 아니다. 편지라면 더블 스페이스를 사용하지 않았을 테니 말이다.

엄마가 스타카토의 경쾌한 리듬으로 자판을 내리쳤다.

"거의 다 됐다."

한나는 의자를 살짝 옆으로 움직여보았다.

훨씬 낫다! 이제야 무언가 적힌 것을 읽을 수 있었다!

한나가 앞으로 몸을 기울여 화면에 떠오른 글자를 막 읽으려는 찰나 화면은 꽃다발 사진으로 바뀌어버렸다.

엄마가 등받이에 몸을 기대며 말했다.

"이제 좀 쉬자꾸나. 아까 들어올 때 보니까 표정이 좋지 않던데, 혹시 내가 네 아빠 서재에 있는 것을 보니 옛 생각이 나서 그랬니?"

한나가 인정했다.

"조금요."

"그런 것 같더라. 네가 특히 아빠랑 여기서 시간을 많이 보냈지."

"의자를 새로 사셨네요."

"그래, 있던 걸 사용해봤는데 영 불편해서 말이다. 그래서 새것을 하나 샀는데 네 아빠가 이걸 봤으면 뭐라고 했을지 모르겠구나. 원래 예전 것은 자선단체에 기증할 생각이었지. 이렇게 작은 방에 놓기에는 너무 크거든. 그런데……, 차마 그렇게 하지 못하겠더구나. 네 아빠가 저 의자에 앉아서 얼마나 많은 시간을 보냈니. 가끔 여기서 늦게까지 일하고 있다가 고개를 들어보면 꼭 저 의자에 네 아빠가 앉아 있는 것 같은 느낌을 받곤 한단다, 정말 미친 생각이지 뭐냐?"

"아뇨, 사랑이죠. 그리고 추억이구요."

엄마는 여러 번 눈을 깜빡이더니 애써 미소를 지었다.

"네 말이 맞다. 아무튼 여기 파일 캐비닛도 하나 들일 생각인데, 그러기에는 저 의자가 갈 곳이 없구나. 네가 가져가겠느냐?"

한나는 유혹을 느꼈다. 저 낡은 가죽의자에 얽힌 추억이 너무나도 많다. 하지만 아파트는 이미 엄마에게서 받아온 물건들로 넘쳐났다.

"아니에요, 엄마. 가져가고 싶지만, 둘 곳이 없네요."

"그럴 것 같더라. 안드레아랑 미셸에게도 물어볼 건데, 그 애들도 가져가려 하지 않을 것 같구나. 그냥 버리기는 정말……, 싫은데 말이다."

"저도 그냥 버리기는 싫어요. 혹시 누군가 필요한 사람이 있지 않을까요?"

엄마는 잠시 생각에 잠겼다.

"아마 그럴 것 같구나. 넌 생각나는 사람 없느냐?"

"지금은 생각이 안 나는데……, 아, 노먼!"

"노먼?"

"노먼한테 필요할지도 몰라요. 새로 이사할 집에 서재를 꾸미는데, 아직 가구를 안 샀을 거예요."

엄마가 반색했다.

"오, 그렇다면 아주 안성맞춤이로구나! 노먼에게라면 기꺼이 주어도 좋다."

한나가 참지 못하고 물었다.

"내가 노먼과 결혼하지 않더라도요?"

"그래, 그렇더라도 말이다. 노먼에게 언제 물어볼 테냐?"

"오늘 밤에 물어볼게요. 아파트에서 기다리겠다고 했거든요. 제가 노먼의 식기세척기 고르는 걸 도와주기로 했어요."

"잘 됐구나, 얘야."

엄마의 환한 미소를 보자 한나의 머릿속에 경고의 종소리가 울렸다.

노먼이 주방의 전기제품을 사는 일을 한나가 돕기로 했다는 것에 엄마는 필요 이상으로 기뻐하고 계신 듯했다.

"엄마, 그저 식기세척기를 사는 것뿐이에요. 그 이상 다른 의미는 없다구요."

"그래, 나도 안다, 얘야. 결혼이라는 게 그렇게 쉽게 성사되는 건 아니지. 네 아빠와 나도 결혼하기 전까지 몇 년간을 연애했으니 말이다."

한나는 혀를 지그시 깨물었다. 차라리 아무 말도 하지 않는 것이 더 나을 때도 있다.

"근데 그거 나 주려고 가져온 거냐?"

한나에 팔에 들린 쿠킹호일 포장 꾸러미를 바라보며 엄마가 물었다.

"네, 오늘 밤 제빵 대회 심사 때 제출됐던 초콜릿 체리 커피 케이크에요."

"정말 맛있겠구나! 다음번 휴식시간에 맛을 좀 봐야겠다. 그러고 보니 생각난 건데……, 네 손님방 지금 아무도 쓰고 있지 않지?"

"네."

한나는 곧 닥쳐올 엄마의 임무 배정에 마음의 준비를 단단히 했다. 예전부터 레이크 에덴에 놀러 오고 싶어 했다던 사촌에 대한 이야기가 문득 떠올랐다.

"오, 잘 됐구나. 그럼 혹시 미셸 좀 데려가서 재울 수 있겠니?"

"아니……, 우리 미셸 말이에요?"

"그래, 내가 지금은 좀 바빠서 그 애랑 같이 시간을 보낼 새가 없구나. 그 불쌍한 것이 오랜만에 집에 왔는데 종일 TV 앞에서 시간을 보내면 안 되지 않겠느냐. 그리고 미셸에게도 여기보다는 너랑 같이 있는 게 훨씬 재미있을 것 같은데……."

엄마의 말이 더 길어지기 전에 한나가 수락했다.

"좋아요, 엄마. 미셸이라면 언제든 환영이죠."

"잘 됐다! 그럼 얼른 가서 짐 싸는 걸 도와주렴. 그리고 한 주간은 내 차를 써도 좋다고 일러 주거라. 그러면 어디든 그 애 마음대로 갈 수 있으니, 네가 좀 편하지 않겠니?"

"하지만 엄마는 어쩌고요?"

"난 괜찮다. 이번 주에 가야 할 곳이라곤 페어장 밖에 없는 걸. 게다가 캐리랑 같은 시간에 부스에 나가기로 했으니 캐리 차를 얻어 타고 가면 된다."

"알았어요."

"미셸한테 가기 전에 와서 엄마한테 작별인사하라고 해라. 내가 직접 나가서 배웅하고 싶지만, 작업할 분량이 몇 페이지 더 남아서 말이다. 이걸 얼른 끝내야 잠을 잘 수 있으니 지금은 한창 피치를 올려야 할 때 같구나."

"알았어요. 그렇게 말할게요."

한나가 자리에서 일어나 막 발걸음을 옮기려는 데 엄마가 다시 한나를 붙들었다.

"미셸이 귀찮아 그러는 게 아니다, 얘야. 그 점을 똑똑히 알려 주거라. 앤티크점 일이랑 페어장의 부스 일이 겹쳐서 주변을 챙길 여유가 없을 뿐이란다. 아참……, 토요일 저녁 8시부터 문 닫을 시간까지 네가 역사학회 부스를 담당해주기로 한 것 잊지 않았지?"

한나는 목까지 차오르는 불평, 불만에 숨이 막힐 듯해서 크게 심호흡을 하였다.

엄마가 레이크 에덴 역사학회 부스 담당 일을 부탁했을 때 한나가 흔쾌히 승낙한 것은 그저 안내 책자만 나눠주면 되는 줄 알고 있었기 때문이었다.

하지만 엄마가 교묘하게 한나를 속이고 말았다. 한나가 수락한 역사학회 부스의 일이란 주름이 잔뜩 잡힌 드레스를 입고 후원자가 던지는 공이 과녁을 맞히면 찬물이 가득한 물탱크 속으로 빠지는 것이었다.

엄마가 재촉했다.

"한나?"

"네, 엄마. 기억하고 있어요."

"고맙구나, 얘야. 그리고 커피 케이크도 고맙다. 잠시 후 휴식 때 맛을 보마. 초콜릿과 체리는 내가 가장 좋아하는 조합이지."

"그래서 가져왔어요."

한나가 대답했다.

그러고는 서재 문밖으로 나섰다. 이제 미셸에게 가서 미셸이 한나의 아파트 손님방으로 옮겨야 하게 된 경위와 엄마가 도대체 무슨 작업을 하고 계신지 실마리조차 파악하지 못했다는 이야기를 해야 할 터다.

머리 위를 밟고 다니는 모이쉐 때문에 한나는 잠에서 깼다.

아마 일부러 한나를 깨워 빨리 알람을 끄게 하려는 의도인 듯했다.

이런 때 빨리 일어나지 않으면 녀석은 한나의 머리카락을 제대로 필수도 없게끔 마구 헝클어놓거나 그 방법도 통하지 않을 때엔 귓가에 대고 귀청이 찢어져라 울어대곤 했다, 자신의 바람을 관철하고야 말겠다는 듯.

"알았어, 알았다고."

한나는 끙 소리를 내며 시계에 맞춰둔 알람을 끄기 위해 아직 잠에 취해 제대로 움직여지지 않는 팔을 가까스로 들었다.

하지만 시계는 늘 있던 침대의 오른쪽 테이블에 있지 않았다.

함께 놓여 있어야 할 램프도 마찬가지로 없었다.

테이블 위를 더듬는 손에 집히는 것이라곤 아무것도 없었다.

도대체 어떻게 된 일이지?

모이쉐가 또다시 울기 시작했고, 한나는 알람 소리가 집에서 나는 것이 아닌 TV에서 나는 소리라는 사실을 깨달았다. 누군지 알아볼 수 없는 여배우의 알람시계가 시끄럽게 울려대고 있었던 것이다.

한나는 게슴츠레한 눈으로 멍하게 TV를 바라보다가 이내 자신이 어젯밤 카사블랑카를 보다가 소파에서 깜빡 잠이 들어버리고만 사실을 깨달았다.

화면 속 여주인공이 잉그리드 버그만이 아닌 것으로 봐서는 한나는 자야 할 시간을 1, 2시간 정도 넘겨버린 듯했다.

여주인공은 알람시계를 끄고 침대 시트를 마치 토가처럼 돌돌 말아 감고는 침대에서 일어났다. 그걸 보며 한나는 혼자 있는데도 굳이 저럴 필요가 있을까 의아해졌다.

바보 같은 짓이다. 벗겨진 침대 시트를 다시 정리하려면 얼마나 귀찮은데.

화면의 오른쪽 하단에 떠오른 시간을 확인한 뒤 한나는 리모컨으로 TV를 껐다.

벌써 새벽 4시 30분이었다. 침실에 늘 맞춰두는 알람은 4시 45분에 울리게끔 되어 있으니 남은 15분 동안 침대에 누워 초를 세어가며 다시 잠을 청한다는 건 우스운 일이었다.

한나는 신음과 기도의 중간쯤 되는 톤의 목소리로 중얼거렸다.

"커피."

카페인이 필요했다. 그것도 뜨겁고 눅눅한 여름날 망령이 다시금 찾아와 전 주인이 침실에 설치해둔 에어컨을 틀어둔 채 6월의 더위가 미네소타 주 레이크 에덴을 떠나 동쪽이나 서쪽, 그 어디로든 멀리멀리 사라져버릴 때까지 깊은 잠에 빠져버리기 전에 가능하면 빨리.

한나는 자리에서 일어나 몸을 살짝 떨었다. 한나는 여름에 즐겨 입는, 긴 소매의 품이 넉넉한 자홍색 파자마를 입고 있었는데, 눈이 부실 만큼 강렬한 색에는 별로 신경 쓰지 않아도 될 터였다.

모이쉐의 담당 수의사인 해거먼 박사의 말이 사실이라면 고양이는 색맹이니 말이다. 사실 파자마의 화려한 색상은 한나의 빨간 머리와도 어울리지 않을뿐더러 한나의 피부색과도 전혀 맞지 않아 엄마가 보았으면 핀잔을 들을 게 분명했다.

한나는 거리생활로 여기저기 긁힌 흉터가 남아 있는 모이쉐에게 말했다.

"알았어, 나 일어났어."

그런 후 나지막한 신음과 함께 마음대로 올라간 파자마 웃옷을 정리한 뒤 주방으로 향했다.

"내 커피부터 한 잔 따르고 네 아침을 챙겨줄게."

하지만 모이쉐는 평소처럼 한나의 뒤를 따르지 않았다. 심지어 소파 뒤에서 한 걸음도 움직이지 않았다.

그때 잠시 잊고 있었던 기억들이 되살아남과 동시에 한나가 왜 지난밤에 소파에서 잠들었는지도 생각이 났다.

바로 모이쉐 때문이었다. 아무것도 먹지 않는 녀석이 걱정되어 한밤중에라도 혹시 부스럭 소리를 내며 무얼 먹지 않을까 기다리다가 그만 소파에서 잠이 들어버린 것이다.

한나가 커피를 따르는데 집 안쪽에서 목소리가 들려왔다.

목소리가 물었다.

"모이쉐는 괜찮아?"

아직 잠에서 덜 깬 상태였지만, 누구의 목소리인지는 알아들을 수 있었다. 손님방에 묵은 미셸이었다.

엉켜버린 발음으로 한나가 간신히 말했다.

"아직 모르겠어. 커피 줄까?"

미셸가 말했다.

"내가 알아서 마실게. 언니는 언니 것부터 마셔. 지금 언니 눈 제대로 다 떠지지도 않은 거 알고 있어?"

"아니."

"노먼은 언제 돌아갔어?"

"아직 숫자에 대해 묻지 마."

한나가 커피를 크게 한 모금 들이키자 따뜻한 기운이 몸 아래에까지 골고루 퍼졌다. 그제야 겨우 마음속에 가려졌던 어두운 안개가 한 꺼풀 벗겨지는 듯했다.

"아침에 숫자 개념은 영 아니거든."

"물어봐서 미안. 어서 커피나 마셔. 다 마실 때까지 귀찮게 하지 않을게."

큼지막한 몇 모금에 커피 한 잔을 다 비운 한나는 빈 머그잔을 들고 한 잔 더 따르려고 자리에서 일어났다.

하지만 그때 미셸이 한나에게 커피를 더 따라주었고, 한나는 조금씩 정신이 선명해지는 것을 느꼈다.

"이제 됐어."

한나가 막냇동생을 보며 미소를 지었다.

사실 한나가 미소를 지은 건 미셸이 입은 초록색 나이트가운 때문이었다. 거기에는 조그마한 소들이 잔뜩 그려져 있었는데, 한나의 파자마보다 더 우스워 보였다.

"아까 뭘 물어봤었지?"

"모이쉐가 괜찮느냐구."

한나가 대답했다.

"아직까진 모르겠어. 한밤중에 그래도 뭔가를 먹는 것 같았는데, 내가 잘못 들은 것일 수도 있고."

미셸이 테이블에 잔을 내려놓고 모이쉐의 먹이그릇이 놓인 쪽으로 다가갔다.

"어젯밤에 얼마나 차 있었는데?"

"가장자리까지. 가운데는 봉곳하게 솟아 있었어. 밤중에라도 배고프면 많이 먹으라고 많이 부어줬지."

"흠, 가운데 부분은 평평해졌는데?"

"정말?"

한나는 자리에서 벌떡 일어나 미셸이 있는 곳으로 다가갔다.

"정말이네. 키티 크런치를 조금 먹었나 봐."

"그럼 이제 걱정 안 해도 되는 거네?"

미셸이 다시 한나를 따라 테이블 앞에 와 앉았다.

"글쎄. 그래도 많이 먹지는 않았으니까. 보통 때 같았으면 한 그릇 다 비우고 나서도 더 달라고 성화였을 텐데."

"물은?"

"마셨어. 어젯밤에 물그릇이 가득 차 있었는데, 지금 반밖에 안 남은 걸 보니 마신 것 같아. 평소 때도 저 정도는 마셨어."

"좋은 징조네, 그렇지?"

"아마도. 그저 음식을 마다하는 게 평소 같지 않아 이상할 뿐이야. 어젯밤에 노먼이 프라이드치킨을 줬을 때 모이쉐 반응, 봤지? 녀석이 프라이드치킨을 얼마나 좋아하는데, 어제는 그냥 냄새만 몇 번 맡고는 멀리 가버렸잖아."

미셸은 몸을 앞으로 기울여 거실 쪽을 살펴보았다.

"수의사에게 데려가 보는 게 좋겠어, 언니. 또다시 소파 뒤에 앉아서 창밖을 보고 있잖아. 단순히 날이 더워 입맛이 없을지도 모르겠지만, 만약 몸에 심각한 이상이라도 있는 것이었다면 즉시 수의사에게 데려가지 않은 것을 뼈저리게 후회하고 말 거야."

"네 말이 맞아. 오늘이 화요일이지?"

미셸이 고개를 끄덕이자 한나가 벽에 걸린 시계를 올려다보았다.

새벽 5시 15분, 진료 약속을 잡기에는 너무 이른 시간이다.

"일단 샤워부터 하고, 6시쯤 수의 집으로 전화해봐야겠어."

"너무 이른 시간 아니야?"

"괜찮아. 화요일은 아침 7시부터 12시까지 오전만 병원을 열거든. 그러니까 6시쯤에는 벌써 일어나 있을 거라구. 7시에 모이쉐를 병원에 데려가면 다시 녀석을 집에 데려다 놓고 8시 30분까지는 카페에 나가볼 수 있어."

그러자 미셸이 고개를 저었다.

"7시 30분까지 나가는 것도 가능해. 내가 엄마 차를 갖고 언니를 따라서 병원까지 같이 갈게. 진료가 끝나면 모이쉐는 내가 집에 데려오고, 언니는 그 길로 바로 카페로 나가면 되잖아."

새벽 6시 20분, 한나는 레이크 에덴 동물병원 주차장에 차를 세웠다.

한나가 가져온 쿠키 꾸러미와 모이쉐의 목줄을 쥐고 트럭에서 내리니 미셸의 차도 막 주차장으로 들어왔다.

미셸이 물었다.

"내가 또 들어야 할 것 없어?"

"모이쉐랑 쿠키뿐이야. 모이쉐는 목줄을 맸으니까 자기가 알아서 걸을 테고, 넌 아직 아침을 안 먹었으니까 쿠키를 맡기기에는 불안하단 말이지."

"무슨 쿠키인데?"

한나가 말했다.

"월넛-데이트 츄."

그러자 미셸이 하늘 높은 줄 모르고 눈을 굴렸다.

"나 그거 기억나! 아버지께 자주 만들어 드렸잖아. 데이트(대추야자 열매)

너트 빵 맛이 나던 것, 맞지?"

"맞아."

"안 먹어 본지 오래됐는데!"

미셸이 잔뜩 굶주린 듯한 눈빛으로 꾸러미를 바라보았다.

"데이트랑 너트는 언니 건강에도 도움이 될 거야."

모이쉐가 앞으로 걷도록 목줄을 살짝 잡아당기며 한나가 물었다.

"그래?"

"심장을 튼튼하게 해준대. 특히 데이트는 근육 강화에 도움이 되고, 호두는 셀룰라이트(여자의 둔부 등의 피하에 쌓인 지방 축적물)를 방지해준다던 걸."

한나의 눈이 휘둥그레졌다. 미셸의 이야기가 상당히 설득력 있게 들렸지만, 영화학을 전공하는 동생이었다.

"방금 네가 지어낸 거지?"

미셸이 말했다.

"그래, 그래도 어쨌든 난 그 쿠키 정말 좋아한다고. 우리한테 안 만들어준 지 진짜 오래됐잖아. 하나만 먹어보면 안 될까, 언니?"

"안 돼. 이건 아침부터 모이쉐 진료 봐주느라 분주할 밥 박사님과 수에게 줄 거라구."

"한 개도 안 돼? 내가 제일 좋아하는 쿠키인데!"

"절대 안 돼. 집에 가면 주방 선반 위에 이거랑 똑같은 꾸러미가 있을 거야. 스무 개도 넘게 있으니 걱정하지 마."

미셸이 씩 미소를 짓자 하나는 병원의 뒷문을 똑똑 두드렸다.

한나가 미리 전화를 걸었을 때 수는 입원한 환견이 있을 때는 늘 한 시간 일찍 병원 문을 연다고 알려주었다.

수가 문을 열며 반갑게 인사했다.

"안녕, 한나."

한나의 뒤에 서 있는 미셸을 보고서도 역시 친근한 미소를 지었다.

"어젯밤 이브닝드레스 심사 때 정말 예쁘더라. 밥이랑 같이 집에 돌아오면서 내내 그 얘길 했는데, 미셸이 우승해서 내가 다 기뻤어."

어느새 볼이 발그레해진 미셸이 인사했다.

"고맙습니다."

스웬슨 자매들은 제각각 조금씩 다른 특성이 있었는데, 우선 안드레아는 자신이 예쁘다는 사실을 스스로도 잘 아는 터라 누군가 칭찬하는 것을 매우 당연하게 받아들였다. 반면 미셸은 자신이 얼마나 아름다운지 전혀 모르고, 누군가 칭찬을 할라치면 몹시 부끄러워했다.

그리고 한나는 누군가 자신을 예쁘다고 하는 건 그녀에게 뭔가 따로 바라는 것이 있다는 사실을 지금껏 살아오면서 수없이 거울을 통해 검증해왔다.

미셸과 안드레아는 머리카락색만 제외하고는 엄마의 아름다움 유전인자를 그대로 물려받았다.

엄마와 안드레아, 미셸은 모두 끈 비키니를 입어도 전혀 손색이 없을 만큼 아담하고 사랑스러운 체구와 몸매를 가졌지만, 유독 한나만은 아버지의 유전자를 물려받아 붉은색 곱슬머리에 통통한 체구를 하고 있었다.

"모이쉐가 왜 그러지?"

미셸의 질문에 한나가 생각 속에서 퍼뜩 깨어났다.

한나가 고개를 숙여 모이쉐를 쳐다보고는 이내 얼굴을 찌푸렸다.

모이쉐는 귀를 납작하게 붙인 채 털을 삐죽삐죽 세우고는 목에서 크르렁 소리를 내고 있었다.

"모르겠어. 전에는 이러지 않았는데."

미셸이 물었다.

"밥 선생님을 무서워하는 거 아니야?"

"아냐, 모이쉐가 병원 오는 걸 아주 좋아하진 않았어도 안으로 곧잘 걸어 들어갔어."

한나가 목줄을 살짝 잡아당겼다.

"어서, 모이쉐. 가자."

하지만 모이쉐는 꿈쩍도 하지 않았다.

발톱을 잔뜩 세우고는 문턱에 멈춰 서서 조금도 움직이려 하지 않았다. 녀석을 아무리 구슬려 보고 목줄을 당겨봐도 소용이 없었다.

마침내 한나가 모이쉐를 안고 안으러 들어가려는데 수가 한나를 저지했다.

"잠깐만 기다려요, 한나. 모이쉐가 왜 그러는지 알 것 같아요. 전에 뒷문으로 한 번도 들어온 적이 없었잖아요. 혹시 모르니 건물 앞으로 돌아서 앞문으로 들어오게 해봐요."

한나가 말했다.

"좋아요. 저도 녀석이 잔뜩 화가 나 있을 때 안기는 싫거든요."

미셸이 수와 함께 먼저 안으로 들어가고서 마침내 뒷문이 닫히자 모이쉐의 털도 다시 부드러워지고, 귀도 제자리로 돌아갔다.

건물 앞을 향해 모퉁이를 돌며 녀석의 크르렁 거리는 소리도 점차 잦아들었다.

수의 말이 정말인가? 진료가 있을 때면 늘 병원의 앞문을 이용하긴 했지만, 녀석이 그런 것까지 신경 쓰는 줄은 몰랐다.

"자, 다 왔다."

한나가 늘 그랬듯이 병원의 앞문을 열어주었다. 그러자 놀랍게도 모이쉐는 당당하게 안으로 들어가 수의 발목에 볼을 비벼댔다.

녀석의 행동에 한나는 혼란스러웠다.

"정말 이상하네요."

그러자 수가 고개를 저었다.

"이상할 것 없어요. 동물들은 원래 습관에 익숙하니까요. 늘 하던 대로 해야만 안전하다고 믿어요. 뒷문으로 들어가는 건 평소와는 다른 방법이었으니 잔뜩 긴장했던 거죠."

수가 모이쉐를 쓰다듬자 녀석이 가르랑거리기 시작했다.

"1번 진료실로 데리고 가요, 한나. 밥이 안에서 기다리고 있어요."

15분 후, 모이쉐는 미셸과 함께 다시 집으로 돌아가고, 한나는 쿠키 단지로 향했다. 외적인 진료 결과에는 아무 이상 없다는 밥의 말에 한나는 일단 안심했다. 이제 검사 결과만 기다리면 된다.

환묘(모이쉐)는 영어를 못하고, 밥은 고양이들의 말을 모르니 한나는 나름대로 모이쉐의 상태를 해석해서 전달해야만 했다.

'네, 밥을 조금밖에 안 먹어요.'

'평소 먹던 양에 비하면 진짜 엄청 안 먹는 거죠. 심지어 사족을 못 쓰던 참치나 연어, 프라이드치킨 같은 것도 거들떠보지 않아요.'

'아뇨, 탈이 나서 그런 것 같진 않은데요. 네, 물은 마셔요. 네, 모래 상자도 사용하고 있구요. 음, 아뇨, 먹이는 늘 주던 것을 줬어요. 항상 먹던 키티 크런치요.'

하지만 한나의 가장 큰 걱정거리는 모이쉐의 이상한 행동이었다.

전에는 창밖에 별 관심도 두지 않던 녀석이 지난 이틀 동안 창가에 아슬아슬하게 앉아서는 뚫어져라 무언가를 바라보고 있으니 말이다.

한나는 리사의 낡은 차 옆에 트럭을 주차한 뒤 서둘러 뒷문으로 향했다. 그녀가 미처 손잡이를 잡기도 전에 리사가 활짝 문을 열었다.

리사가 물었다.

"모이쉐는 어때요?"

"아직 모르겠어. 밥이 진찰했는데, 일단은 별문제가 없어 보인대. 그래도 혈액은 채취했어."

"그럼 결과는 언제 나와요?"

"정오 정도에 전화가 오지 않을까 싶어. 시험실에서 그때쯤 결과를 팩스로 보내주겠다고 했나 봐."

한나는 안으로 들어선 뒤 가방을 뒷문에 부착된 옷걸이에 걸었다. 그러고는 선반에 가득 차 있는 쿠키들을 보고는 끙 소리를 냈다.

리사가 한나 없이 벌써 쿠키를 모두 구워버린 것이다.

"오늘 혼자 일하게 해서 미안해. 내일은 더 일찍 나와서 내가 미리 다 해놓을게."

리사가 말했다.

"그러지 마세요. 저도 언젠가 허브가 아파서 병원에 데려가야 할 사정이라도 생기면 한나가 이렇게 똑같이 해주실 거잖아요."

한나는 그것과는 경우가 다르다고 말하려다 문득 다시 생각해보았다. 흠, 그렇기도 하다.

"피곤해 보여요, 한나. 일단 앉으세요. 제가 커피, 가져다 드릴게요."

"고마워."

한나는 작업대 앞에 놓인 의자에 힘없이 푹 주저앉았다.

어젯밤에 미셸과 커피 주전자를 닦아 놓느라 4시간밖에 잠을 자지 못했다. 확실히 카페인이 더 필요하다.

리사가 한나 앞에 커피잔을 내려놓았다.

"여기 있어요. 허브가 이걸 뭐라고 부르는지 아세요?"

"커피?"

리사가 킥킥거렸다.

"아뇨. 비타민 V래요."

한나는 V가 약자로 쓰일만한 단어들을 모두 떠올려보았지만, 적당히 들어맞는 것이 없었다.

"도저히 모르겠어. V가 무슨 뜻이야?"

"Vertical(수직, 곧추선, 세로의 뜻)이요. 아침에 자기를 벌떡 일으켜 세우는 건 이것밖에 없다나요."

오븐은 섭씨 176도로 예열합니다. 틀은 오븐 중앙에 둡니다.

재료

거품 낸 계란 4개 분량(포크로 저어주세요) / 베이킹소다 1티스푼

바닐라 추출액 1테이블스푼(3티스푼) / 다진 데이트(대추야자 열매) 1컵

녹인 버터 1컵 / 황설탕 3컵 / 소금 1티스푼

잘게 다진 호두 2컵(다진 후에 측량하세요)

밀가루 4컵(체질하지 마세요)

만드는 법

1. 그릇에 버터를 담아 전자레인지 '강' 에 90초간 돌려서 녹이거나 소스팬에 담아 약한 불에서 녹입니다.

2. 녹인 버터를 커다란 그릇에 옮겨 담고 황설탕을 넣은 뒤 실온에서, 계란을 넣어도 익지 않을 정도로 식힙니다.

3. 충분히 식었으면 거품 낸 계란을 넣은 뒤 잘 섞어줍니다. 그리고 소금, 베이킹소다, 바닐라를 넣고 다시 한 번 섞습니다.

4. 이제 견과류를 넣고 데이트를 다지는 동안 식힙니다.

5. 데이트는 칼을 사용해서 다져도 되지만, 전자믹서를 사용하면 더욱 편하답니다. 우선 씨를 빼내고(당연하겠죠) 몇 조각 자른 뒤 믹서에 넣고 갈면 금방 완성될 거예요. 거기에 밀가루를 조금(약 1/4컵) 뿌리면 서로 엉기지 않을 겁니다.

6. 다진 데이트 한 컵을 5의 그릇에 넣고 골고루 섞어줍니다.

7. 밀가루를 1컵씩 넣어서 잘 반죽합니다. 완성된 반죽은 조금 뻣뻣할 거예요.

8. 손으로 반죽을 떼어내 손가락으로 호두 크기만 하게 굴린 뒤 기름칠한 쿠키틀에 올려놓습니다(다 구워지면 살짝 납작해진답니다).

9. 섭씨 176도에서 10~12분 동안 굽습니다. 살짝 갈색 빛이 돌면 완성입니다. 틀 위에서 2분간 식힌 다음 선반으로 옮겨 완전히 식힙니다.

아버지가 제일 좋아하시던 거예요, 엄마도 좋아하시구요.

리사의 아버지는 바닐라 아이스크림을

곁들여 먹는 것을 좋아하신다고 하네요.

카운터 뒤에 진열된 디스플레이용 단지들은 모두 오늘 갓 구워낸 쿠키로 가득 차 있고, 테이블 위에는 각기 냅킨과 설탕, 인공감미료와 크림이 가지런히 놓여 있었으며, 30컵은 족히 나올 법한 커다란 커피 포트에는 조만간 들이닥칠, 혹은 들이닥치지 않을지도 모를 손님들을 기다리며 커피가 경쾌하게 끓어오르고 있었다.

　트라이 카운티 페어가 시작된 지 이틀째인 오늘 한나와 리사는 쿠키 누크 부스에서 주문한 상당히 많은 양의 쿠키 포장을 모두 끝내놓고는 작업실의 작업대 앞에 앉아 한 주간 필요한 재료와 물품 등에 대해 이야기를 나누고 있었다.

　리사가 작업대 안에 있는 포트를 가리키며 한나에게 물었다.

　"더 드릴까요?"

　"좋지. 이제 한 잔만 더 마시면 비로소 사람 같은 기분이 들 것 같아."

　리사가 한나의 잔을 가득 채워오자 한나가 미소를 지으며 말했다.

　"더 필요한 것 없나?"

　"글쎄요. 견과류nuts는 어떻게 하죠?"

　"평소 때보다 더 많이 사야 할 것 같아. 근데 손님들을 두고 그렇게 얘기하면 안 돼(미국에서는 nuts가 바보, 얼간이 등의 속어로도 많이 사용된다)."

　리사는 잠시 어리둥절해 있다가 이내 킥킥거리기 시작했다.

"정말 재미있어요!"

"하느님, 감사합니다. 난 유머감각을 몽땅 잃는 줄 알았어. 근데 이 커피 한 잔 마시니까 다시 돌아오는데? 아, 오트밀은 얼마나 남았는지 확인해봤어? 안드레아한테 스웨덴 스타일 오트밀 쿠키를 만들어주겠다고 약속했는데."

"안드레아는 오트밀을 좋아하지 않잖아요?"

"안 좋아하지, 근데 이제 먹더라구."

한나는 자신이 안드레아를 어떻게 해서 꼬였는지를 떠올리며 씩 미소를 지었다.

"뭔가 일이 있었군요."

"맞아, 그랬지. 나중에 시간 날 때 나한테 이야기해 달라고 해, 내가 잊어버리고 있을지도 모르니까. 그리고 만약에 안드레아가 묻거든 오트밀은 머리카락에 정말 좋다고 얘기해줘."

"머리카락에요?"

"그래."

리사가 불편한 기색을 보였고, 한나는 그 이유를 알 것만 같았다. 우리의 어린 동업자는 거짓말하는 것을 제일 싫어한다.

"먼저 나서서 거짓말할 필요는 없어."

"알았어요. 그럼 그냥 미소만 짓거나, 아니면……."

그때 뒷문이 열리고 베서니를 팔에 안은 안드레아가 들어서자 리사는 하던 말을 멈추었다.

"안녕, 안드레아. 안 그래도 우리 지금……."

"베서니 얘기를 하고 있었어."

무심코 내뱉은 리사의 이야기를 한나가 중간에서 재치 있게 건져 올렸다.

"근데 이렇게 왔네! 베서니가 이제 기어다니는지 리사가 궁금해했거든."

"기어다닌다고 봐도 좋지 않을까 싶어, 아마도."

리사가 안드레아에게 커피와 쿠키를 가져다주며 물었다.

"어떻게 하는데요?"

"보여줄게."

안드레아가 베서니를 바닥에 내려놓았다. 그것을 본 한나는 미소를 지었다. 트레시가 아기였을 적에 안드레아는 완전히 멸균된 곳이 아니면 절대로 트레시를 데려가지 않았다. 심지어 자기 집 거실에 깨끗한 담요 위에도 트레시를 내려놓지 않았고 트레시한테 병균이 옮을까 봐 갓 태어난 3개월 동안은 가족 외에 어떤 방문객도 집에 들이지 않았다.

트레시가 사용하는 옷, 수건 등등은 늘 청결하게 삶아 빨았으며, 트레시에게 먹일 모유가 충분히 나오지 않았을 때는 거의 1갤런(3.785ℓ)에 가까운 눈물을 쏟기도 했다. 아기에게 조심해야 할 사항들을 알리는 책은 모조리 사서 읽었고, 아기에게 해롭다는 것은 절대로 피했다.

그런 와중에도 트레시가 감기에 걸리거나 밥을 많이 먹지 못하거나 하면 안드레아는 자신이 엄마로서 실격이라며 몹시 속상해했다. 근데 이번에는 달라졌다. 그걸 눈치 챈 한나는 반가운 마음이 들었다.

안드레아와 빌은 상주 유모인, 맥캔 부인을 고용해 안드레아가 일하는 동안 베서니를 돌보게 했다. 결과는 아주 좋았다. 안드레아는 베서니를 여유롭게 돌보며 틈틈이 쉴 수도 있었으니 말이다.

미동도 없이 앉아 있는 깜찍한 조카를 내려다보며 한나가 말했다.

"아직 기어다닐 수 있을 것 같지 않은데."

"방법이 있지."

안드레아가 기저귀 가방에서 봉제 토끼인형을 꺼내 베서니에게서 몇 피트 떨어진 앞에 놓아두었다.

"가서 가져와, 베시. 한나 이모랑 리사 이모한테 기어다닐 수 있다고 보여줘야지."

베서니는 인형을 물끄러미 바라보다가 한나가 이제껏 본 중 가장 달콤한 미소를 지어 보였다. 그 미소가 인형 때문인지 주변에 서 있는 세 사람 때문인지는 알 수 없었지만, 이유 같은 거야 아무래도 상관없었다. 한나의 막내 조카는 이렇듯 사랑스럽기 그지없으니 말이다.

드디어 베서니가 움직이기 시작했다, 그것도 아주 빨리. 한쪽 다리로 몸을 지탱한 채 다른 다리로 바닥을 박차며 봉제 토끼인형을 향해 움직이기 시작한 것이다.

"봤지?"

마침내 베서니가 토끼 인형을 집어들고 귀를 빨기 시작하자 안드레아가 의기양양한 미소를 지으며 말했다.

"엄격하게 말하면 기는 건 아닐지도 모르지만, 어쨌든 앞으로 가긴 하잖아. 맥캔 부인이 그러는데, 우리 집 바닥이 딱딱해서 그런 거래. 기어다니려면 무릎을 사용해야 하는데, 우리 집 바닥은 딱딱해서 아프니까 저렇게 밀면서 가는 거래. 근데 저렇게 다니는 거 보면 정말 귀여워 죽겠다니까. 한쪽 다리에 지탱해서 가는 거 보면 생각나는 게 있는데, 그게 뭔지 모르겠어."

잠시 생각에 잠겨 있던 한나의 머릿속에 퍼뜩 어린 시절 들었던 수영 수업이 떠올랐다. 그때 온갖 종류의 수영 자세와 발차기 법을 배웠는데, 에덴 호수에 가서 곧잘 연습해보곤 했다. 그때 배웠던 자세 중 가장 익히기 어려웠던 것이 바로……

"개구리 발차기!"

한나가 큰소리로 외치자 안드레아가 고개를 돌려 한나를 쳐다보았다.

"맞아, 바로 그거였어. 개구리 발차기. 난 자세가 늘 구부정했거든."

한나 역시 인정했다.

"나도. 미셸도 그랬지. 분명히 유전적인 이유 때문이었을 거야."

리사가 경고했다.

"한나 어머님한테 그렇게 말씀하시지 마세요. 다른 엄마 개구리와 비교당하는 걸 기분 좋아하시진 않을 거예요."

"그래."

카페 문을 열기 위해 홀로 나서는 리사를 향해 한나가 살짝 고개를 끄덕였다.

안드레아가 말했다.

"아참, 내가 여기 왜 왔는지 잊고 있었네. 온 세상을 뒤흔들만한 어마어마한 소식이 있어."

한나가 믿을 수 없다는 듯 물었다.

"무슨 소식인데?"

안드레아는 약간만 흥미로운 소문 거리가 있어도 엄청난 사건이라며 부풀려 말하곤 하니 말이다. 물론 예사로 흘려들을 수 없는 솔깃한 소문일지는 몰라도 안드레아의 표현처럼 온 세상을 뒤흔들만하지는 않을 것 같았다.

"미용실의 버티에게서 직접 들은 거야."

안드레아가 작업대 쪽으로 향하는 베서니를 다시 안아 올렸다.

"이리 와, 베시."

"내가 안고 있을게."

한나가 팔을 뻗자 베서니가 한나를 향해 활짝 웃어주었다.

안드레아는 아기를 한나에게 넘겨주고는 기저귀 가방에서 주스 병을 꺼내 한나의 앞에 놓아주었다.

"이거 먹여도 돼. 베시가 사과 주스를 무척 좋아하거든."

한나는 팔에 안정적으로 베서니를 안고서 한 손으로 주스 병의 뚜껑을 열었다. 그런 뒤 베서니에게 병을 쥐어주자 아기는 주스를 마시기 시작했고, 한나는 다시 안드레아를 돌아보았다. 근데 아무리 봐도 안드레아는 머리를 새로 한 것 같지 않았다.

"미용실에는 무슨 일로 갔었어?"

"오늘 모전여전 대회 오찬이 있거든. 트레시랑 똑같은 머리 모양을 하고 나가면 플러스 점수를 받는 데 도움이 되지 않을까 싶어서. 지금 버티가 트레시 머리를 하고 있어. 트레시가 끝나면 윌라 썬퀴스트 차례고, 머리를 자르고 염색한다더라고. 그다음이 나야."

한나는 깜짝 놀랐다. 넉넉하지 못한 형편의 윌라가 값이 꽤 비싼 염색을 하다니, 미스 카운티 선발대회의 도우미 보수가 웬만큼 잘 나오는 모양이다.

"그럼 너 머리 하는 동안 트레시랑 베서니, 봐줄까?"

그러자 안드레아가 고개를 저었다.

"맥캔 부인이랑 같이 왔으니까 괜찮아. 그냥 언니한테 베시도 보여줄 겸 소식도 전할 겸 해서 온 거야."

"그래, 얘기해봐."

"그게, 버티는 로드 부인에게 직접 들은 거래. 전화를 받은 사람이 로드 부인이었거든."

"무슨 전화?"

한나의 궁금증이 극에 달했다. 안드레아는 늘 이렇게 솔깃한 소문 거리로 사람을 안달시키곤 한다.

"노먼에 대한 일이야?"

"물론이지. 페어담당 비서가 오늘 아침에 로드 부인에게 전화해서는 노먼이 찍은 언니 사진이 사진 경연대회에서 1등을 했다고 알려줬대."

"잘 됐다!"

한나가 탄성을 질렀다. 안드레아가 가져온 이번 소식은 그야말로 놀랄만한 가치가 있는 것이었다.

"노먼도 알아?"

"지금쯤 알고 있을 거야. 지금 카페에 있는데 로드 부인이 핸드폰으로 전화를 걸어서 알려줬거든."

"여기까지 와서 소식을 전해줘서 고마워."

한나가 말하고는 이렇게 덧붙였다.

"노먼이 1등을 차지했다니 너무 기쁘긴 한데, 세상이 뒤흔들릴 정도까지는 아니야."

"그건 내가 아직 그 부분을 말하지 않았기 때문이지."

거기까지만 말하고 안드레아는 굳게 입을 다문 채 한나를 향해 다시 짓궂은 미소를 지어 보였다.

들리는 것이라고는 베서니가 주스 병을 빠는 소리뿐이었다.

한나는 계속 침묵이 흐르도록 내버려두었다. 이건 일종의 시험이다.

누구든 먼저 입을 여는 사람이 지는 것이다. 아주 조용히 몇 분의 시간이 지났고, 한나는 안드레아의 인내심에 내심 놀라고 있었다.

안드레아가 가져온 또 다른 소식이 무엇인지 궁금해서 미칠 지경이었지만, 먼저 지고 들어가긴 싫었다. 할 일이 산더미 같이 쌓인 지금 이렇게 고집을 부리며 시간을 보낼 수는 없어 한나가 막 포기하려는 찰나에 안드레아가 입을 열었다.

"좋아, 알았어. 얘기해줄게."

안드레아는 국가 기밀이라도 발설하려는 사람처럼 앞으로 몸을 숙이며 말했다.

"로드 부인이 노먼에게 전화했을 때 마침 마이크도 옆에서 같이 소식을 들었는데, 마이크가 글쎄, 그 사진을 500달러에 사겠다고 했대!"

"뭐라고?!"

안드레아가 젠체하며 말했다.

"거봐, 내가 세상이 뒤흔들릴만한 소식이라고 했잖아!"

"하지만……, 마이크가 그걸 왜? 그것도 그렇게 많은 돈을 주고? 노먼에게 부탁하면 한 장쯤 더 인화해줄 수 있을 텐데 말이야. 그리고……."

"내가 아는 건 거기까지야. 더 알고 싶거든 관계자한테 직접 듣도록 해."

연달아 이어지는 한나의 질문을 안드레아가 단칼에 잘라버렸다.

"알았어. 그 관계자라 하면 노먼을 말하는 거군. 마이크가 정말로 내 사진에 500달러라는 거금을 썼다면, 그것 또한 자세히 알아봐야 할 것 같아."

"뭐래요?"

한나가 밥과의 통화를 끊자마자 리사가 물었다.

한나가 보고했다.

"혈액 검사 결과도 이상이 없대. 커피 더 할래?"

리사가 고개를 끄덕이자 한나는 주전자에 뜨거운 커피를 가득 채워 두 사람이 앉아 있던 뒷자리로 가져갔다.

어제와 같은 손님의 기근이 오늘도 계속되고 있었다. 그저 아침에 회사원 몇 명과 늘 붐비는 정오 시간에 두세 사람 정도만이 다녀갔을 뿐이었다. 이제 정오도 지나고 카페 안은 황량하기 이를 데 없었다.

리사는 주전자를 집어 한나와 자신의 컵에 커피를 따랐다.

"그럼 어떻게 하면 된대요?"

"아무것도, 적어도 지금은. 매일 먹이랑 물을 바꿔서 줘보려고, 그러다가 입에 대는 것이 있으면 이제부터 그것만 줘야지. 모이쉐가 몸무게가 좀 준다고 해서 큰일 나는 것은 아니니까 너무 걱정하지 않아도 된대. 애완동물들도 사람들처럼 가끔 그렇게 먹지 않을 때가 있다면서. 그냥 이러저러한 이유로 입맛을 잃는 거라네."

"전 해당이 안 되는 것 같은데요."

한나 역시 장난스럽게 말했다.

"나도."

리사가 쿠키를 포장하는 동안 한나는 카운터를 지켰다. 카페 안에는 오직 한 테이블에 젊은 커플만이 앉아 있었는데, 북쪽으로 가는 길에 우연히 지나다 들른 참이라고 했다.

한나는 카운터를 한 번 닦은 뒤 뒤에 진열된 단지들을 다시 정돈하고 금전등록기 뒤에 놓인 높다란 의자에 앉아 쇼윈도 밖을 응시하며 마이크가 노먼의 사진을 사겠다고 했다는 것이 정말일까 곰곰이 생각해보았다. 사실 마이크와 노먼 사이에 흐르는 긴장의 기류를 생각한다면 그럴 법도 한 일이었다.

로스 바톤이 레이크 에덴에 들어와 '체리우드의 위기'를 촬영했을 당시에 두 사람은 한나가 로스와 너무 가까워지는 것을 막으려고 단합하기도 했지만, 로스도 떠나고 없는 지금 두 사람은 다시금 라이벌의 관계로 돌아가지 않았는가.

노먼은 한나를 찍은 사진으로 파란 리본 상을 받았고, 그건 분명 한나에게 점수를 톡톡히 땄다. 그러니 그에 질세라 마이크는 보통 값의 배 이상을 주고서라도 사진을 사들인 것이 아닐까. 한나가 다음 경쟁은 무엇일까 궁금해하는 찰나에 문제의 두 남자가 카페 안으로 들어왔다.

"안녕, 한나!"

마이크가 경찰의 유니폼 재킷을 앞문 쪽에 있는 옷걸이에 거는 동안 노먼이 카운터 앞자리로 다가와 앉으며 인사를 건넸다.

"한나를 찍은 내 사진이 파란 리본 상을 타게 됐다는 얘기 들었어요?"

한나는 노먼을 향해 따스한 미소를 보냈다.

"들었어요. 축하해요!"

이번에는 마이크가 노먼의 옆자리에 앉으며 물었다.

"그 사진이 우리 집 거실 소파 위 벽에 걸릴 거라는 얘기도 들었습니까?"

한나가 말했다.

"네, 노먼의 사진을 샀다는 얘기, 들었어요. 둘 다, 커피?"

한나는 잠시 분주히 머그잔에 커피를 따르고 두 사람이 주문한 쿠키를 접시에 담아 그들 앞에 가져다주었다. 그러고는 카운터 뒤, 정확히 두 사람의 한가운데 앉아 조만간 벌어질 일을 잠자코 기다리고 있었다.

하지만 얼마 동안 두 사람은 쿠키를 먹고 커피를 마시는 데만 열중했다. 마이크가 초콜릿 하이랜더 쿠키를 두 개나 주문해 먹는 것을 본 한나는 내심 기뻤다. 초콜릿 속에 있는 엔도르핀이 노먼과 극한 경쟁 상황에 치닫는 것을 어느 정도 막아줄지도 모른다.

노먼은 피넛버터 멜츠 두 개를 주문했는데, 불행히도 피넛버터에는 엔도르핀이 없었지만, 아무래도 상관없을 듯했다. 물과 기름과도 같은 두 사람에게는 한데 섞일 수 있도록 하는 유화제가 필요했는데, 그 유화제는 다름 아닌 초콜릿이나 엔도르핀이 아닌 우정이었다.

두 사람은 사실 서로를 좋아하고 있었다. 그저 한나 옆에 있을 때면 서로 한나에게 더 깊은 인상을 남기려고 애쓸 뿐이었다.

그렇게 두 사람이 경쟁 체제에 돌입할 때마다 한나는 그 사이에서 중재자의 역할을 할 수밖에 없었다. 침묵이 계속되는 가운데 왠지 모를 긴장감이 고조되자 마침내 마이크가 목청을 가다듬었다.

마이크가 먼저 도전장을 내밀었다.

"내가 한나의 사진 값으로 얼마를 냈는지도 들었습니까?"

"500달러를 냈다고 안드레아에게 들었어요. 정말로 그만큼을 낸 거예요?"

"그럼요."

한나는 노먼을 쳐다보았다.

"노먼이 그만큼 가격을 매긴 거구요?"

"아니요. 그건 심사단에서 책정한 가격이에요. 사진을 출품한 작가들이 모두 페어 마지막 날에 자신이 찍은 사진을 경매에 내어놓는데, 그렇게 해서 모인 돈은 자선단체에 기부하거든요. 만약 경매가 시작되기 전에 사진을 사고자 한다면 심사단에서 책정한 가격대로 내야만 하죠."

한나는 이번엔 마이크를 쳐다보았다.

"그럼 경매 때까지 기다리지 그랬어요. 그러면 더 싸게 살 수 있었을 텐데."

그러자 마이크가 고개를 설레설레 저었다.

"이번에는 입찰식 경매인데다가 입찰도 한 번밖에 하지 못합니다. 그러다가 한나 사진을 놓치기라도 하면 어쩝니까."

"하지만 그건 노먼이 찍은 사진이잖아요. 부탁하면 한 장 더 인화해 줄 수 있었을 텐데요."

"그런 부탁은 하고 싶지 않았어요. 한나가 너무 예쁘게 나와서 말입니다. 그 표정이 참, 어떻게 말해야 할지 모르겠지만……, 마치 꿈을 꾸는 듯한 표정이 정말 좋았어요. 아마 내 생각을 하고 있었을 겁니다."

그러자 노먼이 고개를 저었다.

"아니, 아니죠. 한나는 내 생각을 하고 있었어요."

어-오! 또다시 불붙었군. 어떻게든 두 사람을 말려야 했고, 그렇게 할 방법은 오로지 한 가지뿐이었다.

한나가 외쳤다.

"둘 다 틀렸어요! 그때 난 둘 중 누구도 생각하지 않았어요. 잉그리드 할머니가 만드셨던 초콜릿 캐슈 파이 맛이 참 좋았었는데, 나도 똑같이 만들 수 있을까 생각하던 중이었단 말이에요."

"할머니가 만들어 준 파이가 무척 맛있었나 보군요."

노먼이 말했지만, 왠지 한나의 말을 완전히 믿지 않는 듯했다.

"정말 그랬어요. 근데 불행하게도 할머니가 레시피를 적어놓지 않으신 바람에 지금 한창 연구 중이에요."

노먼이 여전히 한나를 믿지 못하겠다는 듯한 표정을 지으며 말했다.

"레시피를 다시 만들게 되면 우리에게도 알려줘요."

무안해진 한나는 이미 더 이상 깨끗할 수 없는 카운터를 다시 닦았다. 도대체 할머니가 한 번도 구워주신 적이 없는 파이 이야기는 어디서 떠오른 것일까? 초콜릿 캐슈 파이라는 게 정말 있기는 한 걸까? 지금까지 한 번도 들어본 적이 없는 파이의 레시피를 어떻게 해서든 알아내야 하게 생겼다. 그야말로 제 꾀에 제가 넘어간 꼴이다.

"사셨어요?"

부 몽드에서 돌아온 한나를 보자 리사가 물었다.

"물론이지."

"그럼 오늘 밤 페어에 갈 때 입으실 거예요?"

한나는 고개를 저었다.

"아니, 저녁 7시에 미셸의 수영복 심사를 보러 갈 거긴 한데, 아마 아무도 나한테 관심을 두지 않을 테니 오늘 입지는 않을래. 그리고 그 후에 파이 심사가 있는데, 혹시 옷에 파이를 흘리면 어떡해. 아무튼 옷이 너무 예뻐, 리사. 클레어가 어울릴만한 옷이 있다고 말할 때는 정말 믿어도 좋다니까."

"맞아요. 결혼식 때 입은 의상도 클레어가 골라준 거였거든요. 아, 그러니까 마지 일이 생각나는데, 놀라지 마시라고 미리 말씀드리는데, 마지가 제빵 대회에 파이를 제출했어요."

한나는 깜짝 놀랐다.

"정말?"

마지의 케이크 굽는 솜씨는 모두가 알아줄 정도로 훌륭했지만, 그녀에게 파이는 영 생소한 분야였다.

"어떤 종류의 파이인데?"

"엄마의 사과 파이 레시피를 사용하셨어요. 전 참가하고 싶어도 한나의 동업자이고, 그건 즉 전문 제빵사라는 의미이니까 안 되잖아요. 마지가 사과 파이 맛을 보더니 무척 맛있다고, 참가해보고 싶으시다고 하셨어요."

"나도 얼른 맛보고 싶은걸. 근데 리사……, 리사의 어머니 레시피라고 해서 가산점을 주지는 못해. 알고 있지?"

"알다마다요. 마지도 그렇다는 것을 알고 있어요. 그냥 한나에게 그렇게 해서 참가하게 되었다는 이야기만 미리 해주려는 것뿐이에요."

"고마워, 리사."

"허브랑 저는 마지랑 아버지 모시고 6시쯤 페어에 갈 건데, 쿠키 누크 부스에 쿠키는 제가 배달할까요?"

배달 일을 덜게 된 것이 한나는 반가웠다.

"그래 주면 좋지. 난 그 짬에 병원에 있는 에드나에게 쿠키 좀 가져다 주려고."

"그 꾸러미도 제가 싸드릴게요. 얼마나 포장할까요?"

"골고루 해서 12개들이 여섯 꾸러미 정도면 되지 않을까 해."

그러자 리사의 눈이 휘둥그레졌다.

"한 사람이 먹기에는 너무 많지 않아요?"

"오, 한 사람 몫만 준비하는 게 아니야. 사실 박사님 비서한테도 쿠키를 가져가겠다고 말했거든. 그 비서가 지금쯤 다른 간호사에게도 모두 말했을 테니 여섯 상자를 에드나의 병실에 가져다 두면 간호사들이 쿠키 때문에 일부러 에드나 병실을 들락거리면서 에드나를 더 잘 봐줄 거 아니겠어?"

한나는 입가에서 미소를 지울 수가 없었다. 미셸이 수영복 심사에서도 2등을 차지한 것이다. 한나는 동생이 무척 자랑스러웠다. 그 정도 상황에서라면 누구든 싱글벙글하겠지만, 한나를 웃게 한 또 다른 이유가 있었다. 바로 파이 심사 때문이었다. 한나가 쿠키만큼이나 좋아하는 파이를 심사하는 일은 무척 즐거웠다.

대체로 기분 좋은 하루였다. 한나는 바닐라 커스터드 크림으로 속을 채운 복숭아 파이의 조각을 잘랐다. 파이 껍질은 얇으면서도 부드러웠고, 파이에 얹은 복숭아는 원형을 제대로 유지하면서 지나치게 많이 구워지지도 않았으며, 커스터드 크림은 그 맛이 깊고 풍부해서 그 자체만으로 파이를 만들어도 손색이 없을 정도였다.

"이게 마음에 드는가 봐?"

팸의 질문에 한나는 맛의 환상에서 퍼뜩 깨어났다.

"네, 아주 맛있네요."

"그런 줄 알았어. 맛볼 때 자기, 거의 신음소리 냈던 거 알아?"

팸이 이번에는 윌라에게 물었다.

"윌라는 어때?"

"아직 고민 중이에요. 한 번 더 맛을 봐야 할 것 같아요."

윌라는 뭔가를 심각하게 숙고할 때면 늘 그러던 것처럼 한 손으로 머리카락을 쓸어 넘겼다. 하지만 예전 같았으면 손길 한 번에도 마구 엉켰을 머리카락이 곱게 층을 내어 자른 지금은 제자리로 얌전히 돌아가 있었다.

한나가 말했다.

"새 헤어스타일 정말 잘 어울린다고 내가 얘기했던가?"

"네, 버티에게 새로운 걸 해보고 싶다고 했더니 이런 스타일을 만들어주었어요. 정말 마음에 들어요. 앞으로 한 달 반 동안은 피넛버터와 젤리 샌드위치만 먹어야 하는데 그나마 마음에 드는 것이 천만 다행한 일이죠."

다음 파이를 자르다 말고 팸이 월라를 돌아보며 물었다.

"옷도 새로 산 것이지?"

"네, 미용실에 있던 사람들이 전부 새 헤어스타일을 했으니 그에 어울릴만한 새 옷을 사야 한다고 해서요. 아침에 머리하고 바로 샀어요."

한나가 부럽다는 듯 말했다.

"옷도 참 예쁘다. 그리고 아주 잘 어울려. 부 몽드에도 이것과 비슷한 옷이 있었던 것 같은데."

"이제 없을 거예요. 제가 그걸 샀거든요."

한나는 깜짝 놀라고 말았다.

클레어의 부티크 옷은 모두 명품이라 특별 할인가라고 해도 값이 무척 비쌌다. 월라가 새로 산 여름용 드레스는 50년대 스타일로 둥근 스커트에 소매 없는 상의와 볼레로 재킷이 매치된 것으로 밝은 산홋빛 광택이 나는 소재라 한나도 꼭 한번 입어보고 싶던 것이었다.

팸 역시 놀란 듯 보였다.

"새로운 헤어스타일에 새 드레스까지? 우리가 모르는 공돈이라도 생긴 거야?"

"아뇨, 신용카드로 결제했어요. 청구서가 날아오기 전에 미인대회 도우미 보수가 들어올 거예요. 카드를 최대한도까지 사용하는 건 저도 무척 싫어하지만……, 어쩔 수가 없었어요."

그러자 팸이 고개를 살짝 치켜들며 의심스러운 눈빛으로 윌라를 쏘아보았다.

"남자 때문이구나. 그렇지, 윌라?"

윌라가 살짝 웃음을 터뜨리며 말했다.

"남자 때문이 아닌 일이 뭐가 있겠어요, 안 그래요?"

볼까지 발그레해진 윌라는 분명히 당황하고 있었다.

하지만 팸은 쉽게 포기할 눈치가 아니었다. 팸이 윌라에게 물었다.

"학교 축제 때 우리, 마담 자르 보러 갔던 거 기억나?"

윌라는 팸이 화제를 돌리려는 줄 알고 살짝 안도하는 듯했다.

"그럼요. 퍼비스 부인이 점성술사 역을 정말 훌륭하게 해냈어요."

한나도 동의했다.

"의상도 멋있었어요."

교장 선생님의 부인인 캐시 퍼비스는 완벽한 점성술사 복장을 갖추고 있었는데, 정말 아무도 그녀를 알아보지 못했다.

"그때 부인이 윌라한테 곧 큰 키의 흑발의 잘생긴 외지 남자를 만나게 될 거라고 했지."

팸이 씩 웃으며 말했다.

"아마 그 말이 맞아들어가는 가봐."

"아니에요. 그런 사람은 만나지 못했는걸요……, 적어도 아직은."

윌라의 볼이 다시 붉어졌다. 윌라는 아닌 척했지만, 문제의 남자에 대해 별로 이야기하고 싶지 않은 듯했다.

상사격인 팸에게 윌라가 더 많은 질문 공세를 당하기 전에 한나가 먼저 나서 화제를 돌렸다.

"그 남자가 누구인지는 몰라도 윌라 드레스를 무척 마음에 들어 할 거야. 나도 저런 색 드레스를 입어보고 싶었는데, 아버지가 허락하지 않으셨더랬지."

팸이 알쏭달쏭한 표정으로 물었다.

"한나 아버님이? 그렇지만……, 한나 아버님은 돌아가신 지 벌써 몇 년이 지났잖아?"

"그랬죠. 근데 아버지가 물려주신 빨간 머리만큼은 여기 이렇게 그대로 머물러 있거든요. 이 머리색 때문에 빨간색, 분홍색, 고동색, 산호색, 그리고 복숭아색 등의 옷은 입지 못해요. 입었다가는 잘못하면 교통사고를 일으키고 말 테니까요. 그러니 개인적인 바람은 그저 꿀꺽 삼켜버리고 잠자코 있는 편이 낫죠……, 삼켜버린다는 말을 한 김에, 난 다음 파이를 맛볼 준비가 다 되었는데, 윌라는 어때요?"

"이 채점표만 다 끝내구요."

윌라가 재빨리 채점표를 작성한 뒤 팸에게 건네주었다.

"좋아요, 저도 준비되었어요. 다음 파이는 뭐예요?"

"키라임." 윌라가 살짝 한숨을 내쉬었다.

"키라임 파이면 진짜 좋아하는 건데, 아마 진짜 키라임으로 만든 건 아닐 거예요."

팸이 카드를 뒤집으며 말했다.

"그렇지 않은데. 여기 보면 이렇게 적혀 있어……, 신선하게 즙을 낸 키라임."

윌라가 물었다.

"그럼 진짜 키라임이란 말이에요?"

"그래, 참가자가 적어 낸 메모도 있는데, 딸이 멕시코로 휴가를 다녀

오면서 키라임을 사다줬대."

월라는 놀란 듯했다.

"멕시코? 키라임은 플로리다에서 나는 줄 알았는데."

그러자 한나가 고개를 저었다.

"이제는 아니야. 물론 플로리다에서 아직도 키라임을 재배하는 농가가 있긴 하지만, 키라임은 민감한 부분들이 너무 많아서 그렇게 키우기쉬운 작물은 아니거든. 그래서 멕시코에서 키우는 것이 훨씬 수월해. 식료품점에서 살 수 있는 키라임도 대부분 멕시코가 원산지일걸."

"여기 사진이 있어." 팸이 두 사람에게 사진을 건네주었다.

"조그만 것들이 키라임인데, 바로 옆에 레몬이랑 같이 놓여 있으니까크기가 얼마나 작은지 비교할 수 있을 거야."

"레니어 체리(속이 노란 체리)가 아직 덜 익었을 때 같아요. 물론 크기는 그것보다 조금 크지만. 그리고 굉장히 딱딱할 것 같은데요."

팸이 놀라며 물었다.

"체리가 자라는 걸 본 적이 있어?"

"오, 그럼요. 워싱턴에 있을 때 많이 봤어요."

"D.C.?" 한나가 물었다.

"워싱턴 주요. 야키마 계곡에서 몇 주간 머물면서 체리를 땄는데, 레니어 체리는 빙 체리와 밴 체리의 중간 품종으로 50년 전에 워싱턴주립대학교에서 개발한 거예요. 모종나무는 아직도 거기에 있어요."

한나가 말했다.

"나도 레니어 체리에 대해 들어본 적이 있어. 빙 체리보다 달잖아, 그렇지?"

"훨씬 더 달죠. 워싱턴 주에서는 당도가 17브릭스가 넘지 않으면 체리를 상품으로 내놓지 못하게끔 해요. 제가 일했던 과수원에서는 체리의 당도가 20브릭스가 되지 않으면 아예 따지 않았어요."

팸이 혼란스러운 표정으로 물었다.

"브릭스?"

"당도를 측정하는 단위예요. 복숭아는 약 13브릭스 정도 될 거예요."

팸은 여전히 혼란스러운 표정이었다.

"워싱턴 주에는 무슨 일로 갔었어?"

"일하러요. 가끔 그렇게 시간을 내서 여행했거든요……, 친구랑. 돈이 떨어지거나 하면 그 근처에서 일했어요. 그럼 이제 맛을 봐도 될까요, 팸? 얼마나 달콤한지 얼른 맛보고 싶어요."

"알았어." 팸이 잘라놓은 조각을 두 사람 앞에 내려놓았다.

"키라임이 얼마나 환상적인 효과를 내는지 한 번 보자구."

그때 윌라가 자기 몫의 조각을 보더니 얼굴을 찌푸렸다.

"이게 정말 그 파이예요?"

"명단에 그렇게 쓰여 있어. 왜?"

"플로리다에 있을 때 키라임 파이를 자주 봤어요. 그게 거의 주 특산 파이나 마찬가지였으니까요. 근데 그때 봤던 파이들은 모두 초록색이었는데."

그러자 팸이 깜짝 놀라며 말했다.

"플로리다에도 있었어?"

"네, 겨울에 플로리다에서 잠시 지낸 적이 있어요. 거기는 거의 모든 레스토랑에서 키라임 파이를 팔아요."

한나가 포크로 조각을 자르며 말했다.

"완전히 초록색인 건 키라임 주스밖에 없어."

머랭 밑에 든 파이의 속은 약간의 초록색의 비치는 노란색이었다. 키라임 파이라면 응당 그래야 할만한 색이었다.

"조각냈을 때 속이 초록색이면 그건 주방장이 식용색소를 쓴 거야."

팸이 윌라에게 말했다.

"어떤 레스토랑에서는 그렇게 하거든."

그러자 윌라는 고심하는 듯한 표정을 지었다.

"그럴 수도 있겠어요. 웨이트리스들이 한눈에 보고 레몬 머랭이 아니라는 걸 구별해야 할 테니까요. 제가 일했던 레스토랑에서도 레몬 머랭 파이와 키라임 파이를 모두 팔았는데, 만약 색깔이 완벽한 초록색이 아니었다면 구별하기 어려웠을 것 같아요."

한나가 파이 조각을 내려다보며 말했다.

"이건 그래도 다른 키라임 파이보다 약간 더 노란 것 같아. 계란 노른자를 얼마나 넣은 거지?"

그러자 팸이 카드를 뒤집어 레시피를 확인했다.

"계란 2개랑 노른자 3개를 넣었어. 당연히 노랄 수밖에 없겠는데."

한나가 말했다.

"그래도 맛있을 것 같아요. 얼른 맛봐요."

긴 침묵이 흐르고 마침내 한나가 탄성 어린 한숨을 내쉬었다.

"환상적이야!"

윌라도 입술을 핥으며 말했다.

"진짜 키라임 파이야. 너무 달지 않아서 오히려 좋아요."

팸도 동의했다.

"거의 완벽에 가까운걸. 참가자가 여기 메모에 키라임을 구할 수 없으면, 일반 라임을 사용해도 된다고 적었어. 키라임을 넣었을 때만큼 라임 맛이 강하진 않아도 그래도 여전히 맛있는 파이를 만들 수 있다고 말이야."

윌라가 말했다.

"일반 라임으로 만든 파이도 맛보고 싶은데요. 어떤 점이 다른지 비교해보고 싶어요."

그러자 팸이 테이블로 가더니 세 조각을 더 잘라왔다.

"일반 라임으로 만든 파이도 있어. 같이 만들어서 출품했다고."

세 사람이 맛을 보는 동안 또다시 침묵이 흘렀다.

이윽고 먼저 입을 연 사람은 한나였다.

"출품자 말이 맞아요. 일반 라임으로 만든 건 톡 쏘는 맛이 덜하지만, 그래도 여전히 맛있어요."

월라가 고개를 끄덕였다.

"동감이에요. 파이 껍질도 마음에 들어요. 꼭 쇼트브레드 쿠키 같아요."

팸이 미소를 지으며 고개를 들었다.

"머랭도 완벽해. 이 파이에 최고 점수를 주겠어."

"저도요." 한나가 팸에게 채점표를 건넸다.

"저도 그렇게 할래요."

월라 역시 채점표를 건넸다.

"오늘 밤 맛본 것 중 제일 맛있는 파이에요. 이제 얼마나 남았어요?"

그러자 팸이 자리에서 일어나 확인하기 시작했다.

"머랭 파이 중에서는 키라임이 마지막이었어. 토핑을 얹은 원-크러스트 파이도 모두 끝났고, 호박이나 고구마 등을 휘핑크림과 함께 토핑으로 얹은 파이도 끝났고."

"좋아요."

한나가 의자 등받이에 몸을 기대며 물을 마셨다.

"격자무늬 파이도 끝났죠. 블루베리가 이겼구요, 맞죠?"

월라가 말했다.

"그것도 맛있었어요. 보통은 지나치게 달기 마련인데 딱 좋았거든요. 투-크러스트 푸르트 파이도 제일 처음에 했으니까 이제 다 끝난 건가요?"

팸이 대답했다.

"아직 아니야. 노벨티 파이가 남았어."

그러자 한나가 얼굴을 찌푸렸다.

"잠깐만요. 마지 비즈먼이 사과 파이를 출품했다는 얘길 리사에게서 들었는데, 아직 맛을 보지 못한 것 같아요."

윌라가 말했다.

"맞아요. 사과 파이는 다섯 개나 있었지만, 마지 비즈먼의 것은 아니었어요."

팸이 명단을 확인하더니 찌푸린 얼굴로 고개를 들었다.

"그건 노벨티 파이로 분류됐어."

한나가 놀라며 물었다.

"노벨티요? 노벨티 파이는 어떤 영역에도 포함되지 않는 기타 영역이잖아요."

"아니면 특이한 재료를 넣었거나." 팸이 상기시켰다.

윌라는 잠시 생각에 잠겼다.

"사과 파이라면 투-크러스트 푸르트 파이로 분류되어야 하는 건데, 그렇지 못했다면 뭔가 특이한 재료를 사용했나 본데요. 레시피를 확인해보는 것이 좋겠어요, 팸."

"그건 불가능해. 노벨티 파이는 레시피가 같이 오지 않거든. 출품자들이 어떤 재료로 파이를 만들었는지 알리고 싶어 하지 않아서야."

한나가 추측했다.

"어떤 재료가 들어갔는지 알게 되면 선입견을 품게 될까 봐서요?"

"맞아."

윌라가 물었다.

"근데 아무리 비밀 재료라고 해도 별다를 것이 있을까요?"

"글쎄." 팸이 한나를 돌아보았다.

"어떤 재료가 들어갔을지 떠오르는 생각이라도 있어?"

"몇 개요. 혹시 제가 만든 미스터리 쿠키 먹어보셨어요?"

팸이 말했다.

"많이 먹어봤지. 내가 얼마나 좋아한다구."

윌라 역시 말했다.

"저도 그 쿠키 무척 좋아해요."

"만약 그 쿠키의 비밀 재료를 먼저 알려주었더라면 선뜻 먹으려 하지 않았을 거예요."

팸이 말했다.

"우리 둘 다 이미 좋아하는 쿠키라고 했으니까. 재료가 뭔지 알려줘도 쉽게 마음을 바꾸진 않을 거야. 그렇지, 윌라?"

윌라가 말했다.

"네, 이제 그 재료가 뭔지 알려주셔도 돼요."

"토마토 수프."

한나가 대답하자 두 사람은 그 자리에 돌처럼 굳어졌고, 한나는 팸 대신 일어나 노벨티 파이 영역의 첫 번째 파이를 자르기 시작했다.

키라임 파이

오븐은 섭씨 160도로 예열합니다. 틀은 오븐 중앙에 둡니다.

재료

껍질:

크래커나 쿠키를 잘게 부수어 만듭니다.

속:

계란 5개 / 달게 농축된 우유 14온스(400g) / 백설탕 1/4컵

레몬껍질 1/2티스푼(선택사항이에요)※※※

사우어크림 1/2컵 / 키라임 주스 1/2컵※※※

***사실 키라임 주스는 구하기 어렵죠. 가게에 키라임 주스가 없으면 일반 라임으로 만든 주스를 사용하셔도 됩니다.

***레몬 껍질이 없다고 라임 껍질을 사용하시면 안 돼요. 라임 껍질은 매우 쓴 맛이 나는 데다가 초록색 껍질은 식욕을 잃게 할 수도 있거든요.

만드는법

1. 중간 정도 크기의 그릇에 계란 1개를 깨어 넣은 후 나머지 4개의 계란은 노른자와 흰자를 구분하여 따로 그릇에 담습니다. 특히 흰자를 담은 그릇은 실온에 잠시 놓아두어야 합니다. 그래야 나중에 머랭을 만들기 쉽거든요.

2. 계란 1개와 노른자 4개를 섞은 뒤 잘 저어주다가 농축 우유를 넣고, 레몬 껍질을 넣습니다(사용하기로 하셨다면). 그런 뒤 사우어크림을 넣고 골고루 섞습니다.

3. 키라임 주스 1/2컵을 작은 그릇에 담습니다. 키라임으로 직접 주스를 만들어도 돼요.

한나의 첫 번째 메모: 사실 키라임은 주스를 만들기가 쉽지 않아요. 크기도 워낙 작아서 주스를 만드는 기계에 넣어도 별로 효과가 없거든 요. 카운터 위에 올려놓고 손바닥으로 살짝 눌러서 부드럽게 만들어준 다음 접시에 받치고 반을 잘라요(접시를 꼭 받쳐야 과즙을 한 방울이 라도 모을 수 있죠). 그런 다음 측량컵을 밑에 대고 손가락으로 꼭 눌러줍니다. 조금 지저분한 방법일 수도 있지만, 효과는 아주 좋아요.

4. 설탕 1/4컵을 키라임 주스에 넣고 설탕이 완전히 녹을 때까지 잘 저어줍니다. 그렇게 만든 주스는 계란을 섞어 놓은 그릇에 부어요.

5. 이렇게 완성된 속은 다시 미리 만들어둔 파이 껍질에 붓습니다.

6. 파이는 섭씨 160도에서 20분 동안 굽습니다. 다 구워졌으면 오븐에서 꺼내어 머랭이 완성될 때까지 선반에 놓아두세요.

오븐은 아직 끄지 마세요! 그 대신, 온도를 섭씨 176도로 높여 놓습니다. 머랭을 구워야 하거든요.

머랭 (전자믹서가 있으면 작업이 훨씬 간편해져요!)

재료

계란 흰자 4개(먼저 만들어두었죠?)

타르타르 크림 1/2티스푼 / 소금 조금 / 백설탕 1/3컵

만드는 법

1. 타르타르 크림에 소금을 넣고 계란 흰자를 섞습니다. 그런 후에, 부드러운 거품 봉우리가 솟을 때까지 열심히 휘저어주세요.

2. 휘젓는 가운데 설탕을 조금씩 뿌려주세요. 그렇게 해서 거품 봉우리가 솟았으면 휘젓는 것을 멈추고 크림이 옆으로 흐르지는 않는지 확인해봅니다. 확인 결과 크림이 단단하거든 제대로 완성된 것입니다.

3. 깨끗한 주걱으로 파이의 속 위에 머랭을 파이 껍질의 가장자리까지 덮일 정도로 붓습니다. 파이가 머랭으로 완전히 뒤덮였으면 주걱을 사용해 머랭 위에 나름의 모양을 냅니다.

4. 섭씨 176도에서 12분간 더 굽습니다.

5. 완성되었으면 오븐에서 파이를 꺼내 실온에서 완전히 식힌 다음 취향에 따라 냉동합니다. 실온의 파이도 맛있고, 차게 식은 파이도 아주 맛있거든요. 쉽게 잘라서 내기에는 아주 차갑게 식은 파이가 좋겠죠?(파이를 자를 때 내용물이 묻어나오지 않게 하려면 칼을 아주 차가운 얼음물에 담가두었다가 사용하면 됩니다)

한나의 두 번째 메모: 키라임 주스는 초록색과 노란색의 중간 정도 색이 난답니다. 거기에 계란과 계란 노른자가 더해지면 보통 초록색보다는 노란색이 더 짙어지게 되죠. 그런데 만약 초록색 키라임 파이를 보셨다면, 그건 분명히 식용색소를 넣은 거라는 사실을 알아두세요.

노벨티 파이로 분류된 네 개의 출품작 중 세 개를 맛보고 난 세 사람은 각자의 의견으로 갈렸다. 한나는 초콜릿 크러스트에 피넛버터 크림으로 맛을 낸 파이가 제일 마음에 들었고, 윌라는 캐러멜 소스를 곁들인 바닐라 아이스크림 파이를 최고로 뽑았으며, 팸은 복숭아 잼과 참가자 특제 커스터드 크림, 바닐라 와퍼에 M&M을 네 개의 층으로 나누어 만든 파이에 호감을 느꼈다.

　팸이 가장 좋았던 파이를 말하자 한나가 입을 열었다.

　"그게 마음에 드셨다니 믿을 수가 없어요."

　"물론 맛은 그렇게 뛰어나지 않았지만, 완전히 색다른 종류의 파이를 만들어냈다는 데 가산점을 주고 싶었어."

　윌라가 조각을 자르며 말했다.

　"이제 사과 파이를 맛볼 차례예요."

　한나가 물었다.

　"자르는 느낌은 어때?"

　"부드러워요. 접시에 얹을 때 모양도 잘 흐트러지지 않구요."

　윌라가 접시를 가져다주자 팸이 말했다.

　"먹음직스러워 보이는데."

　"향도 좋아요!"

"시나몬, 레몬, 그리고……, 육두구 열매인가?"

한나가 향의 정체를 밝혀보려 열심히 추측했다.

"커피콩 좀 건네주실래요?"

팸이 커피콩이 든 통을 한나에게 건네주었다. 커피콩은 장미꽃 대회의 심사단 단장이 준 것이었는데, 여러 종류의 향을 맡은 중간에 커피콩이나 갓 갈은 커피의 향을 맡으면 코 안을 씻어주는 효과가 있다고 했다.

월라가 물었다.

"그게 정말 효과가 있어요?"

한나가 대답했다.

"그런 것 같아. 세 번째 향은 분명히 육두구 열매야. 이제 확실히 냄새가 나."

한나와 다른 두 사람이 마지의 파이를 맛보는 동안 또다시 침묵이 흘렀다. 그 사이 팸은 물을 한 모금 마시고 파이를 다시 한 번 맛보았다.

"향신료의 조화는 완벽해."

월라가 말했다.

"동의해요. 껍질도 부드럽고 달콤하기도 하구요. 마음에 드는데요."

그때 한나가 살짝 한숨을 내쉬었다.

"사과의 씹는 맛이 좀더 살았으면 좋았을걸. 그래도 그것만 제외하고는 훌륭해. 승자로 뽑아도 좋겠어."

"그럼 노벨티 파이 영역의 승자?"

"네." 한나가 대답했다.

월라도 나섰다.

"완벽하게 동의해요. 저희 할머니가 만들어 주셨던 파이보다 더 맛있는데요."

"그럼 사과 파이가 1등인가?"

월라와 한나가 고개를 끄덕이자 팸이 최종 점수표를 꺼내 들었다.

"좋아, 그럼 모든 영역에서 승자는 결정된 거야. 이제 각자 점수를 합산해서 모든 영역을 아우르는 최종 승자만 뽑으면 끝이야."

한나가 불러주는 점수를 월라가 계산기로 계산하여 합산하는 작업은 그리 오래 길리지 않았다. 키라임 파이가 전체를 통틀어 1위를 차지했고, 마지의 사과 파이가 2등을 차지했으며, 파인애플 커스터드 파이가 3위를 차지했다.

출품작을 서로 나눠 가진 뒤 세 명의 심사단원은 출구로 향했다. 팸이 최종 심사표를 가져오는 동안 한나와 월라는 계단 위에서 팸을 기다렸다.

한나가 들고 있는 키라임 파이를 내려다보며 물었다.

"정말 이거 제가 가져가도 돼요?"

"한나가 무척 마음에 들어 했던 걸 알고 있어. 난 그만큼 간절한 건 아니었으니까 괜찮아."

"저도 가져가고 싶긴 하지만, 곧장 집에 가는 게 아니라 누굴 좀 만나야 해서요. 파이가 상할까 봐 걱정돼서 가져가지 못하겠어요."

"좋아, 그럼."

두 사람 모두 흔쾌히 파이를 거절하자 한나는 내심 반가운 마음이 들었다. 오늘 미셸이 로니와 데이트가 있으니 둘이 아파트로 돌아오면 함께 먹으면 좋을 것 같았다.

"그럼, 다들 내일 봐요."

"네, 그리고 미셸에게……."

월라가 가까이 다가오더니 목소리를 낮추어 말했다.

"이겼으면 좋겠다고 전해주세요. 참가자 중에 미셸이 최고라고요. 이런 말 저는 직접 하지 못하는 거 알고 계시죠?"

"물론 알고 있지."

멀어지는 윌라를 향해 한나는 미소를 지어 보였다. 아무래도 스웬슨가의 막내 여동생이 이번 미인대회를 통해 새 친구를 사귄 듯했다. 한나는 얼른 미셸에게 윌라의 응원 메시지를 전해주고 싶었다.

그때 누군가 부르는 소리가 들렸다.

"한나?"

한나가 뒤를 돌아보니 저쪽에서 리사와 허브가 사람들 무리에 섞여 그녀를 향해 손을 흔들며 다가오고 있었다.

"오늘 밤에 페어에 오는 줄 몰랐어."

리사가 설명했다.

"마지와 아버지를 모시고 왔어요. 공식적으로는 미리 알려주면 안 될 테지만, 마지의 파이, 어떻게 됐어요?"

"그러게. 원래는 얘기해주면 안 되는데, 어차피 내일 아침이면 발표가 날 테니까, 상관없을 것 같다. 마지의 파이는 2등 했어."

"너무 잘 됐어요!" 리사가 허브와 하이파이브를 했다.

"그럼 한나도 마음에 들었겠네요?"

"정말 맛있는 사과 파이였어."

한나의 목소리에 묻어난 망설임을 포착한 허브가 물었다.

"그렇지만?"

"그렇지만……, 사과가 조금 많이 구워진 것 같은 느낌은 있었어. 씹는 맛이 더 있었으면 좋았을 텐데."

그러자 리사가 우스꽝스러운 표정을 짓더니 이내 웃음을 터뜨렸고, 허브도 곧 따라 웃기 시작하더니 두 사람은 또다시 하이파이브를 했다.

아리송해진 한나가 물었다.

"뭐야?"

리사가 씩 웃으며 말했다.

"그 사과에 씹는 맛이 있을 리 없죠."

"어째서?"

허브가 리사를 대신해 설명을 마무리했다.

"왜냐하면……, 그건 사과가 아니거든!"

"뭐라구?!"

한나는 너무 놀라 잠시 할 말을 잊었지만, 이내 두 사람에게 똑똑히 물었다.

"사과가 아니면, 도대체 뭐야?"

"소다크래커."

리사와 허브가 동시에 대답하더니 이내 또다시 웃음을 터뜨리고 말았다.

한나는 두 사람의 웃음이 가라앉길 기다렸다가 다시 물었다.

"소다크래커라고?"

리사가 말했다.

"좀더 정확히 말하면 솔틴(짭짤한 크래커)이죠. 마지가 우리한테 10달러 빚졌어요. 내기를 했는데 마지는 한나가 맞출 수 있을 거라는 데 걸었거든요."

한나는 끙 소리를 냈다. 일전에 리사와 잭이 리사의 어머니가 소다크래커를 이용해 가짜 사과 파이를 만들었던 사실을 까맣게 잊고 있었다.

"좋아, 두 사람이 이겼어. 난 그게 진짜 사과인 줄 알았지 뭐야."

리사가 말했다.

"레몬 주스 덕분이었을 거예요. 엄마는 늘 레몬 주스만 조금 넣으면 꼭 사과 같은 맛이 난다고 했거든요. 기타 향신료도 맛을 위장하는 데

도움이 되었구요."

"내기에 건 돈을 빨리 수금해야겠는데."

허브가 리사를 살짝 포옹하더니 이내 한나를 향해 고개를 돌렸다.

"어머니가 사과 파이로 빨간 리본을 수상하게 됐다는 소식을 한나가 직접 전하겠어? 5분 후에 관람차 앞에서 다시 만나기로 했거든."

한나는 손목시계를 내려다보았다. 저녁 9시 30분.

하루를 마무리하기 전에 아직 할 일이 두 건이나 남아 있었다.

"두 사람이 말씀드려. 어차피 곧 발표가 날 테니까. 난 몇 가지 일을 마무리하고 집에 돌아가 봐야 할 것 같아."

허브가 물었다.

"모이쉐가 아직도 아무것도 안 먹어?"

"별로 많이 먹진 않아. 마른 사료를 조금 오물거리긴 하던데, 그냥 그걸로 끝이더라구."

"리사랑 내가 이걸 준비해봤는데."

허브가 옆쪽에 초록색 글씨로 '당신의 성원에 감사합니다.' 라고 쓰인 하얀색 비닐봉지를 한나에게 건넸다.

"이게 뭐야?"

리사가 대답했다.

"폴 버니언 버거요. 양파랑 스테이크 소스는 빼서 그냥 고기만 들었어요. 허브 생각에, 아주 좋은 고기니까 전자레인지에 약간 돌려서 모이쉐에게 주면 그래도 먹지 않을까 해서요."

허브와 리사가 이토록 모이쉐를 걱정해주다니 한나는 감동하였다.

"집에 돌아가자마자 먹여볼게. 둘 다 너무 고마워."

리사와 허브가 자리를 뜨자, 한나는 서둘러 반대 방향으로 달려갔다. 레이크 에덴 역사학회 부스의 물탱크 위에 앉아 할당된 시간을 때워야만 했다. 한나는 물에 빠질 때 급성 외이도염에라도 걸리면 어쩌나 걱정했지만, 엄마는 과녁이 작아 쉽게 맞추지 못할 거라고 했다.

하지만 한나는 엄마의 말을 믿을 수 없었다. 한나에게 프릴이 달린 드레스를 입히고 처음부터 이 자리에 앉힌 건 엄마이지 않은가!

"저기 오는군요!" 한나가 부스로 다가오자 엄마가 외쳤다.

"당사자한테 직접 들으면 되겠어요."

한나는 말의 울음소리라도 내고 싶은 심정이었지만, 그럴 수는 없었다. 엄마는 이번에도 여왕벌 복장을 하고 있었다. 밝은 노란색 바지 정장을 입은 엄마의 모습은 봉홧불처럼 눈부시게 타올랐다.

거기에 우아하게 매만진 검은색 머리카락과 완벽한 화장, 그리고 태닝 기계에서 막 빠져나오기라도 한 듯 건강하게 그을린 피부는 누구도 60대라고 볼 수 없을 정도로 젊어 보였다. 그에 비해 노면의 어머니인 캐리는 어색한 금발로 머리를 염색해 실제 나이보다 훨씬 늙어보였다.

"안녕, 엄마."

기적의 물길처럼 한나를 사이에 두고 갈라지는 사람들 무리 속을 걸으며 한나가 인사했다. 꼭 사해의 모세가 된 듯한 기분이었다.

한나는 우스갯소리라도 한마디 던지고 싶었지만, 혹시나 엄마가 기분이 상해 과녁을 크게 만들어버리기라도 하면 곤란하겠다는 생각이 들어 아무 말도 하지 않았다.

"우리, 막 파이 심사 이야기를 하고 있었단다, 얘야."

사랑스러운 백발에 빼빼 마른 어떤 여자의 어깨를 두드리며 엄마가 말했다.

"여긴 코라 그루먼. 키라임 파이를 제출한 여자의 건너편 집에 사는 분이란다. 키라임 파이가 마음에 들었니?"

엄마는 한나의 마음을 떠보려는 의도인 것 같았다. 뭐, 사실대로 이야기하지 못할 이유도 없었다.

"우리 모두 좋아했어요……, 그것도 아주 많이. 그래서 키라임 파이가 파란 리본을 탔어요."

"너무 잘 됐구나!"

엄마와 코라는 활짝 웃으며 마치 자신들이 직접 구운 파이가 상을 타기라도 한 듯 기뻐했다.

"그럼 2등은 누구 것이 되었어? 이야기해줄 수 있겠니?"

"마지 비즈먼의 가짜 사과 파이요."

엄마가 알쏭달쏭한 표정을 지었다.

"가짜 사과? 그거 새로 나온 과일 이름이냐?"

그러자 한나가 미소를 지었다.

"아주 특별한 파이예요, 엄마. 원래 리사 어머니의 레시피인데, 언제한 번 만들어 드릴게요. 그리고 3등은 브로어빌에서 온 숙녀분이 만든 파인애플 커스터드 파이가 차지했어요. 이름이 도린이었던 것 같은데."

"오, 이런!"

땅딸막한 몸집에 곱슬곱슬한 갈색 머리카락을 가진 여자가 레이크 에덴 역사학회에서 나눠준 브로슈어로 마구 부채질을 하기 시작했다.

"이 사람이 만든 파이예요." 옆에 서 있던 여자가 설명해주었다.

"파인애플을 너무 많이 넣어서 상을 탈 수 없을 것 같다고 했는데."

그러자 한나가 웃음을 터뜨렸다.

"그것 때문에 저희가 좋아했는걸요."

두세 명의 여자들이 자리를 뜨고, 한나는 부스의 모퉁이를 돌아 자신이 임무를 다해야 할 자리에 직면했다.

마침 레이크 에덴의 빨간부엉이 식료품점 주인인 플로렌스 에번스가 자리에 앉아 있었는데, 다소 행복해 보이는 표정에, 젖은 흔적이 없는 옷을 봐서는 한나의 생각만큼 그렇게 나쁘지만은 않은 듯했다.

플로렌스가 웃으며 한나를 맞아주었다.

"안녕, 한나! 나 빠뜨리고 싶어? 5달러에 공 3개야. 그렇게 해서 모은 돈은 좋은 목적으로 쓰이고."

"좋아요. 공은 어디서 사면 되죠?"

"한나 어머님이나 로드 부인에게서 사면 돼요."

한나는 다시 부스의 모퉁이를 돌았다.

엄마는 제빵대회 결과를 확인하기 위해 자리를 뜨지 않은 몇 명의 부인들과 뭔가 깊은 이야기를 나누고 있었지만, 로드 부인은 아무것도 하지 않아 한나는 로드 부인에게 5달러를 주고 공을 3개 받았다.

잠시 후 한나는 과녁 앞에 서서 얼마나 가까워야 과녁을 맞힐 수 있을지를 가늠했다.

한나가 물었다.

"준비됐어요, 플로렌스?"

"준비됐어."

"좋아요. 그럼 갑니다."

플로렌스가 웃으며 말했다.

"너무 최선을 다해 던지지는 말아줘요. 20분만 더 버티면 되는데, 그 때까지 마른 옷을 유지하고 싶거든요."

한나는 3개의 공을 모두 던졌지만, 각기 몇 인치씩 빗나가고 말았다.

플로렌스의 담당 시간이 끝나자 한나가 말했다.

"결국 마른 옷을 수호했네요."

"너무 다행한 일이야. 혹시 일부러 안 맞춘 건 아니지?"

"아니에요. 전 원래 공 던지는 거 잘 못하거든요. 진짜로 맞추려면 차라리 빗맞은 것을 목표로 해서 던지는 편이 나을지도 몰라요. 과녁은 정확히 겨눴는데, 운동에는 영 소질이 없는 천성이 플로렌스의 옷을 살렸네요."

"어찌 됐든 고마워."

플로렌스가 한나의 어깨너머를 쓱 보더니 이내 끙 소리를 냈다.

한나가 고개를 돌려보니 마르고 키가 큰 청년이 이쪽으로 걸어오고 있었다. 그는 플로렌스를 향해 손을 흔들더니 부스를 돌아 안으로 들어 왔다.

한나가 플로렌스에게 물었다.

"왜 그래요?"

"버니 풀튼이야."

한나는 무슨 말인지 알 수 없었다.

"버니 풀튼이 누구예요?"

"트윈스 팜 팀의 투수야. 모두 이번 시즌 말에는 그가 트리플에이(미국 프로야구에서 마이너리그의 등급을 가리키는 말, '싱글에이'와 '더블에이'보다 높다)로 상향 조정될 거라고 얘기하고 있어. 세 번이나 '노-노'를 성공했으니 거의 전설에 가깝지."

"노-노?"

"노 런, 노 히트(안타나 점수가 없는 결과)."

"그럼 실력이 엄청난 거네!"

플로렌스가 또다시 끙 소리를 냈다.

"최고지. 그리고 이 행사가 있을 때는 빠지지 않고 한 번은 꼭 공을 던져."

"왜?"

"공익을 위해서. 지금껏 물에 빠뜨린 여자들에게 전부 그렇게 말했대."

한나와 플로렌스는 숨을 죽이고 기다렸다. 과연 버니가 이번에도 공을 던질까? 아니면 무사히 다른 부스로 지나쳐갈까?

잠시 후, 공 세 개를 한 손으로 저글링 하며 들어온 그의 등장으로 두 사람은 즉각 의문에 대한 답을 얻을 수 있었다.

"준비됐습니까?"

그가 플로렌스에게 묻자 플로렌스는 체념의 한숨을 내쉬었나.

"완벽하게 준비됐어요."

"사적인 감정은 없어요. 그저 공익을 위해서 하는 것뿐입니다. 제 공은 곧 플로렌스에게도 돌아가는 것 알고 있죠? 딜로어 말이 제가 이렇게 직접 참여하면 텔레비전 뉴스의 스포츠 코너에 방송이 나가기 때문에 효과가 3배로 불어난다고 하더군요."

한나는 주변을 둘러보았다. *그러면 그렇지, 역시나 웡고 존스가 그의* 카메라맨과 함께 플로렌스가 물속에 빠지는 장면을 카메라에 담아 KCOW 스포츠 뉴스에 내보내려고 대기 중이었다.

한나가 버니 풀튼이 내세우는 공익이란 것에 비아냥의 시선을 보내며 말했다.

"조금만 참아요, 플로렌스. 내가 수건을 갖다줄게요."

화급히 부스의 모퉁이를 도는 한나의 귓가에 숨 가쁘게 연이어지는 세 번의 소리가 들려왔다.

쿵, 꺅, 그리고 풍덩.

버니 풀튼의 투구는 인상적이었다. 그는 마치 생애 첫 투구를 성공한 듯한 탄성을 내질렀다.

"이걸 플로렌스에게 갖다 주거라, 애야."

엄마가 한나에게 보송보송한 수건을 건네는 것을 보니 엄마 역시 보지 않고서도 무슨 일이 일어난 것인지 알아차린 듯했다.

"고마워요."

한나는 수건을 건네받고서 서둘러 플로렌스에게 달려갔다.

그녀가 막 도착했을 때 플로렌스는 간신히 의자 위에 다시 앉아 있었고, 그때 한나는 문득 좀전에 버니 풀튼이 엄마를 '딜로어'라고 불렀다는 사실을 깨달았다.

한나는 두 눈이 순식간에 휘둥그레져서는 엄마를 슬쩍 쏘아보았지만, 엄마는 순진무구한 표정으로 한나를 향해 손을 흔들 뿐이었다. 하지만 그런 미소에 속아 넘어갈 한나가 아니었다.

버니는 엄마와 잘 아는 사이인 것이 분명하다. 그리고 엄마는 윙고 존스를 포함한 KCOW 방송국의 스포츠 뉴스팀을 잘 알고 있었고, 버니가 플로렌스에게 공을 던질 것이란 사실도 미리 알고 수건 역시 미리 준비해 두었다. 혹시 엄마가 자선단체의 기부금을 좀더 높이려고 이 모든 것을 의도적으로 계획했던 것은 아닐까?

"어-오."

한나는 한숨을 내쉬며 발길을 돌려 '죄악의 열매' 부스로 향했다.

딥-프라이드 밀키웨이를 지금 당장 먹지 않으면 못 견딜 것 같았다.

주름 잡힌 드레스를 입은 자원봉사자들을 커다란 물탱크 속에 빠뜨리려고 그토록 치밀하게 계획을 세우셨다니 한나는 믿을 수가 없었다. 그것도 엄마의 맏딸인 한나까지 끌어들여서 말이다.

가짜 사과 파이

오븐은 섭씨 230도로 예열합니다. 틀은 오븐 중앙에 둡니다. 네, 오븐 온도는 섭씨 230도가 맞아요. 오타가 아닙니다. 파이의 껍질은 즐겨 사용하는 레시피대로 만드세요. 만약 시간이 부족하다면 시중에서 파는 냉동 파이껍질을 사용하셔도 됩니다.

재료

다음의 재료들을 한데 섞습니다.

소금이 뿌려진 소다크래커 20개 / 부드러운 버터 1/4~1/2컵

찬물 1과 1/2컵 / 백설탕 1과 1/2컵 / 시나몬 1티스푼

레몬 주스 3테이블스푼 / 육두구 열매 1/2티스푼

타르타르 크림 1과 1/2티스푼

만드는법

1. 소다크래커에 버터를 바른 뒤 소스팬에 크래커를 넣고 나무 숟가락으로 크게 조각을 냅니다.
2. 물과 설탕, 레몬 주스, 시나몬, 육두구 열매, 그리고 타르타르 크림을 넣고 숟가락으로 잘 섞은 뒤 가스레인지에 올려 중불로 끓입니다.
3. 끓으면 불을 끄고 정확히 2분 동안 식힙니다.

4. 8인치 크기의 파이 접시에 맞을 정도로 파이 껍질의 반죽을 깔고 그 위에 소다크래커 혼합물을 부은 다음 덮개 역할을 할 파이 껍질의 반죽을 덮습니다. 그런 뒤 두 개의 반죽을 새는 틈이 없이 서로 맞물려준 다음에 파이가 구워지는 동안 김이 빠져나갈 수 있도록 파이 껍질 위에 구멍을 몇 개 내줍니다.

5. 섭씨 230도에서 15~20분간 굽습니다. 파이의 윗부분에 먹음직스러운 황갈색이 돌기 시작하면 완성입니다.

6. 식으면 접시에 담아냅니다.

조의 메모: 모두 진짜 사과 파이인 줄 안다니까요!

리사는 이 파이에 바닐라 아이스크림을 곁들여 먹으면 아주 맛있다고 해요. 허브는 시나몬 아이스크림과 함께 먹어야 제 맛이라고 하구요. 리사의 아버지는 아주 잘게 썬 체다 치즈를 뿌려 먹으면 좋다고 하고, 허브의 어머니는 달콤한 휘핑크림을 얹어 먹는 것을 아주 좋아하신다고 하네요.

한나는 카운터에 키라임 파이를 내려놓고 루비가 세 명의 수다스러운 소녀들과 자신의 어깨너머를 흘끗흘끗 쳐다보던 뚱뚱한 남자와의 용무가 끝내기만을 기다렸다.

"안녕, 한나."

마침내 모두 자리를 뜨자 루비가 인사했다.

"이제 캔디 바 먹을 준비, 되었어요?"

"그럼요. 지금 탄수화물이랑 초콜릿의 복용이 간절해요."

"무슨 일 있었어요?"

한나는 푹하고 한숨을 내쉬었다. 토요일에 한나는 분명히 역사학회 부스에서 보기 좋게 물에 빠지고 말 것이다.

"엄마에게 또 한 방 먹고 말았어요."

"그것참 안됐어요. 왜 기운을 북돋워줄 만한 것이 필요하다고 했는지 알만 하네요. 그럼 어느 캔디 바부터 맛볼지 결정했어요?"

"부터요?" 한나가 살짝 웃음을 터뜨렸다.

"아, 루비의 사고방식이 정말 마음에 들어요! 우선 딥-프라이드 밀키웨이부터 먹고, 그 다음에는……."

한나가 한창 주문하는 중에 누군가 또다시 부르는 소리가 들렸다.

"오, 이번에도? 안 돼!"

루비가 한나의 어깨너머를 슬쩍 보더니 말했다.

"꽤 괜찮은 남자인데요. 키도 크고, 잘생기고 몸매도 아주 예술이에요. 분명히 운동을 하는가 봐요."

뒤를 돌아본 한나는 이내 미소를 지었다.

"오, 그럼요, 운동을 하고 말고요. 자기 아파트에 아예 운동기구도 다 갖춰 놓았는걸요. 근무하는 경찰서에도 체육관이 있어요."

"유니폼도 아주 잘 어울리는데요."

"오, 그렇죠."

한나가 마이크를 맞이하며 말했다.

"안녕, 마이크. 여긴 루비에요. 이 일대에서 가장 유혹적인 부스를 운영하고 있죠."

"정말 그렇군요." 마이크가 간판을 보더니 이내 킥킥거렸다.

"안녕, 루비. 장사는 잘됩니까?"

"아주 잘 돼요, 고마워요. 오늘 밤에는 특히 이 딥-프라이드 밀키웨이가 날개 돋친 듯 팔리네요."

그러자 마이크가 한나를 돌아보았다.

"한나도 하나 먹으려고 했어요?"

루비가 한나를 변호하고 나섰다.

"당연히 그건 아니죠. 한나는 반죽 방법에 대해 묻고 있었어요. 당신은 어때요? 하나 먹어보시겠어요? 제가 그냥 드릴게요."

마이크가 고개를 저었다.

"정말 감사하지만, 지난주에 몸무게가 1파운드(450g) 늘어서요. 조심해야 합니다."

1파운드(450g), 지금 고작 1파운드 늘었다고 다이어트에 돌입하겠다는 건가? 한나는 피식 웃음을 터뜨리고 말았다.

마이크가 한나를 돌아보며 물었다.

"왜 웃어요?"

"1파운드 늘었다고 다이어트를 한단 말이에요?"

"네, 겨울에 고속도로에 쌓인 눈을 치우는 것과 같은 논리죠. 눈이 내리기 시작하면 바로 제설차를 부르거든요. 지체하다가 눈이 너무 많이 쌓여 버리면 치우기가 더 어려워지니까 말입니다."

루비가 흥미롭다는 표정으로 물었다.

"그래서 몸무게가 1파운드라도 축적되는 게 싫은 거로군요?"

"네, 그래요.. 1파운드가 늘면 2, 3파운드는 빠질 때까지 다이어트를 합니다. 전 단숨에 해치워버리는 것을 좋아하거든요. 그래서 매일 아침 몸무게를 재보곤 하죠."

"그렇군요."

한나는 마이크의 매력적인 뺨을 손바닥으로 찰싹 때려주고 싶은 마음을 억지로 누르며 최대한 애매모호하게 대답하려 애썼다.

적어도 5파운드(2.3kg)가 늘기 전까지는 몸무게에 대해 전혀 걱정하지 않는 한나는 도무지 마이크를 이해할 수 없었다. 게다가 자신의 몸무게를 확인하는 일이란 여간 고통스러운 것이 아니라 한나는 어렸을 적 무서운 영화를 볼 때면 늘 그랬듯이 손바닥으로 얼굴을 가린 채 손가락 사이로 저울의 수치를 확인했다.

루비가 한나에게 윙크를 해보이며 물었다.

"그럼 딥-프라이드 캔디 바는 아무도 안 먹는 건가요?"

"네, 무척 맛있어 보이긴 합니다만. 아무튼 감사합니다."

마이크가 한나를 돌아보았다.

"한나에게 할 이야기가 있어요."

"공식적으로요, 비공식적으로요?"

"공식적입니다."

"그럼 지금 근무 중이군요."

"집에 갈 시간조차 없어요."

"뭔가 큰일인 것 같네요."

"매우 크죠."

마이크가 한나의 팔을 잡고 빈 테이블로 데리고 갔다.

"노스웨스턴 로데오와 카니발 사무실에 도둑이 들었습니다."

자리에 앉은 한나는 머릿속에 떠오른 질문들을 쏟아내기 시작했다.

"누군가 몰래 문을 따고 들어간 거예요? 언제 그랬어요? 누구 다친 사람은 없구요? 도둑맞은 물건이 있는 거예요? 아니면 강도?"

마이크가 한나의 앞자리에 앉으며 말했다.

"커피 한 잔 사면 전부 이야기해줄게요. 내가 사와도 되지만, 사실 지금 완전히 지쳐버렸거든요."

마이크가 부탁하는 건 흔한 일이 아니었기에 한나는 전광석화처럼 자리에서 일어섰다. 그러고는 콘도그(꼬챙이에 낀 소시지를 옥수수 빵으로 싼 핫도그) 부스에서 스티로폼 컵에 든 커피 두 잔을 산 뒤 테이블로 돌아왔다.

"여기 있어요, 마이크."

"고마워요. 한나는 방금 내 목숨을 구했어요."

마이크가 커피를 벌컥벌컥 들이켜더니 이내 얼굴을 찌푸렸다.

"이 커피는 우리 경찰서 것보다 더 맛이 없군요."

"그럼 다른 부스에서 다시 사올까요?"

"아뇨, 정신을 차리기 위한 목적이었으니까 괜찮아요. 이 정도면 충분히 목적 달성이 되었습니다. 이제 자리에 앉아 봐요. 침입 사건에 대해 얘기해줄 테니."

"듣고 있어요."

한나가 다시 자리에 앉아 테이블 위로 가까이 몸을 숙이며 말했다.

"비서인 빈센트 양이 오후 6시에 퇴근하면서 문을 잠갔습니다. 언제나 6시면 사무실 문을 닫거든요."

"직원들도 모두 그 사실을 알고요?"

"직원들뿐만이 아닙니다. 근무시간은 문밖에 붙여 놓았으니까요. 빈센트 양이 비서 일은 처음입니다만, 로데오 쇼를 경험한 건 1년이 넘었어요. 비서를 하기 전에는 티켓 부스에서 일했으니까요."

"그럼 로데오 공연에 늘 따라다녔겠군요?"

"네."

마이크가 나무 숲 뒤 공터에 주차된 여러 대의 모토 홈(여행과 캠프용 주거 기능을 가진 자동차)과 트레일러를 가리켰다.

"아크등(아크 방전을 이용한 전등) 왼쪽에 세워진 파란색 차입니다."

"보여요."

나뭇가지들 사이로 마이크가 말한 파란색 차가 보였다.

"어쨌든 그녀는 퇴근 뒤 저녁 6시 30분에 트레일러에 도착했습니다. 문을 열려고 열쇠를 찾다가 사무실에 있는 책상 서랍에 두고 왔다는 걸 깨닫게 되죠."

"그래서 사무실로 다시 돌아갔군요?"

"맞아요. 오후 6시 45분쯤 다시 사무실에 도착했다고 해요. 하지만 안에 들어가지는 않았습니다. 문 옆에 달린 창문 중 하나가 깨진 것을 보고는 현명하게 대처했죠. 다시 현관으로 나가서는 경비원에게 연락했어요. 그래서 경비원이⋯⋯."

마이크가 하던 말을 멈추고는 자신의 수첩을 꺼내어 펼쳤다.

"로랜드 바이스 씨예요. 전직 위넷카 카운티의 경찰인데, 퇴직하고 경비 일을 하고 있었죠. 바이스 씨가 갖고 있던 마스터 열쇠로 문을 열고 안에 들어가 보았지만, 이미 도둑은 사라지고 없었습니다."

한나는 마이크가 사용한 단어를 놓치지 않고 물었다.

"도둑이라면, 없어진 것이 있는 거예요?"

"돈이요. 빈센트 양이 퇴근할 때 현금통에 돈이 가득 들어 있었다고 합니다. 로데오 경연대회 참가비로 받은 돈이 아주 많았어요. 전부 1만 달러 정도랍니다. 어제와 오늘 접수한 돈의 영수증도 함께 있었구요."

한나는 깜짝 놀라 입을 동그랗게 벌렸다.

"그러면 정말 큰돈이잖아요."

"그래요. 추적할 수도 없는 돈이고요. 하마터면 더 큰 금액이 될 뻔했는데 다행히 일용직 근로자들에게는 일당을 지급했다고 하더군요."

"어디에 보관하고 있었는데요?"

"빈센트 양의 책상 오른쪽 제일 밑 서랍이요. 서랍도 잠겨 있었는데, 도둑이 서랍을 뜯은 모양입니다."

"그럼 거기에 현금통이 있다는 사실을 알고 있었단 얘기네요?"

"그게 제 가정이에요. 알고 있었거나 아니면 운이 좋았거나. 현금통은 굳이 그 자리에서 열어보려 하지 않았습니다. 그것도 잠겨 있었으니까요. 그냥 들고 사라졌어요."

한나는 잠시 눈을 감고 마이크가 지금껏 알려준 정보들을 머릿속으로 다시 한 번 훑어보았다. 그리고 한 가지 사실이 퍼뜩 떠올랐다.

"빈센트 양이 어제 영수증까지 보관하고 있었다고 했는데, 왜 그걸 진작에 은행에 가져가지 않았죠?"

"주로 거래하는 은행의 지점이 미네소타에는 없어요. 그래서 이런 경우에는 전신으로 송금하는데, 빈센트 양은 비서 일이 처음이라 어떻게 해야 하는지 몰랐던 겁니다. 원래는 사장이 오후에 그녀에게 그 일을 지시하려고 했는데, 갑자기 무슨 일이 생겨서 하지 못했다고 하더군요."

"무슨 일이요?"

"그건 나도 몰라요. 사장과 조만간 이야기해볼 생각입니다."

마이크가 말을 멈추고는 한나를 바라보았다.

"아까는 눈이 동그래져서 듣더니 이제는 인상을 쓰고 있군요. 어째서죠?"

"생각하느라고요. 내가 마이크였다면 사장이 무엇 때문에 돈을 송금하지 못했는지 알아보겠어요. 그리고 그 일이 그토록 시급한 일이었는지도 알아보구요."

"나와 같은 생각을 하고 있군요. 어쩌면 누군가가 사장이 돈을 송금하지 못하게 하려고 일을 꾸민 것인지도 모른다는 생각도 해봤어요. 바로 그 사람이 도둑일 가능성이 있는 것이죠."

잠시 아무 말이 없던 한나에게 또 다른 질문이 떠올랐다.

"도둑이 오후 6시에서 6시 45분 사이에 다녀간 것이 확실해요?"

"거의 그렇습니다. 근데 그건 도대체 왜? 아하, 또."

"뭐가요?"

"눈이 휘둥그레졌다가 금방 인상을 쓰는 것 말입니다. 이번엔 뭐죠?"

"빈센트 양이 오후 6시에 퇴근한 뒤 6시 30분쯤 트레일러에 도착했다고 했잖아요. 맞죠?"

"맞습니다."

"그런 다음에 열쇠를 찾으러 사무실에 다시 돌아갔을 때가 6시 45분이었구요."

"네, 이번에도 맞아요."

"흠, 그렇다면 빈센트 양이 퇴근할 때보다 다시 사무실에 돌아갈 때 15분이나 더 일찍 도착한 거네요? 혹시 집에 돌아가는 길에 어디 다른 곳에 들린 것은 아닐까요?"

"똑똑하군요!" 마이크가 한나의 손을 토닥였다.

"한나가 예리하다는 사실은 진작 알고 있었습니다만. 맞습니다. 빈센트 양은 폴 버니언 버거를 파는 푸드 코트에 들렀어요. 포장해서 트레일러에 돌아가 먹을 생각이었죠."

"좋아요."

마이크가 머리를 긁으며 한나를 바라보았다.

"잠깐만요. 한나, 지금 또다시 눈이 동그래졌다가 인상을 썼어요. 이번에는 뭐가 잘못된 거죠?"

"폴 버니언 버거요!"

"하지만 이미 확인도 거쳤습니다. 점원에게 물어봤더니 빈센트 양에게 포장 주문을 받은 사실을 기억하고 있었어요."

한나는 고개를 저었다.

"빈센트 양의 폴 버니언 버거가 아니구요. 내 폴 버니언 버거를 말한 거예요. 리사와 허브가 모이쉐에게 주라고 하나 가져다주었는데, 그만 그걸 레이크 에덴 역사학회 부스에 두고 왔어요."

한나가 말을 마치기가 무섭게 즐거운 페어의 밤이 끝날 때가 다 되었다는 의미의 예고등이 깜빡거렸다.

"그럼 다시 가서 가져올 건가요?"

한나가 자리에서 일어나 숄더백을 어깨에 메는 것을 본 마이크가 제법 손쉽게 추측했다.

"그러는 게 좋을 것 같아요. 만약 리사와 허브가 그걸 보면 무척 실망할 테니까요."

그러자 마이크가 지칠 대로 지친 듯한 한숨을 푹 내쉬었다.

"나도 같이 갈까요?"

한나에게 마이크의 제안은 유혹적이었다. 마이크와 함께 가면 페어장에서 빠져나가느라 복잡한 사람들 사이를 제법 편히 지날 수 있을 것이다. 하지만 지금 마이크는 무척 피곤한 상태였다. 단 2분간의 휴식도 간절한 듯한 모습이었다.

한나가 말했다.

"괜찮아요."

마이크가 크게 하품을 하며 말했다.

"알았어요. 그래도 서두르는 게 좋을 겁니다. 난 정문 바깥에 있는 벤치에 앉아 기다릴게요. 혹시라도 한나를 안에 둔 채 사람들이 문을 잠가버리면 안 될 테니까요. 그 베이커리 상자는 내가 들고 갈까요?"

"아뇨, 이것도 괜찮아요. 금방 갔다 올 테니까요."

한나는 얼른 키라임 파이가 든 상자를 챙겼다.

마이크가 너무나 피곤한 나머지 1등상에 빛나는 파이가 든 상자를 베고 잠이 들지도 모르니, 차라리 한나가 가져가는 편이 안전할 것이다.

레이크 에덴 역사학회 부스로 향하며 한나는 마치 물살을 거슬러 오르는 한 마리의 연어가 된 듯한 기분이었다. 출구를 향해 하나의 거대한 물결처럼 우르르 쏟아져 나오는 사람들의 무리를 헤치기는 결코 쉬운 일이 아니었다. 한나는 과연 모이쉐의 폴 버니언 버거가 아직도 그 자리에 남아 있을까 의심스러웠지만, 어쨌든 확인은 해봐야 했다.

"실례요."

세 명의 고등학교 남학생들이 세 명의 여자 친구들과 여섯 명의 대열을 지어 한나의 존재조차 신경 쓰지 않은 채 지나가는 것을 본 한나는 팔꿈치로 밀어제치고 싶은 마음을 간신히 참으며 하는 수 없이 그들이 지나갈 수 있도록 옆으로 비켜주었다. 페어에 들떠 떠들썩한 사람들의 물결을 헤치며 지나는 동안 벌써 몇 번째 똑같은 일을 겪은 것인지 모르겠다.

"안 가?"

누군가 소리쳤고, 한나가 옆을 돌아보니 로드 부인이 마침 한나 옆을 지나고 있었다.

"네, 곧 갈 거예요. 혹시 부스에……."

한나는 질문을 끝마치지 못했다, 이미 늦었다.

로드 부인은 한나를 지나 이미 반대편 방향으로 멀리 사라져버리고 없었다. 한나가 아무리 큰 소리로 물어본들 소용없을 것이다.

"다음에 보자꾸나, 애야." 엄마가 한나를 향해 인사를 했다.

엄마는 두 명의 동행인 버니 풀튼과 윙고 존스와 함께 우르르 출구의 회전문을 향하고 있었다. 실력 좋은 투수를 직접 역사학회 부스까지 초빙한 사람이 엄마라는 사실은 어느새 까맣게 잊고 있었다.

"안녕, 엄마." 한나도 인사로 답했다.

순식간에 몇 부스나 떨어진 지점까지 멀어진 엄마에게 버거의 행방을 묻는 것은 역시나 불가능했다. 한나는 자신의 상황에 대해 생각해보았다. 엄마와 로드 부인이 모두 집으로 돌아가는 것을 보니 역사학회 부스는 문을 닫은 것이 분명하다.

이런 상황에서 모이쉐의 버거를 되찾는다는 것은 정말로 어려워 보였지만, 거친 사람들 무리를 뚫고 여기까지 왔으니 기왕 온 것 임무를 완전히 수행하고 싶었다. 몇 피트를 더 전진하던 한나는 끊임없이 밀려오는 사람들 무리에 그 이상 앞으로 나가지 못하고 사람들이 전부 빠져나갈 때까지 기다리려고 가까운 부스로 향했다.

마침 트라이 카운티 데일리 부스가 눈에 띈 한나는 그곳으로 가 닫힌 문 앞에 바짝 몸을 붙였다. 부스에는 나무로 만든 거대한 흰색 우유병이 놓여 있었다. 한나는 누군가 힘차게 걸어오다가 한나와 부딪혀 넘어지지 않기를 간절히 바라며 사람들이 지나기를 기다렸다가 그 수가 조금 뜸해지자 다시 역사학회 부스를 향해 걷기 시작했다.

그 후 몇 분간 한나는 20명도 넘는 사람들에게 작별인사를 해야 했고, 그 사이 폐장을 알리는 예고등도 여러 번 깜빡였다. 사람들이 점점 뜸해지는 가운데 한나는 빠른 걸음으로 출구를 향하는 사람 두어 명에게 인사를 건네고서 마침내 엄마의 부스에 도달할 수 있었다.

한나가 부스에 당도했을 때는 예고등 역시 아까보다 더 희미해진 불빛으로 깜빡이고 있었다. 너무 늦었다. 카운터로 사용하던 나무 판대는 위로 올려진 채 자물쇠로 굳게 잠겨 있었다.

한나는 물탱크가 있는 쪽으로 돌아가 보았지만, 역시나 한숨만 나올 뿐이었다. 그쪽 카운터 역시 굳게 잠겨 셔터가 내려져 있었다. 와봤자 소용없다는 사실을 진작 깨달았어야 했는데. 엄마와 로드 부인이 부스를 정리하다가 꾸러미를 발견했다면 바로 버렸을 것이다.

"쓰레기."

한나는 리사와 허브에게 어떻게 설명하면 좋을까 고심하며 중얼거리듯 말했다. 하지만 이내 자신이 한 말을 깨닫고는 서둘러 제일 가까이에 있는 쓰레기통으로 달려갔다. 아직 아무도 쓰레기통을 비우지 않았다면, 모이쉐는 오늘 밤에 햄버거 만찬을 즐길 수 있을 것이다.

빨간 바탕에 검정 글씨로 'TRASH'라고 적힌 60갤런(227ℓ)짜리 쓰레기통은 부스에서 고작 1피트 떨어진 곳에 놓여 있었다. 한나는 파이를 상자에 담아 온 것이 천만다행이라고 생각하며 쓰레기통 옆에 키라임 파이를 내려놓고는 쓰레기통 안을 살짝 들여다보았다.

제일 위쪽에 하얀색의 꾸러미가 놓여 있었는데, 한나가 카운터에 두고 온 것과 아주 똑같은 꾸러미였다. 한나는 행운의 여신에게 말 없는 감사의 환호를 보낸 뒤 내용물에 더러운 것이 묻지 않았기를 바라며 꾸러미 안을 살펴보았다.

차마 안을 들여다보기 두려운 마음도 있었지만, 해야만 했다. 하지만 안을 들여다본 한나는 입이 귀에까지 걸렸다. 모이쉐의 폴 버니언 버거는 아까처럼 '버거 쉐'의 로고 도장이 찍힌 깨끗한 기름종이에 곱게 쌓인 채로 들어 있었던 것이다.

한나는 꾸러미를 재빨리 숄더백에 넣고 다시 상자를 집어들었다. 이제 임무를 완수했으니 마이크가 벤치에 앉아 잠이 들어버리기 전에 서둘러 출구로 나가야 했다. 출구로 향하며 한나는 조금 이상한 기분이 들었다.

모두가 떠난 페어장에 들리는 소리라고는 한나의 발걸음 소리밖에 없었다. 한나의 신발 고무 밑창이 바닥에 비비적거리는 소리가 고요한 페어장에 유난히 크게 울려 퍼지는 바람에 한나는 뒤꿈치를 들고 걷고 싶은 것을 간신히 참아야 했다. 밤늦은 시가에 홀로 있다는 것은 역시 어딘가 으스스한 구석이 있다.

한나가 막 가족농장 부스를 지나는 찰나 주변이 순식간에 칠흑같이 어두워졌다. 한나는 그 자리에 우뚝 멈춰선 채 황소 로봇에 의지해 간신히 중심을 잡았다. 이 황소 로봇은 작동에 따라 기계적으로 앞뒤로 흔들리는 로봇이라기보다는 한 번 타는데 5달러를 내야 하는 진짜 황소 같아 보였다.

한나는 그렇게 황소의 귀를 잡고 서서는 아까보다 더 오싹해진 기분으로 이 어둠 속에서 어떻게 하면 출구까지 길을 찾아 나갈 수 있을까 고심했다. 저쪽 멀리에서 간헐적으로 번개 빛이 번쩍였는데, 그럴수록 그것이 진짜 조명이나 불빛이 아니라는 사실만 분명해질 뿐이었다.

희미하게나마 그르렁거리는 소리까지 들리는 듯했다.

번개인가? 그것의 정체가 무엇이든 간에 한나는 더욱 오싹해져 버렸다. 한나는 당황하지 말자고 스스로를 다독였다. 눈이 어둠에 익숙해질 때까지 기다렸다가 다시 마이크를 향해 걸어가는 거다. 밧줄이나 케이블 선에 걸려 넘어지지 않도록 발꿈치를 들고 걷는 것이 좋겠다.

한나가 다시 걸음을 옮기려는 찰나 뭔가가 한나의 발길에 철컹 소리를 내며 부딪쳤다. 누군가 지렛대를 바닥에다 내팽개쳐 두고 간 모양이었다. 그리고 바로 그때 한나의 머리 위로 희미한 불이 반짝 들어왔다.

한나가 이토록 긴장한 상태가 아니라면 지레 겁먹은 자신을 나무랐을지도 모를 일이었다. 역시 페어장의 통로에 비상등이 설치되지 않을 리 없었다. 안전을 위해 설치한 등이었지만, 폐장 이후 담장을 넘어 몰래 페어장에 들어오려 계획했던 아이들에게는 이 등만큼 김새게 하는 것도 없을 것이다. 등의 불빛이 비록 밝진 않았지만, 한나는 여기저기 흩어진 부스들의 직사각형 형태와 다소 위협적으로 보이는 축제용 탈 것들의 형태를 흐릿하게나마 파악할 수 있었다.

더운 밤이었는데도 한나는 몸이 부들부들 떨렸고, 피부에는 습기가 느껴졌다. 페어장에 혼자 남아 있는 것은 좋지 않다. 결코 좋지 않다. 더듬거리며 앞으로 향하며 한나는 최대한 통로의 중앙으로 걷도록 노력하면서 어떤 그림자의 움직임이 없는지 주변을 유심히 살폈다.

지금껏 보아온 수많은 공포영화가 뭉게구름처럼 머릿속에 피어오르는 가운데 이 어둠 속에서 누군가, 무엇인가가 불쑥 나타난다면 무엇을 무기로 사용하면 좋을까 한나는 생각했다. 우선 숄더백이 있다. 이 정도 무게의 숄더백이면 누군가를 중심을 잃고 쓰러지게 할 수 있다. 단, 팔을 사용해 있는 힘껏 휘두른다면 말이다.

그리고 키라임 파이도 있다. 파이를 얼굴을 향해 던지면 잠깐 앞이 보이지 않게 할 수 있을 것이다. 물론 1등 상을 차지한 파이를 그렇게 낭비한다는 것이 마음 아프긴 했지만, 상황이 급박하면 망설일 이유가 없었다. 상자에서 파이를 꺼내 던지면 끈적끈적한 머랭이 얼굴에 온통 엉겨붙어 눈을 닦아내느라 적어도 1, 2분간은 시간을 지체해야 할 것이다. 그러는 동안 한나는 부리나케 출구로 달아나 마이크에게 이 상황을 알리는 거다.

한나는 계속해서 걸었지만, 머릿속은 갖가지 생각들로 여전히 소란스러웠다. 미리 걱정하지 말라는 속담과 늘 만반의 준비를 해야 한다는 속담이 서로 충돌하고 있었다. 하지만 결국 보이스카우트의 모토가 승리를 거두었다. *준비하라.*

한나는 상자에서 파이를 꺼내고서, 곧이어 만난 쓰레기통에 관람객들이 남겨놓은 쓰레기들 위로 상자를 던져버렸다. 이제 한나에게는 숄더백도 있고 파이도 있다. 한나는 살짝 한숨을 내쉬었다. 사실 이 두 가지를 가지고 무장을 했다고 여기기엔 부실하기 짝이 없었다.

한나는 머리털 나고 처음으로 안드레아처럼 끝이 아주 뾰족한 하이힐을 신고 있었더라면 좋았으리라 생각했다. 그랬다면 한쪽을 벗어 손에 들고는 누구든 공격해오는 것에 대항할 수 있었을 텐데 말이다. 물론 바보같은 생각이다. 한나가 정말로 안드레아의 하이힐을 신었더라면 처음부터 이 자리에 있을 수도 없었을 것이다. 네 사이즈나 작은 안드레아의 높디높은 하이힐을 신고는 단 한 걸음도 걸을 수 없으니 말이다.

한나가 트라이 카운티 자원 소방대의 레드 핫 링토스 부스 옆을 지나는데 무슨 소린가가 들렸다. 그건 바람 소리도 아니었고, 안식처를 찾아 페어장으로 들어온 들짐승의 소리도 아니었다. 그것은 뭔가 무거운 것이 살과 뼈로 구성된 무언가를 세게 내리치는 소리였다.

한나도 그것을 어떻게 확신할 수 있는지 알지 못했지만, 어쨌든 느낌이 그랬다. 한나는 피가 거꾸로 솟는 듯했다.

"거기 누구 있어요?"

어떻게 이야기해야 현명한 것일까 고심할 새도 없이 한나가 외치고 말았다. 그저 대답을 듣고 싶었을 뿐이었지만, 이제 그 무엇을 내리친 사람은 자신이 페어장에 혼자 있는 것이 아니라는 사실을 알게 되었을 것이다. 게다가 한나의 목소리로 한나가 어느 방향, 어디쯤 있는지도 간파했을 것이다.

쥐 죽은 듯 있어야 해. 한나는 생각했다. 하지만 우두커니 서 있을 수만은 없었다. 서둘러 여길 빠져나가야 한다. 한나의 처음 의도는 그러

했다. 하지만 걸음을 재촉하던 중에 무슨 생각인가가 떠올랐다.

아까 소리가 들린 곳은 한나가 있는 통로의 맞은편에서 모퉁이를 돌아서 있는 구역이었던 것 같다. 이제 한나의 앞에 남은 부스는 세 개밖에 없다. 그리고 한나가 통로 지도를 제대로 기억하는 것이라면 소리가 난 곳은 사격장이었다.

하지만 아까 들린 것은 총소리가 아니었다. 확실했다. 한나는 아까의 소리가 살과 뼈로 된 것을 내리치는 소리가 아니었을 수도 있다고 스스로를 달랬다. 누군가 속이 빈 고무공을 힘껏 때린 소리였을 수도 있고, 누군가 야구 방망이로 멜론을 내리친 소리였을 수도 있고, 또 큰 쇠망치로…….

한나는 또다시 몸을 부르르 떨었다. 지금 당장은 그 소리에 대해 생각하고 싶지 않다. 그것의 정체가 무엇이었건 간에 불길한 것은 마찬가지다. 우선은 사격장에서 최대한 멀리 달아나야 한다!

심장은 마구 요동치고, 신경은 예민해질 대로 예민해진 한나는 허겁지겁 부스들을 지나치며 최대한 그림자가 보이지 않게 재빨리, 조심스럽게, 그리고 조용히 움직였다. 조금만 실수해도 위치가 탄로 나고 만다.

한나가 부스의 끝에 다다랐을 때 또다시 둔탁한 소리가 들려왔다.

누군지는 몰라도 그 사람이 아직 그 위치에 그대로 있는 것으로 봐서는 한나의 소리를 듣지 못한 것이 분명했다. 한나는 이 틈을 놓치지 않고 재빨리 모퉁이를 돌아 그 사람에게서 더 멀리 떨어지려 했다.

망치로 철제 침대를 내리쳤을 때 수치 막대기에 매달린 공이 그 힘으로 솟구쳐 올라가 꼭대기에 매달린 벨을 울리게 되면 강한 남자 배지를 주는 강한남자 부스에 다다르자 한나는 구경꾼들이 너무 가까이 다가오는 것을 막으려고 부스 안에 쌓아둔 밀짚 포대에 몸을 숨겼다.

조용하다, 완벽하게 조용하다.

한나는 볼에 내려앉은 모기를 찰싹 치고 싶은 것도 꾹 참은 채 미동 없이 기다렸다. 가만히 웅크리고 앉은 시간이 너무 느리게 흘러간다고 느끼며 혹시 그 사람이 내 숨소리를 듣지 않았을까, 내 심장박동 소리가 저 멀리까지 울리는 것이 아닐까, 한나는 불안에 떨었다.

아직 움직이면 안 되겠지? 확신할 수 없었기에 그대로 기다렸다. 대신 주변을 두리번거리며 근처에 있는 사물의 형태와 그림자를 유심히 살피면서 기억에 저장했다.

마이크와 처음 만난 지 얼마 되지 않았을 때 그가 해준 이야기가 생각났다. 잠복근무 중인 경찰들은 장시간 근무 뒤에는 너무 피곤한 나머지 실제로 있지도 않은 환영을 보기도 한다는 것이다. 처음부터 모든 것을 지나치게 유심히 관찰하기 때문에 시야에 조금의 변화만 생겨도 극도로 경계하게 된다고 했다.

최대한 몸을 숨기며 한나는 온갖 가능성에 대해 생각했다. 황량한 페어장에 한나 말고 누군가가 있었다. 한나가 들은 소리가 바로 그 증거다. 적어도 그건 페어장을 뒤늦게 빠져나가는 관람객이 급하게 뛰다가 줄 같은 것에 걸려 넘어지는 소리는 아니었다. 만약 그랬다면 신음이라든가, 도움을 요청하는 소리가 뒤따랐을 것이다.

어쩌면 페어장의 뒷정리를 담당한 직원이 페어장의 문이 모두 잘 잠겼는지 확인하러 왔거나 뭔가 잊은 것이 있어서 다시 돌아온 것 수도 있겠지만, 정말로 카니발 측의 직원이었다면 한나가 외쳤을 때 대답하지 않을 이유가 없었다.

이 사람은 뭔가 의심쩍은 구석이 많다. 그의 침묵이 그걸 증명한다.

한나는 거칠게 숨을 몰아쉬었다. 강한남자의 망치가 사라지고 없었다. 오늘 아침에만 해도 망치는 분명히 수치 기둥 옆에 쇠사슬로 묶여 있었다. 쇠사슬은 여전히 그 자리에 있는데 이상한 일이다.

한나는 희미한 안전등 불빛에 의지해 바닥을 살펴보았다.

폐장 후에 망치를 일부러 부스 안에 넣어둔 것일까? 아니면 누군가 가져가서 다른 누군가를 향해 휘두르고는 아무도 알지 못하도록 다시 여기에 가져다 놓을 생각인…….

그가 여기에 있다! 달아나기에는 이미 늦었다!

한나는 강하고, 용감하고, 현대적인 미네소타 출생 여성이라면 누구나 했을 법한 행동을 했다. 바로 두 눈을 꼭 감은 채 자신도 마치 밀집 포대인양 포대와 혼연일체가 된 것이다. 물론 그래 봤자 소용없다.

그 사람이 한나를 발견해 한나에게도 망치를 휘두를 때까지 기다리고 있을 수만은 없다. 만약 그의 주의가 다른 곳에 팔린 사이에 도망칠 수 있다면 경찰에게 아주 훌륭한 목격담을 증언할 수 있을 것이다.

한나는 감았던 눈을 뜨고 밀집 포대 옆쪽으로 조금 더 나아가 상황을 살폈다. 하지만 불빛이 너무 희미해 보이는 것이라고는 쇠사슬에 다시 망치를 연결하려 몸을 굽힌 누군가의 그림자뿐이었다.

한나는 내밀었던 머리를 다시 집어넣고 그녀 쪽으로 다가오는 발걸음 소리에 귀를 기울였다. 그 사람의 뒤통수에도 눈이 달린 것이 아니라면 그는 아직 한나를 발견하지 못한 것이 분명했다. 어쨌거나 자신의 안전이 우선인 한나는 한 손에 파이를 들고 행동에 옮길 준비를 했다.

한나가 주의 깊게 귀를 기울이는 가운데 긴 시간이 흘렀다. 한나는 자신의 귀가 마치 독립적으로 항해하는 위성 접시 같다는 생각을 했다. 모이쉐가 벽 안에 숨은 쥐의 울음소리를 들을 때 귀를 휘휘 돌리는 것처럼 말이다.

한나는 걱정과 두려움에 목덜미가 간질거렸다. 숨소리도 들릴까 최대한 나지막이 숨을 죽였다. 근처 농가에서 키우는 개가 짖는 소리와 고속도로를 오가는 차들의 소리, 멀리서 들려오는 희미한 천둥소리를 제외하고는 주변은 죽음처럼 고요했다.

그리고 그때 소리가 들려왔다. 그가 다시 움직이고 있다. 한나는 작은 도발에도 바로 날릴 수 있도록 키라임 파이를 손에 더욱 단단히 쥐었지만, 그의 걸음 소리는 점점 희미해졌다.

그가 한나에게서 멀어지는 것이다. 그는 한나를 보지 못했다!

이제 안전히! 하지만 어디로 간 것일까? 한나는 잠시 생각하다가 자리에서 일어나 부스의 앞쪽으로 가서 통로 쪽을 살폈지만, 움직이는 것은 아무것도 없었다. 내가 너무 느리게 움직였나?

그때 저쪽에서 회전목마 옆쪽으로 사라지는 그의 뒷모습이 보였다. 이제 한나도 그만 돌아가는 편이 안전할 것이다. 그건 한나도 잘 알고 있었다. 마이크가 기다리는 정문으로 곧장 빠져나가야 한다.

그래서 무슨 일이 있었는지 그에게 이야기하면 다음 일은 마이크가 알아서 할 것이다. 그런 일에는 전문 자격증을 가진 형사 마이크가 제격이지, 한나는 아니었다. 비전문가인 한나는 그저 전문 형사의 말에 따르기만 하면 되는 것이다. 무슨 일이 일어난 것이 분명하다고 생각한다면 바로 마이크에게 알려 그가 알아서 수사하게끔 해야 한다.

결국 한나의 조심성이 호기심을 이기고 말았다. 한나는 부스에 기댄 채 숨을 고르며 심장박동이 제 속도로 돌아오기를 기다렸다. 마이크에게 여기서 있었던 일을 알린다면 그는 당장 페어장의 불을 환하게 밝혀 놓고 수사를 시작하겠지.

그런데 만약 한나가 들은 소리가 착각이었다면 어쩌지? 잘못된 것이 아무것도 없으면 어쩐다? 그렇게 되면 한나가 좋아하고, 심지어는 사랑하게 될지도 모르는 남자 앞에서 초특급 바보가 되어버리고 말 것이다. 그렇다면 한 가지 해야 할 일이 있다. 어리석을지는 몰라도 한나는 이런 결심을 한 번도 무른 적이 없었다.

한나는 잔뜩 긴장한 근육들을 스트레칭으로 풀어준 뒤 곧장 사격장으로 향했다. 마이크에게 알리기 전에 직접 확인부터 해야겠다. 그렇게 해서 만약 한나의 생각대로 뭔가 일이 벌어진 것이라면 곧장 마이크에게로 가서 사실을 알리리라.

부스들을 지나치는 한나의 걸음 소리가 유난히 크게 들렸다. 어디선가 바람이 불어오는지 페이스페인팅 부스에 꽂힌 깃발이 나부끼는 것을 본 한나는 너무 놀라 뒤로 넘어질 뻔했다. 깃발이 날리는 소리가 마치 할아버지 댁 옥수수밭에 모여들곤 하던 까마귀 떼 소리와 흡사했기 때문이다. 하지만 까마귀를 무척 좋아하셨던 할머니는 까마귀 떼를 쫓지 못하도록 하셨다.

한나의 모든 신경이 한나를 향해 경고의 메시지를 보내며 발견하고 싶지 않은 무언가를 발견하게 될 것이라고 알리고 있었다. 한나 역시 이 자리에서 바로 등을 돌려 마이크부터 찾아나서야 한다는 사실을 알고 있었지만, 무심하고도 부지런한 발길은 그녀를 사격장으로 데려가고 있었다. 한나는 여러 번의 경험을 통해 흠뻑 젖을 것이라는 것을 알면서도 계속해서 찬물의 수도꼭지를 틀곤 하는 모이쉐가 된 듯한 기분이었다. 마침내 사격장에 다다르자 한나는 심호흡을 했다.

둘 중 하나다. 뭔가 끔찍한 것을 발견하게 되거나 아무것도 발견하지 못하게 되거나.

머리 위에 달린 희미한 안전등 불빛 아래로 부스 앞쪽의 유리장 안에 한 줄로 진열해 놓은 테디 베어가 눈에 들어왔다.

한나는 부스의 모퉁이를 돌았다. 그러고는 자신의 눈이 테디 베어의 그것처럼 휘둥그레졌을 것을 느끼며 그 자리에 그대로 멈춰 서고 말았다. 누군가 더러운 바닥에 쓰러져 있었던 것이다.

여자였다. 드레스를 입고 있었기에 한눈에 알 수 있었다. 여자는 조금의 미동도 없었다.

한나의 머릿속이 재빨리 회전하기 시작했다. 지금이야말로 마이크에게 달려가야 한다. 하지만 물론 한나는 그러지 않았다. 만약 이 가련한 여인이 어디 상처라도 입고 긴급하게 도움을 받아야 할 상황이라면 어찌하는가?

한나는 심폐기능소생술도 알고 있었다. 게다가 옷을 찢어 지혈대도 만들 줄 알았다. 정말 꼭 필요한 긴급한 상황에만 사용하지만 말이다. 강한 인류애에 이끌려 한나는 여자에게 다가갔다.

여자는 바닥에 얼굴을 박고 있었는데, 맥이 느껴지는지 손목을 짚으려 가까이 다가선 순간 여자의 뒷머리가 눈에 들어왔다. 그것을 본 순간 한나는 맥을 짚거나 여자를 만져보려는 생각은 순식간에 버린 채 뒤로 주춤 물러나고 말았다. 어떤 응급처치도 여자에게는 소용이 없을 듯했다.

그녀는 이미 죽었다.

한나는 부디 그녀가 순식간에 목숨을 잃었기를 바랐다. 뒷머리의 부상이 예사롭지 않아 보였기 때문이다. 여자가 쓰러지면서 바람에 날린 듯 치켜 올라간 치맛자락을 한나는 손으로 가만히 내려주었다. 물론 이렇게 한다고 해서 그녀가 살아나거나 하는 것은 아니지만, 죽음에도 존엄성이 있는 법이었다. 치맛자락을 내려 준 뒤 자리에서 일어난 한나의 머릿속에 무언가가 불쑥 스치고 지나갔다.

"안 돼!"

한나는 침을 꿀꺽 삼켰다. 그러고는 떨리는 발걸음으로 여자에게 가까이 다가섰다. 힘이 풀린 한나의 손에서 파이가 부질없이 떨어져 내렸다. 이 드레스는 한나가 본 적이 있는 것이다, *그것도 한 시간도 채 지나기 전에!*

한나는 바닥에 떨어져 흩어진 키라임 파이의 속과 머랭을 내려다보았다. 여기 가만히 서 있을 수 없다. 어서 몸을 움직여 마이크를 찾아나서야 한다. 이 상황에 대해 그가 알아야만 한다.

"한나?"

그때 마치 한나가 그를 부르기라도 한 듯 마이크의 목소리가 크고 청량하게 울려 퍼졌다. 정말 환상적인, 완벽에 가까운 우연이 아닐 수 없었다. 이제 목소리를 되찾기만 하면 그의 부름에 답할 수 있을 것이다.

"어디 있어요, 한나?"

"여기요." 한나가 간신히 대답했다.

하지만 한나의 대답은 마이크에게 별 도움이 되지 않았다. 여기라는 대답으로는 정확히 어디인지 알 수 없으니 말이다. 한나의 단답형만으로는 충분하지 않다.

마이크가 다시 물었다.

"여기가 어디입니까?"

그의 목소리는 아까보다 가까운 곳에서 들려오고 있었다.

한나는 그에게 '더워지고 있어요.'라는 미친 대답을 할 뻔했다. 어린 시절에 즐겼던 놀이 중에 술래 한 명을 방 밖에 남겨 두고 다른 아이들은 방 안에 들어가 곳곳에 무언가를 감춰놓으면 나중에 술래가 방 안으로 들어와 감춰놓은 것을 찾는데 감춰놓은 것에 술래가 가까이 접근할수록 숨긴 아이들은 '더워지고 있어'라고 말하고 거리가 멀어질수록 '추워지고 있어'라고 알려주는 방식이었다.

한나의 마음이 말했다.

'하지만 이건 놀이가 아니야, 이건 현실이야. 그러니 마이크의 물음에 제대로 대답해야 해.'

한나는 심호흡을 한 뒤 마음이 시키는 대로 따랐다.

"사격장 옆에 있어요."

"목소리가 이상해요. 무슨 일이 있습니까?"

한나는 대답하려고 입을 벌렸지만, 그가 어떻게 이리로 달려오는 동시에 질문을 쏟아낼 수 있을까 의아해하느라 잠시 지체했다.

마이크의 목소리는 숨차지도 않았다! 통통한 체격의 한나는 절대 그렇게 못 할 것이다. 거기에 딥-프라이드 밀키웨이를 섭취해 몸무게를 더하려 했으니 어쩌면 마이크가 제때에 등장한 것이 다행한 일이다.

"한나? 무슨 일이냐고 물었잖아요."

한나는 한숨을 내쉬었다. 마이크는 조만간 자신의 두 눈으로 무슨 일인지 직접 확인할 수 있을 것이다.

어쨌든 한나는 대답했다.

"죽었어요."

"누군가 죽었단 말입니까?"

마이크가 올림픽 육상선수처럼 재빠르게 모퉁이를 돌았다.

"누가요?"

"윌라 썬퀴스트."

한나는 마이크에게 대답한 뒤 다리에 힘이 풀려 그 자리에 풀썩 주저앉은 채 시선은 테디베어의 유리 눈을 멍하게 응시했다.

‘거울을 보는 것 같이 희미하다.’ 라는 성경 구절이 한나의 머릿속에 맴돌았다. 테디 베어는 물론 몇 발치 떨어져 쓰러진 윌라의 시체까지, 그 어느 것도 실제 같아 보이지 않았다.

한나는 자신이 마치 감독도 없는 영화에 출연해 다음에는 무엇을 해야 할지 도통 알 수가 없는 배우가 된 것 같은 기괴한 기분이 들었다.

"한나?"

마이크의 얼굴이 창백한 달처럼 크고 둥그렇게 한나의 눈앞에 떠올랐다. 그는 한나에게 말을 걸려고 몸을 숙이는 듯했다. 그걸 본 한나는 새로운 생각이 떠올랐다. *내가 왜 바닥에 앉아 있는 거지?*

"내가 도와줄게요. 일어설 수 있겠어요?"

한나는 잠시 생각했다. *일어설 수 있을까?* 확신할 수 없었다. 해보지 않고서는 결코 알 수 없을 것이다.

한나는 마이크가 내민 손을 잡고 힘껏 일어났다.

"네." 마침내 일어설 수 있게 되자 한나가 대답했다.

"뭐가요?"

"일어설 수 있다고요. 하지만 얼마나 오래 서 있을 수 있을지는 모르겠어요."

"충격이 컸어요."

마이크가 한나의 볼을 토닥이더니 손전등으로 한나의 눈을 비춰보았다.

"오, 이거 정말 영화인가 보군요."

마이크는 눈썹을 치켜세웠지만, 아무 말도 하지 않았다. 대신 한나를 부축해 밀짚 포대로 데려간 뒤 한나를 그 위에 앉히고, 두 개의 포대를 가져와 하나씩 한나의 양쪽 팔 밑에 괴고, 또 다른 세 개의 포대는 한나의 뒤에 받쳐 마이크가 급조한 의자에서 떨어지지 않도록 했다.

"멋지네요."

그대로 계속 서 있어야 했다면 자신이 과연 얼마나 더 서 있을 수 있었을까 궁금해하며 한나가 말했다. 다리는 여전히 후들거리고 현기증까지 느껴졌다.

"비서 사무실에 있는 딱딱한 한 줄짜리 의자보다 나아요."

마이크는 이 사이로 자그맣게 휙 하고 소리를 내더니 고개를 저었다.

"내가 연락을 취하는 동안 여기 가만히 있어요."

한나는 순간 당황한 나머지 다리의 떨림이 목청까지 차오르는 듯했다. 한나는 힘들게 침을 삼킨 다음 마구 내달리는 심장박동을 차분히 가라앉혔다.

"날 여기에 두고 가려는 건 아니겠죠?"

"절대 그런 일 없습니다. 핸드폰을 갖고 있으니까요. 그러니 내가 수사팀을 부를 때까지 여기 앉아서 안정을 취하도록 해요."

한나는 고개를 끄덕였다. 아니, 고개를 끄덕였다고 생각했다.

자신의 신체에 대한 통제를 완전히 상실해버린 한나였다. 아무리 진정시키려 해도 다리는 여전히 후들거렸고, 왠지 모를 한기까지 느껴져 이빨도 덜덜 떨리고 있었다. 그래서 경찰차에는 트렁크에 항상 담요들을 싣고 다니는 모양이다.

한나는 마이크에게도 담요가 있다면 윌라를 덮어주면 좋겠다고 생각했다. 물론 사건 현장을 훼손하면 안 되니 수사팀이 도착하기 전까지는 그럴 수 없을 것이다. 게다가 마이크의 경찰차가 페어장 안에 있을 리 없다. 바깥 저 멀리 어딘가에 주차되어 있겠지.

"여기."

마이크가 입던 경찰용 바람막이 점퍼를 벗어 한나의 어깨에 걸쳐주었다.

"고마워요." 한나가 인사했다.

마이크의 점퍼는 무척 포근했는데, 모직으로 덧댄 안감 덕분에 따뜻하기까지 했다. 더군다나 점퍼가 마이크의 것이라는 사실이 한나를 더욱 안심하게 했다.

한나는 어깨에 걸쳐진 점퍼를 앞으로 꼭 끌어당겼다. 위넷카 카운티 경찰서에서는 미네소타 주의 특정 색인 고동색과 황금색을 그대로 도입했는데, 마이크의 바람막이 점퍼도 예외는 아니라 크누드슨 목사님이 직접 담근 무 피클보다 약간 어두운 고동색으로 되어 있었다.

한나는 자신의 붉은 머리카락과 고동색 점퍼의 조화가 과연 어떨까 생각해보니 아까보다 더 몸이 떨리기 시작했다.

"날 보지 마요. 고동색은 나랑 상극이라구요."

그러자 마이크가 큰소리로 웃더니 다시 전화를 걸기 시작했다.

한나는 마이크가 마을의 검시관인 나이트 박사, 그리고 안드레아의 남편인 빌과 통화하는 내용을 반쯤 엿들었다.

당신의 큰딸이 또다시 시체를 발견했다는 사실을 엄마가 알게 되면 얼마나 노발대발하실까 생각하는데 마침 마이크의 말이 한나를 생각 속에서 퍼뜩 깨어나게 했다.

"알았어요, 노먼. 정말 고맙습니다. 미리 일러서 당신을 들여보내 달

167

라고 할게요."

'노먼? 들여보낸다고?'

한나는 무슨 일인지 궁금해졌다.

"혹시 노먼한테 현장 사진을 찍어달라고 했어요?"

"아뇨, 한나를 집에까지 데려다 달라고 부탁했습니다. 그런 상태로 혼자 돌아가게 할 순 없어요."

한나가 모르겠다는 듯 되물었다.

"상태가 어떻길래요? 난 술을 마신 게 아니잖아요."

"나도 알아요. 하지만 사건에 대한 충격이 너무 큰 나머지 집에 돌아가는 길에 사고가 날 수도 있지 않습니까."

"하지만 운전은 거뜬히 할 수 있다구요. 난 운전면허증을 가진 엄연한 성인이니까 아무도 내 운전 실력을 의심하거나 운전하는 것을 막을 수 없어요……, 안 그래요?"

"안 그렇고말고요."

"어째서요?"

"간단합니다." 마이크가 주머니에서 열쇠고리를 꺼냈다.

"한나의 트럭 열쇠는 내가 갖고 있거든요."

한나는 입이 떡 벌어졌다.

"내 열쇠를 가져갔어요?"

"그런 건 아닙니다. 열쇠 때문에 숄더백을 건네 달라고 했더니 한나가 스스럼없이 건네주지 않았습니까. 기억 안 나요?"

"나요." 한나가 패배를 인정했다.

한나는 마이크에게 스스럼없이 숄더백을 건네주었을 뿐만 아니라 그가 가방 안을 뒤져 열쇠를 꺼내는 것도 눈치 채지 못했다. 의심의 여지 없이, 전적으로 한나의 불찰이었다.

한나가 틀리고 마이크가 맞았다. 안전운전을 하기에 한나의 지금 상태는 조금 위태로웠다.

"그럼 노먼이 집까지 데려다 주는 것에 동의하는 겁니까?"

한나는 막 고개를 끄덕이려는 찰나 안성맞춤인 대답이 생각났다.

"동의하지 않으면 체포할 거 아니에요?"

그러자 마이크가 웃음을 터뜨렸다.

"반은 돌아왔군요." 마이크가 한나를 살짝 포옹했다.

"아까는 무척 걱정스러웠습니다. 끔찍한 사건 현장을 발견하고서 쉽게 회복하지 못하는 사람들도 많거든요."

'상기시켜줘서 고맙네요.' 한나가 나지막이 속삭였다.

"뭐라고 했습니까?"

한나는 재빨리 머리를 굴렸다.

"처음 겪는 일은 아니니까요. 사건 정황에 대한 진술은 지금 할까요?"

"나중에요. 여기서 한 시간쯤 더 있다가 트럭을 몰고 한나 집으로 가겠습니다. 다시 경찰서로 돌아갈 때는 노먼의 차를 타면 될 테니까요."

한나는 마이크의 숨은 뜻을 포착해냈다. 자신보다 노먼이 더 오래 한나의 아파트에 머물러 있는 것이 싫은 것이다. 그러니 확실하게 안심할 방법이란 둘 다 같은 시간에 같은 차로 떠나는 것일 테다.

마이크가 물었다.

"왜 웃어요?"

한나는 단어의 선택에 신중을 기했다. 엄마를 포함한 모두가 한나는 너무 직선적이라 탈이라고들 하니 말이다.

"오, 이제부터는 마이크가 다 알아서 할 테고, 난 그냥 집에 돌아가도 된다는 사실이 반가워서요."

이만하면 세심한 대답이 아닌가.

"녀석이 입에 넣었어요."

한나의 집 거실에 놓인 소파 뒤로 모이쉐가 어슬렁거리며 들어가는 것을 본 노먼이 말했다.

"고기만 먹고 빵은 주방에 남겨뒀어요. 이제 복도를 지나서……."

노먼이 목을 길게 빼고 내다보았다.

"한나의 침실로 가져가는 것 같네요."

예전 같았으면 한나는 자리에서 벌떡 일어나 모이쉐가 먹을 것을 한나의 침대 밑에 숨기지 않도록 녀석을 막았을 것이다. 하지만 오늘밤에는 이야기가 달랐다. 한나는 그저 자리를 지키고 앉아 있었다. 사흘 만에 처음으로 음식에 관심을 보인 모이쉐를 차마 막을 수는 없었다.

미셸이 물었다.

"내가 가서 데려올까? 아니면 어디 흘리지 않는지 지켜볼까?"

"그냥 둬. 우리가 방해하지 않으면 오늘은 좀 먹을 것 같으니 말이야. 그래도 자기 전에 베개 밑은 한 번 살펴보는 게 좋겠다."

노먼이 물었다.

"녀석이 거기에도 음식을 넣어둔단 말이에요?"

그러자 한나는 어깨를 으쓱해 보였다.

"내 베개 위에서도 쥐 시체의 일부를 여러 번 찾았는걸요."

노먼이 킥킥거리며 되물었다.

"쥐 시체의 일부라구요? 별로 자세히 알고 싶지 않네요."

잠시 침묵이 흘렀다. 오븐에서는 좋은 냄새가 나고 있었다.

노먼이 집에 데려다 준 뒤 한나는 뭔가 만들기로 했다. 베이킹은 한나의 마음을 편하게 할 뿐만 아니라 뭔가를 골똘히 생각하기에도 좋은 작업이니 말이다.

한나가 오븐에 팬을 집어넣기가 무섭게 로니와의 데이트를 마친 미셸이 로니와 함께 집에 돌아왔고, 네 사람이 거실에 모여 앉은 가운데 한나가 음울한 소식을 전했다.

미셸이 몸을 살짝 떨었다.

"그녀가 죽었다니 믿을 수가 없어. 도대체 누가 썬퀴스트 양을 죽였을까?"

"그게 바로 내가 알고 싶은 부분이야. 혹시 미인대회 참가자 중에 있는 게 아닐까?"

"하지만 모두들 썬퀴스트 양을 좋아했어. 늘 친절하고 상냥하게 도움을 주었거든. 그녀를 좋아하지 않는 참가자는 없을 거야."

동생의 얼굴에 떠오른 흥미로운 표정을 본 한나의 예감이 빨간불을 울려댔다. 처음에 미셸은 자신이 한 말에 100% 확신하는 듯했지만, 이내 눈이 살짝 휘둥그레지더니 미간을 찌푸렸다. 그리고 뒤이어 떠오른 표정은 자신이 한 말에 대한 불신이었고, 그 뒤에는 부정의 표정이 떠올랐으며, 부정이 사라지고 나서는 의심의 여지가 남았다.

한나가 몸을 앞으로 숙이며 물었다.

"무슨 생각을 하는 거야?"

"별일 아닐지도 몰라, 아마. 섣불리 누굴 의심하고 싶진 않아서. 불가능해, 그래. 그 정도로 화가 난 게 아닐 거야."

노먼이 물었다.

"누가 화가 난 게 아니라구요?"

"참가자 중에 한 명인데, 설마 그 애가 그런 짓을 저질렀을 거라곤……."

미셸이 하던 말을 멈추고는 무척 염려스러운 표정을 지었다.

"저지르다니, 뭘?" 한나가 끼어들었다.

"이건 살인사건이야, 미셸. 누군가 잔인하게 월라를 죽였다구. 스스로 망치를 집어 자기 머리를 때렸을 리 없잖아."

미셸은 어딘가 모르게 불편해 보였다.

"나도 알아. 하지만……."

"썬퀴스트 양을 좋아했죠?"

미셸의 혼란스러움을 파악한 노먼이 나섰다.

"당연하죠!"

한나는 노먼이 만들어준 기회를 놓치지 않고 이야기를 이었다.

"그럼 그녀의 죽음과 연관이 있을 것 같은 이야기는 우리에게 털어놓는 것이 월라를 위하는 길이야. 그간 빚졌던 월라에 대한 고마움을 갚는 길이라구. 어떤 것이든 좋아, 미셸. 그저 살짝 의심스러울 뿐이라고 해도 말이야."

미셸은 잠시 생각에 잠겼다.

"언니 말이 맞아. 타샤에게는 아무것도 빚진 것이 없으니까."

"에메랄드 그린색 이브닝드레스를 입었던 금발 여자애 말이야?"

대회 첫날 보았던 미셸의 동료 참가자를 기억해내며 한나가 물었다.

"맞아. 나한테 자기를 변호해달라고 부탁하는 바람에 내가 상황이 난처할 뻔했어. 그래서 타샤에게 썬퀴스트 양에게 거짓말을 할 수 없다고 말했지."

그때 오븐의 타이머가 울렸고, 한나는 자리에서 일어섰다.

"잠깐만 멈춰 봐. 포포버를 준비해올 테니까 나머지 이야기는 내가 돌아오거든 해줘."

머핀 틀에서 포포버를 꺼내 냅킨을 깔아둔 광주리에 담는 일은 그리 오래 걸리지 않았다. 한나는 미리 준비해둔 잼과 버터가 놓인 쟁반의 중앙에 광주리를 얹고는 모두가 모인 거실로 나가 커피 테이블 위에 쟁반을 내려놓았다.

노먼이 한나를 향해 미소를 지으며 말했다.

"냄새가 정말 좋아요!"

"맛있는 거예요. 안드레아가 빌의 사촌인 버나데트에게 직접 레시피를 받아 왔거든요."

"작은 언니도 이런 걸 만든단 말이야?"

미셸이 놀라운 표정으로 먹음직스러운 황갈색을 띤 포포버를 내려다보았다.

"당연히 아니지."

한나는 살짝 웃음을 터뜨렸다.

안드레아가 하는 요리라고는 전자레인지에 돌려먹는 간편 냉동식품이 유일하다는 것은 세 자매가 모두 잘 아는 사실이었다.

"안드레아가 레시피를 포기하고 나한테 넘겼어. 대신 언제든 먹고 싶으면 만들어 주겠다고 약속했지. 우선 1~2분 정도는 식힌 다음에 먹어야 해. 그런 후에 미셸의 이야기를 마저 듣자구."

버나데트포 포포버

오븐은 섭씨 230도로 예열합니다. 틀은 오븐 중앙에 둡니다. 열두 개들이 머핀틀에 들러붙음 방지 스프레이를 뿌립니다. 스프레이가 없으면 버터나 라드(돼지기름)를 발라도 됩니다.

한나의 첫 번째 메모: 이 레시피를 받기 전에 만들었던 제 포포버는 얼 프렌스버그의 견인차에 깔린 것처럼 납작하니 볼품없었죠. 이번 레시피는 보송보송하고 더욱 먹음직스러운 빛깔을 띠며 맛도 더 훌륭하답니다.

재료

밀가루 2컵(체질하지 마세요) / 우유 2컵 / 소금 1티스푼 / 계란 4개***

***계란이 평균보다 너무 작거나 너무 크다면 깨뜨려서 섞은 다음에 측량컵에 담아 측량하면 됩니다. 계란 4개면 보통 1컵 정도 될 거예요. 모자라면 계란을 더 넣고, 너무 많으면 조금 따라내면 되겠죠.

한나의 두 번째 메모: 이건 꼭 휘젓는 기구를 사용해서 손으로 섞어야 한답니다. 전자믹서를 사용해서 섞으면 계란에 공기가 너무 많이 들어가거든요.

만드는법

1. 너무 보들보들해지기 전까지 계란을 휘젓습니다. 1분 정도면 될 거예요. 거기에 우유를 넣고 다시 섞습니다.

2. 밀가루를 1컵씩 넣습니다. 그런 뒤 소금도 뿌리세요. 그리고 내용물이 촉촉하게 잘 섞일 때까지 나무 숟가락으로 저어줍니다. 어쩌면 덩어리가 질지도 모르는데(브라우니 반죽처럼) 괜찮습니다. 이 레시피에서는 오히려 덩어리가 생기는 것이 더 좋아요!

3. 반죽을 주걱으로 다른 그릇에 옮겨 담습니다(전 측량컵을 이용했어요). 그런 뒤 머핀틀에 꼭대기까지 차도록 붓습니다.

4. 섭씨 230도에서 정확히 30분을 굽습니다.

5. 30분이 지나면 오븐에서 팬을 꺼내 차가운 가스레인지 위에 올려놓거나 선반에 올린 뒤 김이 나갈 수 있도록 칼로 윗부분을 조금씩 갈라줍니다.

6. 팬에서 1~2분 정도 식힌 포포버를 꺼내 냅킨을 깐 광주리에 담습니다.

7. 달콤한 버터나, 소금기가 있는 버터, 잼이나 젤리, 혹은 크림치즈와 함께 냅니다.

한나의 세 번째 메모: 실온에 보관한 뒤 먹는 포포버도 아주 맛있어요. 전 아직 이렇게 해서 먹어본 적은 없지만, 안에 에그 샐러드나 참치 샐러드, 연어 샐러드 등을 넣어서도 먹어볼 생각이에요. 생각만큼 맛이 괜찮으면 브런치 메뉴로 내놓아도 손색이 없겠죠.

"참가자 중 누구를 자격 박탈할 거란 얘기는 안 했는데."

한나가 포포버의 속을 뜯어 한쪽 면에는 캐슈 버터를 바르고 다른 한쪽에는 허니버터를 바르며 말했다.

"그래서 오늘 밤 대회가 시작되기 전에 썬퀴스트 양이 우리를 모두 불렀고, 우리는 아무에게도 자세한 이야기는 하지 않겠다고 약속했어. 그저 타샤가 더 이상 대회에 출전하지 못하겠다고만 말하겠다고 했지."

미셸은 조금 미안하다는 듯 말했다.

"근데 내가 그 약속을 깼네."

"그건 윌라가 아직 살아 있을 때 한 약속이잖아요. 상황이 변했어요."

노먼이 지적했다.

한나는 포포버를 한 입 베어 물고는 만족감이 어린 한숨을 살짝 내쉰 뒤 커피를 마셨다.

"좋아. 이제 아는 걸 전부 말해줘, 미셸."

"대회 첫째 날 오후에 애고트 빌딩에서 있는 미니어처 가든 쇼에 타샤가 30분 정도 지각했어. 썬퀴스트 양에게는 갑자기 차가 고장이 나는 바람에 늦었다고 했지만, 나한테는 사실 주차장에서 남자친구와 수다 떠느라 시간 가는 줄 몰랐다고 했지."

한나는 윌라에게서 들은 출전자격 박탈 조건들을 떠올렸다.

"그저 지각했다고 해서 출전 자격이 없어지는 건 아니잖아?"

"아니지. 또 다른 일이 있었어. 규정상 대회 참가자 배지를 단 동안에 욕이나 상스러운 말은 하지 못하게 되어 있고, 어째서 그런 규정이 있는지 썬퀴스트 양이 설명해줬어. 근데 타샤는 이브닝드레스 심사가 있는 날 무대 뒤에서 여러 번 욕을 했어. 난 그걸로 타샤가 완전히 찍혔다고 생각했지."

노먼이 물었다.

"그게 다예요?"

미셸이 살짝 한숨을 내쉬며 말했다.

"마지막 건 아직 얘기도 안 했어요. 나, 마치 끄나풀이 된 것 같은 기분이야. 하지만 지금 그런 건 중요하지 않겠지?"

"그럼."

한나는 막냇동생이 곧은 양심을 지니고 있다는 것이 새삼 반가웠다.

"그저 윌라의 죽음만 생각하면 돼."

"타샤는 오늘 오후에 있었던 퀼트 시범에 아예 나타나지 않았어. 그저 늦기만 했어도 또다시 기회를 줬을 텐데 시범 대회 내내 아예 보이지 않았다구. 심지어 연락도 없었어. 그래서 썬퀴스트 양이 무척 걱정을 했었어."

한나가 적절한 질문을 던졌다.

"그럼 언제 나타났어?"

"6시에. 그 애 남자친구가 수영복 심사가 있는 곳까지 그녀를 데려다주었어. 그래서 썬퀴스트 양이 타샤에게 왜 퀼트 시범 때 나타나지 않았느냐고 물으니까 그저 한 시간 동안 우두커니 앉아서 누군가가 바느질하는 모습을 지켜보는 건 지루하기 짝이 없다고 대답했지 뭐야. 결국 썬퀴스트 양은 타샤의 출전 자격을 박탈했어."

노먼이 추측했다.

"그럼 자격을 박탈당한 것 때문에 타샤가 무척 화가 났겠군요?"

"아니에요. 쫓겨날 것을 예상하고 일부러 나타나지 않은 것 같아요. 짐 싸는 걸 제가 도와줬는데, 이제 대회는 지긋지긋하다고 했거든요."

노먼이 물었다.

"그냥 말만 그렇게 한 게 아닐까요?"

"창피해진 상황에서 체면 차리려고 한 말은 아니구?"

"두 사람 다 틀렸어요. 타샤는 정말 남자친구와 함께 시간을 보내는 게 더 좋다고 했고, 전 진심이었다고 믿어요. 대회를 준비하면서 단 한 번도 즐거워하는 모습을 본 적이 없었거든요. 이브닝드레스 심사 때도 말이에요."

한나가 물었다.

"그럼 왜 출전한 거지?"

"타샤 뜻이 아니었어. 타샤 아버지가 신청서를 작성해서 접수했대. 타샤는 이제 겨우 열일곱 살이니까 부모님이 대신 하는 것이 가능했던 거야."

엄마가 미셸의 신청서를 대신 접수한 사실을 잘 아는 노먼이 말했다.

"그런 일이 자주 있는 것 같네요."

미셸이 살짝 웃음을 지었다.

"그런가 봐요. 근데 전 정말 대회에 출전하게 된 것에 아무런 이의도 없어요. 재밌기도 하거든요. 게다가 대회 출전은 로니가 제일 바랐던 일이에요. 엄마에게 이야기한 것도 로니였구요. 근데 타샤의 남자친구는 미인대회는 시간낭비일 뿐이라고 생각했나 봐요."

"상금이 있는데도?"

"돈은 상관없다고 했어. 상금을 탄다고 해도 아직 미성년자인 타샤는 만져보지도 못한 채 아버지에게 돌아갈 테니까."

한나는 노먼과 시선을 주고받았다. 한나의 눈짓은 '살인 동기로 충분해 보이는데요.' 였고 노먼이 보낸 눈짓의 의미는 '정말 그래요.' 였다.

한나가 물었다.

"타샤의 성이 뭐야?"

미셸은 잠시 생각에 잠기는 듯하더니 이내 어깨를 으쓱해 보였다.

"들은 적이 없는 것 같아. 썬퀴스트 양은 늘 우리를 이름으로 불렀거든. 대회 배지에도 이름이 적혀 있었구. 타샤의 배지에는 프린세스 타샤라고 적혀 있었어. 아무튼 알아볼 수는 있을 거야. 참가자 중에 누군가가 타샤와 같은 학교에 다닌다고 했거든."

"좋아. 그럼 내일 알아보고 나한테 바로 알려줘."

"그럼 마이크에게는 타샤에 대한 이야기, 하지 않을 거야?"

한나는 잠시 생각하더니 고개를 저었다.

"우리가 아는 건 이름뿐이잖아. 타샤에 대해 좀더 많은 정보를 얻기 전까지는 마이크에게 미리 알려서 성가시게 할 필요 없다고 생각해."

미셸이 말했다.

"그리고 타샤와 그녀의 아버지에 대해 직접 알아보고 싶은 마음도 있고 말이지."

노먼이 덧붙였다.

"기정사실로 만들어 마이크에게 제시하고 싶기도 하고."

미셸이 한나를 향해 다 알 만하다는 미소를 지었다.

"그래서 언니가 마이크보다 사건 수사에 더 실력이 있다는 것을 보여주고 싶은 거겠지."

한나는 웃음을 터뜨렸다. 이타적인 목적을 내세우려 했던 한나의 계획은 그녀를 누구보다도 잘 아는 이들 앞에서는 무용지물이었다. 차라리 사실을 인정하는 편이 낫다.

"그래, 맞아. 그러니까 이건 비밀이야. 마이크가 곧 올 테니까 오늘 밤에는 그 사실을 분명히 기억하고 있어야 한다구. 타샤랑 그 애 아버지는 내 몫이야."

"여기 있어요, 마이크."

한나는 방금 구워 따뜻한 포포버가 가득 든 광주리와 잼과 깜찍한 버터들이 담긴 쟁반을 가져왔다.

"2분 동안 식혔다가 먹어요."

마이크가 거의 숭배에 가까운 눈빛으로 한나를 바라보았다.

"이게 나한테 무슨 의미인지 한나는 모를 겁니다. 점심도 못 먹은데다가 호출이 있은 후로는 저녁도 못 먹었거든요."

한나가 참지 못하고 말했다.

"그럼 아까 딥-프라이드 캔디 바라도 먹지 그랬어요."

"그러게요. 그래야 했는지도 모르겠어요. 이 정도로 업무가 과중한 때는 칼로리 소모도 많으니까 말입니다. 하지만 몸 생각을 하니 먹을 수가 없더군요."

"그렇군요."

마이크가 포포버를 쪼개어 허니버터와 복숭아잼을 바르는 것을 지켜보며 한나가 대답했다.

포포버를 한 입 베어 물더니 마이크가 말했다.

"쿠키단지에 이것도 메뉴로 내는 것이 좋겠어요. 정말 맛있군요!"

한나는 그저 미소만 지을 뿐이었다.

포포버처럼 복잡한 메뉴를 쿠키단지에 내다니, 상상만 해도 우스운 일이다. 하지만 마이크가 맛있다고 칭찬하니 기분이 좋았다.

"헤이, 노먼."

마이크가 한나를 사이에 두고 치열하게 경쟁을 벌이는 라이벌을 불렀다.

"왜 포포버 더 안 먹죠?"

"이게 두 번째 반죽이거든요. 미셸과 나는 아까 배부르도록 먹었어요. 그래도 하나 정도는 더 먹어도 될 것 같네요."

"마음껏 먹어요. 어차피 나 혼자 다 먹지 못할 테니."

마이크가 다시 한나를 돌아보았다.

"나이트 박사님이 뭐라고 하셨는지 아마 알고 싶어 할 것 같아서 말입니다. 윌라 썬퀴스트는 그 자리에서 즉사했답니다. 두 번째 타격에는 아무런 고통도 느끼지 못했을 거예요."

아무리 그래도 그렇지! 한나는 생각했다. 굳이 듣지 않아도 좋을 이야기였다.

"그럼 왜 또 한 번 망치를 휘둘렀대요?"

노먼이 추측했다.

"확실히 죽이기 위해서?"

"빙고!" 마이크가 손가락으로 노먼을 가리키더니 고개를 끄덕였다.

"그렇게 해야 안심이 되었던 거죠."

한나는 두 남자가 지금껏 본적이 없을 정도로 잔뜩 찌푸린 얼굴을 했다. 두 사람의 대화는 잔혹하기 그지없었다. 그것도 먹는 중에 그런 이야기를 하다니, 어떻게 그럴 수 있단 말인가?

"포포버?"

마이크가 광주리를 들어 한나에게 권했다.

"고맙지만, 됐어요."

한나는 힘들게 침을 삼켰다. 죽은 것은 사람이다. 그것도 한나가 평소 아주 잘 알고 지내며 좋아했던 사람.

노먼이 오렌지 버터를 집으며 물었다.

"나이트 박사님이 달리 말씀하신 건 없었어요?"

"어떤 거요?"

마이크가 포포버를 또다시 쪼개어 라즈베리 잼을 발랐다. 그런 뒤 노먼에게 허니버터를 건네주었다.

"이것도 발라 봐요. 버터랑 같이 먹으니 더 좋아요."

"고마워요. 저항의 흔적 같은 거요. 범인을 막으려고 하다가 생긴 상처 같은 건 없나요?"

마이크가 냅킨으로 입을 훔치며 말했다.

"박사님 말씀으로는 없다고 하더군요. 오른쪽 손목이 부러졌는데 쓰러질 때 그런 것 같다고 하더군요. 저항하려 했던 흔적은 없었어요."

마이크는 한나를 돌아보았다.

"희생자가 오른손잡이가 맞죠?"

"네." 한나는 간신히 대답했다.

마이크는 어쩌면 그렇게 몰인정하게도 월라를 희생자라고 부를 수 있단 말인가? 월라는 불과 몇 시간 전만 해도 멀쩡하게 살아 있던 사람이다. 포포버를 먹으며 사건에 대해 이야기하는 두 사람의 방식은 잘못되었다.

마이크가 말했다.

"박사님 말씀이, 범인은 남자라고 하더군요. 여자가 25파운드(11kg)나 되는 망치를 집어들고 어깨에 짊어진 채 5.5피트(167cm)나 되는 큰 키의 여자를 내리칠 수 있을 리 없잖습니까. 그러니 분명히 남자죠."

한나는 또다시 힘들게 침을 삼켰다.

어떤 질문도 던질 수 없었다. 마이크는 한나가 윌라와 함께 일하며 윌라와 함께 웃고 떠들었던 그녀의 친구라는 사실을 모르는 것인가?

노먼이 한나보다 더 큰 호기심을 보이며 물었다.

"턱뼈에 손상은 없었구요?"

마이크가 또 다른 포포버를 집어 쪼갠 다음 딸기잼을 발랐다.

"광범위한 손상이 있다고 합니다. 이가 몇 개 부러졌어요."

"어느 이요?"

"모르겠어요. 박사님 말씀이 열세 번째와 열네 번째라고 하신 것 같군요."

마이크는 한나를 돌아보았다.

"세상에, 정말 맛있어요, 한나."

노먼이 이야기를 이어나갔다.

"멀쩡한 쌍두치(작은 어금니)와 구치(어금니)를 나가게 했을 정도면 상당히 세게 휘둘렀나 보네요."

"박사님께서 그래도 치아 상태가 꽤 좋은 편이라고 하시더군요. 근데 노먼과 의논할 것이 있다고 하셨어요."

"그래요?" 노먼은 기쁜 듯 보였다.

"그럼 지금 당장 병원에 가서 치아를 살펴봐도 좋겠네요. 왼쪽 치아에 손상이 없으면 열세 번째 치아와 열네 번째 치아를 비교해서 관찰해도 좋겠어요. 얼마나 세게 내리……."

한나가 자리에서 벌떡 일어나 현관문을 가리키며 외쳤다.

"나가요!"

으깨진 두개골과 골절된 손목, 부러진 치아 이야기는 여기까지 만으로도 충분했다. 정말 우스운 일이 아닐 수 없다! 물론 마이크는 자신의 일을 하는 것뿐이고, 노먼 또한 마이크를 도우려는 것뿐이지만, 윌라의 죽음을 슬퍼하는 한나에게 이런 이야기들은 도통 무리였다.

"네?" 마이크가 깜짝 놀란 표정으로 한나를 쳐다보았다.

"지금 우리한테 나가라고 한 겁니까?"

"네! 두 사람 다 너무 잔인해요! 윌라를 마치……, 그저 몸뚱어리에 불과한 것처럼 이야기하잖아요! 그녀의 가치는 그 이상이에요. 예쁘고 착하고, 그리고……, 그녀는 내 친구였다고요!"

처음 입을 연 것은 노먼이었다.

"미안해요, 한나. 우리 이야기가 그렇게 흘러가는 줄 깨닫지 못했어요. 진심으로 사과할게요."

노먼이 그녀 어깨에 팔을 두르려 했지만, 한나는 그의 손길에서 빠져나갔다. 지금 당장은 마음을 풀 생각이 없었다.

한나가 여전히 현관문을 가리키며 말했다.

"그만 가줘요."

"좋아요. 이야기는 이만하면 충분히 했습니다."

마이크가 자리에서 일어나더니 포포버 광주리를 내려다보았다.

"남은 것 좀 가져가도 될까요?"

"나가요!"

한나는 또다시 소리치고는 조개처럼 입을 꾹 다물어버렸다. 그녀의 마음속에는 거친 말들만 정신없이 오가고 있었다.

노먼이 문을 열고 밖으로 나서며 말했다.

"내일 전화할게요. 무심하게 굴어서 정말 미안해요."

마이크 역시 노먼을 따라 문밖으로 나섰다. 그리고 목청을 몇 번 가다듬더니 뒤를 돌아보며 말했다.

"네. 미안하게 생각합니다, 한나."

한나는 문을 닫고 나서 잠시 눈을 감은 채 고요함 속에서 마음을 달랬다. 그러고는 데드볼트를 포함한 현관문의 걸쇠를 모두 잠갔다.

그때 뭔가 따뜻하고 폭신폭신한 것이 한나의 발목을 비비적거렸고, 한나가 밑을 내려다보니 그것은 다름 아닌 모이쉐였다. 녀석이 한나가 화가 난 것을 알고 무척 좋아하는 나비 문양이 새겨진 이불이 덮인 미셸의 따뜻한 침실에서 나와 한나를 달래주러 온 모양이었다.

한나는 녀석을 안아 올려 그의 목덜미의 부드러운 털에 코를 박았다.

"고마워, 모이쉐. 넌 정말 완벽한 룸메이트야. 필요할 때면 항시 이렇게 곁에 있어 주잖아. 나를 화나게 하는 일도 없구."

"냐아아아아옹."

모이쉐가 부드러운 소리로 가르랑거렸다. 그런 뒤 고개를 들고 한나의 코를 핥았다.

한나는 너무 놀라 하마터면 녀석을 떨어뜨릴 뻔했다. 물론 모이쉐가 자신을 좋아하는 줄은 알고 있었지만, 이렇게 애정 넘치는 행동을 보이는 건 흔치 않은 일이었다.

"이제 그만 쉬어야 할 시간이야."

한나는 모이쉐를 안고 침실로 들어가 녀석을 거위털 베개 위에 내려놓았다.

"내일 아침에 내가 만약 아까 있었던 일을 잊어버리면 네가 상기시켜 줘야 해. 방금 왜 두 사람 중 누구와도 결혼할 수 없는지에 대한 이유를 찾은 것 같아."

포포버를 위한 다양한 버터들

한나의 첫 번째 메모: 포포버를 내기 하루 전에 만들어 놓고, 먹기 한 시간 전에 냉장고에서 꺼내어 놓으세요.

캐슈 버터

재료

부드러운 버터 1/2컵 / 잘게 다진 캐슈 2테이블스푼 (다진 후에 측량하세요)

만드는법

1. 부드러운 버터를 작은 그릇에 담습니다.
2. 캐슈(소금에 절인 것이든 아니든 상관없어요)를 가능한 한 잘게 다집니다.
3. 잘게 다진 캐슈를 2테이블스푼 측량한 뒤 버터에 넣고 골고루 잘 섞습니다. 그런 후 비닐랩을 씌워 냉장고에 보관합니다. 손님들에게 낼 때는 위에 완전한 형태의 캐슈를 얹어 이것이 캐슈 버터라는 것을 알게 해주세요.

허니 버터

재료

부드러운 버터 1/2컵 / 꿀 1테이블스푼

1. 부드러운 버터를 작은 그릇에 담습니다.
2. 버터에 꿀을 넣고 잘 섞은 뒤 비닐랩을 씌워 냉장고에 보관합니다.

한나의 두 번째 메모: 허니버터는 인기가 좋아서 늘 두 배 분량으로 만든답니다.

아몬드 버터

재료

부드러운 버터 1/2컵 / 잘게 다진 아몬드 1테이블스푼

아몬드 추출액 1/2티스푼

만드는법

1. 아몬드를 잘게 다진 뒤 버터에 넣고 섞습니다.
2. 거기에 아몬드 추출액을 넣고 잘 섞습니다.
3. 완성된 버터는 비닐랩을 덮고 냉장고에 보관합니다. 손님들에게 낼 때는 위에 완전한 형태의 아몬드를 얹어 이것이 아몬드 버터라는 것을 알게 해주세요.

데이트 버터

재료

부드러운 버터 1/2컵 / 잘게 다진 데이트 8개 / 밀가루 1티스푼

만드는법

1. 칼로 데이트를 세 조각으로 자른 뒤 믹서에 넣습니다. 거기에 밀가루를 뿌린 뒤 믹서를 가동합니다(서로 너무 엉겨 붙으면 밀가루를 좀더 넣어도 좋아요). 믹서가 없으면 칼로 잘게 다지세요.
2. 버터에 다진 데이트를 넣고 잘 섞은 뒤 비닐랩을 덮고 냉장고에 보관합니다. 손님들에게 낼 때는 위에 완전한 형태의 데이트를 얹어 이것이 데이트 버터라는 것을 알게 해주세요.

오렌지 버터

재료

부드러운 버터 1/2컵 오렌지 농축액 얼린 것 1테이블스푼

오렌지 껍질 다진 것 1티스푼*** (선택사항)

*** 오렌지 껍질은 흰색 부분은 빼고, 노란 부분만 사용하셔야 해요.

만드는법

1. 얼린 오렌지 주스 농축액 1테이블스푼을 실온에 두어 녹입니다.
2. 부드러운 버터에 농축액을 넣고 섞은 뒤 기호에 따라 오렌지 껍질 다진 것(많이 넣어 주세요!)도 함께 넣고 섞습니다.
3. 완성된 버터는 비닐랩을 씌워 냉장고에 보관합니다.

레몬 버터

재료

부드러운 버터 1/2컵 / 레모네이드 농축액 얼린 것 1테이블스푼

레몬 껍질 다진 것 1티스푼 (선택사항)

***레몬 껍질은 흰색 부분은 빼고, 노란 부분만 사용하셔야 해요.

만드는법

1. 얼린 레모네이드 농축액 1테이블스푼을 실온에 두어 녹입니다.
2. 부드러운 버터에 농축액을 넣고 섞은 뒤 기호에 따라 레몬 껍질 다진 것(많이 넣어 주세요!)도 함께 넣고 섞습니다.
3. 완성된 버터는 비닐랩을 씌워 냉장고에 보관합니다.

다음날 아침 5시 30분에 알람시계가 시끄럽게 울릴 때까지도 한나는 여전히 마이크에게 화가 나 있었다. 노먼 역시 예전의 신용을 완전히 회복하지 못한 상태였지만, 여러 번 사과하는 그의 모습에는 조금이나마 진심이 느껴졌다. 하지만 마이크는 한나가 왜 화가 났는지 그 이유조차 알지 못했다. 그가 했던 사과는 그저 빈말에 불과했을 뿐이다.

　한나는 모이쉐의 베개를 흘끗 쳐다보았다.

　녀석이 없다. 오렌지와 하얀색 털 몇 가닥이 녀석의 행로를 말해 주고 있었지만, 한밤중에 빠져나간 것이 분명했다.

　한나는 침대에서 기어나와 등을 곧게 펴고 침대 밑에서 뒹구는 슬리퍼를 찾아 신었다. 그런 뒤 아침 카페인을 주입하려고 복도를 가로지르는데 뭔가 좋은 냄새가 났다.

　주방에 불이 켜져 있었다. 환상의 냄새가 다시 한나의 후각을 자극했다. 소시지, 계란, 치즈, 양파. 하늘에서 천사라도 내려와 한나의 아침을 준비하는 것인가?

　"좋은 아침."

　눈부시게 하얀 한나의 가내 제빵 작업실에 들어서며 막내 여동생이 테이블 앞에 서 있는 것을 보고 한나가 인사했다.

　어젯밤 포포버 반죽을 두 번이나 하며 손님을 치른 뒤 너무 피곤해

주방을 치울 시간이 없었는데, 미셸이 한나 대신 청소를 해놓은 것이다. 더러운 그릇들이 가득했던 싱크대도 깨끗해졌고, 선반도 모두 세척제를 사용해 광이 나게 닦아 놓았으며, 믹서에도 얼룩 하나 없었다.

"좋은 아침, 언니."

미셸이 한나의 자리에 가져다 놓은 커피잔을 가리켰다.

"일어나는 소리를 듣고 미리 준비해놓았지. 아침식사 준비는……."

미셸이 벽에 걸린 사과 모양의 벽시계를 올려다보았다.

"3분 이내로 될 거야. 지금 식히는 중이라."

"고마워."

한나가 커피가 가득 든 커다란 머그잔을 집었다. 카페인 섭취가 이루어지면 한 구절 이상의 답변도 가능할 것이다.

"내 룸메이트가 준 아침식사용 레시피로 오믈렛을 만들었어. 그 애엄마는 늘 크리스마스 아침에 만들어주신대. 하루 전날 만들어서 냉장고에 넣었다가 다음날 아침에 굽는 거지."

"너도 그랬어?"

이제 두 구절의 답변이 가능해졌다. 한나는 더 많은 구절의 이야기도 가능해지길 바라며 커피잔을 다시 집었다.

"나도 그랬지."

두 구절, 한나에게서 영향을 받은 것이 분명하다.

한나는 커피를 크게 한 모금 마시고는 간신히 다음 질문을 했다.

"그럼 어디에 뒀는데?"

그런 뒤 한나는 안도의 한숨을 내쉬었다.

세 구절이다. 점점 좋아지고 있다.

"냉장고 안에 뒀지."

미셸에게서도 세 구절의 답변을 끌어냈다. 이제 더욱 진일보할 때다.

한나가 물었다.

"냉장고 제일 바닥 칸에?"

네 구절! 목표달성이 가까워지고 있다. 좀더 집중하자.

"냉장고 고기 넣어두는 서랍에."

한나는 또다시 심호흡을 했다.

두 사내의 아침 대화는 마치 선외 모터(선미 착탈식 모터)를 가동하는 것 같았다.

가스를 조금 주입한 뒤 줄을 몇 번 당겨보고, 다시 가스를 좀더 주입한 뒤 더 세게 당겨보는 방식으로 결국 가스를 전부 주입하게 되면 그르렁 소리를 내며 모터가 돌아가 호수 위를 세차게 내달릴 수 있게 된다.

한나는 아무 말 없이 자리에서 일어나 커피잔에 커피를 더 따랐다.

가스가 좀더 필요하다. 뜨거운 커피인데도, 한나는 단숨에 커피를 들이켰다. 이제야 눈이 제대로 떠진다.

"고기 넣어두는 칸에는 고기가 없었는데."

"일부러 내가 넣어뒀어. 언니를 놀라게 해주려고 집에 오는 길에 퀵스탑에 들러서 필요한 것을 샀지. 날 재워줘서 고맙다는 감사 인사야. 엄마가 그렇게 바쁜데, 엄마 집에 있었더라면 무척 지루할 뻔했어."

"어-오."

한나는 문득 엄마가 매일 밤마다 서재에서 무슨 일로 그렇게 바쁜 것인지 알아봐 주겠다고 미셸에게 약속한 일이 떠올랐다.

"왜?"

다시 한 구절 대답으로 돌아왔지만, 한나는 별로 걱정스럽지 않았다. 이제는 한나가 하고자 하면 얼마든지 긴 문장도 만들어 말할 수 있는 능력을 회복했기 때문이다.

한나가 실토했다.

"엄마의 비밀에 대해 까맣게 잊고 있었어."

"어젯밤에 있었던 일을 생각하면 그럴 만도 하지."

"내가 또 뭔가 잊은 건 아닌지 모르겠네."

"그럼 해야 할 일 목록을 만들어봐."

"예전에 만들어본 적 있어. 지금도 가끔은 만들고 있고. 근데 너무 바쁠 때는 그걸 확인하는 것도 잊어버린다니까. 그러면 애초에 만들 필요가 없는 거잖아."

미셸은 웃음을 터뜨리더니 자리에서 일어나 두 사람 분량의 오믈렛을 접시에 담아 테이블로 가져왔다.

"전자수첩 기능이 있는 핸드폰을 장만하는 건 어때? 기억해야 할 내용을 입력해두면 때맞춰서 알람이 울린다구."

한나는 얼굴을 찌푸렸다.

"하이테크 기술과는 친하지 않아. 컴퓨터를 산 것만 해도 나한테 무리였어. 그것도 안드레아하고의 내기에서 졌기 때문에 산 거야."

"거실에 놓인 거 봤어. 아직 뜯지도 않은 상자 채던데. 설치도 안 한 거잖아."

"그래."

"왜 안 해?"

"잊지 말고 하라며 알람으로 알려주는 전자수첩 기능이 있는 핸드폰이 없어서."

미셸이 만든 오믈렛과 한나의 재치 넘치는 유머가 어우러진 아침식사는 그리 오래가지 못했다.

한나가 오믈렛을 세 번도 채 입에 넣기 전에 전화벨이 울린 것이다.

미셸은 시계를 올려다보았다. 새벽 5시 58분.

"이렇게 이른 시간에 누가 전화한 거지?"

한나가 손가락을 꼽아가며 대답했다.

"마이크, 아니면 노먼, 엄마, 빌, 그것도 아니면 리사. 안드레아만 절대 아닐 거구."

"작은 언니는 8시 전에는 절대 일어나지 않으니까?"

"그렇지."

한나는 자리에서 일어나 벽에 걸린 수화기를 집어들었다.

하지만 손가락이 수화기에 가 닿기 전에 한나는 모이쉐를 흘끗 바라보았다. 모이쉐의 털이 평소의 두 배나 부풀려 있었고, 등은 핼러윈 때 자주 등장하는 공포 고양이처럼 휘어 있었으며, 꼬리는 농부의 손에 들린 낫처럼 앞뒤로 힘차게 흔들리고 있었다.

게다가 녀석의 목에서는 가르랑거리는 소리 대신 으르렁거리는 소리가 나고 있었고, 가늘게 찢어진 노란 두 눈으로 전화기를 쏘아보며 날카롭게 솟은 발톱으로 허공에 마구 발짓을 하고 있었다.

한나가 모이쉐를 가리키자 미셸이 염려스러운 표정으로 물었다.

"모이쉐가 왜 저러는 거야?"

"누구 전화인지 아는 거지."

"그걸 어떻게 알아?"

그러자 한나는 어깨를 으쓱해 보였다.

"나도 몰라. 근데 틀린 적은 한두 번밖에 없었어. 나한테서 뭔가를 감지하는 게 아니면 신경이 사람보다 몇 배는 예민한 덕분에 아는 건가 봐. 녀석이 벽지를 전부 뜯어놓기 전에 얼른 전화부터 받아야겠다."

미셸이 살짝 놀란 눈으로 모이쉐를 쳐다보며 말했다.

"좋은 생각이야."

한나는 수화기를 집어 귀에 가져다 댔다.

"안녕, 엄마."

고요한 가운데 수화기 건너편에서 초침이 흘러가는 소리가 들렸다.

곧이어 6시를 가리킨 시계의 차임벨이 울리기 시작하자 한나는 전화를 건 사람이 누구인지 확신할 수 있게 되었다. 그건 엄마가 주방 한쪽 귀퉁이에 놓인 간이식사 코너의 선반에 놓으려고 그래니의 앤티크점에서 가져온, 1800년대 초기의 앤티크 시계였다.

"뭐예요, 엄마? 엄마인 거 다 알아요."

마침내 성난 한숨 소리가 들리더니 엄마가 입을 열었다.

"정말이지 그러지 말았으면 좋겠다, 한나. 꼬리가 휙 돌 지경이야."

"네?"

"미안하구나, 얘야. 레전시식 표현으로, 정말 화가 난다는 말이다. 그리고 마침 화가 났다는 얘기가 나와서 말인데……"

한나는 심호흡을 한 뒤 미셸을 향해 윙크했다. 엄마에게 어떤 말이 뒤따를지 안 봐도 훤했다.

"방금 KCOW 라디오에서 제이크와 켈리 방송을 들었는데, 어젯밤에 누군가 페어장에서 월라 썬퀴스트의 머리를 곤봉을 휘휘 휘둘러서 죽였다는 소식을 전하더구나!"

"곤봉을 휘둘렀대요?"

한나는 깜짝 놀라고 말았다.

레이크 에덴 레전시 로맨스 클럽의 모임에 여러 번 출장서비스를 나갔기 때문에 이제 웬만한 표현들은 알고 있었는데, '곤봉을 휘휘 휘두르다'는 표현은 한 번도 들어본 적이 없었다.

"당연히 그렇게 말하진 않았다. 그게 무슨 뜻인지도 정확히 모르고 있을 텐데 말이다. 그냥 뭔가로 그녀의 머리를 가격했다고 하더구나."

"알고 있었어요, 엄마."

"그럼 너도 라디오를 들은 게냐?"

"꼭 그런 건 아니구요."

한나는 어떻게 해서 월라의 시체가 발견됐는지는 기사에 싣지 않은 누군가에게 무언으로 감사 인사를 보냈다.

"제이크와 켈리의 방송을 듣지 않았는데도 알고 있었단 말이냐?"

"네, 알고 있었어요."

엄마는 잠시 주춤하더니 이내 비명 섞인 탄성을 내질렀다.

"이런, 말하지 마라!"

"알았어요, 엄마가 그렇게 원하신다면 안 할게요. 달리 또 원하시는 게 있으신가요?"

"한나 루이즈 스웬슨! 지금은 그렇게 경솔한 농담을 할 때가 아니지 않으냐. 정말 옳지 못한 태도다. 그렇게 무례해서야 어떻게 다른 사람들에게 존경을 받겠……."

"죄송해요, 엄마."

숙녀라면 응당히 가져야 할 공손한 태도에 대해 엄마가 또다시 긴 잔소리를 늘어놓기 전에 한나가 먼저 나서서 사과했다.

"그래, 훨씬 낫구나. 설마 이번에도 너였던 건 아니겠지. 아니라고 말해라."

"그럴 순 없을 것 같아요."

엄마는 크게 끙 소리를 냈다.

한나는 귀가 다 얼얼한 지경이었다.

"제발 그만두지 못하겠니, 한나! 이건 네가 완벽한 두 명의 신랑감을 좌우에 놓고 저울질하는 것만큼이나 나쁜 짓이다. 그중 하나는 너를 위해 집까지 짓지 않았니."

한나가 방어했다.

"그건 노먼의 집일 뿐이지, 저를 위해 지은 게 아니에요."

"그 집의 디자인을 너도 함께했다는 사실을 부인할 작정인 게냐?"

"물론 했죠. 하지만 대회를 위해서였어요."

"정말이지, 한나! 너 자꾸 그렇게 머릿속에 풍차를 돌릴 테냐."

"네?"

한나는 혼란스러웠다. 그런 표현도 전혀 들어본 적이 없다.

"당황하게 만들 거냐는 뜻이다. 레전시 잉글랜드에서는 많이 사용하는 표현이지. 내가 생각하는 것의 절반만큼이라도 네가 똑똑한 아이라면 노먼이 대회를 내세운 것은 그저 핑계에 불과하다는 사실을 알고 있을 게다. 사실은 너를 위한 집을 짓고 싶었던 게야. 그리고 정말 그 집을 지었지."

한나는 아무 말도 하지 않았다.

무슨 말을 할 수 있겠는가? 엄마 말은 100% 사실이니.

"조금이라도 의심이 들거든, 지금 당장 노먼 집 서재에 가봐라. 아무튼 노먼의 이야기는 이쯤 했으면 됐다. 이제 털어놓아라."

"뭘요?"

"뭐겠느냐, 윌라의 일말이다. 버티 말이 윌라가 머리도 새로 하고 클레어한테 비싼 옷도 샀다고 하던데, 혹시 데이트 상대에게 폭행을 당한 건 아니냐?"

한나는 단어 하나하나가 목에 걸렸다.

"데이트 상대한테요?"

"그래. 어떤 건지 너도 알지 않니, 그렇지?"

한나는 묻지 않을 수 없었다.

"하지만 왜 그렇게 생각하시는데요?"

"지난주 러브 박사가 청취자와 직접 전화 연결을 해서 나누었던 이야기 주제가 그거였거든."

"엄마도 러브 박사 방송을 듣는단 말이에요?"

충격적인 일이 아닐 수 없었다. 실연당한 사람들에게 조언을 해주는 KCOW의 라디오 프로그램인 러브 박사는 거침없는 표현으로 아주 유명했다.

"그거 아니면 농장리포트 아니냐. 지난 50년 동안 유선염이나 유방암 얘기라면 지겹도록 들었다. 방송국은 오직 둘 뿐인데 선택의 여지가 있겠느냐. 점심때 잠깐 듣고 있단다."

"알았어요. 이만 전화 끊어야 할 것 같아요, 엄마. 아직 샤워도 안 했는데, 45분 내로 카페로 나가봐야 하거든요."

"잠깐만, 한나! 아직 얘기하지 않은 게 있지 않으냐. 그게……, 끔찍했느냐?"

한나는 엄마가 무슨 소리를 하는 것인지 알고 있었다.

엄마는 사건 현장에 대한 묘사를 듣고 싶은 마음을 우회적으로 표현한 것이다. 하지만 지금 한나는 그럴만한 시간적 여유도, 인내심도 없었다.

한나는 수화기를 내려놓으려고 자리에서 일어났다.

"나중에 다시 통화해요. 그때 다 말씀드릴게요. 저 지금 정말 늦었어요. 얼른 나갈 준비 해야 해요."

"기다려라!"

몹시 흥분한 듯한 음성이 수화기 건너편에서 흘러나왔다.

"어디서 찾았는지만 말해다오. 그건 라디오에서 알려주지 않더구나. 빌도 말해 주지 않을 것이 뻔하고 말이다."

엄마는 레이크 에덴 소문라인에 던질 달콤한 미끼를 찾은 것이다.

아무도 모르는, 엄마만 아는 비밀스러운 미끼. 아마 빌에게 먼저 전화를 걸어보셨겠지. 하지만, 빌이 아무것도 알려주지 않자 다음 타자로 당신의 맏딸을 선택한 것일 테다.

한나는 미셸을 쳐다보았다.

무릎에 모이쉐를 앉힌 미셸은 나지막이 킥킥거리고 있었다. 그 바람에 미셸의 온몸이 명랑하게 흔들리고 있었는데, 그 위에서 모이쉐는 그대로 있어야 할지 아니면 뛰어내려야 할지 고민하는 듯 보였다.

한나가 다시 수화기 쪽으로 고개를 돌렸다.

"알았어요, 엄마. 라디오에서 알려주지 않은 사실 딱 하나만 말씀드릴게요. 아마 경찰에서도 아직 모르는 사람이 많을 거예요. 대신 말해주자마자 전화는 끊는 거예요. 동의하시는 거예요?"

"당연하지."

너무나도 진지하고 열광적인 엄마의 대답에 한나는 천장을 향해 두 눈을 굴렸다, 이렇게 간단한 것을.

"윌라는 클레어의 가게에서 산 옷을 입고 있었구요. 옷에 맞춰 산 새 신발을 신고 있었어요."

난생처음으로 엄마의 탄성을 뒤로 한 채 한나는 수화기를 귀에서 떼어 제자리에 내려놓았다.

15분 후, 한나는 시계를 올려다본 뒤 끙 소리를 냈다.

엄마 이후로도 전화가 두 통이나 더 걸려왔다. 한 통은 리사에게 심사단 자리를 메워달라는 부탁을 해도 좋겠냐고 묻는 팸 벡스터의 전화였는데, 한나는 그래도 좋을 거라고 대답해주었다.

그리고 몇 분 뒤 또다시 전화벨이 울렸는데 이번에는 팸이 전화를 걸어 심사단 자리를 메워달라는 부탁을 해왔다고 말하는 리사의 전화였다. 정오까지 대답해주기로 했는데, 한나가 쿠키단지에 나오면 몇 가지 물어볼 것이 있다고 했다.

한나가 접시를 싱크대로 나르며 시계를 다시 확인했다.

"서둘러야겠어. 얼른 가서 샤워부터 하고 옷 갈아입어."

미셸이 오믈렛 팬을 집어들며 말했다.

"이제부터 오는 전화는 내가 받을게. 그리고 여기서 소시지만 골라서 모이쉐에게 먹일까 봐."

"좋은 생각이야. 소시지라면 엄청 좋아하니까."

한나가 막 주방을 나서려는데 또다시 전화벨이 울렸다.

"내가 받아야 하는 전화면 어떡하지?"

한나가 다시 수화기를 들었다.

"한나입니다."

"안녕, 한나."

귀에 익은 목소리가 들려오자 한나는 미소를 지었다.

노먼이었다. 노먼이라면 윌라의 사건 이야기를 해달라며 한나를 귀찮게 하지 않을 것이다.

노먼이 물었다.

"잠깐 시간 좀 있어요?"

"노먼이라면 특별히 2분 정도 내줄 수 있어요."

한나는 자리에 풀썩 앉았다.

"그럼 빨리 얘기할게요. 우선, 어젯밤에 무심하게 군 것 다시 한 번 사과하고 싶어요."

"받아들일게요."

"좋아요. 그리고 한나를 포함한 둘을 오늘 저녁식사에 초대하고 싶어요."

"너무 고맙지만, 그건 어려울 것 같아요. 미셸은 오늘 12시부터 저녁

8시까지 페어장에 있어야 하거든요."

"미셸을 말한 게 아니에요. 미셸이 바쁜 건 잘 알고 있으니까요. 난 한나와 모이쉐를 말한 거예요."

"모이쉐랑 나를 저녁식사에 초대하겠다고요?"

"네, 녀석의 입맛을 되돌리게 할 수 있는 좋은 생각이 떠올랐어요. 미셸의 대회를 놓칠 수 없을 테니까 조금 일찍 먹기로 해요. 오후 5시에 그 친구 데리고 우리 집으로 와요."

"너무 근사할 것 같지만, 그렇게 되면 난 45분 정도밖에 못 있어요. 6시에 팸이랑 또 공석을 메울 사람이랑 같이 페어장에서 만나기로 했거든요. 심사를 위한 규정을 정비해야 해서요."

"괜찮아요. 오면 바로 먹을 수 있도록 미리 준비해놓을게요. 샐리의 호텔에서 음식을 포장해서 우리 집에 새로 꾸민 서재에서 먹도록 해요. 가구를 갖춰놓은 유일한 방이 거기거든요. 그런 다음에 한나는 곧장 페어장으로 가요. 모이쉐는 내가 한나 집에 데려다 놓을게요."

또다시 바쁘고 분주해질 하루 일정이 힘이 들어 적당한 핑계를 대고 거절하려던 한나는 문득 노먼의 서재에 대해 엄마가 했던 얘기가 생각났다.

"알았어요, 그럼 5시에 봐요."

"좋아요. 그럼 이제 마지막 하나가 있는데……."

"뭔데요?"

"마이크는 도움을 받지 않으려 하겠지만, 한나는 수사할 거죠?"

"내가요? 수사를요? 정식 경찰도 아닌데 내가 어떻게 수사를 해요?"

그러자 노먼이 큰소리로 웃음을 터뜨렸다.

"당연히 그렇겠죠. 그럼 모이쉐랑 같이 이따 5시에 봐요."

"저녁식사 메뉴는 뭐예요?"

"어린 아스파라거스와 쌀을 곁들인 뼈 없는 양고기 요리에요. 샐리 말이 한나가 좋아하는 메뉴라고 하던데요."

"맞아요. 그럼 조금 떼어서 모이쉐에게 먹여도 좋겠어요. 양고기를 설마 싫어하진 않겠죠."

"그럴 필요 없어요. 녀석을 위해서는 특별한 요리를 따로 주문해놓았거든요. 모이쉐가 무슨 메뉴냐고 묻거든 그릴 요리라고 알려줘요."

"정말 고마워요, 노먼."

한나는 미소를 짓기 시작했다.

어떤 남자들은 여자친구가 키우는 애완동물들에게 친절하게 대하는 이유가 다 여자친구에게 잘 보이기 위해서라고 하지만, 노먼은 달랐다. 그는 정말로 모이쉐를 아끼고 염려하고 있었다.

아침식사용 오믈렛

오븐은 예열할 필요가 없어요—이건 굽기 전에 미리 냉장보
관을 해야 하는 음식이거든요.

한나의 첫 번째 메모: 미셸에게는 차마 말하지 못했지만, 엄연히 말하
자면 이건 오믈렛이 아니에요. 하지만 이름이야 무슨 상관이겠어요?
셰익스피어도 말하길, 장미를 어떤 이름으로 부르더라도 그 달콤한 향
기는 변하지 않는다고 했다―단, 이번 경우에 변하지 않는 것은 먹음
직스러운 향기라고 표현해야 할까.

재료

소시지 1과 1/2파운드(680g) / 하얀빵 8조각(어떤 종류든 상관없어요)

체다 치즈 간 것 3/4파운드(약 3컵, 가늘게 갈렸을수록 더 좋아요, 340g)

다진 양파 1/2컵 / 잘게 다진 피망 1/4컵 / 계란 6개

소금 1/2티스푼 / 우유 1과 1/2컵 / 크림 1/2컵

머스터드 소스 1테이블스푼 / 버섯 통조림 1캔(5온스, 140g)

진한 버섯크림수프 1캔(10과 3/4온스, 300g)

셰리(에스파냐 남부 지방에서 생산되는 백포도주) 1/4컵***

***만약 셰리가 없으면 드라이 화이트 와인(산도가 높은 와인)을 사용해도 좋아요. 드라이
베르무트(약초나 강장제로 맛을 낸 흰 포도주)도 괜찮구요. 혹시 술을 사용하고 싶지 않으
면 대신 우유 1/4컵을 더 부어주세요.

만드는 법

1. 2쿼터(1.9ℓ) 크기의 캐서롤 냄비에 들러붙음 방지 스프레이를 뿌립니다. 냄비가 없으면 9×13 크기의 팬을 사용하셔도 좋아요.

2. 소시지를 3등분하여 황갈색으로 익을 때까지 중불로 기름에 튀깁니다.

3. 소시지가 익는 동안 빵 껍질을 잘라냅니다(자른 것은 따로 보관했다가 새들한테 모이로 주어도 좋겠죠). 남은 가운데 부분을 1인치의 사각형으로 자른 뒤 캐서롤 냄비나 팬에 넣습니다.

4. 소시지의 기름을 뺀 뒤 빵 조각 위에 넣습니다(엄마는 소시지나 베이컨을 구울 때 나오는 기름은 아버지를 위해 따로 모아두었어요. 아버지는 밤새 포커를 치실 때면 그 기름에 계란을 부쳐 드시곤 했거든요).

5. 소시지 위에 치즈를 뿌립니다.

6. 치즈 위에 다진 양파를 뿌립니다.

7. 양파 위에 다진 피망을 뿌립니다(매콤한 것을 좋아하시면 할라피뇨 고추 다진 것 1/4컵을 넣으셔도 됩니다).

8. 계란을 깨뜨려 넣고, 거기에 소금, 우유, 크림, 머스터드 소스를 넣은 뒤 골고루 섞이도록 저어줍니다.

9. 캐서롤 냄비 위에 혼합물을 붓고 비닐랩을 씌워 하룻밤 내내 냉장보관합니다(미셸이 말하길, 이렇게 해두면 내일 아침식사는 간단하게 해결되기 때문에 아주 편안하게 다리 뻗고 잘 수 있다고 하더군요).

다음날 아침, 아침식사 시간 2시간 전에 일어납니다.

10. 오븐은 섭씨 176도로 예열하고, 틀은 오븐의 중앙에 둡니다.

11. 냉장고에서 캐서롤 냄비를 꺼내 비닐랩을 벗기고 제빵용 종이를 양옆에 깐 뒤에 냄비를 얹습니다. 만약 젤리롤(둥글게 말아서 만드는 빵)용 팬이 있으면 더욱 좋아요.

12. 버섯 크림수프에 셰리를 넣고 버섯 통조림에서 꺼낸 버섯을 넣은 뒤 섞습니다.

13. 섞은 것을 캐서롤 냄비 위에 붓습니다.

14. 완성된 것을 섭씨 176도에서 1시간 30분 동안 굽습니다.

15. 다 구워졌으면 오븐에서 냄비를 꺼내 10분가량 식힙니다.

한나의 두 번째 메모: 미셸이 셰리가 없어서 대신 룸메이트가 먹다 남긴 샴페인을 넣어봤는데, 그렇게 해도 아주 맛있었다고 해요. 물론 미성년자인 룸메이트에게 샴페인이 어디서 났느냐는 말은 굳이 묻지 않았습니다.

"하지만 정말 제가 그럴만한 자격이 될까요?"

리사가 오븐에서 쿠키틀 2개를 꺼내어 선반으로 옮겨놓으며 물었다.

"나만큼이나 자격이 충분해. 베이킹을 시작한 지도 벌써 오래됐잖아."

"하지만 한나는 저보다 훨씬 경력이 길잖아요. 저보다 더 오래 사셨으니."

리사가 문득 말을 멈추고 얼굴을 찌푸렸다.

"너무 직접적으로 말했네요, 그렇죠?"

"나한테 묻지 마. 나도 그 방면에는 젬병이니까 말이야."

리사가 킥킥거리기 시작했고 한나는 리사가 얼마나 어린 친구인지 새삼 떠올렸다. 리사는 아직 능숙하게 거짓말하는 방법을 익히지 못했다. 하지만 놀랍도록 성숙하고 책임감 있는 모습을 보일 때도 있다.

이를테면 일을 하거나 허브와 결혼했을 때나 아버지가 치료받고 있었을 때 말이다. 반면 리사와 함께 일을 한 지난 2년 동안 간혹 리사가 스무 살, 딱 제 나이다워 보일 때가 있었는데, 빗자루를 파트너 삼아 작업실을 춤추며 돌아다니면서 '언젠가 왕자님을 만날 거예요.'란 노래를 부를 때였다.

리사가 다시 물었다.

"그럼 제가 해야 한다고 생각하시는 거예요?"

"그럼, 허브는 어떻게 생각한대?"

"한나의 생각과 같아요. 물론 허브야 나라면 뭐든 할 수 있다고 응원해주지만요, 단⋯⋯."

리사가 잠시 말을 멈추더니 얼굴을 찌푸리기 시작했다.

"사실 심사단에 들어가는 대신 한나에게 부탁을 하나 들어달라고 할 참이었어요. 그래도 괜찮은 거겠죠?"

"음, 공평한 상황은 아니지만, 그래도 리사의 부탁이라면 뭐든⋯⋯."

한나는 약속을 성립시키려다 말고 말을 멈추었다. 마지막으로 무슨 부탁인지 들어보지도 않고 들어주겠노라고 했던 때가 고등학생이었던 안드레아가 한나를 보호자 삼아 친구들과 함께 록 콘서트에 갔던 때였다.

"무슨 부탁인지 들어보지 않고 약속하려다 지금 마음이 바뀐 거죠?"

"아니야, 들어줄게. 록 콘서트와 연관이 있거나 육체적 고통과 연관이 있는 게 아니라면 뭐든 괜찮아. 생각해보니 둘 다 연관성이 있구나."

리사가 웃음을 터뜨렸다.

"록 콘서트도 아니고 육체적 고통 같은 것도 없어요. 혹시 밀실 공포증 같은 게 있는 것이 아니라면요."

"없어. 옷장에도 숨을 수 있는 걸, 문제없다구. 몰래 숨는 일도 많이 해봤는걸. 모이쉐 장난감을 꺼내려고 침대 바닥에 몸을 바짝 붙이고 기어들어 가 본 적도 있어."

리사가 안도한 음성으로 말했다.

"오, 다행이에요! 그러면 밀실 공포증이 아닌 건 확실하네요. 전 그렇거든요."

"밀실 공포증이야?"

"네, 자원해서 허브의 마술 조수를 하기 전까지는 몰랐어요. 알았을 때는 너무 늦어버린 거죠. 허브가 자기 마술 실력을 믿지 못해서 내가 무서워하는 것인 줄 알까 봐 걱정됐거든요. 허브가 상자를 닫자마자 그 안에서 너무 무섭더라구요."

"마술쇼에서 여자가 상자 안에 들어가는 마술을 말하는 거야?"

"아뇨, 그런 건 별거 아니에요. 물론 그런 장치는 무척 비싸서 아직 돈을 모으는 중이지만 말이에요. 머리만 내밀고 있어도 괜찮아요. 그건 그냥 칼을 갖고 하는 속임수니까요."

"잠깐만."

한나의 머릿속에서 무시무시한 장면이 떠올랐다. 미친 마술사가 나무판자에 꽁꽁 묶인 채 눈까지 가린 한나를 향해 단검을 마구 던지는 장면이었다.

고등학교 시절 소프트볼 게임을 할 때 보여줬던 허브의 형편없는 투구 실력을 고려해볼 때 두려움에 떠는 것도 무리는 아니었다. 하지만 그건 리사의 밀실 공포와는 아무 상관이 없다. 그렇지 않은가? 아마도 여러 가지 요인들이 다 영향을 미친 모양이다.

한나의 표정 변화를 바라보던 리사가 물었다.

"왜요?"

"아까 칼이라고 했지? 단검이 아니라?"

"네."

한나는 거의 안도의 한숨을 내쉴 뻔했으나, 아직 완전히 안전한 것은 아니었다.

"정확히 어떤 마술인지 설명해줄 수 있어?"

"조수가 상자 안에 들어가면 마술사가 상자를 닫아요. 구식의 나무관을 똑바로 세워놓은 것과 비슷한데, 마술 캐비닛이라고 불러요. 조수는 상자 뚜껑에 그려진 위치에 있어야 해요. 정말 쉬워요, 한나. 상자 안에 손잡이랑 발판도 다 있는 걸요. 아주 수월하게 할 수 있을 거예요."

그건 두고 봐야 알지. 한나는 생각했다. 물론 실제로 말하진 않았다.

한나가 물었다.

"그런 다음에?"

"그런 다음에 허브가 긴 칼로 상자를 찌르는 거예요. 찌른 칼은 그대로 놓아두는데, 그게 다 끝나고 나면 조수는 이미 죽었을 거란 생각이 들게 마련이죠. 하지만 조수는 살아 있어요. 그래서 꼭 칼이 들어오기 전에 상자 안, 정확한 위치에 있어야 하는 거예요."

"그럼 눈속임인 거야?"

그러자 리사가 어깨를 으쓱해 보였다.

"정확히 어떤 원리인지는 저도 자세히 몰라요. 제가 아는 건 제가 안에 들어가고 나서 허브가 상자를 닫을 때마다 너무 무서워 당장 꺼내달라고 소리 지르고 싶은 것을 입술을 꼭 깨물어가며 참았다는 거예요. 아무튼 허브가 꼭 내가 해야 한다고 고집 피우지 않아서 너무 다행이에요. 그래도 대신 대타로 할 사람을 찾아주겠다고 약속했어요."

"꼭 리사가 아니어도 된다고 했어?"

"네, 아빠와 마지 앞에서 시험 삼아 보여 드리려고 했는데, 두 분이 저 말고 다른 사람을 찾으면 좋겠다고 하셨어요."

"왜?"

"제 체격이 너무 작아서요. 관이 커서……, 아니, 상자가 아주 큰 것이라 허브가 그 상자 크기에 딱 맞는 체격을 가진 여자와 함께 마술을 보여주면 관객들이 더 좋아할 것 같다고 하셨어요."

리사가 갑자기 말을 멈추더니 조그맣게 신음소리를 냈다.

"그냥 입을 다무는 게 낫겠어요, 그렇죠?"

"어쩌면."

"그러니까 제가 말하려고 했던 건 키가 큰 조수가 있으면 더 좋을 거란 뜻이었어요……, 큰 키, 바로 그거예요."

너무나 억울한 표정을 짓는 리사를 보며 한나는 웃지 않을 수 없었다.

"다시 한 번 정리하는 게 좋겠어요. 그러니까 제 말뜻은……."

"그만!"

한나가 손바닥을 앞으로 내밀었다. 전 세계적으로 통하는 손짓이었다.

"더 이상 수습하려 하지 마. 알았어, 할게."

"정말요?"

"물론. 그 핑계로 페어장에 더 오래 남아 조사해볼 수 있겠어."

리사는 잠시 멍하게 서 있다 이내 고개를 끄덕였다.

"월라를 죽인 범인을 찾아내려는 거군요?"

"당연하지. 월라는 내 친구였어. 월라의 이름도 제대로 부르지 않고, 그녀의 죽음을 아무렇지도 않게 이야기하는 경찰 공무원에게만 태평하게 수사를 맡기고 있을 순 없다구."

"어-오, 누군가 지금 무척 위태로운 상황에 부닥쳤네요."

한나의 성난 얼굴을 흘끗 살핀 리사가 재빨리 화제를 돌렸다.

"그럼 허브와 연습은 언제 하실 수 있으세요?"

바뀐 화제에 맞춰 한나에게도 새로운 질문이 떠올랐다.

"대회가 언제야?"

"내일 오후 5시요. 로데오가 끝나고 난 바로 뒤에요. 미스 트라이 카운티 경연대회랑 같은 무대구요."

"좋아. 오늘 카페 문을 일찍 닫으면 오후에 연습할 시간이 나겠어, 아니면……."

한나는 하던 말을 멈추고 미소를 짓기 시작했다.

"허브가 준비할 것들을 챙겨 이리로 와주면, 여기서 연습해도 될 텐데. 손님들은 그냥 관객이라고 생각하면 될 거야. 만약 손님이 생각만큼 많이 들지 않으면 버티의 미용실에 가서 빌려오지, 뭐. 미용실은 늘 머리 하러 온 여자 손님들로 넘치니까."

"재미있겠어요. 그럼 허브에게 전화해서 알릴게요. 혹시 오후 1시에 시작해도 괜찮으면 점심때를 틈타 올 수 있을 거예요."

"괜찮아. 그럼 리사는 버티에게 가서 얘기하고 오는 길에 그래니의 앤티크에도 들러. 엄마와 로드 부인은 페어장에 계시겠지만, 루앤은 남아 있을 테니 이야기하면 분명히 오고 싶어 할 거야."

리사가 기대에 찬 눈빛으로 물었다.

"노인센터에도 알릴까요? 아빠는 이미 봤지만, 다른 분들은 보지 못하셨으니까요."

"그래, 관객은 많을수록 좋지."

"고마워요, 한나. 한나처럼 좋은 친구는 없을 거예요!"

한나는 미소를 지었지만, 리사가 허브에게 전화를 걸려고 자리를 뜨자 미소는 금세 사라지고 말았다. 사실 한나는 리사에게 사실대로 말하지 않았다.

한나 역시 좁고 닫힌 공간이 싫었다. 물론 몇 분 정도는 참을 수 있지만, 옛날 스타일의 관에 영원히 갇힐지도 모른다는 상상을 하면 벌써 숨이 막혔다.

"흠."

한나는 슬쩍 어깨를 으쓱해 보였다.

리사를 위한 일인데 무언들 못하랴. 마술이야 고작 몇 분 동안만이니 하나도 걱정할 것 없다, 그렇지 않은가?

정오가 되자 마이크가 쿠키단지로 찾아왔다. 한나는 또다시 심장이 쿵쾅거리기 시작했다. 이런 느낌을 어떻게 표현해야 할까.

한나는 어렸을 적 아버지가 운전하시던 차 밑에 지천으로 핀 '키스 미 퀵('어서 키스해주세요.' 라는 뜻의 야생 삼색제비꽃)'이 떠올랐다. 꽃 이름이 어디에서 유래한 것인지는 알 수 없으나 레이크 에덴 사람들은 두 패로 나뉘어 꽃 이름을 다르게 불렀다. 한나의 아버지를 포함한 한쪽 편 사람들은 '키스 미 퀵'이라고 불렀고, 리사의 가족을 비롯한 다른 편 사람들은 '터미 티클러(배를 간질이는 이 라는 뜻)'라고 불렀다.

제비꽃은 길가나 낮은 언덕은 물론 가파른 언덕에도 많이 자랐는데, 그렇게 제비꽃으로 가득한, 가파른 언덕 위를 차로 마구 속도를 내어 올라가 꼭대기에 다다르면, 갑자기 숨이 턱 멎는 듯한 느낌을 받곤 한다. 한나가 마이크를 볼 때마다 느끼는 기분도 바로 그것과 똑같다.

"한나."

마이크가 경찰서 야구팀 모자를 벗어 옷걸이에 걸었다. 그가 카운터 쪽으로 걸어오는 것을 보며 한나도 말했다.

"마이크."

어쩌면 걸음걸이도 저렇게 당당하고 멋있을까? 그야말로 자신감이 넘쳐나는 모습이다.

그가 텅 빈 카운터 앞에 앉으며 물었다.

"나한테 아직도 화났습니까?"

형사니까 직접 맞춰보시죠. 한나는 생각했다. 하지만 물론 정말 그렇게 말하진 않았다.

여기저기 테이블에 흩어져 앉은 손님들이 이쪽을 보고 있었고, 마이크가 한나와 가까워질수록 웅성거리던 말소리도 조금씩 잦아들었다.

아마 모두 월라의 사건에 대한 이야기를 엿들을 수 있지 않을까 기대하는 모양이었다.

마이크가 다시 물었다.

"그래요?"

한나는 고개를 저었다.

거짓말을 하려니 차마 입이 떨어지지 않은 탓이었다. 그런 뒤 손님들에게 보이기 위해서라도 억지로 미소 짓고는 말했다.

"커피 좋아하죠? 마이크가 좋아할 만한 쿠키도 구웠는데, 하나 맛보겠어요?"

마이크가 싱글벙글한 얼굴로 대답했다.

"물론이죠! 무슨 쿠키인데요?"

"카푸치노 로열이요. 밀크 초콜릿칩을 넣은 커피 쿠키에요."

한나가 진열된 단지에서 쿠키 두 개를 꺼냈다.

"먹어보고 맛이 어떤지 말해 줘요."

마이크는 쿠키를 조심스럽게 맛보더니 이내 미소를 짓기 시작했다.

"진한 커피 맛이 나는 게 정말 맛있습니다. 잠복근무 때 먹으면 아주 좋겠어요. 오늘 오후에 경찰서에 가져가도 아주 인기겠는데요."

한나가 물었다.

"경찰서에 무슨 일이 있어요?"

"전략회의가 있거든요. 사건……."

마이크가 문득 주변을 둘러보았다. 카페 안의 손님들이 유난히 조용하다는 사실을 이제야 깨달은 모양이었다.

"음……, 그냥 그럴 일이 있습니다."

그럴 일이 어떤 일인지 한나는 알 것 같았다. 월라의 살인사건 때문에 다른 형사들과 전략 회의를 하는 것이다.

"쿠키는 회의 때 간식용으로 얼마든지 제공해줄게요. 얼마나 필요해요?"

"회의는 여섯 명이 참석하는데, 넉넉하게 준비하지 않으면 원성들이 자자할 거예요. 그리고 쿠키는 내가 살게요."

"하지만 우리 마을 안전을 위해 애쓰시는 분들에게 내가 대접하고 싶은 걸요."

"우리 경찰들도 똑같은 마음입니다. 더 이상 안 된다고 하지 마요. 내가 내겠다면 내는 겁니다. 네 상자, 아니, 다섯 상자 정도면 될 것 같네요. 그 정도 여분이 되나요?"

한나는 진열해 놓은 단지를 확인했다. 단지 안에는 여섯 개 정도 남아 있었고, 리사가 구워서 내놓은 것은 이게 전부였다.

"회의가 몇 시예요?"

"오후 3시 30분입니다. 너무 무리하진 말아요. 개수가 넉넉하지 않으면 있는 것만 채우고 다른 종류를 섞어도 됩니다."

한나는 잠시 고민했지만, 이내 고개를 저었다.

이번에 마이크는 어젯밤과는 달리 '희생자'라는 단어도 사용하지 않았고, 한나에게도 무척 세심하게 굴었다. 한나는 마이크가 착하게 행동한 것에 대해 상을 주고 싶었다.

"새로 반죽할게요."

"회의 시작 시각까지 가능해요?"

"그럼요. 먹을 때 조금 온기가 남아 있을지도 모르겠지만, 그래도 괜찮죠?"

그러자 마이크가 고개를 끄덕였다.

"그렇게 먹으면 오히려 더 맛있을 것도 같네요."

"좋아요, 그럼. 늦어도 3시 15분 안에는 경찰서까지 배달해줄게요."

"고마워요, 한나."

마이크는 남은 쿠키를 마저 입에 집어넣고는 커피잔을 입으로 가져가 한 모금 마신 뒤 자리에서 일어났다. 그러고는 지갑에서 돈을 꺼내 카운터에 얹어놓았다.

"이 정도면 될 것 같군요. 만약 모자라면 말하고요. 그럼 이따 3시 15분에 봐요. 혹시 그보다 더 일찍 올 수 있으면 내가 커피 한 잔 대접하겠습니다."

순간 한나는 등골이 오싹했다. 경찰서 커피만큼 형편없는 커피가 또 있을까. 물론 그것과 동급을 이루는 두 개의 커피가 또 있긴 하다.

하나는 나이트 박사의 병원에 있는 자판기 커피이고, 또 하나는 레이크 에덴 약국의 사무실에 있는, 존 워커가 단 한 번도 씻지 않은 주전자에서 끓인 커피다. 하지만 세 개의 커피 중 형편없기로는 위넷카 카운티 경찰서 커피가 최고였다.

한나가 대답했다.

"고마워요, 하지만 아직 죽기엔 할 일이 너무 많이 남았어요."

"뭐라고요?"

"아무것도 아니에요."

다시 모자를 눌러쓴 뒤 카페 밖으로 나서는 마이크를 향해 한나는 손을 흔들어주었다. 그런 뒤 서둘러 작업실로 들어가 카푸치노 로열을 반죽하기 시작했다.

가푸치노 로열

오븐은 섭씨 176도로 예열합니다. 틀은 오븐 중앙에 둡니다.

재료

녹인 버터 2컵 / 인스턴트 커피가루 1/4컵 / 바닐라 2티스푼

브랜디 혹은 럼 2티스푼 / 거품 낸 계란 3개 (포크로 휘저어주세요)

베이킹소다 2티스푼 / 베이킹파우더 1티스푼 / 밀크 초콜릿칩 3컵

밀가루 5와 1/2컵 (체질하지 마세요) / 백설탕 4컵***

*** 좀더 달콤한 쿠키를 원한다면, 완성된 반죽을 굽기 전에 설탕가루 위에 한 번 굴려주세요.

만드는법

1. 그릇에 버터를 담고 전자레인지 '강'에 3분 정도 돌리거나 소스팬에 넣어 가스레인지에 낮은 불로 가열합니다.
2. 인스턴트 커피가루와 바닐라, 럼 혹은 브랜디를 한 데 넣고 섞습니다. 커피가루가 잘 용해될 때까지 저어줘야 합니다.
3. 거기에 설탕, 거품 낸 계란, 베이킹소다, 베이킹파우더를 넣고 다시 한 번 섞습니다.
4. 밀크 초콜릿칩을 넣고 다시 섞습니다.

5. 밀가루를 1컵씩 넣고, 넣을 때마다 저어줍니다. 밀가루가 완전히 섞일 때까지 저어주세요.

6. 완성된 반죽을 호두 크기로 떼어 설탕이 담긴 그릇 위에 굴려줍니다(물론 이건 달게 먹고 싶은 분들을 위한 선택사항입니다).

7. 기름칠한 틀 위에 반죽을 올립니다(그전에 들러붙음 방지 스프레이를 꼭 뿌려줘야 합니다).

8. 주걱이나 손바닥을 사용해 반죽을 평평하게 눌러줍니다.

9. 섭씨 176도에서 9~11분 정도 굽습니다. 다 구워졌으면 틀 위에서 2분간 식힌 다음 선반으로 옮겨 완전히 식힙니다.

한나의 메모: 남은 것이 있으면 냉동실에 넣어두고 먹어도 됩니다.

한나가 깜짝 놀라 엄마를 쳐다보며 물었다.

"여기서 뭐하세요, 엄마?"

"내가 언제 네 학교 프로그램에 빠진 적이 있든?"

"아뇨, 하지만 이건……."

"심지어 네가 6학년 때 교회 합창단 콘서트에 나갔을 때도 갔다."

엄마가 한나의 말을 가로막았다.

"그리고 그때 음악 선생님이 너한테 그냥 입만 뻥긋하라고 시킨 것도 알게 됐지."

"고마운데요, 엄마. 이건 그때와는 다르……."

"마지가 전화만 안 했어도 안 왔을 건데, 마지가 허브의 데뷔 무대에 어찌나 들떠 있던지 말이다. 그때 네 얘기도 들었지. 그러니 당연히 와야 하지 않겠니. 네가 결국 결정을 내릴 줄 알았다. 백 점짜리 신랑감을 둘이나 두고 여태 망설이는 건 현명하지 못한……."

"엄마!"

이제 한나가 엄마의 말을 가로막고 나섰다.

"관객들이 곧 들어올 텐데, 이런 사적인 이야기를 공공장소에서 하고 싶지 않아……."

"그렇지, 그렇고말고."

엄마가 다시 끼어들었다.

"네가 드디어 정신을 차렸다는 사실에 너무나도 기뻐서 말이다. 이제 내 말대로 따르기를 잘했다고 생각할 게야."

잠시였지만, 엄마는 꼭 외계 언어를 말하는 듯했다.

전에도 이런 느낌을 받았던 적이 있다. 바로 대학시절 기하학과 대수학을 배우기도 전에 삼각법 수업을 들었을 때와 똑같은 기분이다. 마음이 얼어붙는 느낌.

그 이유가 날카로운 소리를 내며 한나를 옥죄어 왔다.

엄마는 완벽하게 훌륭한 단어들만 구사한다. 그 완벽한 단어들은 한데 모여 다시 감각 있는 문장을 완성하지만, 그 문장이 갖는 의미는 월라를 죽인 범인만큼이나 모호했다.

"엄마? 아니, 도대체 무슨 말을……."

"가만, 얘야. 지금 막 버티가 들어왔다. 그녀가 얼마나 입이 가벼운지 너도 알지 않니. 그래, 저녁 메뉴는 무엇인지 말해 주던?"

"메뉴요?"

한나가 마치 한 번도 들어보지 못한 단어를 들은 듯 멍한 표정으로 되물었다.

"그래, 저녁식사 메뉴 말이다."

아하, '저녁식사'라는 단어에 한나의 머리에 광채가 비춰오기 시작했다. 광채가 알려주는 메시지는 매우 명확하고, 유리알처럼 투명하고, 명쾌하기까지 했다. 역시 한나는 아직 감각을 잃지 않았다. 엄마가 지금까지 암호로 된 언어로 말하고 있었던 것이 아니었다.

드디어 돌아가는 상황에 대한 통제감을 획득한 한나가 대답했다.

"양고기 요리요. 샐리의 호텔에서 양고기 요리를 포장해 와서 집에서 먹자고 했어요."

"준비됐어?"

허브가 영문학 수업 때 맥베스의 주문을 외워 보여야 했을 때만큼이나 몹시 긴장한 표정으로 한나에게 물었다.

"아마도. 고난도 두 배, 재앙도 두 배. 그들을 죽여야 해, 지금 당장 그들을 죽어야 해."

그러자 허브가 입은 보라색 벨벳 망토에 달린 동그란 은색 달 모양처럼 그의 입도 동그랗게 벌어졌다.

"무슨 소리야?"

허브가 묻더니 잠시 후 웃음을 터뜨리기 시작했다.

"알겠다! 고등학교 때 영문학 수업, 메렉 선생님."

"맞았어. 너 그때 엄청 긴장했지. 그래도 반에서 최고 점수를 받았었잖아."

허브는 조금 안도한 듯한 표정이었다.

"그래. 한 번만 더 가보자. 그래야 좀더 확실하게 해두지. 무대에 올라가면·어떻게 한다고 했지?"

"그냥 너 뒤에 서서 네가 마술에 대해 설명하는 동안 가만히 서 있어야지."

"좋아. 설명이 다 끝나면, 너한테 마술 상자 안으로 들어가라고 명령할 거야."

한나가 발끈해서 되물었다.

"명령이라구?"

"미안, 잘못 말했어. 명령하는 게 아니라 상자 안으로 들어가 달라고 부탁해야지. 그럼 네가 상자에 들어가는 거지."

"그런 다음, 이 마술이 얼마나 위험한 것인지 네가 설명하면서 홀 바닥에 핏자국이 잘 지워져야 할 텐데 걱정이라는 둥, 올해 들어서만 조수 둘을 잃고, 내가 벌써 세 번째 조수라는 등의 이야기를 하는 동안 난 지정된 자리에 가 있어야 해."

"좋아. 난 사람들에게 계속 긴장감을 주는 거야."

"그런 다음 네가 나한테 준비되었냐고 물으면, 난 되었다고 대답해."

"그렇지. 그게 바로 네가 제 위치에 섰다는 신호가 되는 거구, 난 칼을 찔러 넣기 시작하는 거야."

"칼이 몇 자루나 되는데?"

"열두 자루. 관객들한테 수를 세도록 할 거니까 너도 들을 수 있을 거야."

"다 꽂은 다음에는 칼을 다시 꺼내는 거지?"

"그래, 일부러 힘든 척할 거야. 특히 칼 한 자루를 어딘가 껴서 쉽게 빠지지 않는 척해야지. 그럼 사람들은 그 칼이 왜 잘 빠지지 않는지 상상의 나래를 펼칠 테니까."

"좋았어. 그럼 다음에 네가 상자 문을 여는 거지?"

"그렇진 않아. 그 사이 내가 또 말하는 시간이 있으니까 그때 넌 다리도 내리고 움직일 준비를 하면 돼. 그런 다음에 내가 이 말을 하면 끝나는 거야. '스웬슨 양, 아직도 거기 있으면 신호를 보내 주세요.'"

"그러면 내가 문을 세 번 노크하는 거지."

"맞았어. 그런 다음에 내가 상자를 열거야."

"그때 내가 멀쩡한 몸으로 미소를 지으며 나오는 거구."

"이만 하면 잘되겠어, 한나. 전부 잘 기억하고 있네."

허브가 두른 망토에 장식으로 달린 구식 회중시계를 들여다보았다.

"시작할 때가 다 되어가. 준비됐지?"

"물론이지."

회전문을 통해 홀로 나가기 전 한나는 아침부터 줄곧 머릿속에서 떠나지 않던 생각을 털어놓았다.

"걱정하지 마, 허브. 네가 구부러지는 칼만 제대로 찔러 넣으면 아무 일 없이 성공적으로 마칠 수 있을 거야."

한나는 정확히 오후 3시에 벽돌로 된 1층짜리 경찰서 건물 앞에 와 섰다. 허브와 선보인 마술은 매우 성공적이었다. 물론 한나가 줄에 걸려 하마터면 넘어질 뻔했지만 말이다.

상자 안에서 제 위치에 서는 일도 상당한 민첩성을 요했다. 재빠르게 움직이지 않으면 뾰족한 칼날이 불쑥 안으로 들어오기 때문이었다. 하지만 한나의 배를 막 찌르려는 절명의 순간에 칼날은 활처럼 휘어졌다.

'동업자를 위해서라면 뭔들 못하랴.'

마술 쇼가 끝난 후 24시간 동안 계속 되뇌었던 주문이다.

한나는 쇼에 적당한 의상을 찾아 준비한 다음에 쇼가 시작될 시간보다 30분 정도 일찍 주차장에서 허브를 만나 함께 한 번 더 연습해보기로 했다. 방문자용 주차장에 트럭을 세운 뒤 한나는 뒷좌석에서 쿠키 상자를 꺼내 정문으로 향했다.

정문까지 가는 길은 누군가가 여름꽃으로 예쁘게 장식해놓았는데, 특히 직원용 주차장에서 정문까지 이르는 길 양쪽 편에 심은 다년초 꽃들은 감탄스럽기 이를 데가 없었다.

한나는 꽃에 대해 잘 알지는 못했지만, 아무래도 그 꽃들은 금련화인 듯했다. 어쨌거나, 꽃의 정체가 무엇이든 간에 빨갛고 노란 어여쁜 꽃들은 설사 무시무시한 사건에 대한 이야기를 나누며 지나더라도 그 중압감을 단번에 날려버릴 듯 산뜻하고 화려했다.

한나는 유리문 안으로 들어선 뒤 문이 닫힐 때까지 기다렸다가 두 번째 문을 열며 바로 앞에 앉아 있는 내근경사에게 손을 흔들었다. 언젠가 빌이 내근경사의 책상 아래에는 비상버튼이 있어서 방문객을 두 개의 문 가운데 가둬버릴 수 있다고 했다.

하지만 대부분 사람들이 모르는 사실이라고 했다. 이런 비상 방책은 지금껏 한 번도 사용한 적이 없지만, 필요한 때가 닥치면 정말 유용할 것 같았다.

한나는 책상으로 다가서며 당직 경사인 릭 머피에게 인사를 건넸다. 그는 로니의 형인데, 로니 역시 경찰이었다.

"안녕, 릭. 내근직 자리에서 뭐해요?"

릭이 다리를 뻗어 깁스한 곳을 보여주며 말했다.

"2주 동안 꼼짝 못해요. 득점하려다 한 방 먹었죠."

"기억나요."

한나가 슬며시 웃었다.

여성으로만 구성된 쿠키단지 소속 소프트볼 팀원 중 포수였던 로즈 멕더못이 마을 내 다른 팀과의 소프트볼 게임에서 돌처럼 막강한 힘을 자랑하며 릭을 태그아웃 시켰던 것이다.

"마이크 보러 왔어요?"

릭의 야릇한 미소에 한나는 머리털이 곤두서는 듯했다.

남자들이란. 한나는 그를 당장에라도 땅바닥에 패대기치고 싶은 마음을 간신히 억눌렀다.

한나가 미소를 지었다.

"맞아요. 오늘 있을 회의 때 쓸 쿠키를 배달하러 왔거든요. 릭은 거기에 참석 안 하겠네요, 그렇죠?"

고개를 끄덕이는 릭은 매우 심술이 난 듯 보였다. 종일 책상에만 묶여 있는 것이 영 마뜩찮은 모양이었다.

한나는 문득 그가 불쌍해져 상자에서 쿠키를 몇 개 꺼내 책상 위에 있던 장부 위에 놓아주었다.

"여기요. 회의 후에는 하나도 남지 않을 것 같아서요."

릭이 금세 싱글벙글해진 얼굴로 인사했다.

"고마워요, 한나. 마이크는 사무실에 있을 거예요. 사무실이 어딘지는 알죠?"

"그럼요. 빌의 사무실 바로 옆이잖아요."

한나가 자신이 릭의 상사인, 빌의 처형이라는 사실을 릭에게 슬며시 상기시키며 말했다. 설마 릭이 상사의 처형을 가벼이 대할 만큼 눈치 없는 사람은 아니겠지.

"빌한테 먼저 들려야겠어요."

"그래요. 한나가 왔다고 미리 연락해 놓을게요."

한나는 타일로 된 복도를 지나 빌의 사무실 앞에 멈춰 섰다. 마침 문이 열려 있어 안을 들여다보았지만, 사무실에는 아무도 없었다.

한나는 다시 마이크의 사무실로 발걸음을 옮겼다. 하지만 막 노크하려는 찰나 누군가의 목소리가 들려왔다. 마이크에게 손님이 찾아온 모양이었다. 뭔가 중요한 이야기를 나누는 중인 것 같아 한나는 방해하지 않고 다시 빌의 사무실에서 마이크의 손님이 자리를 뜰 때까지 기다리기로 했다.

빌의 사무실은 경찰서에서 가장 넓은 공간을 차지하고 있었지만, 그렇다고 해서 대단한 것은 별로 없었다. 경찰서에서 가장 높은 직급인 서장에게라도 좋은 사무실 시설을 제공해줄 만한 예산이 부족했기 때문이다. 빌의 사무실에는 주차장 쪽으로 나 있는 창이 두 개 있었는데, 그나마 다른 사무실은 창이 하나였다.

책상 앞에는 의자를 세 개 놓을 공간이 있었는데, 이것 역시 다른 사무실에 비해 하나 더 놓을 수 있는 여유가 있는 정도였다. 그리고 텔레비전이 놓인 조그마한 휴식 공간이 있었고, 다 같이 모여 회의를 할 수 있도록 8각형의 둥근 탁자 하나와 등받이에 쿠션이 달린 의자가 네 개 놓여 있었다.

물론 가구도 새것이 아니었다. 경찰서가 처음 지어졌을 당시, 로드 메칼프가 경찰서가 들어오게 됐다는 소식을 레이크 에덴 신문에 대서특필하였는데, 그 기사에서 경찰서에 들인 가구며 기타 집기들 전부가 세인트 클라우드 소년원에서 집기를 바꾸면서 기증받은 것이라는 내용을 읽은 기억이 났다.

빌의 사무실을 둘러보니 안드레아의 손길이 닿은 듯한 곳도 몇 군데 눈에 띄었는데, 우선 구석의 책장에 놓인 황동으로 된 배 모양 램프에서는 하마터면 어둑어둑했을 구석자리에 부드러운 빛을 뿜어내고 있었다. 그리고 빌의 책상 위에는 안드레아와 트레시, 베서니의 사진 액자가 놓여 있었고, 창문에는 강렬한 오후의 햇살을 막기 위한 블라인드가 있지만, 안드레아가 두 개의 창 모두에 커튼을 달아 예쁜 모양으로 묶음을 만들어 놓았다.

한나가 트레시가 그린 그림인 듯한 벽에 걸린 액자에 막 다가가려는 순간 빌의 비서인 바바라 도넬리가 비서의 사무실과 연결된 문을 통해 안으로 들어왔다.

"안녕, 한나. 릭이 한나가 왔다고 연락해주더라고. 빌은 지금 주차장에 발목 잡혀 있어. 음주단속 자원봉사자들한테 인증서를 나눠주고 있거든. 이번 주 내내 활동할 건가 봐. 그러니 절대 술 마시고 운전하지 마."

"안 해요."

한나가 상자를 열어 바바라에게 보여주었다.

"남자들이 다 먹어치우기 전에 맛이라도 좀 보실래요?"

바바라는 미소를 지으며 상자로 손을 뻗었다.

"고마워, 빌은 오려면 아직 더 있어야 할 텐데, 텔레비전이라도 보고 있겠어?"

"아뇨, 괜찮아요. 온종일 사람들을 상대하고 났더니 혼자만의 평화로운 시간이 간절해요."

"그럼 커피 줄까?"

"그것도 안 마시는 게 좋겠어요. 새벽 5시부터 줄곧 커피를 마셨더니, 이제 찌르면 피 대신 커피가 나올 지경이에요."

"알았어, 필요한 게 있으면 문을 빠끔히 열고 언제든 얘기해."

바바라가 자신의 사무실로 돌아가자, 한나는 쿠션 등받이가 달린 의자에 앉았다.

생각보다 편안한 느낌에 한나는 편안히 등을 기대고 눈을 감았다. 그때 옆 사무실에서 무슨 소린가가 들렸다. 마이크의 사무실에서 나는 소리였다. 좀 전까지만 해도 들리지 않았던 두 사람의 말소리가 점점 커지고 있었다.

한나는 마이크의 사무실이 붙은 벽 쪽으로 가까이 다가가 귀를 기울였다. 이거 흥미진진한데.

"누구 마음대로 사건에서 손을 떼겠다는 거야!"

마이크의 목소리였다. 그리고 상당한 힘으로 책상을 내려친 듯 쿵 소리가 뒤를 이었다.

"하고 싶으면 하고, 하기 싫으면 안 하는 건가? 다들 명령에 따라 움직인다고!"

"하지만 월라와는 데이트도 몇 번 한 사이라고요!"

로니의 목소리였다.

한나는 얼굴을 찌푸렸다. *설마 그게 미셸과 만난 후는 아니겠지.*

마이크가 물었다.

"그게 어쨌다는 거지?"

"경정님이라면 어떠셨을 것 같아요?"

"난 그런 거 몰라. 그게 자네와 나의 차이지. 피해자에 대한 동정심으로는 절대 좋은 형사가 될 수 없어."

"하지만……, 어떻게 그러지 않을 수 있죠?"

"우선, '피해자'라고 불러야 해. 그게 너무 몰인정하다고 생각한다면, 썬퀴스트 양이라고 호칭하든가. 절대 이름으로는 부르지 마."

"그렇게 하는 게 무슨 도움이 됩니까?"

"객관화하는 데 도움을 주지. 동정심이 생겨서 수사에 방해를 주는 것 같으면 스스로에게 이렇게 말하는 거야. '지금 그녀를 위해 할 수 있는 최선의 일은 범인을 잡아 그 죗값을 치르게 하는 것이다.'"

한나는 벽 옆에 놓인 책장에 기대어 섰다.

심장이 마구 쿵쾅거리기 시작했다. 윌라를 객관화시켜 그저 자신의 할 일을 하려고 했을 뿐이었던 마이크를 내가 찔러도 피 한 방울 안 나올 인간이라고 비난했던 것인가?

긴 생각 끝에 로니가 말했다.

"맞는 말씀이세요. 하지만 그게 마음대로 되지 않아요."

"여유를 가져. 우선 그녀에게 집중된 생각을 버리고 그녀의 인생을 무참하게 끝내버린 잔혹한 범인에게 집중하라고."

로니가 신중하게 대답했다.

"네, 할 수 있을 것 같아요."

"좋아! 자네라면 잘해 낼 수 있을 거야, 로니. 그저 동정심은 잠시 접어두고 범인을 처결하는 일에만 신경 쓰면 돼."

"네, 알았습니다. 그리고 한 가지 더 있어요."

"뭐지?"

"항상 그렇게 감정을 숨겨 버릇하면, 좀······, 냉소적이 되지 않나요?"

"당연히 그렇고말고. 자네도 냉소적인 경찰들을 자주 봤으니 알 거야, 설마 그들처럼 되고 싶지 않다고 하는 건 아니겠지! 하지만 물론 매사 냉소적이기만 하면 안 되지. 그저 일하는 동안에만, 아니면 수사에 대해 생각하는 동안에만 그러라는 말이야. 항상 감정을 숨기고 마음을 닫고 살아서야 어떻게 사생활을 이끌어가겠나."

"그렇다면 경정님도 월라에 대해 슬프게 생각하시는 것이······."

로니가 말을 멈추더니 목청을 가다듬었다.

"죄송합니다. 잠시 잊고 있었어요. 그러니까 피해자에 대해 유감스럽게 생각하시는 거죠?"

"당연히 그렇지 않겠나! 단지 사건 현장에서 유일한 경찰이었으니, 너무 감정적이었다가는 상황을 분석적으로 살피지 못해 범인이 남긴 단서를 놓치게 될까 봐 걱정했던 것이지. 알았나?"

"알 것 같습니다."

"내가 어제 새벽 4시에 집으로 돌아가서 제일 먼저 한 일이 뭔 줄 아나?"

"아뇨, 뭐였는데요?"

"감정의 옷을 다시 걸치는 작업이었지. 긴장을 풀기 위해 좋아하는 재즈 앨범을 틀고, 브랜디를 한 잔 따라 마신 다음에 뜨거운 물로 샤워했지."

"도움이 되시던가요?"

"그럼, 샤워를 하고 나오니 하루 동안 씨름해야 했던 사건의 더러운 먼지들이 사라지는 듯한 기분이 들더군. 그런 다음에 깨끗한 실내복을 입고 맨발로 거실을 걸으며 소파 위에 새로 걸어둔 사진을 바라봤지."

한나는 가쁘게 숨을 몰아쉬었다.

'마이크가 방금 소파 위에 한나의 사진을 걸어두었다고 한 건가?'

마이크가 말을 이었다.

"정말 아름다운 사진이야. 볼 때마다 기분이 좋아져. 그리고 나 자신에게 이렇게 말했지, 저기 세상에서 가장 좋은 것이 있으니, 그저 바라보기만 해도 좋다."

한나는 힘들게 침을 삼켰다. 마이크의 이런 모습은 한 번도 본 적이 없었다.

"내 경찰 업무와 규정에 대한 서적들이 그렇게 흥미로워?"

별안간 들리는 목소리에 한나가 뒤를 돌아보니 빌이 문가에 서서 호기심 어린 눈초리로 한나를 바라보고 있었다.

"이걸 보고 있었어."

한나가 아무거나 두꺼운 책 한 권을 집어들었다.

"내가 사실 늘 관심이 있었던 게⋯⋯."

한나가 재빨리 제목을 살폈다.

"18세기 지문채취법."

"책은 펼쳐봤어?"

한나는 고개를 저었다.

"아니, 아직. 막 열어보려는데, 네가 들어와서⋯⋯."

"그럼 펼쳐봐. 네 반응이 궁금한걸."

책을 펼친 한나는 페이지를 넘기며 얼굴을 찌푸렸다.

"비었잖아!"

"그래, 내가 서장으로 부임했을 때 마이크가 준 거야."

"마이크가 왜 빈 책을 너한테⋯⋯."

한나는 하던 말을 멈추더니 끙 소리를 냈다.

"18세기에는 지문채취라는 것 자체가 없었구나!"

"이번에도 맞았어."

빌이 한나가 책상 위에 놓아둔 쿠키 상자를 내려다보았다.

"혹시 이거 오늘 회의 때 쓸 거야?"

"맞아."

"무슨 쿠키인데?"

"카푸치노 로열."

"커피랑 초콜릿?"

"응, 마이크가 오늘 카페에 와서 몇 개 맛을 봤거든. 아마 회의 때 같이 먹으면 힘도 나고 기분 전환도 될 거라고 생각했나 봐."

"정말 그런 효과가 있어?"

"모르지. 근데 버티 스트롭이 와서 먹어보고는 커피 때문에 기분이 쾌활해지고 초콜릿 덕분에 행복해진다고 하면서 미용실로 몇 개 더 사 갔어. 헤어드라이기의 뜨거운 바람에 녹을까 걱정하면서도 말이야."

그러자 빌이 흥미로운 표정을 지었다.

"상자에 몇 개나 들었어?"

"120개 좀 안 돼."

한나가 릭과 바바라에게 준 수량을 빼고 대답했다.

빌이 상자를 열어 쿠키를 몇 개 집었다.

"그 정도면 충분하겠는데. 게다가 난 여기 서장이니까 부하 직원들에게 나눠주기 전에 먼저 맛을 보는 게 좋지 않겠어?"

"지당한 얘기야. 사려 깊은 상사라면 그래야지."

빌이 세 번 베어 물기로 쿠키 하나를 먹어치우고는 또 하나를 집었다.

"맛이 전부 똑같은지 확인하기 위해서야."

그가 두 번째 쿠키를 오물거리며 설명했다.

"아주 현명해. 품질이 같아야 하는 것도 중요하지."

두 번째 쿠키까지 다 먹은 빌이 상자를 집어들었다.

"회의에 가져가기 전에 경찰서 사람들에게 두 개씩 돌려야겠어. 우리 서에서 지금 한창 맡은 사건이 난잡한 총각파티에서 벌어진 폭행 5건, 말 도난 1건, 유치원에서 게르빌루스쥐 2마리 실종 1건, 차 도난 3건, 그리고 살인사건이 있거든. 쾌활함과 행복감이 절실한 상황이라고."

"거의 다 와 가, 모이쉐."

한나가 노먼 집으로 향하는 진입로에 접어들며 말했다.

"저녁식사 초대는 처음이지?"

도도한 모이쉐는 대답하지 않았다.

한나는 녀석이 쿠키 트럭 뒤쪽에서 어슬렁거리는 기척을 들을 수 있었다. 목줄을 매지 않은 채 차에 탑승한 것이 몹시 마음에 든 눈치였다.

"네가 궁금할까 봐 알려주는 건데, 노먼이 너를 위해 특별 그릴 요리를 준비했대."

한나가 말했다. 물론 대답이나 반응은 기대하지 않았다.

"냐아아아옹?"

하지만 의외의 반응에 한나는 놀라고 말았다. 게다가 끝 부분의 음색이 물음표가 붙은 것처럼 살짝 올라가 있어 한나는 그걸 질문으로 받아들이기로 했다.

"그래, 특제 그릴 요리. 샐리가 만든 거야. 나도 한 번 먹어봤는데, 진짜 맛있어."

이번에는 아무런 반응이 없자 한나는 다시 울퉁불퉁한 길을 운전하는 데 집중했다. 자갈 밑에 두껍게 쌓인 먼지가 봄비에 부드러워진 위로 건축 자재들을 실은 육중한 트럭들이 달리는 바람에 안 그래도 울퉁불퉁한 길이 더 험난해지고 말았다.

노먼의 집이 완성되는 대로 길도 새롭게 포장하면 좋을 것이다. 노먼 집의 둥근 앞마당 공간이 허락하는 한 현관과 최대한 가깝게 차를 세우며 한나가 말했다.

"이제 다 왔다. 여긴 네가 처음 오는 곳이니까 이리와, 내가 목줄을 매어줄게."

하지만 한나가 막 움직이려는 찰나에 누군가 창문을 두드리는 소리가 났다. 노먼이었다.

한나의 차가 들어오는 모습을 지켜보고 있었던 모양이었다. 노먼이 한나의 트럭 뒷좌석 문을 열어 모이쉐를 팔에 안았다.

"그 녀석은 내가 맡을게요."

노먼이 번개 소리처럼 그르렁거리는 모이쉐에게 말했다.

"저녁식사에 오려고 아주 잘 차려입었구나."

의아해진 한나가 물었다.

"무슨 말이에요. 차려입은 것 전혀 없는데."

"아니에요, 차려입었어요. 목줄이 꼭 넥타이를 맨 것 같잖아요."

한나는 노먼의 집 현관에 다다르며 낮게 신음소리를 냈다.

"거울이 정말 멋져요."

한나가 노먼과 함께 디자인 한 붙박이식 코트 장 옆에 걸린 타원형 거울을 바라보며 말했다.

"멋질 수밖에 없죠. 한나가 고른 것이니까요."

"내가요?"

한나는 깜짝 놀라고 말았다. 거울 카탈로그를 뒤진 기억이 없는데.

"텔레비전에서 했던 베트 데이비스 페스티벌 기억나요?"

"그럼요. 그날 밤에 영화를 거의 네 편이나 봤잖아요."

"'귀염둥이 제인에게 무슨 일이 벌어졌는가?' 까지 해서 다섯 편이였죠. 어쨌든 몇 편인 건 중요하지 않고요. 그때 본 영화의 한 장면에서 거울이 나왔는데, 한나가 그걸 보고 우리가 디자인하는 꿈의 집 현관에 걸면 아주 좋겠다고 했어요."

노먼이 그런 것까지 기억하고 있었다니, 한나는 감동했지만 이내 우스운 생각이 떠오르고 말았다.

"설마 실제 영화에서 사용했던 소품을 비싼 값에 사온 건 아니겠죠?"

"그럼요. 루앤이 도심가의 가정집에서 내놓은 벼룩시장에서 하나 구해다 주었고, 그걸 어머님들이 나한테 원가에 주셨어요. 은도금을 다시 해야 하긴 했지만, 그럴만한 가치가 있었죠."

노먼을 따라 서재로 향하며 한나는 미소를 지었다. 노먼과 함께 설계하고 디자인한 집에 와 있다는 것만으로도 어쩐지 행복했다.

서재에 발을 들여놓는 순간 한나는 노먼이 꾸며놓은 서재의 모습에 그만 짓고 있던 미소가 광속의 속도로 빠르게, 더 환하게 얼굴 전체로 번져나갔다.

"환상적이에요!"

서재의 전체적인 모습이 한눈에 들어오자 한나는 가쁜 숨을 몰아쉬었다. 노먼의 서재는 우아하면서도 아늑한 분위기를 뿜어내고 있었다.

힘든 하루를 보낸 후, 오아시스의 야자수 그늘 밑에서 휴식을 취하고픈 유약한 영혼이 영혼의 양식을 선사 받은 기분이라고 할까.

둥근 아치형의 현관을 지나 격자무늬의 카펫을 밟고 안에 들어섰을 때 마침내 아, 집에 왔구나 하는 느낌을 받게 하는 공간이었다.

서재의 전체적인 모습을 감상한 한나는 이제 세세한 부분부터 돌아보기 시작했다. 서재의 한쪽 벽에는 아름답게 광을 낸 오크재의 바가 붙어 있었고, 그 밑으로는 짙은 녹색의 가죽으로 된, 등이 높은 의자들이 놓여 있었다. 선반 너머로는 창이 하나 있었는데, 창 너머로는 노먼이 마당에 심은 과일나무들이 보였다.

커다란 방의 한쪽 편에는 홈시어터 시설이 갖춰져 있었는데, 거대한 스크린 화면은 사용하지 않을 때는 위로 올릴 수 있게끔 되어 있었고, 스크린 앞에는 가죽으로 된 안락의자가 두 개 놓여 있었다.

그렇게 바가 부착된 공간과 홈시어터가 설치된 공간의 사이에는 여러 사람이 모여 앉을 수 있도록 여섯 개의 의자가 놓여 있다. 스포츠 경기를 그다지 즐겨보지 않는 한나도 바에 앉아 스낵을 먹으며 야구 경기를 관람하는 모습이 절로 상상이 되었다.

노먼이 높고 기다란 창문들이 나 있는 한쪽 벽면을 가리키며 말했다.

"소파는 창가 아래에 놓을 거예요. 주문한 게 아직 도착하지 않았거든요."

어디부터 살펴야 할지 여전히 감을 잡지 못한 한나가 말했다.

"정말 믿을 수 없을 만큼 멋진 공간이에요."

그때 노먼이 한쪽 벽에 가까이 설치된 나선형 계단을 오르는 것이 눈에 띄었다. 폭이 너무 좁아 한 사람이 겨우 올라갈 만한 계단이었다.

계단은 옆 마당으로 나 있는 둥그런 창을 지나쳐······.

"천정으로 가는 거예요?"

한나가 눈을 깜빡거리며 물었다.

간밤에 잠도 잘 잤는데. 노먼은 아무래도 기발한 상상력을 지닌 목수를 고용했던 모양이었다. 아무 곳으로도 향하지 않는 계단이라니, 상상하기 어려운 일이었다.

한나는 눈을 비빈 다음에 다시 한 번 살펴보았지만, 역시나 아까 본 것이 맞았다. 계단의 끝은 그저 천정과 맞닿아 있을 뿐이었다.

"아니, 도대체······."

모이쉐를 안은 채 계단을 오르는 노먼을 보며 한나는 아직 입 밖으로 밀어내지도 못한 어이없는 질문에 그저 말문이 막혀버렸다.

"자, 내려봐."

노먼이 계단의 중간 위치, 둥근 창문 옆에 붙은 선반에 모이쉐를 내려놓았다.

"극장식 식당이야. 여기서 특제 그릴 요리를 먹으면서 마당에 있는 찌르레기도 구경할 수 있어."

한나에게는 처음 있는 일이었다.

하루에 두 번의 감동이라니, 선명하고 밝은 감동의 물결이 밀려오는 것을 느끼며, 한나는 엄마의 말이 사실이었다는 것을 깨달았다.

노먼은 이 집을 한나를 위해 지은 것이다. 나선형 계단이 뻗어나가는 곳은 이상적으로 본다면 두 사람의 결혼이자 현실적으로 본다면, 한나의 고양이를 위한 특별한 공간이었던 것이다!

"와—오!"

한나는 숨 아래로 나지막이 외쳤다.

물론 노먼이 자신을 사랑한다는 사실은 알고 있었지만, 그가 청혼한 것은 마이크의 청혼에 마음이 급해졌기 때문이라고 생각했다. 자신과 함께 보낼 기회가 이제 아예 없어져 버릴까 봐 두려워서 그랬을 거라고 말이다.

한나가 마이크와 노먼을 더 두고 보겠다고 선언한 뒤에 노먼은 한나를 계속 만날 수 있다는 사실만으로도 꽤 만족하는 듯 보였지만, 사실은 한나의 생각처럼 마냥 흡족해했던 것은 아닐지 모른다.

돌려 말할 줄 모르는 한나가 역시 단도직입적으로 물었다.

"저 계단은 날 위해 만든 거예요?"

노먼이 미소를 지으며 대답했다.

"아뇨, 모이쉐를 위해서 만든 거예요. 역시 효과가 있어요, 한나."

"무슨 효과요?"

"환경의 변화요. 녀석이 먹고 있잖아요."

정말로 모이쉐는 뭔가를 입에 넣더니 마침내 삼켰다. 그런 후 창가로 고개를 돌려서는 노먼의 옆 마당의 잔디밭에 내려앉아 무언가를 부지런히 쪼는 새 떼들을 바라보았다.

모이쉐는 목에서 끄르륵 소리를 내더니 입을 한 번 핥고는 다시 음식을 한 입 베어 물었다. 결국 노먼이 모이쉐의 거식증을 치료한 것이다. 녀석은 샐리가 만든 특제 그릴 요리와 함께 찌르레기 새를 맛있게 잡아먹는 상상을 하는 것이 분명했다.

한나가 그를 칭찬했다.

"멋진 방책이었어요, 노먼."

그런 뒤 두 사람은 모이쉐가 먹는 모습을 잠시 더 지켜보았다.

찌르레기 무리를 바라보면서 맛있는 식사까지 할 수 있는 새 보금자리에 모이쉐는 꽤 즐거워하는 듯했다. 한나가 자신의 아파트에도 이것과 비슷한 곳을 만들 수 있을까 곰곰이 생각하던 찰나에 잊고 있던 것이 번뜩 떠올랐다.

"어-오!"

한나가 끙 소리를 냈다.

"왜요?"

"모이쉐의 모래 상자를 가져오는 걸 깜빡했어요."

"괜찮아요. 녀석이 이미 내 것을 찾아냈네요."

한나가 웃음을 터뜨리기 시작했다.

"노먼 것이요?"

"그러니까, 내가 녀석을 위해 준비한 것 말이죠."

"그러지 말고 그냥 나한테 전화해서 모래 상자 가져오는 것을 잊지 말라고 말하지 그랬어요. 오늘 병원 일도 무척 바빴을 텐데."

"아, 오늘 산 거 아니에요. 쇼핑몰에서 샀는데, 산지는 좀 됐어요. 애완용품점을 몇 군데나 뒤져서야 겨우 벽장 옆 공간에 딱 맞는 것을 발견했죠."

노먼이 모이쉐를 저녁식사에 초대할 생각을 아주 오래전부터 계획하고 있었다니 한나는 내심 놀라고 말았다.

엄마의 말이 사실이었다. 노먼은 한나에게 청혼할 계획을 아주 오래전부터 세워오고 있었다. 그것이 아니라면 고양이도 키우지 않는 그가 왜 모래 상자 같은 것을 샀겠는가?

"식사 시간이에요."

뜻밖의 깨달음에 푹 젖어 있던 한나가 퍼뜩 깨어났다.

"방금 타이머의 알람이 울렸거든요."

"못 들었는데."

"당연히 못 들을 수밖에 없죠. 진동으로 해서 내 주머니에 넣고 있었거든요."

"그런 타이머는 언제 샀어요!"

"엄연히 말하자면 타이머는 아니고, 실은 핸드폰이에요. 내가 내려가기 전에 모이쉐가 먹는 사진, 한 장 찍어둘까요?"

"좋아요. 미셸에게도 보여주고 싶거든요. 근데 카메라가 어디 있어요?"

"핸드폰에 카메라 기능이 있어요. 해상도가 카메라만큼 선명하진 않지만, 우리 목적을 달성하기에는 손색이 없어요."

현대적인 기술, 노먼이 주머니에서 핸드폰을 꺼내어 모이쉐가 샐리의 요리를 먹는 모습을 찍는 것을 바라보며 한나는 생각했다.

"잠깐만 기다려요, 이걸 샐리에게도 보내야겠어요. 자기가 만든 요리가 정말 도움이 될지 궁금해했거든요."

"샐리에게 보낸다고요?"

한나는 마치 밸리 포지(펜실베이니아 주의 군사시설이 위치한 지역)에 항공편으로 물자를 운송하자는 제안을 들은 조지 워싱턴이 된 기분이었다.

"그걸 현상해서 팩스로 보내려고요?"

"아뇨, 핸드폰으로 바로 전송할 거예요. 그럼 샐리도 자기 핸드폰으로 바로 받아볼 수 있죠. 샐리에게 문자를 뭐라고 보낼까요?"

사람들이 핸드폰의 숫자 버튼을 이용해 서로 대화를 주고받는다는 이야기는 뉴스에서 봐서 알고 있었지만, 한나는 현대기술이 영 낯설고 어색했다.

한나가 말했다.

"그냥 고맙다고 해요."

노먼은 샐리에게 사진을 전송한 뒤에야 계단에서 내려와 한나를 위해 바 앞에 놓인 의자를 빼주었다. 그런 뒤 바 위에 두 사람을 위한 식탁용 매트를 깔고 은식기를 꺼내어놓았다. 그러고는 뜨거운 애피타이저를 준비하기에 안성맞춤인 작은 사이즈의 오븐을 열어 호일로 덮인 두 사람의 식사를 꺼냈다.

"샐리가 뜨거운 김을 조심하래요."

노먼이 호일을 살짝 열자 희뿌연 김이 모락모락 올라왔고, 그 참에 호일을 모두 벗겨 내어 매트 위에 음식을 놓아주고는 자신의 것도 똑같이 호일을 벗겨 매트 위에 올린 뒤 두 개의 유리잔에 소다수를 따른 다음 건배 제의를 했다.

노먼이 말했다.

"모이쉐와 녀석의 돌아온 입맛을 위해."

"모이쉐를 위해." 한나도 따라한 뒤 이렇게 덧붙였다.

"그리고 모이쉐와 나에게 집 같은 편안함을 선사하기 위해 무척 고생한 모이쉐의 친구, 노먼을 위해."

세 사람은 월라의 사건을 이야기하며 눈물도 몇 방울 흘렸다. 특히 월라와 가깝게 지냈던 팸은 몹시 지치고 힘들어 보였다. 하지만 계속 이렇게 슬픈 감정에만 젖어 있으면 심사를 제대로 진행할 수 없을 거란 생각에 음울한 마음은 퀵브레드(베이킹파우더를 넣어 즉석에서 구운 빵)의 승자를 가려낼 때까지 잠시 접어두기로 했다.

"바나나 브레드를 한 입만 더 먹으면 이제 바나나를 싫어하게 될 것 같아요!"

리사가 준비해온 보온병에 든 커피를 더 따라 마시려고 컵에 든 것을 마저 들이키며 말했다.

"더 드실 분 계세요?"

한나는 고개를 저었다.

"난 괜찮아. 오늘 밤에는 푹 자고 싶거든."

다음 심사 대상인 퀵브레드를 자르며 팸이 물었다.

"커피에 카페인 때문에 잠이 안 와?"

"아뇨, 카페인이 문제가 아니에요."

그러자 팸과 리사, 둘 다 알쏭달쏭한 표정을 지었고, 한나는 설명하기 시작했다.

"액체 때문에 그래요. 전 커피를 마시기 시작하면 한 주전자를 다 비워야 직성이 풀리거든요. 새벽에 화장실이 급해 잠에서 깨면 다시 잠들기가 어려워요."

팸이 털어놓았다.

"나도 혼자 살 때 종종 그랬어."

한나는 혼란스러워졌다.

"근데 결혼한 뒤에는 안 그러신단 말이에요?"

"그래. 조지가 숨 쉬는 소리를 가만히 듣고 있다 보면 어느새 다시 잠이 들거든. 그이 숨소리가 마치 해변의 파도 소리처럼 감미로워."

리사가 말했다.

"저랑 똑같으시네요. 저도 허브랑 결혼하기 전에는 밤에 잠이 들지 못하는 때가 많았거든요. 그런데 이제는 달라요. 아마도 허브의 따뜻한 온기 때문인 것 같아요."

"따뜻한 온기?"

평소에 사적인 이야기는 거의 하지 않는 리사가 그것도 허브와의 결혼생활에 대해 꺼내어 놓다니 한나는 내심 놀라고 말았다.

"결혼하기 전에는 퀼트 이불이나 담요 없이는 너무 추워서 잠을 잘 수 없었거든요. 심지어 여름에도 퀼트 이불을 덮었을 정도였으니까요. 근데 허브는 담요나 퀼트가 너무 덥다고 이불을 모두 치워버렸어요."

팸이 접시에 샘플용 빵을 잘라 담으며 말했다.

"그거 너무 상반되는 취향 아닌가!"

"그렇지 않아요. 전 그저 허브 옆에만 꼭 달라붙어서 자면 아주 따뜻하니까요. 허브는 마치 난롯가에서 따사롭게 타오르는 장작, 아니면 화롯가에서 훈훈하게 피어오르는 온기 같아요. 1, 2분만 지나면 금세 따뜻해져서 바로 잠에 드니까요."

한나가 우스갯소리를 던졌다.

"흠, 나한테 다 소용없는 얘기네! 여러분이 모르는 이야기가 하나 있는데, 난 사실 혼자 잠자리에 들지 않는답니다."

리사가 씩 웃으며 말했다.

"모이쉐요."

"맞았어. 근데 모이쉐랑 같이 잔다고 해서 좋은 건 하나도 없어. 우선 녀석은 코를 골거든, 그것도 아주 크게. 얼마나 크면 꼭 옆으로 기차가 지나가는 것 같다니까. 그리고 또 하나, 모이쉐랑 같이 붙어 자면 꼭 녀석의 털에 코를 박아야 해."

준비된 접시 세 개를 테이블로 가져오며 팸이 미소를 지었고, 그 모습을 본 한나는 뿌듯했다. 윌라의 죽음으로 무겁게 가라앉아 있던 분위기가 사뭇 밝아지고 있었고, 덕분에 이제야 간신히 심사에 집중할 수 있게 되었다.

팸이 말했다.

"또다시 주키니(오이와 비슷한 서양 호박) 빵이야. 근데 이건 토핑으로 시나몬을 올렸어."

"그럼 오늘 주키니 빵이 모두 몇 개죠?"

"7개. 이게 마지막이야."

리사가 빵의 겉면에 드러나 있는 청록색 반점들을 보며 말했다.

"이건 주키니 껍질을 벗기지 않았나 봐요. 보기 좋지는 않아요."

팸이 알려주었다.

"그럼 외관 점수를 낮게 매기면 돼."

한나는 빵을 조금 맛보았다. 토핑으로 시나몬을 올린 것이 생각보다 별로여서 한나는 그것에 감점을 주었다.

두 사람이 팸에게 채점표를 건네자 팸이 말했다.

"이제 하나 남았어. 그런 다음에 승자를 가려보자구."

그때 리사가 희망이 가득한 표정으로 말했다.

"제발 바나나 빵은 아니라고 말해 주세요."

"주키니나, 데이트-너트도요." 한나도 덧붙였다.

팸이 빵을 잘라 접시에 담으며 말했다.

"셋 다 아니야. 망고 브레드야."

그러자 한나와 리사가 깜짝 놀라 서로를 쳐다보았고, 그런 두 사람의 모습에 팸은 웃음을 터뜨렸다.

"정말이야. 참가자가 레시피 뒤에 뭔가 색다른 재료로 만들어보고 싶었다고 썼어."

리사가 말했다.

"정말 색다른데요! 망고는 한 번도 먹어본 적이 없어요. 도대체 어디서 구했을까요?"

"망고를 구하려고 시내를 온통 뒤졌나 봐. 여름에만 별미 과일을 파는 곳이 간혹 있대. 근데 망고가 없으면, 생복숭아나 복숭아 통조림을 사용해도 된다고 하네."

"그래요?" 한나는 호기심이 발동했다.

"복숭아 브레드도 색다르긴 마찬가지인데."

"마침 둘 다 구워서 제출했으니 비교해서 맛을 봐."

팸이 테이블로 접시를 날랐다.

"왼쪽이 망고 브레드고, 오른쪽이 복숭아 브레드야. 망고 브레드부터 먹어볼까?"

망고 브레드의 맛을 보는 동안 세 사람은 아무 말도 하지 않았다. 그리고 처음으로 침묵을 깬 사람은 리사였다.

"맛있어요."

"나도." 팸이 동의했다.

"한나는?"

"진짜 맛있어요."

팸이 채점표를 집었다.

"좋아. 각자 채점표에 표시하고, 이젠 복숭아 브레드를 맛보자."

또다시 방 안은 조용해졌고, 이번에는 한나가 먼저 침묵을 깼다.

"복숭아와 아몬드의 조화가 아주 좋아요. 바닐라 대신 아몬드 추출액을 사용한 거예요?"

팸이 두 번째 레시피를 뒤집어서 확인했다.

"응, 맞아. 나도 그 부분이 마음에 들어. 그럼 어떤 빵이 더 맛있어?"

그러자 리사가 어깨를 으쓱해 보였다.

"이건 마치 사과와 오렌지 중에서 선택해야 하는 꼴이에요."

"아니면 망고와 복숭아 중에서든가."

한나가 재빨리 덧붙였다.

"둘 다 각기 강점이 있는데, 난 복숭아 브레드가 더 나은 것 같아요."

"그럼 채점표에 그렇게 표시해."

팸의 말과 동시에 세 사람은 점수를 매기기 시작했다.

그런 뒤 채점표를 거둬들이고는 리사에게 계산기를 건네주었다. 그렇게 리사는 한나가 불러주는 점수를 계산기로 쳐서 점수를 합산했다. 세 사람이 함께 작업하니 시간은 그리 오래 걸리지 않았다.

팸이 마침내 결정된 최종 점수표에 서명한 뒤에 두 사람을 향해 미소를 지었다.

"어떤 것이 우승했는지 맞춰볼래?"

리사가 추측했다.

"망고 브레드요?"

"아니."

한나가 물었다.

"그럼 복숭아 브레드?"

"딱히 그렇다고 할 순 없지."

두 사람의 아리송한 표정에 팸이 웃음을 터뜨렸다.

"무승부야. 두 개의 출품작이 동시에 1등을 차지했어."

팸이 건네준 가이드라인 책자를 재빨리 훑어보며 리사가 물었다.

"그럼 둘 중에서 또다시 1등을 가려야 하는 거예요?"

그러자 팸이 고개를 저었다.

"어차피 승자는 한 명이야."

잠시 멍하게 서 있던 한나가 이윽고 고개를 끄덕였다.

"망고 브레드와 복숭아 브레드가 공동수상을 한 거로군요."

"바로 맞췄어. 승자는 한 명인 데야 다시 심사할 필요가 없는 거지. 따라서 이젠……."

팸이 출품작들이 나열된 테이블을 바라보며 물었다.

"누가 어느 것을 가져가겠어?"

망고 브레드

오븐은 섭씨 176도로 예열합니다. 틀은 오븐 중앙에 둡니다.

재료

부드러운 버터 1컵 / 부드러운 크림치즈 8온스(225g) / 백설탕 2컵

거품 낸 계란 2개 분량(포크로 휘저어 주세요) / 소금 1/2티스푼

으깬 망고 1과 1/2컵(껍질을 벗겨 씨를 뺀 다음 사용하시면 됩니다. 망고 통조림도 가능)

바닐라 추출액 1/2티스푼 / 밀가루 3컵(체질하지 마세요)

베이킹파우더 1/2티스푼 / 베이킹소다 1/2티스푼

다진 호두 혹은 피칸 1컵(선택사항입니다)

한나의 첫 번째 메모: 전자믹서가 있으면 훨씬 편해요.

만드는 법

1. 버터에 크림치즈, 설탕을 넣고 잘 섞습니다. 거기에 거품 낸 계란과 바닐라를 넣고 다시 한 번 섞어줍니다.
2. 껍질을 벗기고 씨를 빼내 잘게 자른 망고를(통조림 망고일 경우에는 물을 빼고 겉면의 물기를 닦아주세요) 칼날을 장착한 믹서에 넣고 잘게 갈아줍니다. 그렇게 으깬 망고 1과 1/2컵을 위의 그릇에 넣고 다시 한 번 섞어줍니다.

3. 또 다른 그릇에 밀가루와 베이킹파우더, 베이킹소다, 소금을 넣고 잘 섞어줍니다.

4. 이렇게 섞은 것을 망고 혼합물에 조금씩 넣으면서 재료들이 골고루 섞이도록 천천히 저어줍니다.

5. 마지막으로 다진 호두나 피칸을 넣습니다.

6. 빵을 구울 때 사용하는 팬의 안쪽에 들러붙음 방지 스프레이를 뿌린 뒤 망고 브레드 반죽을 부어 줍니다.

7. 섭씨 176도에서 1시간 정도 굽습니다. 꼬챙이나 젓가락 등으로 가운데 부분을 찔러보았을 때 아무것도 묻어나오는 것이 없으면 완성입니다. 만약 윗부분이 너무 빨리 노릇해지는 것 같으면 호일을 조금 잘라 윗부분을 덮어주면 됩니다.

8. 사용하신 빵 팬보다 더 작은 팬을 사용할 때는 지금 구운 반죽의 절반만 붓고 45분 정도 구워주면 됩니다.

9. 다 구워지면 팬에 담긴 상태에서 20분 동안 식힌 후, 가장자리를 칼로 떼어준 다음에 선반으로 옮겨 완전히 식힙니다.

한나의 두 번째 메모: 토스트를 해먹어도 아주 맛있는 빵이랍니다. 대회 때 제출된 망고 브레드는 리사가 집으로 가져가서 다음 날 아침에, 토스트를 만들어 먹어보았다고 해요. 리사는 그냥 먹는 게 맛이 있었는데, 허브는 그 위에 버터를 발라 먹는 게 더 맛있다고 했다는군요.

복숭아 브레드

오븐은 섭씨 176도로 예열합니다. 틀은 오븐 중앙에 둡니다.

재료

부드러운 버터 3/4컵 / 베이킹소다 1/2티스푼 / 아몬드 추출액 1/2티스푼

소금 1/2티스푼 / 부드러운 크림치즈 8온스(225g) / 다진 아몬드 1컵

백설탕 2컵 / 거품 낸 계란 2개 분량(포크로 저어주세요)

밀가루 3컵(체질할 필요 없습니다) / 베이킹파우더 1/2티스푼

으깬 복숭아*** 1과 1/2컵

***망고의 껍질을 벗겨 씨를 뺀 다음 사용하시면 됩니다. 망고 통조림을 사용하셔도 되고요.

한나의 첫 번째 메모: 전자믹서가 있으면 훨씬 편해요.

만드는법

1. 버터에 크림치즈, 설탕을 넣고 잘 섞습니다. 거기에 거품 낸 계란과 아몬드 추출액을 넣고 다시 한 번 섞어줍니다.

2. 껍질을 벗기고 씨를 빼내 잘게 자른 복숭아를(통조림 복숭아일 경우에는 물을 빼고 겉면의 물기를 닦아주세요) 칼날을 장착한 믹서에 넣고 잘게 갈아줍니다. 그렇게 으깬 복숭아 1과 1/2컵을 위의 그릇에 넣고 다시 한 번 섞어줍니다.

3. 또 다른 그릇에 밀가루와 베이킹파우더, 베이킹소다, 소금을 넣고 잘 섞어줍니다.

4. 이렇게 섞은 것을 복숭아 혼합물에 조금씩 넣으면서 재료들이 골고루 섞이도록 천천히 저어줍니다.

5. 마지막으로 다진 아몬드를 넣습니다.

6. 빵을 구울 때 사용하는 팬의 안쪽에 들러붙음 방지 스프레이를 뿌린 뒤 복숭아 브레드 반죽을 부어 줍니다.

7. 섭씨 176도에서 1시간 정도 굽습니다. 꼬챙이나 젓가락 등으로 가운데 부분을 찔러보았을 때 아무것도 묻어나오는 것이 없으면 완성입니다. 만약 윗부분이 너무 빨리 노릇해지는 것 같으면 호일을 조금 잘라 윗부분을 덮어주면 됩니다.

8. 사용하신 빵 팬보다 더 작은 팬을 사용할 때는 지금 구운 반죽의 절반만 붓고 45분 정도 구워주면 됩니다.

9. 다 구워지면 팬에 담긴 상태에서 20분 동안 식힌 후, 가장자리를 칼로 떼어준 다음에 선반으로 옮겨 완전히 식힙니다.

한나의 두 번째 메모: 복숭아 브레드 역시 토스트로 먹어도 아주 좋아요. 엄마는 위에 허니버터를 얹어 먹는 것을 좋아하시던 걸요.

집에 돌아온 한나는 한시라도 빨리 침대 위로 기어올라가 꿈나라로 향하고픈 마음뿐이었다. 하지만 허브와 리사에게 마술쇼에 입고 나갈 의상을 준비하겠노라 약속했고, 그 약속을 이행할 수 있는 시간은 이제 겨우 24시간도 채 남지 않았다.

　겨울철 하늘에 별자리가 반짝반짝 빛이 나는 문양이 새겨진 쪽빛 스커트가 있긴 했다. 천문학을 전공했던 남자와 사귈 적에 별자리 모임에서 주최하는 크리스마스 파티에 입고 가려고 사둔 것이었지만, 파티가 열리기 한 주 전에 헤어졌고, 그 스커트는 영영 빛을 보지 못하고 말았다. 그렇지만, 지금이 기회다.

　스커트는 아마 버리기에는 아깝고, 입기에는 마뜩찮은 옷들과 함께 손님방에 있는 옷장의 구석 어딘가에 숨어 있을 것이다. 어디에 두었는지 한 번 찾아보자.

　차고에 엄마 차가 없는 것으로 봐서는 집에 미셸도 없는 모양이니 옷장을 뒤지는 것이 동생에게 방해되지도 않을 것이다. 로니는 마이크와 살인사건 수사가 한창일 텐데 미셸이 집을 비운 것으로 봐서는 고등학교 때 같이 어울려 다니던 친구들을 만나러 간 듯했다.

　한나는 모이쉐를 낚아챌 마음의 준비를 단단히 한 채 아파트 현관문을 열었다. 하지만 한나를 향해 날아오는 흉포한 오렌지빛 털 뭉치 같은 건 없었다. 대신 녀석은 카펫이 깔린 널찍한 거실 창가의 선반 위에 가만히 앉아 있었다. 이 선반은 미셸이 애완용품 가게에서 두 개를 구매해 하나는 거실 창가에, 또 하나는 손님방에 장착해둔 것인데, 모이쉐가 무척 좋아하는 듯해 다행이었다.

한나가 모이쉐를 토닥이며 인사했다.

"안녕, 모이쉐. 노먼이 텔레비전을 틀어주었구나? 노먼의 집에서 아주 재미있었지, 그렇지?"

"아마 그랬을 걸요."

한나가 돌아보니 노먼이 손에 커피를 든 채 주방에서 나오고 있었다.

"내가 돌아가려고 하니까 녀석이 너무 실망하는 것 같아서 한나가 올 때까지 같이 있어주기로 했어요. 주인 없는 집에 들어와 있는 거, 마음 상하지 않았으면 좋겠는데."

"그럴 리가요."

"따끈한 커피 어때요? 방금 내렸는데."

"그거 좋겠는데요. 마침 대회에 출품되었던 데이트 브레드도 가져왔거든요."

한나는 다시 모이쉐에게로 고개를 돌려 녀석의 목 언저리를 긁어주었다. 한나의 손길에 녀석은 입을 살짝 벌리고 눈을 가늘게 뜨는 등, 한나가 미소 짓는 것이라고 해석을 붙여놓은 표정을 지어 보였다.

그런 뒤 어쩐지 형식적인 태도로 한나의 손을 재빨리 한 번 핥더니 휙 하니 다시 창밖을 향해 고개를 돌려 보였다.

"클라라와 마가리타의 집 거실 창에 뭐가 그렇게 재미난 것이 있는지 모르겠구나. 뭐, 아무튼 좋을 대로 즐기렴. 난 노먼과 커피 한 잔 한 다음에 내일 있을 마술쇼에서 입을만한 의상이 있는지 찾아볼 테니."

노먼은 한나와 함께 커피를 곁들인 데이트 브레드를 먹은 뒤 집에 돌아가려고 자리에서 일어났다. 하지만 현관문 앞에 멈춰 서더니 다시 한나를 돌아보았다.

"손님방 옷장을 뒤진다고 했었던가요?"

"네, 내일 마술쇼에서 입을 의상을 찾아볼 거라고 했죠."

"한나가 마술을 해요?"

"내가 할 줄 아는 마술이라곤 순식간에 음식을 뱃속으로 사라지게 하는 일뿐이에요. 마술은 내가 아니라 허브가 해요. 난 그냥 보조자로 출연하는 거예요."

그러자 노먼이 킥킥거렸다.

"그 옷장은 한나가 마지막으로 살펴본 것이 옷을 걸어두는 봉이 느슨해지는 바람에 누군가 옷더미에 갇혔을 때였던 것 같네요."

"맞아요."

"그래서 봉은 새로 달았어요?"

한나는 고개를 저었다.

"대신 옷을 몇 벌 더 가져다 걸어서 무게 중심을 분산시켜두었어요."

"근데 그 옷장을 또다시 뒤질 일이 있다구요?"

그러자 한나가 살짝 고개를 끄덕였다. 노먼의 말이 맞았다.

"네, 그래야 할 것 같아요."

"그럼 내가 도와줘야겠군요. 미셸이 집에 언제 돌아올지도 모르는데, 또다시 옷더미에 갇혀버리는 상황이 발생하면 안 되잖아요."

"아무래도 새로 사야 할까 봐요."

한나가 고등학교를 졸업한 이후로 한 번도 입지 않은 코트에 거의 묻혀 버린 목소리로 말했다.

"스커트가 여기 어딘가 분명히 있을 텐데, 이대로 포기하기는 억울해요."

"이해해요."

노먼은 두 팔에 한가득 정장을 부여안은 채 옷장 밖에 서 있었다.

"다만 노먼을 성가시게 하는 게 문제죠."

"난 괜찮아요."

"그렇게 말해 준다면, 좋아요. 어쨌든 여길 다 들어내서라도 찾겠다고 결심했으니까요. 이사 온 뒤에 분명히 여기 던져두고는 한 번도 찾지 않았거든요. 노먼이 들고 있는 정장들은 자선단체에 기부할래요. 혹시 알아요? 그 옷을 입고 싶어 하는 사람이 있을지."

예언과 함께 한나가 옷장 깊은 곳에서 불쑥 나타났다. 얼굴은 발그레하고, 안 그래도 붉은 곱슬거리는 머리카락은 더 정신없이 구불구불 대고 있었다.

노먼이 킬킬거리며 말했다.

"한나 머리요."

한나는 손으로 토닥여서 머리카락을 진정시켜 보았지만, 어떤 기능성 샴푸로도 잠재워지지 않는 머리카락이 토닥거림으로 진정될 리 만무했다.

"엄청나게 많은 옷과 오랜만에 해후했더니."

한나가 재치있게 말했다.

"팔에 한가득 옷을 들고 있는, 이런 때 날 웃기지 마요."

"잠깐만요."

한나는 옷장에 들어가 옷을 한 벌 더 꺼내 와서는 노먼이 들고 있는 옷 무더기에 얹어 주었다. 그건 붉은색 머리카락과는 상극인 분홍빛 새 틴 드레스였다.

"자선단체에 기부할 옷, 또 한 벌 추가요."

노먼이 들고 있는 옷들을 내려다보며 말했다.

"멋지군요."

거기에는 보라색 태피터(실크의 일종) 드레스와 진한 황록색 실크 드레스, 라벤더 문양이 어우러진 흰색의 물방울무늬 드레스, 청록색 보일(무명, 양털, 명주로 만든 반투명의 얇은 피륙) 드레스, 그리고 밝은 노란색의 시폰 드레스도 있었다.

"댄스파티에 많이 갔었나 봐요."

"결혼식이요." 한나가 말했다.

하지만 한나가 처녀파티에 참석할 때마다 엄마가 귀 따갑게 했던 잔소리는 말하지 않았다. '언제나 들러리만 서서는 결코 신부가 될 수 없다'는 옛 속담은 미혼인 한나의 현재 상황과 매우 잘 맞아떨어졌다. 아리따운 신부에 비해 덜 예쁘게 보이도록 특별 디자인된 들러리 드레스를 한나는 수도 없이 많이 갖고 있었다.

오색찬란한 옷 무더기를 들고 있는 노먼이 물었다.

"그럼 다시 입을 일은 없는 거예요?"

"내 눈에 흙이 들어가기 전엔 절대 없어요."

한나가 옛 어른들이 하시던 말씀을 인용해 강하게 말하고는 다시 옷장으로 들어가 옷을 뒤지기 시작했다. 그렇게 몇 분이 흘렀을까 마침내 승리에 가득 찬 외침이 들렸다.

"찾았어요!"

"스커트요?"

노먼은 오렌지색 새틴 꽃무늬 드레스가 목을 간질이자 옷을 다시 고쳐 들며 물었다.

"아뇨, 내 빨간색 털장갑이요. 이사 온 뒤로 어디에 뒀는지 찾지 못하고 있었거든요. 스커트는 행방불명인 것 같아요. 아마 누구한테 줬나 봐요. 그 드레스는 침대에 내려놓고 모이쉐 좀 안아 줄래요?"

노먼은 한나가 시키는 대로 옷 무더기를 침대에 내려놓고 옷장 위에 달린 선반에 앉아 있는 모이쉐를 안으려다 말고 깜짝 놀라 멈칫하고 말았다.

모이쉐가 원망이 섞인 눈길로 노먼을 향해 가르랑거렸다.

"냐아아아아아아옹!"

그러자 노먼은 한쪽 팔로 모이쉐를 안고는 다른 한 팔로 옷장 문을 닫았다.

"무척 실망한 건 알지만 선반 위는 별볼일없어, 친구. 옷장에는 고등어 떼가 헤엄쳐다니지도 않는다구."

"옷 먼지를 잔뜩 뒤집어쓴 채 뛰쳐나오는 생쥐라도 기대하고 있었나 봐요."

한나가 농담을 던지자 노먼이 웃음을 터뜨렸고, 그가 웃는 모습에 한나도 기분이 좋아졌다.

"근데 미셸은 도대체 언제쯤 집에 올지……."

한나의 말이 채 끝나기도 전에 현관문에 노크소리가 들렸고, 한나는 서둘러 거실로 달려나갔다.

"미셸이 왔나 봐요. 설마 집 열쇠를 잊어버린 건 아닐 테죠."

하지만 미셸이 아니었다, 안드레아였다. 그녀는 매우 걱정스러운 얼굴을 하고 있었다.

한나가 열린 문을 붙잡고 인사했다.

"안녕, 안드레아. 들어와. 커피 줄까?"

"아니, 언니 찾으러 왔어. 우리 둘 다 나가야 할 것 같아. 거긴 남자 형제가 셋이거든."

몇 분간 안드레아의 상황설명을 들은 뒤 도로로 나온 세 사람은 시간을 지체하지 않았다. 한나가 운전하고, 안드레아의 고집으로 노먼이 조수석에 앉았으며 안드레아가 뒷좌석에 앉았다.

"다 같이 애를 찾으러 갈 수 있어서 다행이야."

두 사람에게 잘 들리도록 안드레아가 앞쪽으로 바싹 다가앉으며 말했다.

세 사람은 한나의 쿠키 트럭을 몰고 가기로 했다. 한나의 트럭은 노먼의 세단이나 안드레아의 볼보보다 10년은 더 오래된 것이었지만, 그런 만큼 차 도둑들에게는 구미가 떨어진다는 장점이 있었다.

경찰들이 흔히 우범지역이라고 부르는 이글의 술집 주차장은 악명 높은 차 도둑들이 기승을 부렸다. 위넷카 카운티에서 12마일 정도 떨어진 이 술집은 툭하면 주먹 다툼이 벌어지는 곳으로도 유명해서 술집에서 쓰이는 맥주잔이나 유리잔은 모두 플라스틱이었고, 조명 역시 어두컴컴해서 술집 주인은 종종 어두운 불빛 때문에 미성년자의 신분증을 잘못 읽었다며 속 보이는 핑계를 둘러대곤 했다.

노먼이 물었다.

"전에 이글에 가본 적 있어요?"

그러자 한나가 고개를 저었다.

"아뇨."

안드레아가 설명했다.

"거기에 발을 들여놨다가는 엄마가 우릴 평생 집에다가 가둬버렸을 걸요. 이글은 그만큼 악명이 자자하니까요. 빌이 그러는데, 거기는 술에 쩐 전과자들이 득실거린대요. 예비 전과자들도 넘쳐나구요."

노먼이 물었다.

"미셸이 거기에 갔다니까 빌이 뭐라든가요?"

256

"그이한텐 얘기 안 했어요."

한나는 살짝 웃음을 터뜨렸다.

"우리가 미셸 찾으러 간다는 말도 안 했겠구나."

"당연히 안 했지. 얘기했으면 절대 가지 않겠다고 약속하라고 했을 거야. 난 그이랑 한 번 약속한 건 깨고 싶지 않거든. 그래서 일부러 얘기 안 했지."

노먼이 재미있어하며 말했다.

"나름의 철학이 있네요."

"그렇죠? 이거 언니한테 배운 거예요."

한나는 깜짝 놀랐다.

"그래?"

"응, 언니는 엄마랑 늘 그랬잖아. 난 그걸 '일 키우지 말기'라고 이름 붙였어. 아무한테도 이야기하지 않으면 아무 문제 될 것이 없는 거지."

노먼이 한나에게 물었다.

"'일 키우지 말기'가 스웬슨 자매의 전매특허인가 보죠?"

"아마도요. 근데 미셸이 그 수법을 사용하는 건 아직 보지 못했네요. 그래도 우리랑 같이 자랐으니 그 애도 이미 터득한 지 모르죠."

울퉁불퉁한 길을 내달리는 동안 세 사람은 아무 말이 없었다.

한나는 시원한 밤 공기를 차 안으로 들여보내려고 트럭의 창문을 내렸지만, 덕분에 모기들도 함께 따라 들어오고 말았다. 아마 홈이 깊게 팬 길에서 한나가 잠시 속도를 줄였을 때 운 좋은 녀석들이 간혹 차창을 통해 안으로 들어오는 모양이었지만, 미네소타에서 태어나고 자란 한나와 안드레아는 모기들이 날아다니는 소리만으로도 녀석들이 어디에 있는지 단번에 알아차리곤 했다.

노먼이 물었다.

"타샤의 오빠들에 대해서는 빌이 뭐래요?"

"빌한테서는 못 들었어요. 우리 유모인 맥캔 부인한테 물어봤는데, 아주 나쁜 사람들이라고 하더라구요. 물론 맥캔 부인은 나쁘다고 표현하지 않았지만 말이에요. 부인은 다른 사람에 대해 안 좋게 이야기하는 걸 싫어하거든요."

안드레아의 상주 유모인 맥캔 부인은 지구상에서 둘째가라면 서러울 천사표라는 사실을 한나도 잘 알고 있었다.

"나쁘다는 말을 하지 않았으면, 타샤의 오빠들이 나쁜 사람들인 건 어떻게 알았어요?"

"부인이 아주 불운한 청년들이라고 했어요. 길을 잘못 들었다구요. 게다가 그게 다 아버지한테 잘못 배워서 그런 거라던데요!"

"부인이 그 정도로 표현했으면 상당히 심각한 건 분명해."

맞은편에서 오토바이 한 대가 달려오자 한나가 길옆으로 살짝 비켰다. 오토바이 운전자는 가죽옷을 입고 있었는데, 마치 몇 년 전 오토바이 갱단의 모습을 보는 듯했다.

게다가 그의 뒷자리에 탄 여자는 촌스러울 정도로 두터운 화장에 염색을 여러 번 한 듯 물이 다 빠져버린 머리카락으로 샐쭉한 표정을 짓더니 한나의 트럭을 지나치며 한나 일행을 향해 가운뎃손가락을 들어 보이고는 날카로운 웃음을 내지르며 멀어졌다.

한나가 말했다.

"좋단다. 술집 손님들이 다 저런 모양새라면 우리 미셸은 혼자 꿔다 놓은 보릿자루처럼 앉아 있겠는걸. 미셸이 정말 거기 간 게 확실해?"

"확실해. 루시 던라이트의 남편이 집에 오는 길에 술집을 지나쳤는데, 엄마의 차가 술집 주차장에 세워진 걸 봤다고 했어. 그래서 루시가 나한테 전화해서 어머님이 이글에서 도대체 뭘 하고 계신 거냐고 물은 거지."

"그리고 미셸이 정말 힉스 형제들에 대한 말을 했단 말이죠?"

"그럼요. 오늘 대회가 끝난 후에 타샤의 성이 힉스라는 걸 하나 언니한테 이야기해줘야겠다고 했거든요. 그리고 윌라가 살해당했던 날 밤에 힉스 형제들이 어디에 있었는지 직접 물어보겠다고 했어요."

"그렇다면 안드레아의 말이 사실일 거예요."

한나가 주차장으로 들어선 뒤 엄마의 차 바로 옆에 트럭을 주차했다. 그런 뒤 지지지 소리를 내며 불규칙하게 깜빡이는 술집의 네온사인을 올려다보며 긴 한숨을 내쉬었다.

"저기 봐요."

노먼이 트럭에서 내리면서 네온사인을 가리켰다.

"이글Eagle의 철자도 틀렸어요!"

안드레아가 네온사인을 올려다보며 말했다.

"정말이네. A를 빠뜨렸어."

트럭이 잘 잠겼는지 여러 번 확인하던 한나가 살포시 웃음을 터뜨렸다.

"미셸을 제외하고, 저 안에 있는 사람 중에 네온사인의 철자가 틀렸다는 걸 아는 사람은 아마 아무도 없을 거야."

노먼이 문을 열자 시끄러운 소음과 음악 소리가 귓가에 밀려왔고, 고막을 찢을 듯한 소리에 한나는 어느 소리가 어느 소리인지도 제대로 구분할 수 없었다.

　소음과 함께 스멀스멀 풍겨오는 냄새의 정체는 별로 알고 싶지도 않을 정도였다. 아마 여기저기 흘린 맥주 냄새와 5달러도 채 안 될 싸구려 향수 냄새가 미네소타 여름의 열기와 한 데 섞여 풍겨오는 것일 테다.

　어수선한 테이블들과 지저분한 바닥을 본 한나는 한눈에 이곳이 손님이 왔다 해서 한걸음에 달려나와 자리로 안내하는 곳이 아니라는 사실을 깨달았다.

　"어서 와."

　안드레아는 쿵쿵거리는 소리 때문에 제대로 들을 수 없는 한나와 노먼에게 손짓하며 사람들 무리를 헤치고 빈 테이블을 향해 앞서갔다.

　마침내 잡다한 종류의 니스를 연거푸 칠해 끈적끈적한 나무 의자에 자리를 잡은 한나가 안드레아를 돌아보았다.

　"이렇게 하는 건 어디서 배웠어?"

　"뭘?"

　"빈자리를 맡으려고 재빨리 사람들 홍수를 헤치는 거 말이야."

"쇼핑하면서 배웠지."

"쇼핑?"

"그래, 노동절 주말에 어마어마한 세일을 하잖아. 구석까지 사람들이 들어차는 그런 때에 사고 싶은 물건을 재빨리 집으려면 사람들을 제대로 밀어내는 방법을 터득해야 한다구."

한나는 노동절 주말에는 절대 트라이 카운티 쇼핑몰에 가지 말자고 머릿속 메모장에 기록해 두었다.

"근데 노먼은 어디 갔어?"

"모르겠어. 몇 초 전만 해도 여기 있었는데, 아마 화장실에 갔나 봐."

"미셸은 봤어?"

"아직, 댄스 타임이 끝난 뒤에 찾는 게 훨씬 편할 거야."

"댄스?"

"저기."

안드레아가 커플들이 빽빽하게 모여 서로 부둥켜 앉고 춤을 추는 곳을 가리켰다. 그 공간은 나무 바닥으로 된 엄마의 집 거실만큼 좁았다.

"저게 댄스 플로어란 말이야?"

"아마도. 그게 아니면……, 어-오!"

"왜?"

"저기 미셸이 있다."

"어디?"

"댄스 플로어에. 저기 약 먹은 클라크 게이블 같은 남자 보여? 수염도 있고, 있을 건 다 있네."

한나는 눈을 가늘게 뜨는 무대에서 뿜어져 나오는 푸른빛의 연기 속을 살폈다. 아마 누군가 환기시설도 없는 바 뒤에서 햄버거를 굽는 듯한데, 연기쯤은 아무도 개의치 않는 모양이었다.

"남자는 보인다. 미셸은 안 보여."

"그 남자 왼쪽에서 엘비스처럼 보이려고 꽤나 노력한 남자랑 춤추고 있어. 옷은……."

안드레아가 하던 말을 멈추더니 살짝 신음소리를 냈다.

"저런 옷은 또 어디서 난 거야?"

"옷이 어떤데? 안 보여."

"완전히 착 달라붙은 청바지에 소매 없는 셔츠를 입었는데, 그것도 셔츠는 가슴 언저리까지 올려서 묶었어. 그리고 그 안에는 아무것도 안 입은 것 같아. 내 말 무슨 뜻인지 알지?"

한나는 심호흡을 하고는 머릿속에 제일 먼저 떠오른 질문을 던졌다.

"그럼……, 속옷을 안 입었단 말이야?"

"거의. 근데 괜찮아. 난 저보다 더한 것도 봤어. 지금 어떤 사람이 끼어들었다. 그게……."

안드레아가 하던 말을 멈추고는 입을 떡 벌렸다. 그리고 바로 그때 한나도 드디어 미셸의 위치를 포착해냈다.

한나가 숨이 넘어갈 듯 외쳤다.

"노먼이잖아! 노먼이 끼어들었어."

"나도 알아. 그리고 엘비스 닮은 남자는 방해받은 것에 대해 행복해하지 않는데."

"어-오!"

"그렇지. 난 차마 못 보겠어."

안드레아는 끙 소리를 내더니 두 손으로 눈을 가려버렸다.

"내가 좋아하는 노먼이 흠씬 두들겨 맞는 건 절대 못 보겠어."

"잠깐." 한나는 두 눈을 믿을 수가 없었다.

"괜찮아, 안드레아. 노먼은 멀쩡해."

"멀쩡해?"

"어, 2% 부족한 엘비스가 노먼의 등을 툭툭 두드리더니 깨끗이 물러났어."

안드레아가 마침내 눈을 떠 확인하더니 놀란 표정으로 한나를 쳐다보았다.

"아니……, 엘비스가 어떻게 물러난 거지?"

"모르겠어. 노먼이 한 얘기가 뭔지는 몰라도 먹혔나 봐. 이제 노먼이 미셸의 팔을 붙들고 우리 쪽으로 데려오고 있는데."

노먼과 미셸이 테이블에 도착하기까지는 1, 2분의 시간이 걸렸다.

술집 안에 사람들은 점점 밀려들었고, 깜빡거리는 조명 아래서 소음은 더욱 시끄러워졌다.

마침내 테이블에 도달한 노먼이 말했다.

"자, 대령이오. 임무를 완수했으니 어서 여기서 나가죠."

"정말 좋은 생각이에요!"

한나가 반색하며 자리에서 일어나 가방을 집었다.

"가자."

안드레아를 선두로 네 사람은 출구로 향했다. 하지만 너무나 많은 사람 때문에 출구까지의 행로는 늦을 수밖에 없었다.

한나는 문득 텔레비전에서 20명이 넘는 어느 클럽의 남학생들이 폭스바겐 버그에 최대한 많이 타기 시합을 했던 것을 본 기억이 떠올랐다. 출구까지 가는 길에도 조명은 여러 번 깜빡거렸고, 같은 일이 두 번 반복될 수 없다는 것을 스스로에게 되뇌면서도 한나는 자꾸 지난밤 윌라가 살해당했을 때 깜빡이던 불빛이 떠올랐다.

혼잣말처럼 한나가 중얼거렸다.

"조명이 왜 저렇게 깜빡대는 건지 모르겠네."

노먼이 손목시계를 확인하며 대답했다.

"글쎄요. 폐점을 알리는 것도 아니에요. 문 닫으려면 아직 1시간 15분이나 남았거든요."

"공식적인 시간은 그렇죠." 한나가 상기시켰다.

안드레아도 장단을 맞췄다.

"맞아, 이런 데는 법률상 정해진 영업시간이 지나도 불을 전부 꺼놓고, 술 마시는 손님들이 뒷문으로 몰래 빠져나갈 때까지 새벽이고, 아침이고 계속 영업한다니까."

미셸이 놀란 표정으로 물었다.

"아니, 그런 건 도대체 어떻게 아는 거야?"

안드레아에게 사뭇 당황스러울 질문에 대한 대답을 한나가 대신했다.

"네 형부가 경찰이잖니. 그러니 이런 곳에 대해서라면 안드레아가 잘 알 수밖에."

"그렇지."

안드레아가 한나를 향해 감사의 눈빛을 쏘아 보냈다.

미셸이 말했다.

"흠, 조명이 왜 깜빡이는지 내가 잘 알지. 엘비스가 얘기해줬거든."

그러자 한나가 웃음을 터뜨렸다.

"너, 그 사람을 우리가 생각했던 별명이랑 똑같이 부르는구나."

"아니야, 그 사람 진짜 이름이 엘비스야. 자기 엄마가 엘비스의 열광적인 팬이어서 아들 이름을 그렇게 지은 거래."

안드레아가 탄식 어린 한숨을 내쉬었다.

"그야말로 엄마들이 해서는 안 될 몹쓸 짓이지! 엄마가 애 이름을 유명인을 따라 짓지만 않았어도 저렇게 어긋나지는 않았을 거야."

"글쎄, 이름이 뭐였든 간에 얼간이임에는 변함이 없었을 것 같은데."

미셸이 다시 한나를 돌아보았다.

"조명이 왜 깜빡거리는지 말해 줄까?"

"응, 또 깜빡이고 있어. 왜 그런 거야?"

"바닥에 포니를 끌고 다니느라 그런 거야."

안드레아가 물었다.

"어……, 조랑말(pony는 '조랑말'을 뜻하기도 한다) 말이야?"

"아니, 작은 나무통에 담긴 맥주 있잖아. 일반 나무통의 절반 용량 되는 것."

그러자 한나가 얼굴을 찌푸렸다.

"네가 그걸 어떻게 알아?"

"대학 다니는 애들은 다 알아. 그게 병맥주나 캔보다 싸서 파티할 때 많이 마시거든. 그리고 다 먹은 나무통을 반납하면 통 값은 다시 돌려줘."

"너 설마 불법을 저지르는 건 아니겠지. 너 아직 미성년자잖아. 미성년자는 술 마시면 안 돼."

"나도 알아. 그래서 오늘은 진저에일(생강을 주재료로, 레몬, 고추, 계피, 정향 등의 향료를 섞어 캐러멜로 착색시킨 무알콜 청량음료)을 마셨어. 얼핏 보면 여러 종류의 술을 섞어 놓은 것 같거든."

"겨우 출구네요."

노먼이 문을 열고 밖으로 나서며 마치 목자처럼 스웬슨 자매들이 타고 온 차 두 대가 세워진 곳으로 이끌었다.

"미셸 혼자 운전할 수 있겠어? 아니면 내가 대신 운전해줄까?"

"괜찮아요. 나 진저에일 마셨다니까요. 그럼, 한나 언니 아파트에서 봐요."

안드레아가 동생의 팔을 붙들었다.

"벌써 가려구. 대체 입은 옷은 어디서 난 거야? 꼭……, 휴, 뭐 같아보이는지 굳이 얘기하지 않겠어."

"이 청바지는 세탁기에 돌렸다가 줄어든 거야. 그리고 셔츠의 소매는 술집에 들어가기 전에 차 안에서 일부러 찢은 거구."

한나가 물었다.

"왜 그랬는데?"

"술집에서 나오는 여자애들을 봤더니, 날라리처럼 하지 않고서는 안에 못 들어갈 것 같더라구. 다시 집에 가서 갈아입을 시간은 없고, 그러니 즉석에서 만들 수밖에."

안드레아가 인상을 쓰며 말했다.

"그런 애들을 봤으면 당장 집으로 돌아갔어야지."

"하지만 한나 언니가 사건을 수사하는 데 나도 도움이 되고 싶었단 말이야. 타샤의 성도 알아냈고, 그녀의 오빠들이 어디 있는지도 알았으니, 그냥 무작정 온 거지, 뭐."

한나가 말을 이었다.

"고마워, 하지만. 너 그렇게 무작정 용감했다가는 잘못하면 죽을 수가 있어! 그보다 더 심한 경우를 당할 수도 있고!"

그러자 미셸이 알쏭달쏭한 표정을 지었다.

"죽는 것보다 더 심한 경우는 도대체 뭐야?"

"나도 몰라. 분명히 그런 경우도 있을 거야. 어쨌든 지금 중요한 건 그게 아니지. 지금 중요한 건 네 안전을 위협할 바보 같은 일은 절대 하지 말아야 한다는 거야."

"언니가 무기도 하나 없이 살인범과 대면했을 때와 같은 일 말이지?"

"그래. 그래도 난 너보다 나이도 많고, 넌 아직 앞날도 창창하잖아."

"나이가 많은 게 이것과 무슨 상관인데?"

자신의 논리가 흔들리고 있다는 걸 간파한 한나는 재빨리 생각했다.

"됐어. 그러니까 요점은, 난 네 큰 언니니까 넌 내 말을 들어야 할 의무가 있다는 거야. 그러니 다시는 이런 어리석은 짓 하지 마. 너한테 무슨 일이라도 생겼다는 나 자신을 용서할 수 없을 것 같아."

그러자 미셸은 충분한 반성의 기색을 보이기 시작했다.

"언니 말이 옳아. 하지만 오늘 그렇게 위험했던 건 아니야. 만약을 대비해서 내 핸드폰 1번 단축키에 경찰서 번호를 저장해뒀다구."

가능하면 빨리 화제를 돌리고픈 마음에 한나가 말했다.

"알았어. 정말로 나쁜 일이 생기기 전에 어서 여길 빠져나가자. 여기선 10분에 한 번은 나쁜 일이 벌어지는 것 같은 느낌이 든단 말이지."

"어서 털어놔 봐요."

한나가 결연한 표정을 지으며 말했다.

"미셸은 노먼이 타샤의 오빠에게 뭐라고 한 건지 음악 소리 때문에 잘 못 들었다잖아요. 그러니 어떻게 해서 그 사람이 고이 물러나게 한 건지 얘기 좀 해봐요."

노먼은 스파이시 드림을 또 하나 집어 갓 뽑은 커피에 푹 담갔다.

집으로 돌아오는 길에 안드레아가 한나의 트럭 뒷좌석에서 찾아낸 쿠키였는데, 네 사람 모두 배가 몹시 고픈 상태였다.

"이거 정말 맛있어요, 한나."

"그렇죠? 린디가 가까스로 보내준 레시피에요."

안드레아가 쿠키를 또 한 입 베어 물며 물었다.

"린디 프랭크?"

"응, 2년 전 독립기념일 소풍 때 만들어 왔었거든. 그때 레시피를 알려주겠다고 했는데, 남편이 갑작스럽게 다른 지역으로 전근을 가는 바람에 이사하고 어쩌고 하다가 잊어버린 거지."

노먼이 말했다.

"진짜 맛있어요, 특히 커피랑 마시니까 더 좋은데요."

한나가 날카롭게 지적했다.

"노먼도 화제를 돌리는 방법이 아주 고단수인데요. 힉스가 남자한테 뭐라고 했는지 말해보라니까요."

"별것 아니에요."

"별것이에요. 말해 주지 않으면 궁금해 죽을지도 모른단 말이에요. 안드레아랑 미셸도 마찬가지일 테고요."

"맞아." 안드레아가 동의했다.

미셸도 맞장구를 쳤다.

"당연하지. 노먼이 오기 전까지 나더러 같이 주차장에 나가자고, 자기 트럭을 보여주겠다고 했었는데."

그러자 안드레아의 입이 떡 벌어졌다.

"설마 그런 낡은 수법에 넘어가려 했던 건 아니겠지?"

"당연하지. 난 어린애가 아니라구. 이 남자, 떼어내기 쉽지 않겠다고 생각하던 차에 노먼이 와서 그에게 몇 마디 하니까 고이 물러난 거야."

"정말 별것 아니었어요."

어깨를 살짝 으쓱해 보이는 노먼의 눈가에 주름이 자글자글 잡혔다. 노먼은 나름 이 상황을 즐기는 것이다.

"얼른 얘기해요."

한나가 쿠키가 담긴 접시를 들어 자기 쪽으로 가져다 놓으며 재촉했다.

"뭐라고 했는지 말하지 않으면 스파이시 드림도 안 줄 거예요."

"알았어요."

그제야 노먼이 순순히 승복하고 말았다.

"그러니까 내가 뭐라고 했느냐면, 이봐, 친구. 저기 경찰이 와 있는데, 아무래도 당신이나 당신 형제 중 누군가를 찾는 것 같아. 영장이 뭐, 어쩌고 하던데 미리 귀띔을 해줘야 할 것 같아서 말이야. 라고 했어요. 거기까지만 말했는데, 그 사람이 바로 자리를 뜬 거죠. 그것도 아주 잽싸게."

안드레아는 알 수 없다는 듯한 표정을 지었다.

"하지만……, 힉스 형제들한테 영장이 발부될만한 일은 없지 않아요?"

그러자 노먼이 어깨를 으쓱해 보였다.

"모르죠. 우리 할머니가 늘 말씀하셨거든요. 아이들한테 꼭 이렇게 이르거라. 너희가 무슨 짓을 저지르고 다니는지 내가 다 보고 있다고 말이야!"

한나는 웃음을 터뜨렸다. 물론 노먼이 할머니의 조언에 따라 아이들에게 그런 이야기를 할 리는 만무하지만, 어쨌든 힉스 형제들에게는 잘 먹혀들어 아무런 소동 없이 미셸을 데려올 수 있었으니 다행한 일이었다.

"고마웠어요, 노먼!"

말하는 미셸에게서 진심이 느껴졌다.

"그 정도는 혼자서도 감당할 수 있다고 생각했는데, 확실히 내 한계를 넘어서는 위험한 일이었던 것 같아요. 그 술집은 정말이지 끔찍했거든요. 마침 언니들이랑 노먼이 나를 찾으러 와줘서 얼마나 고마운지 몰라요."

안드레아가 미셸을 꼭 안아주었다.

"넌 우리 동생인데, 당연히 찾으러 가야지."

한나도 말했다.

"맞아, 하지만 다시는 어디에 간다는 말도 없이 혼자 사라지지 마."

"그러지 않겠다고 약속할게. 근데 힉스 형제들이 어젯밤에 어디에 있없는지는 알아냈어."

세 사람이 동시에 물었다.

"어디에 있었대?"

"골든 휠 오토바이 경주장에 있었대. 친구 하나가 데몰리션 더비(자동차 파괴 경기, 중고차를 서로 충돌시켜 주행 가능한 마지막 1대가 우승을 차지한다)에 참가한다고 해서 그 친구 경기를 보러 갔었다던 걸. 그러고는 집에 돌아오는 길에 과속 단속에 걸렸대."

미셸이 안드레아를 쳐다보았다.

"형부가 그 알리바이는 확인해줄 수 있겠지?"

"그 정도쯤이야."

"확인이 되면 힉스 형제들은 용의자 명단에서 지워야겠어."

한나가 동생을 향해 미소를 지어 보였다.

"잘했어, 미셸. 이제 얼른 들어가서 자. 내일은 종일 바쁠 테니까."

미셸이 손님방으로 들어간 뒤 안드레아도 자리에서 일어났다. 그리고 한나에게 작별인사를 하고는 차고로 내려갈 준비를 했다.

"잠깐만요. 나도 같이 가요."

노먼이 한나에게 재빨리 키스를 하고 안드레아를 따라 현관으로 향했다.

"여기 아파트가 안전하긴 하지만 그래도 지금 새벽 1시인데 숙녀 혼자 밖을 나서게 할 순 없죠."

두 사람이 돌아간 뒤 한나는 현관문을 닫고 잘 잠겼는지 여러 번 확인한 후 거실 소파에 앉아 케이블 채널을 틀었다. 그러자 모이쉐가 한나 옆으로 다가오는가 싶더니 한나가 몇 번 토닥여주자 다시 창가의 카펫 깔린 선반 위 자리로 돌아가 버렸다.

음식 채널에서는 램프_{ramps}에 대해 뭔가 이야기하고 있었는데, 그것이 무엇인지 잘 모르는 한나는 가만히 지켜보았다. 결국 알고 보니 램프란 남쪽 지역에서만 자라는 야생마늘wild ramps을 일컫는 명칭이었다.

원래는 많이 알려지지 않은 식물이었는데, 음식 채널에 여러 번 등장한 이후로 이제 모든 식료품점에서 야생 마늘을 취급하게 되었다. 이건 칠레산 농어도 똑같다. 70년대만 해도 농어는 비막치어라고 불리며 많이들 먹지 않았다. 그런데 마케팅 전문 회사에서 비막치어 홍보에 주력하기로 결심한 뒤 '농어'라는 명칭을 새로 얻게 된 이후로 사람들 사이에 인기가 높아진 것이다.

한나도 레이크 에덴 호텔에서 메로 요리를 먹어본 적이 있는데 아주 맛있었다. 메로의 갑작스러운 인기로 그 수도 점차 줄어들어 이제 메로는 아주 값비싼 요리가 되어버리고 말았다. 야생마늘을 곁들인 감자를 예쁜 접시 위에 가리비 모양으로 장식한 요리는 분명 한나의 카페 하루 매상을 모두 모아야 먹을 수 있을까 말까 한 것일 테다.

한나는 텔레비전을 끄고 자리에서 일어났다. 그러고는 막 침실로 들어가려는데 초인종이 울렸다.

안드레아가 뭔가 잊고 간 것인가? 아니면 노먼이? 어쩌면 노먼이 다른 이유로 되돌아온 것일지도 모르겠다. 그도 아니라면 윌라를 죽인 살인범이 한나가 뒤를 캐고 다닌다는 사실을 눈치 채고 한나의 집 주소를 알아내어 여기까지 온 건?

한나는 현관문 앞으로 다가가 구멍으로 밖을 내다보았다. 하지만 늘 그랬듯 초인종을 누른 사람의 얼굴은 보이지 않았다. 대신 위넷카 카운티 경찰서 재킷의 가슴께에만 붙이는 휘장을 볼 수 있었다.

마이크, 아니면 빌, 아니면 로니다. 바보 같은 건강증진위원회 규정상의 이유로 온 것이 아니라면, 한나는 무사하다.

한나가 문을 열자 마이크가 인사했다.

"안녕, 한나. 깨울 생각은 아니었는데, 밖에서 보니 불이 켜져 있길래요. 아직 안 자는가보다 했습니다."

"맞아요. 어서 들어와요, 마이크. 커피 남은 게 좀 있는데 들겠어요?"

"아니, 집에 가는 길이거든요. 오늘 밤은 잠을 좀 자두어야 해요. 오늘 쿠키 정말 맛있었다는 말을 하려고 들렀습니다. 그리고 썬퀴스트 양을 희생사라고 부른 깃에 대해 아직도 화가 나 있으면 화 풀라는 말도 할 겸 말입니다."

"이제 화 안 났어요. 일 때문에 그렇게 한 거 알고 있어요."

한나가 경찰서에서 엿들은 이야기를 떠올리며 말했다.

"괜찮아요, 마이크. 정말로요."

"다행입니다. 한나가 화내는 게 세상에서 제일 무섭거든요."

그 말과 함께 마이크는 한나를 끌어당겨 세차게 키스했다. 어찌나 거친지 입술에 멍이 들 지경이었다. 그런 뒤 마이크는 한나를 다시 한 번 포옹하며 아까보다 점잖고 짧은 키스를 하고는 한나가 채 숨 한 번 내쉬기도 전에 문밖으로 사라져버리고 말았다.

가까스로 몸의 운동 감각을 회복한 한나는 다시 문이 잘 잠겼는지 확인했다. 불과 24시간이 채 지나기 전에만 해도 한나는 마이크를 마음속에서 완전히 제외하고는 역시 나에게 맞는 남자는 노먼뿐이라고 생각했다.

하지만 마이크가 로니와 하는 이야기를 듣고 그가 윌라를 왜 그렇게밖에 대할 수 없었는지 이해하게 된 터에 마이크가 직접 집에까지 찾아와 여러 번 사과하며 한나가 화를 내는 것이 세상에서 제일 무섭다고까지 하니, 그를 한나의 미래 신랑감으로 노먼과 경쟁하는 위치에 복귀시킬 수밖에 없었다.

마이크가 마음을 온통 뒤흔들고 간 이대로는 잠자리에 들지 못할 것 같아 한나는 다시 소파에 앉아 모이쉐가 선반에서 내려와 자신의 옆으로 와주기를 바라며 옆자리를 톡톡 두드렸다.

그러자 녀석이 즉각 반응을 보이며 한나의 무릎으로 내려와 한나의 손을 핥으며 만족스러운 듯 가르랑거리는 것이 아닌가.

녀석의 부드러운 털을 쓰다듬고 귀 언저리를 긁어주며 한나는 미소를 지었다. 한나 인생을 통틀어 이토록 마음의 안정을 가져다주는 수컷은 오직 모이쉐뿐……

"아얏!"

여간해서 사나워지지 않는 모이쉐가 갑자기 호랑이같이 그르렁거리며 발톱을 세우고 한나의 무릎에서 펄쩍 뛰어내렸다. 그러고는 다시 창가 선반 위로 훌쩍 뛰어올라가 창밖을 바라보았다.

"도대체 왜 그러는 거야?" 한나가 물었다.

물론 대답을 들으리란 기대 같은 건 애초부터 하지 않았다.

한나는 여덟 개의 날카로운 발톱 자국이 난 청바지의 허벅지를 살살 문지르며 창밖으로 한나의 눈에는 보이지 않지만, 녀석에게는 더할 나위 없는 흥밋거리임에 분명한 무언가를 바라보았다.

한나가 침실로 향하며 중얼거렸다.

"아마도 이게 야수의 본성인가 보다. 남자란 다 알았다고 생각하는 순간, 본색을 드러내며 낯설게 구니 말이야."

스파이시 드림

오븐은 섭씨 176도로 예열합니다. 틀은 오븐 중앙에 둡니다.

한나의 첫 번째 메모: 린디 프랭크가 보내 준 레시피인데, 마침내 알게 되어서 얼마나 기쁜지 몰라요. 그녀의 쿠키는 더운 여름날 아이스캔디보다 더 빨리 사라질 정도로 인기가 좋거든요. 린디는 이 쿠키를 '진저 쿠키'라고 불렀는데, 쿠키단지에 이미 그 이름의 쿠키가 선보이고 있으니 전 새로운 이름을 붙여 '스파이시 드림'이라고 부를게요.

한나의 두 번째 메모: 린디는 특별한 날을 위해 쿠키를 구울 때에는 색깔 설탕을 사용한다고 해요. 예를 들면 밸런타인데이에는 분홍색 설탕, 핼러윈에는 오렌지색, 세인트 피터스 데이에는 초록색, 이렇게요.

재료

부드러운 버터 1컵 / 백설탕 2와 2/3컵 / 계란 3개 / 당밀 1컵

식초 2테이블스푼(백식초면 됩니다) / 베이킹소다 2테이블스푼

생강 간 것 4티스푼 / 정향(꽃봉오리를 말린 향료) 간 것 1티스푼

시나몬 간 것 1티스푼 / 카르다몸(생강과 식물의 열매) 간 것 1티스푼

밀가루 6컵 / 설탕가루 1/2컵(반죽을 굴릴 때 사용할 용입니다)※※※

※※※원래 레시피에서 린디는 일반 백설탕을 사용하였는데, 리사와 저는 당밀 크래클과 구분하려고 설탕가루에 반죽을 굴렸어요.

만드는법

1. 버터와 설탕을 믹서에 넣고 잘 섞습니다(버터와 설탕을 크림화 한

다고 표현할 수 있겠죠).

2. 계란을 한 개씩 깨뜨려 넣을 때마다 한 번씩 섞어줍니다.

3. 당밀과 식초를 넣습니다(측량컵에도 재료가 묻어나지 않도록 전 항상 들러붙음 방지 스프레이를 뿌려준답니다).

4. 원래 레시피에 보면, 린디는 밀가루와 베이킹소다, 생강, 시나몬, 정향, 카르다몸을 물기가 있는 재료와 섞기 전에 꼭 한 번씩 체질했어요. 그 점이 그녀가 나보다 더 나은 베이커라는 사실을 증명해줘요. 전 그렇게 안 하고, 베이킹소다부터 넣고 양념들을 차례로 섞었거든요. 밀가루를 제외한 재료들을 섞은 다음에 거기에 밀가루를 한 컵씩 붓는 거죠.

5. 완성된 반죽을 호두 크기 정도로 떼어 굴립니다. 반죽이 너무 끈적거리면 냉장고에 30분 정도 넣어두었다가 다시 시도해보세요.

6. 작은 그릇에 설탕가루를 담고 그 위에 반죽을 굴린 뒤 기름칠한 쿠키틀 위에 나열합니다. 그런 뒤 틀 위에서 반죽이 구르지 않도록 손바닥으로 살짝 눌러준 다음 오븐에 넣습니다. 반죽을 너무 납작하게 누를 필요는 없어요. 구워지면서 저절로 납작해지니까요.

7. 섭씨 176도에서 10~12분간 구워줍니다.

8. 다 구워진 것은 틀 위에서 1~2분 식힌 다음 선반으로 옮겨 완전히 식힙니다.

"머리 좀 맑아지게 커피 더 마실까요?"

리사가 뒤쪽에 놓인 테이블로 주전자를 가져와 묻더니 모든 커피잔에 커피를 따르기 시작했다.

모두 쿠키단지에 모여 전략회의를 하는 중이었는데, 손님이 밀려들기 시작할 시간까지는 이제 1시간도 남지 않았다. 회의를 소집한 건 한나였다. 사건의 용의자 명단을 살피기 위해서였다.

노먼은 버티 스트롭이 미용실에서 첫 예약 손님을 받기 전에 화이트닝 치료를 해줘야 해서 회의에 참석하지 못할 것 같다고 했다. 일종의 품앗이 같은 것이라고 할 수 있겠다. 노먼이 버티의 치아를 하얗게 해주는 대신 버티는 로드 부인에게 특별 머리 광택제 서비스를 제공해주겠노라고 했기 때문이다.

"고마워, 리사. 난 이거면 됐어."

안드레아가 자신의 커피를 홀짝이며 미소를 지었다.

"이렇게 일찍 일어나는 것도 나한텐 흔치 않은 일이야. 그리고 난 새벽 2시나 돼야 잠자리에 든다구. 내 눈 밑에 다크서클 생긴 건 아니지?"

미셸이 가까이 들여다보았다.

"없어."

"어디 봐."

한나가 안드레아의 눈을 유심히 살폈다.

"미셸의 말이 맞네. 다크서클 같은 건 없어. 눈이 조금 충혈된 것 말고는……."

갑자기 안드레아가 시체도 놀라 벌떡 일어날 만큼 큰소리로 비명을 질렀다.

"존의 집으로 얼른 전화해야겠어. 약국 문을 좀 일찍 열어달라고 하면 안약을 살 수 있을 거야. 오후 2시에 모전여전 대회 심사가 있는데, 이렇게 빨간 눈으로는 이길 수 없어!"

한나가 안드레아를 끌어당겼다.

"진정해. 눈은 괜찮아. 내가 농담한 거야."

"뭐라고? 다시는 그러지 마. 정말 못됐어!"

안드레아가 획 하며 쏘아붙였지만, 이내 웃음을 터뜨리기 시작했다.

"지난번 언니가 그랬을 때는 내가 베개로 막 때렸었지."

"기억나. 옆구리가 뜯어져서 깃털이 마구 날렸잖아."

"맞아, 식료품점에 가신 엄마가 집에 돌아오기 전에 날린 깃털 다 청소하고, 베개를 다시 꿰매어 놓느라고 아주 고생했었잖아."

미셸이 물었다.

"그래서 성공했어?"

"아니." 한나가 대답했다.

"안드레아는 바느질을 아예 할 줄 모르고, 나도 바느질에는 영 소질이 없어서 모은 깃털을 쓰레기 봉지에서 넣어 봉한 다음, 거기에 베개 커버를 씌워서 베고 잤지. 머리를 움직일 때마다 부스럭 소리가 나서 얼마나 불편했는지 몰라."

리사가 부러운 듯한 시선으로 말했다.

"우리 언니들은 제가 태어났을 때 이미 다 어른이었어요. 둘은 결혼했고, 다른 하나는 미니애폴리스에 직장을 얻어 따로 독립했었거든요. 저도 언니들이랑 그렇게 같이 자랐으면 아주 좋았을 텐데."

한나가 안드레아를 돌아보았다.

"자매들이랑 같이 자라지 않은 사람들은 항상 그렇게 자란 사람을 부러워하더라?"

"맞아, 하지만 정작 같이 자란 사람들은 별로 좋지 않다고 하잖아."

"음, 그래도 나처럼 좋은 언니들을 가진 사람은 없을 거야. 어젯밤 일이 그걸 증명해줬거든."

미셸이 안드레아를 바라보며 말했다.

"형부가 그 사람들 알리바이 확인해줬어?"

"아침에 일어나자마자 확인했어. 고속도로 순찰대가 엘비스를 기억하더라구. 차 바닥에 벌거벗은 여자를 그려 넣은 트럭은 처음 봤다고 했대."

그러자 미셸이 인상을 썼다.

"완전 변태잖아! 그런 트럭을 나한테 보여주려고 했단 말이야?! 어쨌든 그 사람들이 살인범이 아닌 건 확실하네."

"그렇지."

한나가 커다란 가죽 가방에 습관적으로 넣어 다니는 수첩을 꺼내어 용의자 명단을 적어놓은 페이지를 펼쳤다.

"타샤의 오빠들. 지금 이름을 써놓고 다시 줄을 그어놓아야지."

미셸이 말했다.

"더 철저히 해야 해. 힉스 형제들이 용의자라는 증거가 또다시 발견될지 모르잖아."

안드레아가 상기시켰다.

"윌라가 살해당했을 때 그들은 30마일이나 떨어진 곳에 있었어. 근데 어떻게 또다시 용의자가 될 수 있다는 거야?"

"모르지만, 어쨌든 가능성은 남아 있는 거잖아."

자매의 대화가 길을 잃고 있었다.

이제 한나가 나서서 모임의 방향을 다시 잡아야 할 때였다.

한나가 테이블에 둘러앉은 세 명을 번갈아 바라보며 입을 열었다.

"잘 들어. 우선 살인 동기에 대해 생각해보고 동기에 따라 가능한 용의자들을 찾아보자."

리사가 한나를 향해 수긍의 눈빛을 보내며 말했다.

"좋은 생각이에요."

낭비할 시간이 없다고 생각한 한나가 단도직입적으로 본론에 들어갔다.

"첫 번째 동기, 윌라의 죽음은 절도 사건과도 관련이 있어. 누군가 도둑질하는 걸 윌라가 목격했거나 누구 짓인지 알아냈거나 둘 중 하나일지도 몰라. 경찰에 신고하기 전에 죽임을 당한 거지."

리사가 물었다.

"범인이 누구인지 알아내면 살인범을 찾은 것이나 마찬가지인가요, 그럼?"

"동기가 그것이 확실하다면 그렇겠지."

미셸이 고심하는 듯한 표정을 지었다.

"그렇다면 두 건의 사건을 두고 수사를 진행해야 하는 거잖아. 윌라의 살인사건과 절도 사건."

"그래, 근데 절도 사건은 아직 시작도 못 했지. 이제 두 번째 동기가 뭔지 들을 준비 됐어?"

모두 고개를 끄덕이자 한나가 말을 이었다.

"두 번째 동기는 사실 얘기할 필요가 없어. 이미 해당 사항이 없어서 지운 거거든."

안드레아가 말했다.

"그래도 말해봐. 그걸 듣고 혹시 다른 동기가 떠오를지도 모르잖아."

"알았어. 윌라가 타샤 힉스의 대회 출전 자격을 박탈했고, 타샤의 가족들은 폭력적인 성향으로 아주 유명하지. 근데 우린 타샤의 오빠들을 용의선상에서 이미 지웠어, 하지만……."

한나가 미셸을 쳐다보았다.

"근데 타샤의 출전 신청서를 제출한 게 그녀의 아버지라고 하지 않았어?"

"타샤 말로는 그랬지."

한나가 안드레아에게 물었다.

"맥캔 부인한테 타샤의 아버지에 대해 좀더 알아볼 수 있을까?"

"해볼게. 하지만 쉽지 않은 작업이 될 거야. 우리 유모처럼 다른 사람의 뒷이야기 하는 걸 싫어하는 사람도 없거든."

리사가 입을 열었다.

"그건 제가 알아볼 수 있어요. 마지는 여기 사람들에 대해 잘 아니까요. 힉스 가족들에 대해 직접적으로는 몰라도 알 만한 사람을 알아봐 주실 수 있을 거예요."

한나는 다시 수첩을 펼쳤다.

"좋아, 그럼 리사는 그 일을 맡는 것으로 하고. 이제 세 번째 동기로 넘어가자. 윌라랑 같이 심사를 보다가 알게 된 사실인데."

"어서 말해봐."

안드레아가 앞쪽으로 몸을 기대며 재촉했다.

"윌라의 평가서로 팸이 낙제를 시킨 남학생이 있었대. 그 학생이 누구인지 알아보고, 복수를 결심할 만한 사람인지 살펴야겠어."

미셸이 나섰다.

"그건 내가 맡을게. 내 친구들 동생이 아직 고등학교에 많이 다니고 있으니까, 여기저기 물어보면 알 수 있을 거야."

"좋아."

한나가 수첩에 또다시 기록했다.

"네 번째 동기는 윌라가 애덤작 부인의 시나몬 브레드에 낮은 점수를 줘서 올해는 상을 받지 못하게 되었어."

그러자 안드레아의 입이 떡 벌어졌다.

"그럼 애덤작 부인이 윌라를 죽였을 거라는 거야?"

"딱히 그렇게 생각하는 건 아니지만, 동기는 될 수 있지. 세세한 부분도 놓치지 말고 전부 확인해야 해."

안드레아는 여전히 설마 하는 표정으로 고개를 끄덕였다.

"알았어. 애덤작 부인에 대해 알아볼 수 있는 대로 알아볼게. 어차피 부인이 사는 거리에 부동산 전단을 돌려야 하니까. 자, 다음은 뭐야?"

"다음 동기는 아직 없는데, 용의자는 한 명 있어. 불행하게도 누구인지 정체는 모르지만, 그 용의자는 윌라의 남자친구야."

리사가 물었다.

"무슨 남자친구요?"

안드레아가 설명했다.

"윌라가 그렇게 예쁘게 빼입고 다니게 한 사람 말이야. 윌라가 입고 있던 드레스, 아주 비싼 거였어. 새로운 헤어스타일도 그렇구."

한나도 고개를 끄덕였다.

"팸이 윌라한테 남자 때문에 예쁘게 치장한 거 아니냐고 물으니까, '남자 때문이 아닌 일이 뭐가 있겠어요?'라고 대답했어. 그리고 같이 심사장에서 나오는데, 만날 사람이 있다고 하더라구."

안드레아가 말했다.

"그렇다면 윌라의 사생활에 대해 좀더 알아봐야 한다는 말인데."

리사가 제안했다.

"그럼 윌라의 아파트에 한 번 가보는 게 좋지 않을까요? 지금 가신다고 하면 여긴 제가 지키고 있을게요."

안드레아기 말했다.

"좋은 생각이야. 마이크와 로니가 벌써 다녀갔겠지만, 놓치고 간 것이 있을지도 몰라. 내가 팸에게 전화해서 준비해놓을게."

안드레아가 전화하는 동안 리사는 커피잔을 다시 채웠고, 한나는 접시에 쿠키를 더 담아왔다. 안드레아가 다시 자리로 돌아왔을 때 다른 사람들은 모든 준비를 마친 상태였다.

안드레아가 보고했다.

"아침 내내 집에 있을 거래. 여기 회의를 마치는 대로 가면 되겠어."

한나가 다시 수첩을 확인했다.

"오늘은 이걸로 됐어. 이제 달리 떠오르는 동기도 없는 걸, 물론 흔한 한 가지를 제외하고 말이야."

미셸이 물었다.

"흔한 한 가지가 뭔데?"

"윌라는 알 수 없는 이유로 알 수 없는 사람한테 살해당했다는 것."

"너무 당연한 얘기잖아요."

리사가 말하자 모두 웃음을 터뜨렸다.

한나가 살짝 얼굴을 찌푸렸다.

"한 가지 더 있어…… 윌라의 살인사건과는 관계가 없을지도 모르는데, 윌라에게는 비밀이 있었던 것 같아."

비밀이라는 말에 세 명의 여자가 은밀히 붙어 앉았다.

안드레아가 물었다.

"무슨 비밀?"

"근데 내가 이미 알고 있으니까 더 이상 비밀이라고 할 수 없지 않아?"

한나의 엉뚱한 말에 다들 신음소리를 내자 한나가 다시 이야기를 이어나갔다.

"우리가 같이 심사할 때 윌라가 평소 그녀답지 않은 말을 한 적이 있었어……. 적어도 내가 아는 윌라와는 다른 분위기의 이야기 말이야. 윌라와 더 오랫동안 같이 일해서 그녀를 나보다 더 잘 아는 팸도 그 이야기를 듣고 무척 놀라는 눈치였어."

미셸이 물었다.

"무슨 이야기였는데?"

"윌라가 체리를 따는 이야기를 했는데, 체리 농사에 대해 아주 잘 아는 것 같았어. 그래서 팸이 어떻게 그렇게 잘 알고 있느냐고 물으니까 워싱턴 주에 있을 때 체리 농장에서 일했었다잖아."

안드레아가 어깨를 으쓱해 보였다.

"여름방학 동안 잠시 아르바이트한 것일 수도 있잖아."

"그렇지. 근데 또 플로리다에서 웨이트리스로 일했던 이야기도 했어. 그때 일했던 가게에서 키라임 파이도 팔았었다면서. 그리고 캘리포니아에 있었을 때 이야기도 하더라구."

리사가 윌라의 비밀에 명확한 결론을 내렸다.

"여기저기 여행을 많이 다녔나 보네요. 아니면 고등학교 다닐 때 가족들이 이사를 많이 다녔다거나."

그러자 미셸이 고개를 저었다.

"그건 아니야. 우리 참가자 중 한 명이 자기가 대학에 진학하고 나니까 부모님이 주택을 팔고 아파트로 옮겼다고 불평했었거든. 그러니까 썬퀴스트 양이 나중에 추억할 수 있도록 사진을 많이 찍어두라고 했어. 자기가 나고 자란 집이 다른 사람한테 팔리는 게 얼마나 슬픈 일인지 잘 알고 있다면서, 자기도 몇 년 전 부모님이 돌아가셨을 때 집을 팔아야 해서 정말 속상했었대."

안드레아는 아무래도 자신이 세운 이론을 쉽게 포기하고 싶지 않은 모양이었다.

"그럼 고등학교를 졸업한 다음에 여행했나 본데. 부모 집을 판 돈으로 국내 각지를 여행 다닌 것일지도 몰라."

리사가 아리송한 표정을 지었다.

"근데 얘기 듣기로는 아르바이트를 해서 번 돈으로 여행한 것 같은데, 집 판 돈을 갖고 있었다면 무엇 하러 그렇게까지 했을까요?"

안드레아가 말했다.

"빚이 있었는지도 모르지. 집 판 돈에서 빚을 다 갚고 나니까 몇천 달러 정도밖에 남지 않은 거지. 부모님이 돌아가시기 전까지 많이 편찮으셔서 병원도 자주 다녀야 했거나 하면 더욱 그랬을 테고."

리사가 지적했다.

"하지만 연세가 어느 정도 있으면 보험 혜택이 있었을 텐데요."

"보험이 안 되는 질병도 많아. 그리고 부모님이 보험 혜택을 받을 수 있는 연세가 아니었을 수도 있고."

"추측은 이 정도로도 충분해."

한나가 손을 들자 모두가 한나를 쳐다보았다.

"우리가 해야 할 일은 이거야. 우선 안드레아는 나랑 같이 윌라의 아파트에 가서 그녀에 대한 정보를 모으기로 해. 단서가 될 만한 사진이나 서류 같은 게 있을 거야. 그리고 팸에게도 한 번 물어보자. 팸이 윌라를 보조교사로 고용했을 때 받았던 서류들을 아마 가지고 있을 거야."

리사가 제안했다.

"전 그동안 마지에게 타샤의 아버지에 대해 물어볼게요."

"좋아. 그쪽도 동시에 알아봐야지."

안드레아가 말했다.

"윌라가 고등학교에 다녔을 적 주소가 어딘지 알기만 하면 집을 얼마에 팔았는지도 알 수 있을 거야. 집에 대해 담보 잡힌 것이 있었는지도 확인할 수 있을 테고."

한나가 상기시켰다.

"좋아. 애덤작 부인 일도 잊지 마."

"잊지 않을게. 아파트 수색을 마치는 대로 애덤작 부인에게 갈 거야. 부인이 수상한 리본이 무슨 색이라고 했지?"

"흰색. 그것도 명예로운 상인데, 아마 부인에게는 무척 실망스러운 결과일 거야."

"그렇게 된 게 윌라 때문이라는 걸 부인도 알고 있을까?"

"모르겠어. 난 아무한테도 말하지 않았고, 아마 팸도 그랬을 거야. 근데 팸이 우리가 매긴 채점표를 다른 사람한테 다시 제출하니까 그 과정에서 채점표를 본 다른 누군가가 부인에게 윌라가 낮은 점수를 줘서 파란 리본을 타지 못하게 된 거라고 말했을 수도 있겠지."

"좋아, 그럼 일단 그녀가 파란 리본을 수상하지 못한 것에 대해 얼마만큼 화가 났는지 확인해볼게."

미셸이 말했다.

"나도 페어장에 가기 전까지 시간이 좀 남았는데. 내가 할 일은 없어?"

"있지."

"뭔데?"

"페어장에 가는 길에 쿠키 누크 부스에 쿠키 배달 좀 해줘. 만약 페어장에 일찍 오면 네가 분명히 날 도울 수 있는 일이 있을 텐데."

"일찍 갈게."

"좋아. 그럼 혹시 윌라 사진을 어디서 구할 수 있는지 알고 있어?"

"당연하지. 우리 대회 프로그램 겉면에 있잖아. 참가자들 사신도 모두 실렸어."

"그럼 프로그램을 하나 챙긴 다음에 4-H(미국의 청소년 단체) 건물에도 들려봐. 화요일 밤에 윌라랑 헤어졌을 때 근처에 4-H 셔츠를 입은 아이들이 있었거든. 희박한 가능성이긴 하지만, 그 아이들 중 누군가가 윌라가 어디로 갔는지, 혹은 누구를 만났는지 알 수도 있어."

"그 아이들이 누구였는지는 모르고?"

"어두워서 얼굴을 잘 보지 못했어. 일단 사진 입수하는 것 잊지 말고 그 외에는 알아볼 수 있는 데까지 알아봐."

"알았어."

리사가 물었다.

"저는요? 전 맡은 일이 마지한테 타샤의 아버지에 대해 물어보는 것 말고 없는데 그것 말고 제가 더 도울 건 없어요?"

그러자 한나는 웃음을 터뜨리며 리사한테 도움 받은 일을 하나씩 손꼽기 시작했다.

"어디 보자. 리사는 오늘 아침 일찍 나와서 나 대신 베이킹도 다 끝냈고, 힉스 씨에 대한 정보도 곧 줄 테고, 내가 안드레아랑 같이 윌라의 아파트에 가느라 카페를 비우는 동안 카페를 맡아줄 거고, 우리 모임에 대해 아주 근사한 아이디어도 많이 제공해주었잖아. 그걸로도 부족하단 말이야?"

"한나가 저한테 해준 것에 비하면 새 발의 피예요!"

한나는 의아해졌다.

"내가 뭘 그렇게 해줬다구?"

"허브의 마술 조수역을 맡아줘서 절 그 무시무시한 공포에서 벗어나게 해주셨잖아요."

그러자 한나는 끙 소리를 냈다. 마술쇼에 입고 나갈 의상에 대해 까맣게 잊고 있었던 것이다. 이제 정말로 시간이 얼마 없다.

리사가 염려스러운 얼굴로 말했다.

"어-오! 설마 마음이 변하신 건 아니죠?"

"당연히 아니지. 그거라면 걱정하지 마. 아직 의상을 구하지 못한 것 때문에 그래. 대학 다닐 때 별자리 문양이 그려진 스커트를 사둔 것이 있는데, 어젯밤에 온통 뒤져도 찾지를 못했어. 이 차림으로 나갈 순 없을 텐데."

한나가 밝은 파란색 티셔츠를 내려다보며 말했다. 티셔츠에는 검정 글씨로 '디저트부터 먹어요.' 라고 쓰여 있었다.

"괜찮아요. 마지한테 전화할 때 자선단체에서 운영하는 중고물품 가게에 마땅한 옷이 있는지 찾아보시라고 부탁할게요. 분명히 한나가 입을 만한 의상이 있을 거예요. 아버지도 중고물품 가게에 가는 걸 좋아하시니까요. 그거라면 염려 놓으세요. 제가 알아서 준비해놓을게요."

한나는 아까보다 더 걱정스러웠지만, 차마 거절할 수 없었다. 리사는 마지를 무척 좋아하는데다가 마지의 옷 고르는 취향이 한나가 비밀스럽게 이야기하는 '병약한 백발의 히피' 타입이라는 사실을 모르고 있거나 알면서도 애써 무시하고 있거나, 둘 중 하나였다.

하지만 이런 복잡하고도 심각한 고민을 구구절절하게 이야기하는 대신 한나는 짤막하게 말했다.

"빨간색은 절대 안 돼."

"그렇게 얘기할게요. 그럼 의상 문제는 저한테 맡겨 두시고 안드레아랑 어서 나가 보세요."

"좋아, 그럴게."

한나는 리사에게 의상 이야기를 꺼낸 것을 벌써 후회하고 있었다.

하지만 그 의상을 입는 건 길어야 한 시간이다. 그 후에는 다시 입을 일이 없다. 그리고 사람 입으라고 만든 옷이 우스꽝스러워 봤자 얼마나 우스꽝스럽겠는가?

"아직 아무것도 못 찾았어?"

안드레아가 물었다.

한나가 구석에 붙은 조그마한 주방을 뒤지는 동안 안드레아는 윌라의 책상에 걸터앉아 서랍 안을 살폈다.

"찾았어."

"찾았다고?"

"그래, 마카로니 치즈 3상자랑 2파운드(900g)짜리 커피 깡통 1개를 찾았어. 찬장에 먹을 것이라곤 그것뿐이야. 명색이 가정 교사인데 요리를 별로 하지 않았나 봐."

"아마 팸이 매일 저녁 집으로 초대해서 같이 식사했을 거야."

"그럴 수도 있지. 넌 뭣 좀 찾았어?"

"몇 가지. 와서 직접 봐봐."

한나는 주방에서 나와 책상 앞에 의자를 당겨 앉았다.

"학위증?"

한나가 안드레아에게서 종이를 건네받으며 물었다.

"고등학교 졸업장이야. 연도가 기재되어 있으니 윌라의 부모님 집이 얼마에 팔렸는지 추적해볼 수 있겠어."

"좋아. 다른 건?"

"있지. 윌라는 로맨틱한 사람이었던 것 같아."

한나는 또다시 안드레아가 건네주는 두꺼운 표지의 책을 받아들었다.

"'바람과 함께 사라지다' 소설 카피본이 로맨틱의 증거라구?"

"그래, 책 안을 보면 언니도 내 의견에 동의할 거야."

한나가 책을 펼치자 페이지 안쪽에서 작은 셀로판 비닐에 넣어 납작하게 말린 꽃이 드러났다.

"이거 난초야?"

"맞아. 카드를 읽어봐."

한나는 꽃 밑에 들어 있는 카드를 꺼내었다.

거기에는 '어제도, 오늘도, 내일도 영원하리.' 라고 적혀 있었다.

"혹시 이거 고등학교 졸업 무도회 때 받은 게 아닐까?"

"어쩌면. 그도 아니면 어떤 특별한 때 받은 거겠지. 이렇게 소중히 보관하는 것을 보면 무척 중요한 것이었나 봐."

"이것 외에 별달리 오래 지니던 것이 없는 걸로 봐서는 정말 중요한 것이었던 것 같아."

한나가 주변을 두리번거리며 말했다.

윌라의 아파트를 샅샅이 뒤졌지만, 이 말린 꽃 외에 딱히 사적이라고 할 수 있는 물건은 전혀 없었다.

"올라가서 팸과 이야기해보자. 윌라가 여기에 친구를 데리고 온 적이 있는지도 물어보고 싶어."

"별로."

한나의 질문에 팸이 대답과 동시에 잔에 커피를 따랐다.

"같이 고든을 만나러 갔었던 적도 없어. 근데 저녁식사에 데려오라고 한 얘기에는 윌라가 간신히 응했었지."

"고든이요?"

한나가 수첩을 펼쳤다.

"고든 테이트. 고든 테이트 교수라고, 트라이 카운티 대학의 고고학 과장이야."

안드레아가 물었다.

"윌라가 그 사람을 사귀었더랬어요?"

"응, 윌라보다 나이가 좀 많긴 했지만 나이 차야 문제 될 게 아니지. 둘 다 외로움을 잘 타는 성격이라 서로 아주 잘 맞았어. 고든에게서 청혼을 받았다는 말을 듣고 우리 그이랑 나는 무척 반가워했었지."

한나가 얼굴을 찌푸렸다.

"와오, 윌라가 약혼했단 얘기는 안 해주셨잖아요."

"그거야 윌라는 약혼한 사실이 없었으니까. 윌라는 고든의 청혼을 거절했고, 두 달 후에 두 사람은 헤어졌어."

안드레아가 물었다.

"끝이 안 좋았나요?"

"아니. 지저분하게 끝을 맺을 만큼 두 사람 사이가 열정적인 건 아니었다고 생각해. 두 사람이 공통으로 열정을 가진 유일한 대상은 승마였어."

"승마요?"

"고든이 마구간이 딸린 조그마한 목장을 가지고 있어서 거의 매주 주말에는 그곳에 같이 승마하러 갔었어. 쉬는 날에 윌라는 그야말로 카우걸이 따로 없었지."

안드레아가 물었다.

"두 사람이 헤어진 뒤에는요?"

"오, 그 뒤에도 윌라는 계속 그곳에 승마하러 갔어. 윌라가 고든의 청혼을 거절하고 나서도 두 사람은 종종 데이트를 했거든. 윌라가 고든의 청혼을 거절한 건 그가 싫어서가 아니라 단지 그와 결혼할 수 없어서였어. 윌라의 말이 고든은 앞날이 너무 계획적이기 때문에 결혼할 수 없다고 하더군."

한나가 물었다.

"그게 무슨 뜻이에요?"

"매사에 계획이 지나치게 굳건하다는 뜻이지. 윌라가 한 번 얘기해준 적이 있었는데, 고든은 매일 아침식사로 꼭 토스트와 오렌지 주스를 먹는대. 신문은 항상 첫 장의 뒷면부터 읽고 유머 코너는 절대로 먼저 보지 않지. 그리고 매주 화요일에는 꼭 세차를 한다더군. 알지? 그런 스타일."

"완전히 따분한 타입이군요."

한나가 한숨을 내쉬며 말했다. 그러고는 속으로 자신의 애정사에도 열정이 조금 줄어드는 대신 그런 따분함이 좀더 깃들면 어떨까 생각해보았다.

"뭐, 고든은 빳빳하게 다린 셔츠 같은 사람이었어. 그래도 섣불리 오해하진 말도록 해. 아주 좋은 남자임에는 틀림이 없었으니까. 단지 윌라는 좀더 활기 넘치는 인생을 살고 싶었던 것뿐이야. 조지랑 나도 두 사람의 결혼이 무산되었다는 이야기를 듣고도 그렇게 크게 안타까워하진 않았어. 윌라 역시 그랬고."

"고든은 속상해했겠네요?"

"복수를 결심할 만큼?"

한나의 질문에 안드레아가 자신의 질문을 덧붙였다.

팸이 손사래를 쳤다.

"오, 아니야. 고든은 그런 짓을 할 사람이 아니야! 그건 내가 보증할 수 있어. 내가 그 사람 성격을 잘못 파악한 것이라고 해도 고든은 절대 범인이 아니야."

한나가 물었다.

"그건 왜죠?"

"마을을 떠난 지 적어도 한 달이 넘었거든. 가을학기가 시작되기 전까지는 돌아오지 않을 거야. 지금 그 사람은 자기 학생 몇 명과 함께 멕시코에 발굴 작업을 하러 갔어."

"멕시코 어디로 갔는지 아세요?"

"미안, 그건 나도 몰라. 아마 대학에 물어보면 알 수 있을 거야. 그의 자리를 대신 맡은 사람이 분명히 알고 있을 테니까."

쿠키단지로 돌아오는 길에 한나는 곰곰이 생각에 잠겼다.

팸의 사람 보는 눈은 늘 정확했고, 고든은 청혼을 거절당했다고 해서 윌라를 살해할 만한 사람으로 보이지 않았지만 한나는 마음속 의심을 좀처럼 떨쳐내지 못하고 있었다.

고든이 범인일 가능성도 분명히 있다. 멕시코의 아카풀코 같은 곳이라면 미네소타 주까지 금방이라도 왔다 갔다 할 수 있으니 말이다. 완전한 결백이 밝혀지기 전까지 한나는 고든을 용의자 명단에 포함해두기로 했다.

한나는 마지와 잭 허먼이 작업실의 작업대 위에 쌓아 놓은 의상 무더기를 내려다보고는 폴터가이스트(1982년에 제작된 미국의 공포 영화)에 등장하는 소녀처럼 입을 벙긋거렸다.

한나가 나지막이 혼잣말을 했다.

"다시 돌아왔잖아."

마지가 알쏭달쏭한 표정으로 물었다.

"뭐라고 했어?"

"아무것도 아니에요. 이건 다 어디서 구하셨어요?"

"자선단체에서 운영하는 중고용품 가게에서. 이걸 전부 주더라고. 마음에 드는 것 한 벌만 골라봐. 나머지는 우리가 다시 가져다 놓을 테니까."

"멋지네요."

한나가 말했다. 생각나는 대로 말했다가는 모두 무척 충격받을 것이 불 보듯 뻔했다.

마지가 말을 이었다.

"난 분홍색 새틴이 마음에 드는데 아마 한나는 머리카락색 때문에 입지 않으려고 하겠지. 진한 청록색도 괜찮고, 라벤더 문양이 둘린 물방울무늬 옷도 귀여운 것 같아."

잭도 자신의 의견을 내놓았다.

"난 보라색이 좋은데. 아주 잘 어울릴 것 같아, 허브의……, 그, 뭐라고 하더라?"

그러자 마지가 미소를 지으며 그를 돌아보았다.

"당신 말이 맞아요, 잭. 허브의 망토랑 아주 잘 어울릴 것 같네요."

잭도 미소를 지었다.

"그래 맞아, 망토. 그 단어가 생각이 안 나다니 놀랄 일이군. 방금 최근에 개봉한 슈퍼맨 영화를 보고 왔는데도 말이야. 우리 리사는 어느 것이 마음에 드니?"

"청록색 보일이요. 아니면……, 노란색 시폰도 괜찮고요. 두 개 다 한 나에게 잘 어울릴 것 같아요."

마지가 말했다.

"난 노란색이 마음에 드는구나. 근데 오렌지색 꽃 장식은 별로야. 조금 진부해."

"맞아요."

노란색 시폰 드레스의 목둘레에 둘린 커다란 오렌지색 꽃 장식을 흘끗 내려다보며 한나가 말했다.

안 그래도 목 부분이 넉넉한 옷이라 장식을 떼어내 버리면 한나가 원치 않은 노출이 발생하고 만다.

노먼이 그렇게 발 빠르지만 않았어도. 분명히 오늘 아침 동이 트자마자 자선단체로 달려가 한나의 옷들을 맡긴 모양인데, 그 옷들이 다시 주인을 찾아 한나에게 돌아오고 말았다. 물론 노먼이 평생 그 옷들을 차 트렁크에 보관하리라고는 생각하지 않았지만, 24시간만 더 늦었어도 좋지 않았는가.

마지가 물었다.

"한 번 입어보겠어?"

"아뇨, 괜찮아요. 다 맞을 것 같은데요."

꽤 오랜 침묵이 흐른 후 마침내 리사가 물었다.

"그럼 어느 것으로 하실 거예요?"

하지만 한나는 차마 입이 떨어지지 않았다.

한나는 마치 사형 집행을 앞두고 마지막 식사를 주문하는데, 자기가 제일 싫어하는 음식 중에서만 선택해야 하는 죄수가 된 듯한 기분이 들었다. 어느 옷을 고르나 암담하기란 도토리 키재기였다.

한나는 어차피 한 번씩은 다 입어보았던 옷이니 모두의 행복을 위해서라면 한 번쯤 더 입어도 좋지 않겠느냐고 스스로를 달랬다. 그래, 따지고 보면 별것 아니다.

잭이 희망에 찬 얼굴로 물었다.

"보라색?"

"당연히 보라색이죠."

한나가 말하자 잭이 활짝 미소를 지었다.

"그래, 허브랑 같이 색을 맞춰 입으면 아주 좋을 것 같아, 그렇지?"

리사가 대답했다.

"네, 그래요."

"역시 한나는 생각이 깊어."

마지는 한나가 보라색을 선택한 이유를 눈치 챈 듯했다.

"그럼 나머지는 도로 갖다주자고."

잭이 옷더미에서 조심스럽게 보라색 태피터를 꺼내 한나에게 건네주었다.

"마지, 당신도 같이 갈 거지?"

"그럼요."

잭과 마지가 다시 옷 무더기를 들고 자리를 뜬 후, 한나는 페어장에 가기 전에 갈아입을 수 있도록 보라색 태피터를 욕실에 걸어두었다.

한나가 욕실 밖으로 나왔을 때 리사가 한나를 기다리고 있었다.

리사가 한나를 다정하게 포용하며 말했다.

"고마워요, 한나. 한나 덕분에 아버지가 무척 행복해하셨어요. 근데 정말 그 옷 입어도 괜찮으시겠어요? 한나의 머리카락색과 정말 상극이던데."

그러자 한나가 어깨를 으쓱해 보였다.

"괜찮아. 15분 정도만 입고 있다가 갈아입으면 되는 걸, 뭐. 평생 입고 살아야 하는 건 아니잖아."

한나는 시계를 올려다보았다. 오후 2시가 가까운 시간이었지만 지난 45분간 손님은 단 한 명도 들지 않았다. 모두 페어장에 가 있는 지금 카페 문을 열어놓은 것 자체가 낭비였다.

한나가 리사에게 물었다.

"2시에 문을 닫으면 어때?"

"전 괜찮아요. 허브가 2시 30분에 출발해서 아버지랑 마지 모시고 미리 페어장에 가기로 했거든요. 아, 그러고 보니 생각난 건데, 힉스 씨는 용의자 명단에서 지워도 될 것 같아요. 마지가 힉스 씨네 가족들을 잘 아는데, 힉스 씨는 얼마 전 술집에서 난투를 벌여서 벌써 몇 달째 휠체어 신세를 지고 있대요."

"고마워, 리사."

한나는 수첩을 꺼내 타샤의 아버지 위로 긴 줄을 그었다.

"월라를 죽인 범인이 뛰어 달아나는 것을 봤으니까, 힉스 씨는 분명히 아닌……."

리사가 말했다.

"저 지금 작업실에 들어가 봐야 해요. 나중에 다시 얘기해요."

"베이킹은 다 끝냈잖아. 근데 작업실에는 무슨 일로?"

"방금 로드 부인이 차를 카페 앞에 세우고 거기서 한나 어머님이 내리셨거든요."

한나는 통유리 밖을 내다보았다. 리사의 말이 사실이었다.

"이렇게 절박한 상황에 나를 버리겠다는 거야?"

"네, 하지만 이건 제 안전을 위해서죠. 혹시 어머님이 자원봉사자를 더 구하실지도 모르잖아요. 허브랑 같이 풀튼이 공 던지는 모습을 방송한 윙고 존스의 프로그램을 봤어요. 한나 어머님이 부탁하시면 전 차마 거절하지 못할 거예요. 그럼 보기 좋게 물탱크 행이 되는 거죠."

한나는 웃음을 터뜨리며 얼른 사라져도 좋다고 손사래를 쳤다.

물탱크행을 두려워하는 리사를 비난할 수만은 없는 노릇이었다. 한나 역시 물에 빠진 생쥐 꼴은 되고 싶지 않으니까!

"안녕, 얘야."

엄마는 마치 카페 주인처럼 의기양양하게 앞문으로 들어섰다.

"샐리와 방금 점심 먹고 돌아오는 길이란다. 샐리는 가게 지키는 루앤에게 먼저 가보고, 난 너한테 키티백kitty bag을 전해 주려고 들렀다."

"도기백(doggy bag: 집에서 키우는 강아지에게 가져다줄 용으로 남은 음식을 싸오는 것) 말씀이세요?"

"아니, 이건 모이쉐 줄 거야. 쇼핑몰에 새로 생긴 생선요리 전문점에서 송어 요리를 먹었는데, 정말 맛있더구나. 모이쉐 생각이 나길래 따로 포장 주문을 했지. 안에 코울슬로도 들었으니 그건 먹고 싶거든 네가 먹도록 해라. 모이쉐는 그런 것은 안 먹지 않느냐, 그렇지?"

"잘 안 먹죠. 고마워요, 엄마. 모이쉐 생각까지 해주시다니."

"별거 아니다."

엄마와 딸은 잠시 아무 말이 없었다.

마침내 엄마가 목청을 가다듬었다.

시작이군. 한나는 생각했다. 팬티스타킹을 여섯 벌이나 찢어놓은 손자 고양이에게 특별 음식을 배달하는 것이 엄마의 본 목적이 아니었던 것이다.

"너 지금 윌라 썬퀴스트의 살인사건에 대해 알아보고 있지. 그렇지, 얘야?"

"네, 엄마. 비공식적으로는 당연히."

"그렇겠지. 확실한 건 아닌데 너한테 도움이 될 만한 정보가 하나 있다."

"정말이요?"

한나의 귀가 번쩍 뜨였다.

엄마는 시내 중심가의 게시판보다 10배는 더 빨리 소문 퍼뜨리는 능력을 갖춘 레이크 에덴 소문 핫라인의 핵심 멤버였다. 비록 엄마는 소문을 퍼뜨린 적 없다고 발뺌하실 테지만, 한나에게 소소하게 해준 이야깃거리들이 지금껏 한나가 사건을 해결하는 데 큰 도움이 되어 주었다.

"내가 소문을 무척 싫어한다는 건 너도 잘 알지 않니, 얘야?"

"그렇죠, 엄마."

"별로 중요한 건 아닐지도 모르겠다만, 윌라가 화요일 아침에 머리를 새로 한 다음에 바로 우리 앤티크에 왔다더구나. 마침 루앤이 일하고 있었는데, 꽤 금요일틱한 얼굴을 하고 있었다더라."

"금요일틱한 얼굴이요?"

"미안하다, 얘야. 내가 요즘 레전시 모드에 푹 빠져 있어서 말이다. 그러니까 내 말은 무척 우울해 보였다는 뜻이란다."

"왜요?"

"루앤에게 말하길, 클레어의 가게에서 아주 마음에 드는 옷을 발견했는데, 너무 비싸서 살 수 없다고 했다지 않겠니. 그리고는 루앤에게 우리 앤티크점에서 아주 오래된 은제품도 사느냐고 물었다더구나."

흥미로운 이야기였다.

한나는 엄마에게 커피를 따라 드린 다음 쿠키도 몇 개 내왔다.

"그래서 루앤이 산다고 했대요?"

"그래, 그랬더니 윌라가 그럼 바로 돌아오겠노라고 해놓고는 정말로 15분 만에 다시 왔다더라. 은이 가득한 마분지 상자 하나를 들고 말이야. 벌써 몇 년째 보관만 하면서 차마 풀어볼 생각은 못했다고 했다더구나."

"이유도 얘기해줬대요?"

"그래, 부모님 집에서 가져온 것인데, 보기만 해도 부모님 생각이 나서 그랬다는구나."

"그 심정 알 것 같아요."

"그러냐? 너도 내 물건을 보면 내 생각이 나는 게야?"

난해한 질문이었다. 무슨 대답을 하든 어느 한 쪽에게는 적당한 대답이 되지 못할 것이 뻔했다. 하지만 그래도 뭔가 말해야 한다.

그래서 한나는 진실한 대답을 던졌다.

"그런 건 보통 물건이 아니잖아요, 엄마. 저도 아침에 일어나서 엄마가 이 세상에 없다는 것을 스스로 상기하게 되면 매일 같이 엄마가 보고 싶을 거예요."

엄마는 정말로 놀란 모양이었다.

"오, 한나! 네가 그렇게까지 생각하는 줄 미처 몰랐구나."

"저도 몰랐어요."

눈물이 차오르는 것을 애써 참으면서 한나도 스스로에게 놀라고 말았다.

"아무한테도 말씀하시지 마세요, 아셨죠?"

엄마가 냅킨으로 눈가를 훔쳐냈다.

"알았다. 얘기하지 않으마."

"고마워요, 엄마. 실리적이고 현실적인 사람이라는 명성을 잃고 싶지 않거든요. 그래서 루앤이 윌라에게서 은을 샀어요?"

"그래, 루앤이 상자를 열어봤는데, 처음 눈에 들어오는 것이 세 개의 층으로 맞비침 세공이 된 사탕 접시였다더라. 1940년대 물건이었대. 마침 우리 손님 중 한 명이 그것과 아주 흡사한 사탕 접시를 찾던 터여서 루앤이 얼른 150달러에 사겠다고 했단다. 루앤은 그것이 얼마 정도의 값어치를 하는지 잘 알고 있으니까 말이야. 그리고 사탕 접시 옆에는 은으로 된 촛대 한 쌍도 있었다고 하더구나. 아마 윌라 할머니의 것인 듯했다고."

"비싼 거예요?"

"그렇고말고. 아무리 못해도 100달러 이상은 할 거다. 루앤이 윌라에게 얼마 정도면 되겠느냐고 물으니까 윌라가 100달러 정도였으면 좋겠다고 했다더구나."

"그래서 루앤이 100달러를 주었대요?"

"아니, 우리 그래니의 앤티크에서는 사업을 그런 식으로 하지 않는단다, 애야. 우리도 이 마을에 사는 사람이 아니냐. 경매장에서는 최대한 낮은 가격에 물건을 사들이지만, 레이크 에덴에 사는 사람에게서 직접 물건을 살 때는 경매와는 아주 다르단다. 우리가 마을 사람들을 속여가면서 장사하면 누가 우리 가게를 다시 찾겠니."

"그럼 루앤이 윌라에게 250달러 정도 줬나요?"

"200달러. 그 정도면 우리도 어느 정도 수익이 나거든."

"윌라가 좋아했겠네요?"

"무척 기뻐하면서 곧장 옷을 사러 갔다고 하더라. 근데 루앤이 산 은 상자를 뒤쪽에 넣어두고는 오늘 아침까지 잊고 있었다지 뭐냐."

엄마가 얼굴을 살짝 찌푸렸다.

"내가 서펀턴처럼 횡설수설하고 있구나."

서펀턴 강. 영국 런던에 있는 강의 이름이었다. 또다시 레전시 모드에 돌입한 엄마를 향해 한나는 미소를 지었다.

"괜찮아요, 엄마. 루앤이 상자에서 또 뭘 발견했는지 얘기해주세요."

"은제품이 몇 개 더 있었는데, 그렇게 특별한 건 아니었단다. 결국 200달러면 충분했지."

"그리고……?"

한나가 엄마의 이야기가 이어지기를 재촉했다.

"상자 밑에 또 다른 상자가 있었단다. 가장자리에 파란색 벨벳이 덧대어진 선물용 상자였지. 어떤 것인지 알겠지, 얘야?"

"네, 작년에 엄마가 은으로 된 소금과 후추통을 그런 상자에 담아서 주셨잖아요. 월라의 선물상자 안에는 뭐가 들어 있었는데요?"

"테두리가 은으로 된 두 개의 크리스털 샴페인 잔이었단다. 결혼식에서 신랑과 신부가 축배를 들 때 사용하는 거지."

"그럼 월라의 부모님 결혼식 때 사용했던 건가 보네요?"

"아니었단다, 얘야. 그럴 리 없어. 그걸 만든 제조사에 알아봤더니 사업을 시작한 지 이제 겨우 3년째인 회사더구나."

"금방 돌아올게. 찬 것 좀 마셔야겠어."

허브가 매표소에서 집어온 일정표로 부채질했다.

한나와 허브는 마침내 강당의 무대로 통하는 문 앞에 당도했다. 예상 외로 무거운 마술 상자를 끌고 여기까지 오는 일은 결코 쉽지 않았다.

"너도 뭣 좀 갖다 줄까?"

"좋지."

"뭐 갖다 줄까?"

"물 한 컵이랑 튼실한 남자 셋. 나 농담 아니야, 허브. 이 상자 안으로 갖고 들어가려면 아무래도 다른 사람 도움이 필요하겠어."

"그래. 내가 도울 수 있는 사람을 한 번 찾아볼 테니까 여기서 상자를 지키고 있어, 알았지? 그 상자 굉장히 비싼 거야. 리사랑 내가 그거 사려고 한 달 동안 돈을 모았다구."

한나는 사람들이 오가는 모습을 바라보며 잠시 제자리에 서 있었다.

그런데 누군가 한나를 부르는 소리가 들려 돌아보니 에디와 진저 에일러가 한나를 향해 뛰어오고 있었다. 진저와 에디는 모두 4-H 클럽의 후원자였는데 두 사람의 아홉 살 난 아들 케니는 4-H에 가입 가능한 나이가 되자마자 4-H 클럽의 회원이 되었다.

"케니, 아까 엄마, 아빠한테 해준 이야기를 스웬슨 양에게도 해드리렴.”

진저가 아들에게 손짓했다. 케니가 움직이지 못하면 두 사람이 아들의 두 팔을 부여잡고 들어 올려서라도 한나 앞에 대면시킬 태세였다.

케니가 침을 꿀꺽 삼키며 말했다.

“알았어요. 근데, 저기…….”

에디가 설명했다.

“우리 애가 자기가 한 일을 얘기하면 자기 송아지를 보여주지 못하게 될까 봐 겁을 먹었어요. 케니가 규정을 어겼거든요.”

한나는 아리송한 기분이었다.

“하지만, 전 가축 심사랑은 아무 상관이 없어요.”

“나도 애한테 그렇게 얘기해줬어요. 그리고 스웬슨 양이라면 이 얘기를 어디서 들었는지도 말하지 않을 거라구요.”

한나가 물었다.

“무슨 이야기인데요?”

케니가 말했다.

“얼마 전에 죽은 누나에 대해 아는 게 있어요. 근데 얘기하고 싶지 않아요. 왜냐하면 우리 부머가 잘 있는지 보고 싶어서 내가 문 닫은 외양간에 몰래 들어갔거든요.”

에디가 설명했다.

“부머는 우리 애 송아지 이름이에요. 이번이 케니의 4-H 첫 참가거든요.”

진저가 덧붙였다.

“낯선 소들 틈에서 부머가 쓸쓸하고 외로울 것 같았다네요.”

“그렇군요.”

한나가 케니를 돌아보았다.

"그럼 그때 뭘 보았는지 나한테 당당하게 얘기해주면 좋겠구나. 다른 사람들한테 네 이름은 절대 말하지 않을게. 알았지?"

"좋아요!" 케니는 한결 마음을 놓은 듯했다.

"별것 아닌 줄 알았는데, 미셸 누나가 돌린 사진을 보고 얼굴을 알았어요. 그 누나를 봤을 때 이야기를 전부 듣고 싶으세요?"

"그러면 좋을 것 같구나."

"알았어요. 페어 첫 번째 날 밤에 그 누나를 처음 봤는데, 로데오 카우보이랑 같이 있었어요. 그때 두 사람은 싸우고 있었어요. 말다툼하는 것 같았어요. 무슨 이야기를 하는지는 잘 들리지 않았는데, 누나가 화가 많이 난 것 같았어요. 근데 남자가 뭐라고 하니까 두 사람이 다시 화해했어요."

한나는 아홉 살짜리 아이와 의논하기에 민감한 화제가 등장할 것에 대비해 심호흡했다.

"화해했다는 건 어떻게 알았지?"

"두 사람이 끌어안는 걸 봤어요. 아주 오래요. 그런 다음에 남자가 누나를 주차장까지 데려다 줬어요."

"남자가 어떻게 생겼든?"

케니가 어깨를 으쓱해 보였다.

"그냥 로데오 카우보이처럼 생겼어요."

진저가 끼어들었다.

"자세하게 묘사해보렴, 케니. 스웬슨 양에게 그 남자가 어떤 옷을 입었는지 얘기해줘."

"알았어요, 엄마. 카우보이 부츠를 신고 있었어요. 원래 카우보이들은 다 카우보이 부츠를 신잖아요. 그리고 청바지에 아주 멋진 검정 셔츠를 입고 있었어요."

"단추 대신 스냅(똑딱이 단추)이 달린 셔츠를 말하는 거랍니다."

에디가 해석해주었다.

"그리고 카우보이모자도 쓰고 있었어요. 그래서 머리카락 색깔 같은 건 못 봤어요. 아주 큰 모자였어요."

"두 사람을 처음 본 게 월요일 밤이라고 했었지?"

"네, 그 다음 날도 두 사람을 또 봤어요. 아주 늦었을 때였는데, 부머를 또 보러 갔었거든요. 근데 두 사람이 불을 자꾸 껐다 켰다 해서 다른 애들이랑 같이 기숙사로 돌아왔어요."

에디가 설명했다.

"애들이 기숙사 건물에 묵고 있었거든요. 부모들이 돌아가면서 애들을 돌봐주고 있어요."

케니가 말을 이었다.

"그때 그 누나가 카우보이 남자랑 또 같이 있었어요. 그 전날 봤던 카우보이랑 똑같은 사람인 것 같았어요. 어두워서 잘 보이진 않았거든요. 내가 봤을 때 두 사람은 외양간 옆을 걷고 있었어요."

한나가 물었다.

"어디로 가고 있었는데?"

"관람차 쪽으로요. 전 다른 길로 기숙사로 돌아왔어요. 근데 또 불이 깜빡거리기 시작해서 페어장 문이 잠기기 전에 얼른 뛰어나왔죠."

한나가 물었다.

"그럼 그때가 두 사람을 마지막으로 본 거니?"

"네."

"얘기해줘서 고맙구나, 케니. 정말 큰 도움이 됐어. 그리고 걱정하지 마. 지금 한 이야기는 아무한테도 말하지 않을게."

진저와 에디, 케니가 자리를 뜬 후 한나는 마술 상자에 기대어 서서 방금 들은 사실에 대해 곰곰이 생각해보았다.

화요일 밤 심사를 마친 후 윌라는 누군가를 만나기로 했다고 말했다. 그 누군가라는 것이 케니가 보았다는 로데오 카우보이였을까? 그 모든 일들이 서로 어떻게 엮인 것일까 골몰하는 차에 누군가의 대화를 엿듣게 되었다.

"터커가 브라마(거세된 황소)한테 꼼짝 못하던걸. 그렇게 쉽게 나가떨어지는 건 처음 봤어."

"그러게, 좀 이상했지. 안 그래?"

"뭐가?"

"일부러 그런 게 아니었을까 하고. 터커가 빠져나오기 위해 황소를 옆으로 몰아붙이느라 컬리를 거의 죽일 뻔했잖아. 그 친구, 괜찮은지 모르겠어."

한나는 모퉁이 쪽을 흘끗 쳐다보았다. 예상대로 두 명의 로데오 카우보이가 한나 쪽을 향해 걸어오고 있었다.

아마 두 사람이 한나가 자신들의 이야기를 엿듣고 있다는 사실을 눈치 챘다면 솔직담백하게 나누던 이야기들을 당장에 멈출 것이다. 윌라가 살해당했던 날 밤에 만났던 사람이 로데오 카우보이였다는 사실을 알게 된 한나는 두 사람의 이야기가 솔깃했다.

"불쌍한 컬리. 그 일이 있은 후에 그 친구 봤잖아? 괜찮을 것 같던가?"

두 번째 카우보이가 물었다.

"모르겠어. 부상이 꽤 심하던걸. 근데 터커의 행동이 아주 불량했어."

"왜? 어땠는데?"

한나는 더 이상 엿들을 수 없었다. 두 사람의 목소리가 커질수록 한나는 몸을 가릴 수 있을만한 곳을 찾지 못했던 것이다.

단, 한나는 생각이 번뜩이자마자 망설임 없이 마술 상자의 문을 열고 안으로 들어가 다시 문을 닫고 안에서 문을 걸어 잠갔다. 그러고는 칼을 꽂아 넣는 구멍을 통해 두 카우보이가 다가오는 광경을 지켜보았다.

"부상당한 컬리를 본 사람들은 전부 유령을 본 것처럼 창백하게 질렸는데, 터커는 달랐어. 글쎄, 그걸 보며 웃고 있더라니까. 나랑 눈이 마주치니까 그제야 표정을 바꾸더라구."

"그게 사실이라면 정말 나쁜 놈인데. 근데 터커가 컬리한테 왜 그랬을까?"

두 사람의 목소리가 어쩐지 친숙하다 싶어 얼굴을 보니 두 사람은 페어가 시작된 첫날 밧줄 던지기 시범을 보여주던 로데오 카우보이들의 일원이었다. 혹시 윌라가 이 두 사람 중 한 명을 알고 있었을까? 그를 다시 만나 충격을 받은 윌라의 모습을 두고 한나와 팸은 윌라가 일사병 증상을 보였다고 착각한 것일까?

그때 한나의 마음속에 또 다른 질문이 솟아올랐다. 혹시 저들 중 한 사람이 윌라가 살해당하기 직전에 케니 에일러가 보았다는 로데오 카우보이 남자가 아닐까?

한나는 두 명의 카우보이가 지나가기를 기다렸다. 두 사람이 지나가고 난 뒤에는 다시 마술 상자에서 나와 그들의 이야기를 좀더 엿들을 계획이었다. 하지만 한나의 예상과 달리 두 사람은 바로 마술 상자 앞에 멈춰 섰고, 그중 한 사람이 쿵 소리와 함께 상자에 몸을 기댔다.

두 번째 카우보이가 설명했다.

"그 두 사람 사이에 맺힌 게 있어. 컬리가 브리아나를 좋아했잖아. 터커가 쇼에 합류하기 전까지 거의 매일 밤 둘이 데이트를 즐겼다고."

"그건 나도 알지. 하지만 그렇다고 해서 터커가 컬리를 죽일 이유가 없어. 경쟁에서 터커가 당당히 승리했고, 브리아나는 곧 터커랑 결혼할 거잖아. 이미 반지도 주고받은 사이라고."

"반지를 주고받았다고 모든 상황이 끝난 건 아니지."

"무슨 말이야?"

"여자들이란 마음이 갈대 같거든. 샘이 브리아나를 데리고 연단을 걸어 들어가 '네, 남편으로 받아들이겠습니다.' 라고 말하기 전까지는 일이 어떻게 될지 아무도 모른단 얘기야."

"그럼 컬리가 다시 브리아나를 차지할 수도 있단 말이야?"

"왜 안 되겠어. 내가 듣기론, 컬리가 터커의 배경에 대해 캐고 다닌다던데. 브리아나가 터커랑 결혼할 수 없는 구실을 찾고 있는가 봐. 그래서 오늘 터커가 그랬던 게 아닐까 해. 만약 컬리가 터커의 비밀을 알게되었다면 말이야."

"무슨 비밀?"

"모르지. 아무튼 자네 토요일 밤에 있는 댄스파티에 갈 건가? 이 마을 아가씨들, 꽤 예쁘던데."

"술통 타는 아가씨도 새로 왔던 걸. 아주 귀엽더라고."

"근데 마을 아가씨들이랑은 어느 정도 거리를 두는 게 좋을 거야. 잠깐 즐기기만 하고 마을을 떠야 하니까. 술통 타는 아가씨에게 너무 적극적으로 대쉬했다가는 한 계절 내내 이 마을에 묶여 있어야 할걸."

"자네 말이 맞아. 그러고 보니 생각난 건데. 우리, 이번 일, 제대로 돈받을 수 있겠지?"

"페어 사무실이 강도당했던 것 말인가?"

"그래."

도둑을 맞은 거겠지, 한나는 속으로 생각했다.

차마 입 밖으로 말을 꺼낼 수 없었다. 심지어는 움직일 수조차 없었다. 상자 안의 공간이 점점 답답하게 느껴졌다.

"릭스에게 물어봤는데, 걱정하지 말라더라고. 샘이 따로 두둑하게 챙겨놓았다던데."

"한나?"

친근한 목소리가 들렸다. 그리고 곧이어 더 가까이에서 한 번 더 그녀를 부르는 소리가 들렸다.

"한나?"

한나는 여전히 아무런 미동도, 소리도 없이 잠자코 있었다.

허브가 한나를 부르고 있었지만, 대답할 수 없었다. 조금의 소리라도 낸다면 두 카우보이가 한나가 그들의 대화를 엿듣고 있었다는 사실을 알게 될 것이다.

더 이상 참기 어렵다고 생각될 때쯤, 모퉁이를 도는 허브의 모습이 보였다. 무척 걱정하는 듯한 그의 표정에 한나는 미안함을 느꼈다. 하지만 사정은 나중에 설명하면 될 것이다.

허브가 카우보이들에게 인사했다.

"안녕하세요."

카우보이 중 한 사람이 대답했다.

"헤이, 마술사요?"

"맞아요. 근데 이 근처에서 큰 키에 빨간 머리, 약간 통통한 여자 못 보셨어요?"

통통하다고? 흠, 나가서 보자, 허브. 한나는 속으로 다짐했다.

지금은 쥐죽은 듯 아무 소리도 내지 않는 것이 중요했다.

두 번째 카우보이가 대답했다.

"아뇨. 그런 사람은 못 봤소. 우리 여기 서서 얘기한 지 꽤 됐는데."

첫 번째 카우보이가 물었다.

"부인을 잃어버렸수?"

"아뇨, 제 조수를 찾고 있어요. 조수 없이는 마술을 할 수 없거든요. 근데 마침 두 분이 여기 계시니, 부탁 하나 해도 될까요?"

"물론이죠. 우리를 모자에서 꺼내 보이려는 생각만 아니라면요."

두 번째 카우보이가 호탕하게 웃으며 말했다.

"그런 게 아니라 이 상자를 안으로 들여가서 무대에 올려야 하거든요. 무거워서 혼자 들 수 없는데, 혹시 나르는 것을 도와주실 수 있으실지?"

첫 번째 카우보이가 씩 웃으며 말했다.

"그거라면 문제없죠. 여기까지는 어떻게 가져온 거요?"

"내 조수가 도와줬어요."

두 번째 카우보이가 동료를 쳐다보았다.

"큰 키에 빨간 머리 통통한 체격에 근육까지? 완전 자네 타입인데."

"어쩌면. 파고(노스다코타주 동부에 있는 지역) 아가씨보다 낫구먼."

첫 번째 카우보이가 미소를 번뜩였다.

"상자의 어디를 잡으면 좋겠소?"

"옆쪽에 손잡이 보이시죠?"

"넵, 보이네요."

"두 분이 한쪽씩 잡으세요. 전 끝쪽에 있는 손잡이를 잡을게요. 준비 됐죠?"

한나는 몸이 들리는 것을 느끼며 잠시 숨을 멈췄다.

상자의 움직임과 함께 몸이 미끄러져 어느새 다리가 머리 위로 번쩍 들렸다. 하지만 세 사람은 이내 상자를 다시 제자리에 떨어뜨렸다, 그 것도 아주 거칠게.

카우보이 한 명이 탄성을 질렀다.

"후우! 이거 장난 아니게 무겁잖아! 이걸 정말로 당신 조수랑 달랑 둘이서 들고 왔단 말이요?"

"네, 맞아요. 미친 소리 같겠지만, 아까는 이만큼 무겁지 않았던 것 같은데. 아무래도 사람이 더 필요하겠어요. 사람을 더 구해올까요?"

첫 번째 카우보이가 고개를 저었다.

"됐소. 우린 쇼할 때 이것보다 더 무거운 것도 드는 걸요. 얼른 이걸 안에 들어놓읍시다."

한나는 또 한 번의 거친 행로를 예상하며 심호흡했다. 아까 부딪힌 뒷머리가 욱신거렸다. 제발 이번에는 상자를 살살 내려놓기를.

환장할 노릇이군! 상자 안에서 이리저리 흔들리고 부딪히면서 한나는 아버지가 즐겨 사용하던 표현을 떠올렸다. 하지만 이내 상자는 무사히 착지했고, 한나는 하늘에 감사 인사를 전하며 안도의 한숨을 내뱉었다.

"정말 고마워요."

허브가 말했다. 칼 구멍을 통해 밖을 내다보니 허브가 카우보이들과 악수하고 있었다.

"난 마술이 시작되기 전에 얼른 조수를 찾아봐야겠어요."

허브가 한나를 찾으러 자리를 뜨자 두 명의 카우보이도 이내 멀어졌다.

한나는 또 다른 칼구멍으로 조심스럽게 밖을 내다보았다. 주변에는 아무도 없었다. 구멍을 통해 몇 번을 확인한 뒤 한나는 문을 빠끔히 열고 밖으로 나왔다.

마술 상자의 문을 닫고 막 먼지를 털어내고 나니 저쪽에서 허브가 달려왔다.

"어디 있었어?"

"이 근처에."

"온통 찾아다녔는데 안 보이던걸. 마술 상자를 지키고 있으랬잖아."

"그래도 계속 지켜보고 있었어."

한나가 주장했다. 물론 그게 상자 안에서 지켜보고 있었던 것이란 사실은 말하지 않았다.

"아까 그 카우보이들 상자 정말 잘 나르던데, 그렇지?"

허브가 앞이마를 닦아내고는 한숨을 내쉬었다.

"그러게! 미안해, 한나. 너한테 소리치는 게 아닌데. 우리 순서가 다음이라 나 긴장했나 봐."

"넌 잘해낼 거야. 정말이야."

"제발 그래야 할 텐데! 리사가 나 응원한다고 고등학교 때 친구들을 전부 데려왔어. 근데 이 상자 우리 둘이서 무대로 가져갈 수 있을까?"

"당연하지."

"정말 무겁던데."

"그냥 나한테 맡겨. 쿠키단지에서 50파운드짜리(22.5㎏) 밀가루 포대, 설탕 포대 나르는 건 예삿일이거든."

한나는 무대로 상자를 옮기는 건 훨씬 수월할 거란 이야기는 굳이 하지 않았다.

"넌 그냥 정확한 때 정확한 구멍에 정확한 칼을 찔러 넣기만 하면 돼. 그럼 만사 오케이야."

"어서, 한나. 우리를 부르고 있어!"

허브가 활짝 웃는 얼굴로 한나의 팔을 잡고는 무대 위로 향했다.

한나 역시 환하게 미소 짓고 있었다. 두 사람이 대회에서 우승을 차지한 것이다. 이번 쇼에서 허브의 마술은 최고의 평가를 받아냈다.

얼굴에 줄곧 미소를 짓던 한나는 카메라 플래시가 여러 번 터진 뒤에야 노먼이 관객들 바로 앞에 서서 사진을 찍고 있다는 사실을 깨달았다. 한나의 사진을 말이다.

끔찍한 태피터 들러리 드레스를 입은 자신을!

심사위원들과 악수를 나눈 뒤 관객들에게 몇 번 인사한 후 모든 절차가 끝이 났다.

한나는 무대에서 내려오면서 큰 안도의 한숨을 내쉬었다.

"축하해요!"

노먼이 허브에게 달려와 악수를 청하며 말했다. 그러고는 한나에게로 고개를 돌렸다.

"정말 멋졌어요, 한나. 속임수라는 건 알고 있었지만, 그래도 허브가 괜찮으면 문을 노크해 달라고 말했을 때 한나가 두 번째 청할 때까지 아무 소리도 내지 않아서 내심 긴장하고 있었어요."

허브가 말했다.

"그 부분이 심사위원들한테도 먹힌 것 같아요. 한나의 타이밍 센스는 정말로 기가 막혀. 물론 한나가 괜찮을 거란 건 알고 있었지만, 조금 걱정이 되긴 하더라구."

나도 마찬가지였어. 한나는 차마 상자 안에서 다리에 쥐가 나서 열심히 마사지하느라 허브가 처음 부르는 소리도 듣지 못했다는 말은 할 수 없었다.

"로드가 대회에 대한 기사를 쓰고 있는데, 일요일 판 레이크 에덴 신문에 두 사람 사진을 실을 거랬어요."

한나는 억지로 미소를 지었다.

'사진이라니, 끔찍한 보라색 태피터 들러리 드레스를 입은 사진이라니.'

한나의 머릿속에 자신이 했던 말이 먹구름처럼 뭉게뭉게 떠올랐다.

'평생 입고 살아야 하는 건 아니잖아.'

하지만 이제 그렇게 되어버렸다.

'들러리 드레스를 입은 한나의 우스꽝스러운 모습은 신문에 박제되어 영원히 간직될 것이다. 끔찍한 보라색……'

한나의 얼굴에 눈에 띄게 화색이 돌자 노먼이 물었다.

"왜 그래요?"

"아무것도 아니에요."

한나는 간단하게 어깨를 으쓱해 보였지만, 기분 같아서는 제자리에서 방방 뛰며 소리를 지르고 춤이라도 추고 싶은 심정이었다.

신문이 칼라로 인쇄되어 나오는 건 일 년에 딱 한 번, 크리스마스 때뿐이었다. 나머지 기간은 모두 흑백 사진들만 싣는다. 그러니 노먼이 찍은 사진 속의 한나는 그저 검정 드레스를 입은 것일 테다.

살았다! 암흑 같던 세상에 환한 영광이 비친 꼴이었다!

허브가 얼굴을 살짝 찌푸리며 말했다.

"칼라로 실리지 못하는 게 안타깝네요. 보라색 망토 입은 모습을 리사가 무척 좋아했는데."

그러자 노먼이 손바닥으로 자신의 옆머리를 탁 쳤다.

"너무 흥분해서 말해 주는 걸 깜빡했네요. 로드가 이번 기사에 무척 정성을 들이고 있어요. 그래시 한나와 허브의 사진을 신문의 제일 앞면 광고 배너 밑에 칼라로 싣기로 했어요."

"태워다줘서 고마워요, 노먼."

한나는 노먼의 세단에서 세차게 불어오는 찬 공기에 상쾌함을 느끼며 고맙다는 인사를 건넸다.

한나의 트럭에도 에어컨이 장착되어 있었지만, 제일 낮은 온도로 맞추어 놓아도 미지근한 바람만 나올 뿐이었다.

"그리고 멋지고 상쾌한 차에서 나이트 박사님께 전화하게 해준 것도 고맙구요."

"별 얘길 다 하네요. 한나도 한 대 장만해요."

"최상급 에어컨이 달린 세단이요?"

"아뇨, 핸드폰이요. 급할 때는 정말 요긴하게 쓰여요. 심지어는 생명을 살릴 수도 있다니까요."

"노먼의 말도 맞지만, 그렇게 되면 엄마가 수시로 전화할 텐데, 그건 거의 목에 전자 목줄을 맨 것이나 마찬가지에요."

노먼은 잠시 생각에 잠겼다.

"사용하지 않을 때는 꺼두면 되잖아요."

"그럼 굳이 핸드폰을 갖고 있을 이유가 없잖아요?"

"그렇지만도 않아요. 한나의 어머님이 아닌 한나의 편의를 위해서만 사용할 수 있잖아요. 지갑에 미니어처 전화부스를 넣어 다닌다고 생각해봐요. 전화기에 동전을 넣는 대신 지갑에서 꺼내 간편하게 번호만 누르면 되는 거죠."

한나가 의욕을 불태우며 말했다.

"그거 생각해볼 만한데요. 심각하게 고려해보겠다고 약속할게요."

"좋아요. 이제 병원까지 2마일 남았어요."

한나는 손목시계를 내려다보았다.

"그 정도면 괜찮겠어요. 나이트 박사님이 컬리에게 마취를 시작하기 전까지 최대한 시간을 끌어보겠다고 하셨으니까요."

"그 친구, 괜찮았으면 좋겠군요. 내가 좋아하는 로데오 카우보이인데……."

"그를 알아요?"

"조금요. 오늘 오후에 로데오 시작하기 전에 잠깐 얘기를 나눴어요. 그리고 그 친구 사진도 찍어줬죠."

"컬리가 터커를 황소에게서 구출해낼 때요?"

"그전에요. 전단에 실을 사진이 몇 장 필요하다길래 무료로 찍어줬어요."

한나는 미소를 지었다. 노먼은 역시 자상한 남자다.

"정말 친절하네요, 노먼."

"사실 다른 꿍꿍이가 있었어요."

"어떤?"

"어렸을 때 로데오를 무척 좋아했거든요. 바보 같은 소리로 들리겠지만, 로데오 스타가 되어보는 게 꿈이었어요."

"전혀 바보 같지 않은데요. 난 늘 프리마 발레리나가 되고 싶었는걸요. 지금은 이렇게 온몸에 균형이 흩어져버렸지만 말이에요."

"나도 마찬가지에요. 발레 이야기는 아니구요. 나도 말이나 소를 타는 일은 아주 젬병이거든요. 그러니 로데오 카우보이가 될 수 없었죠. 그래서 로데오 쇼를 하는 사람들을 눈여겨보게 되었는데, 그 사람들은 여느 카우보이보다 더 중요하면서도 몇 배는 더 위험한 일을 하는 것 같아요."

한나가 말했다.

"나도 발레 비스름한 거라도 해본 적 없어요. 하루는 학교 수업을 빼먹고 버스로 미니애폴리스에 가서 발레슈즈를 사온 적이 있어요. 그것만 있으면 발레리나가 되는 줄 알았지 뭐예요."

노먼이 한나의 손을 꼭 잡아 쥐었다.

"슬픈 이야기로군요."

"아뇨, 바보 같은 이야기죠. 그래도 가끔은 '백조의 호수' 곡을 틀어놓고 혼자 거실을 돌아다니며 춤을 추기도 해요."

노먼이 주차장에 차를 세운 뒤 시동을 껐다.

"윌라의 죽음에 컬리가 단서를 제공해줄 수 있을까요?"

"모르겠어요. 이 모든 게 마치 전체 그림을 볼 수 없는 조각그림 맞추기 같거든요. 처음 시작할 때보다 조각은 많이 손에 넣었지만, 얼마나 많은 조각을 더 찾아야 하는지 짐작조차 할 수 없어요."

레이크 에덴 병원의 문을 열고 안으로 들어서자 친숙한 냄새가 한나의 코를 자극했다. 무균 바닥 세척제와 땀띠 파우더, 주전자에서 아주 오래 끓인 듯한 커피 냄새가 한데 어우러진, 병원에 오면 늘 맡게 되는 그런 냄새였다.

대기실의 한쪽 벽면에는 공간을 좀더 넓게 보이게 하려고 거울이 붙어 있었는데, 거울로 자신의 모습을 흘끗 바라본 한나는 너무 놀라 눈을 깜빡거렸다. 미처 옷을 갈아입을 새가 없었던 탓에 여전히 보라색 태피터 차림이었던 것이다.

접수대로 다가가던 노먼이 말했다.

"접수대에는 아무도 없어요."

"괜찮아요. 나이트 박사님이 어느 방인지 알려 주셨으니까요. 따라와요."

한나는 복도를 따라 나이트 박사가 수술 대기실로 사용하는 여러 방 중 하나로 향했다. 한나는 나이트 박사와 간호사가 컬리를 살펴보고 있을 장면을 떠올리며 방문을 열었지만 안에는 카우보이 혼자뿐이었다.

한나가 그의 침대 옆에 놓인 의자로 다가가며 인사했다.

"안녕하세요, 컬리. 전 한나 스웬슨이에요. 혹시 나이트 박사님이 제가 올 거란 말씀 하셨나요?"

그러자 컬리가 고개를 끄덕였다. 그가 할 수 있는 것은 그것뿐인 듯했다. 그는 한나가 나이트 박사와 통화했을 때보다 상태가 더 악화한 듯 지금은 인공호흡기까지 달고 있었다.

"말하기 불편하시니까 '네', '아니오'로만 대답할 수 있는 질문을 할게요. 혹시 오늘 오후에 터커가 고의로 당신을 죽이려 했던 게 아닌가요?"

컬리의 두 눈이 휘둥그레졌다. 한나의 질문에 몹시 놀란 듯했다.

한나는 그에게 너무 큰 충격이지 않았기를 바랐다.

컬리는 한숨을 내쉬더니 힘겹게 고개를 끄덕였다.

"카우보이들이 그러는데, 당신이 터커의 배경을 캐고 다녔다면서요? 그게 사실인가요?"

컬리가 아까보다 더 약하게 고개를 끄덕였다. 서둘러야 한다. 지금 컬리는 빠른 속도로 마취 상태에 빠져들고 있었다.

"터커가 왜 당신을 죽이려 했죠?"

컬리는 머리를 움직이려 했지만, 몸이 말을 듣지 않았다. 그의 눈꺼풀이 힘겹게 떨리더니 이내 가라앉고 말았다.

한나는 그의 침대 옆에 놓인 링거걸이를 쳐다보았다.

링거 꾸러미에 든 마취제가 관을 통해 컬리의 혈관 속으로 흘러들고 있었다. 수술이 임박하고 있었다.

"한나?"

때맞춰 나이트 박사가 들어왔다. 한나는 박사를 위해 침대 옆쪽으로 물러섰고, 박사는 링거를 확인했다.

"됐군. 이제 이 젊은 친구 얼른 수술을 시작해야 하네."

"알았어요, 박사님."

한나가 컬리를 향해 고개를 돌렸다.

그는 마치 죽은 것처럼 잠들어 있었고, 한나는 그저 그가 그렇게 보이는 것뿐이길 간절히 바랐다.

노먼이 그의 팔을 어루만지며 말했다.

"행운을 빌어요, 컬리."

"네, 행운을 빌어요." 한나 역시 노먼에 이어 말했다.

그러고는 나이트 박사를 향해 고개를 돌렸다.

"괜찮겠죠?"

그러자 나이트 박사는 두 사람을 복도 쪽으로 이끌었다.

박사가 말했다.

"장담은 못 하네. 그래도 젊고 튼튼한데다가 황소에 받히기 전까지는 건강 상태도 아주 좋았으니 다행일세. 나도 최선을 다할 거고. 지금은 거기까지만 말할 수 있어. 열어보기 전까지는 상태가 어떤지 확실히 모르니 말이야."

노먼이 물었다.

"그럼 좋지 않을 수도 있단 말씀이세요?"

"어쩌면. 이런 때가 되면 피부과 전문의가 되지 않은 것이 후회스럽더군."

"균형잡힌 식단은 아니네요."

노먼이 자신이 주문한 콘도그 콤보를 내려다보며 미소를 지었다.

두 사람은 미스 트라이 카운티 선발대회가 시작하기 40분쯤 전에 다시 페어장으로 돌아왔다. 한나가 번개처럼 빠른 속도로 옷을 갈아입은 덕분에 대회 시작 전에 다행히 요기할 짬이 생겼다.

한나는 그의 접시를 흘끗 내려다보았다.

"나한테는 꽤 균형 있게 보이는데요. 구운 콩 무더기 위에 콘도그를 올려서 균형이 잘 잡혔잖아요."

노먼이 한나의 접시를 내려다보며 말했다.

"한나는 역시 재미있어요. 그 빅 블루 옥스(거대한 푸른 황소) 버거는 어때요?"

"블루치즈랑 같이 먹으니까 좀 느끼하긴 한데, 그래도 생각보다 맛있어요."

서둘러 요기하는 동안 두 사람은 말이 없었다.

마침내 노먼이 먼저 식사를 끝내고는 자리에서 일어났다.

"디저트는 무엇으로 할래요?"

'딥-프라이드 캔디 바요.' 한나는 생각했다. 하지만 그렇게 말하지 않았다.

아까 노먼과 함께 '죄악의 열매' 부스를 지났는데, 부스는 루비가 아닌 다른 사람이 지키고 있었다. 로데오 팀의 일원인 컬리 때문에 릭스와 함께 병원에 간 모양이었다.

한나는 루비가 돌아올 때까지 무한 칼로리의 유혹은 잠시 접어두기로 했다.

"커피면 되겠어요."

비록 마음은 온통 달콤한 캔디 바에 가 있었지만, 한나는 담담하게 말했다.

"오늘은 케이크 심사가 있어서 어차피 디저트는 엄청 먹게 될 거예요."

"알았어요, 그럼 커피를 가져올게요. 어느 부스 것이 제일 맛있죠?"

"쿠키 누크요. 바스콤 시장님 부스의 커피가 제일 맛있어요."

노먼이 커피를 사러 자리를 뜨자 한나는 다른 테이블을 둘러보았다. 아무리 봐도 낯익은 사람은 없었…….

"메리?"

메리 애덤작이 몇 테이블 건너에 앉아 있었다.

"네?"

그러자 주변에 앉아 있던 몇 명의 여자들이 동시에 대답했고, 한나는 창피한 나머지 얼굴이 붉어졌다.

'트라이 카운티에서 메리라는 이름이 이렇게 흔할 줄이야.'

한나는 자신을 바라보는 여자들에게 사과했다.

"죄송합니다. 애덤작 부인을 본 것 같아서요."

그러자 저쪽에서 메리 애덤작이 외쳤다.

"나 여기 있어."

그녀와 함께 앉아 있던 젊은 여자도 말했다.

"저도요."

두 사람이 있는 테이블로 다가가며 한나는 아리송한 기분이 들었다.

"어떻게 된 거예요? 두 사람 다 메리 애덤작이에요?"

한나의 눈에 메리 애덤작임이 확실한 부인이 말했다.

"맞아. 난 메리 루 애덤작이고, 이쪽은 우리 아들 로니의 부인, 그러니까 내 며느리인 메리 케이 애덤작."

한나는 웃음을 터뜨렸다.

"정말 깜빡 속았네요. 만나서 반가워요, 메리 케이."

그때 메리 루의 오른쪽 팔에 든 멍이 한나의 눈에 띄었다.

"팔은 어쩌다가 그렇게 되셨어요?"

"지난주에 인대가 늘어났거든. 그래서 올해는 우리 며느리가 대신 시나몬 브레드를 만들었지."

한나가 메리 케이를 돌아보았다.

"그럼 그게 당신 것이었어요?"

"네, 제 평생 뭔가를 직접 만들어본 건 처음인데, 그게 리본까지 탈 줄은 정말 몰랐어요!"

메리 루가 자랑스러운 듯 말했다.

"내가 전혀 도와주지도 않았어. 로니랑 같이 나이트 박사님께 진료를 받고 돌아와 보니 시나몬 브레드를 두 개나 만들어 놓았더라구."

한나가 메리 케이에게 물었다.

"그럼 레이크 에덴으로 아주 이사 오신 거예요?"

"아뇨, 이달 말까지만 있을 거예요. 로니 휴가가 그때까지거든요. 지금 배저스 농구팀 보조코치로 일하고 있어요."

위스콘신 배저스 대학교, 한나는 한때 대학 농구팀 선수를 좋아했던 나머지 인근 지역의 모든 대학 농구팀 이름을 달달 외웠던 기억을 떠올렸다. 물론 그와는 데이트 한 번 해보지 못했지만, 그때 외웠던 이름들은 아직도 기억하고 있었다.

메리 케이가 노먼을 가리키며 말했다.

"저쪽에 계신 남자분이 한나를 찾는 것 같은데요."

"맞아요. 커피를 가지러 갔었는데, 이제 왔나 보네요. 오랜만에 봐서 반가웠어요, 메리 루. 며느님도 만나서 반가웠구요. 그리고 리본 탄 것, 축하해요."

한나는 서둘러 제자리로 돌아와 노먼이 가져다준 따뜻한 커피잔을 감아 쥐면서 머릿속 용의자 명단에서 메리 루 애덤작의 이름을 지워버렸다. 그러고는 메리 케이의 시나몬 브레드에 우수상 정도 받을만한 점수를 준 것에 스스로 흡족해했다.

"오늘 밤 우승자는 미셸이 유력하겠는데요."

강당에서 나오며 노먼이 말했다.

"세계 기아에 대해 아주 훌륭하게 대답했잖아요. 꽤 어려운 질문이었을 텐데."

"그러게요. 그 애는 어렸을 때부터 항상 자기 생각이 똑 바랐으니까요. 사회적 이슈들에 대해서도 관심이 많구요. 특히 영양학에 대한 질문에 유머를 섞어 대답한 것이 플러스 점수가 많이 되었을 것 같아요."

노먼이 킥킥거렸다.

"모두 뒤집혔죠, 심사위원들까지도요. 그리고 그 대답 어디서 힌트를 얻었는지도 알죠."

한나는 순진무구한 표정으로 가장했다.

"뭐, 설사 내가 한 이야기들에서 힌트를 얻었다고 해도 어쩌겠어요?"

노먼이 크리에이티브 아트 빌딩 앞 계단에 멈춰 서더니 한나의 어깨에 팔을 둘렀다.

"케이크 심사가 끝날 때까지 기다려도 될까요? 같이 한나 집에 가서 모이쉐를 보고 싶은데."

"모이쉐요?"

"네, 아직도 그 친구 걱정이 돼서요. 한나가 심사하는 동안 난 쇼핑몰에 있는 애완용품점에 가서 녀석에게 줄 간식을 좀 살까 해요."

"정말 고마워요, 노먼."

한나가 미소를 지었다. 노먼은 정말 좋은 사람이었다.

"모이쉐도 노먼을 보면 무척 좋아할 거예요. 단, 오늘 밤에는 일찍 잠자리에 들 거라는 걸 미리 알려줄게요. 3일을 계속 늦게 잤더니 피곤해요. 오늘은 일찍 달콤한 꿈나라로 떠날 예정이에요."

그러자 노먼이 적당히 웃음을 터뜨렸다.

"무슨 말인지 알겠어요. 근데 기상 예보관이 오늘 밤에는 자정쯤이돼야 시원해질 거라고 하던데요."

"어느 기상 예보관이요?"

"KCOW의 레인 필립스요."

"그럼 오늘 밤은 내내 열대야일 거예요. 레인 필립스는 늘 틀리니까요. 전 집주인이 침실 창문에 에어컨을 달아놓아서 얼마나 다행인지 몰라요."

"나도 한나가 우리 '꿈의 집'에 에어컨을 장착하자는 의견을 내줘서무척 다행이었다고 생각해요."

"그건 노먼의 '꿈의 집'이죠."

"누구 '꿈의 집'이면 어때요. 한나가 의견을 내줬다는 것이 중요한거죠."

"그럼 정말로 에어컨을 장착했단 말이에요?"

"물론이죠. 놀랐어요?"

한나는 고개를 끄덕였다. 대회에 제출한 집 디자인에 에어컨 장착 계획도 포함되어 있었던 것은 사실이었다.

하지만 노먼이 실제 집을 지을 때 1년에 길어야 1~2주 정도만 필요한 에어컨을 정말로 장착할 줄은 꿈에도 생각하지 못했다.

"돈이 상당히 많이 들었을 텐데."

"맞아요, 하지만 집을 디자인할 때 한나가 그랬잖아요. 미네소타에서는 에어컨이 자주 필요한 건 아니지만, 정말 필요할 시기에는 얼음이 가득 든 그릇 위로 불어오는 선풍기 바람도 소용없다고요."

리사와 팸과 함께 심사장을 나오는 한나는 매우 흥겨운 기분이었다. 출품된 케이크를 하나씩 공들여 맛본 결과 한나의 아래층 이웃인 수플랫닉의 믿을 수 없으리만큼 맛있는 오렌지 케이크가 1등을 차지했다.

팸이 살짝 떨리는 목소리로 물었다.

"우리 불쌍한 윌라에 대해 새로 알아낸 거라도 있어?"

"몇 가지는요. 윌라가 부모님한테서 물려받은 은제품이 든 상자를 루앤에게 팔았대요."

팸이 제대로 된 단어를 집어내어 물었다.

"일부러?"

"거의 그런 셈이죠. 근데 거기에 제작한 지 몇 년 되지 않은, 은으로 된 샴페인 잔 2개도 있었어요."

"결혼식 때 쓰는 것 말이에요?" 리사가 물었다.

"그래, 바로 그런 것. 그래서 엄마는 윌라가 이미 결혼한 것이 아닐까 생각하고 계셔."

팸이 말했다.

"그건 말도 안 돼. 남편에 대한 얘기는 한 번도 한 적이 없었는걸. 결혼반지도 끼고 있지 않았고, 성도 고등학교 때 쓰던 성 그대로였잖아. 아마 그건 다른 사연이 있는 것일 거야."

리사가 말했다.

"어쩌면 윌라의 부모님이 특별한 때 누군가에게 선물 받은 것일지도 몰라요. 아니면 주변에 아는 신랑, 신부에게 주려고 샀다가 사정이 생겨 결혼식이 취소되는 바람에 주지 못한 것일지도 모르고요."

"그럴 수도 있겠지."

리사의 가설은 나중에 다시 생각해보려고 머릿속 파일에 정리해두며 한나가 말했다.

"4-H 회원인 아이가 월요일과 화요일 밤에 윌라가 로데오 카우보이 중 한 명과 같이 있는 것을 보았대요."

"누구요?" 리사가 물었다.

"누군지 나도 아직 몰라."

팸이 심사장의 문을 닫아 잠그며 한숨을 내쉬었다.

"그래서 그렇게 새로운 머리스타일에 새 옷까지 산 거였구나. 카우보이를 무척 좋아했던 모양이야. 하긴 그럴 만도 해. 고든이랑 헤어진 다음에 윌라가 무척 외로워했거든. 물론 나한테는 그렇다는 얘길 한 적은 한 번도 없어. 워낙 꿋꿋하니까. 하지만 생각해보면, 고든을 매일같이 만났는데, 하루아침에 혼자 시간을 보내게 되었으니, 비록 그를 사랑하지 않았다고 해도 무척 적적하고 쓸쓸했을 거야."

한나는 고든 테이트라는 사람에 대해 알아보자고 머릿속에 메모해두었다. 비록 그가 윌라의 죽음에 직접적으로 연관되지 않았다고 해도 사건의 수사 방향을 잡아 줄 윌라의 배경에 대해 뭔가 아는 것이 있을지도 모른다.

리사가 팸에게 물었다.

"윌라한테 대학시절에 가장 친했던 친구는 없었어요? 아니면 조단 고등학교에서 근무할 때 가장 신뢰하던 사람이라든가?"

"별로. 나도 다른 사람들에 비해 윌라랑 꽤 가깝게 지냈다고 생각하고 있는데, 알고 보면 그 애에 대해 별로 아는 것이 없는 것 같아. 자기 이야기를 잘하지 않았거든."

한나가 물었다.

"혹시 윌라가 개인 금고 같은 것 갖고 있지 않았나요?"

"아마 그런 건 없었을 거야. 윌라가 개인 물건을 따로 보관했던 곳이……."

"어디요?" 팸이 말을 멈추자 한나가 물었다.

"학교에 있는 윌라의 책상 서랍일 거야. 까맣게 잊고 있었네! 한 번 가보겠어?"

"그럼요. 뭔가 찾을 수 있을지도 모르잖아요."

팸이 백을 열어 열쇠고리를 하나 꺼내어 한나에게 건네주었다.

"내 교실로 통하는 배달 통로 문 열쇠야. 그 길로 다니면 열쇠를 두 개 가지고 다니지 않아도 돼서 애용하곤 하지. 어디 있는지는 알지?"

"네, 팸 대신 야간 교실 가르칠 때 다녀봤잖아요."

"그렇지. 윌라의 책상은 교실 뒤쪽 창문 사이에 놓인 거야. 서랍이 잠겨 있을 테니 아마 뜯어야 할 거야. 퇴근할 때는 늘 잠가두곤 하더라구. 열쇠도 윌라만 갖고 있고."

"그 열쇠는 못 찾았대요?" 리사가 물었다.

"응, 윌라의 아파트는 잠금장치를 바꿔달라고 해서 조지가 바로 바꿨는데, 교실에 있는 책상 서랍 열쇠는 미처 생각하지 못하고 있었어."

복도 끝에서 팸은 심사 결과표를 제출하러 심사 담당 사무실로 향하고 한나와 리사는 건물 앞쪽으로 향했다.

"그럼 내일 봐요, 한나. 푸드 코트에서 허브랑 만나기로 했거든요."

"축하한다는 인사 다시 한 번 전해줘."

"그럴게요. 저도 감사해요. 오늘 한나도 정말 멋졌어요."

리사가 떠나자 한나는 손목시계를 내려다보았다. 아직 저녁 8시 45분밖에 되지 않았다. 노먼이 9시에 한나를 데리러 오기로 했으니 남은 15분 동안은 여기서 가만히 기다려야 할 듯했다.

구경하기 좋은 위치였다. 한나는 계단 제일 위에 앉아 지나가는 사람들 무리를 구경했다. 세 명의 십대 소녀들이 스노콘(시럽으로 맛을 낸 셔벗의 일종)을 손에 들고 자기들끼리 킥킥거리며 지나가고 있었고, 그들 뒤에는 세 명의 십대 소년들이 큰소리로 떠들고 거들먹거리며 소녀들을 따라가고 있었다. 한나는 과연 저들 중 누가 오늘 밤 안에 서로에게 말을 붙일 용기를 낼 수 있을까 문득 궁금해졌다.

그때 젊어 보이는 아기 엄마가 유모차를 밀고 오더니 4-H 건물 앞에 멈추더니 손목시계의 시간을 확인하고는 기저귀 가방에서 물티슈를 꺼내 유모차에 탄 아기의 얼굴을 닦아주었다. 아기 우는소리가 들리는가 싶더니 젊은 엄마는 물병을 꺼내 아기에게 주고는 젖꼭지까지 물려주었다. 잠시 후, 계단 모양의 아이들 다섯이 엄마를 향해 달려갔다.

한나가 아이들이 계단 모양이라고 생각한 것은 마치 계단처럼 서로 키들이 머리 하나씩 낮아 한 줄로 서 있으면 꼭 계단 같은 모양을 하고 있었기 때문이었다. 그중에서 가장 나이가 많은, 열두 살쯤 되어 보이는 소녀가 엄마에게 컵에 든 무언가를 건네고는 유모차 뒤에 가 섰다. 그리고 형제 중 가장 맏이인 듯한 소년에게 무어라고 말했는데, 한나에게까지 들리지는 않았다. 소녀의 이야기를 들은 소년은 기저귀 가방을 어깨에 메더니 나머지 세 동생의 손을 잡고 엄마와 함께 출구 쪽으로 향하기 시작했다. 엄마는 아까보다 훨씬 가뿐해진 표정이었다.

눈앞에 펼쳐진 인생의 한 폭의 모습에 한나는 자신의 가족과 미셸을 돌보았던 때를 떠올렸다. 4살 차이밖에 나지 않는 안드레아도 한나가 돌보았다. 거의 엄마 대신이었다고 해도 무리가 아니었다. 미셸이 정말 내 자식 같았던 때도 있었으니 말이다. 안드레아 역시……, 아니, 안드레아잖아!

계단을 오르는 동생을 향해 한나가 인사를 했다.

"안녕, 안드레아. 여긴 어쩐 일이야?"

"집에 대해 보고하러 왔지. 근데 얼른 트레시 재우러 가야 해서 시간이 몇 분밖에 없어. 트레시는 침대 머리맡에서 이야기를 들려주지 않으면 안 자려고 하니 말이야."

"그건 좋은 현상이야, 안드레아. 어떤 책을 읽어주는데?"

"오, 책을 읽어주는 게 아니라 이야기를 만들어서 해주는 거야. 트레시는 특히 트레시랑 위젯에 대한 이야기를 좋아해."

"위젯?"

한나는 웃기 시작했다. 안드레아가 트레시만한 나이였을 때 한나도 안드레아에게 안드레아와 위젯에 대한 이야기를 해주곤 했다.

"그래, 언니가 해준 위젯 이야기. 나 아직도 기억하고 있어. 생각이 안 나는 부분이 있으면 그 자리에서 지어내기도 하고. 그 이야기를 가문 대대로 물려주면 아주 좋을 것 같아. 아무튼 윌라는 집 판 돈이 하나도 남아 있지 않았겠어. 몽땅 저당잡혀 있었거든. 내가 알아본 부동산에서 그러는데, 그 돈은 다 변호사 선임료로 흘러갔을 거라고 하더라."

"윌라의 부모님이 고소라도 당하셨던 거야?"

"물어봤더니 거기 사람도 모른대. 어쨌든 윌라의 집은 경매로 6,000달러에 팔렸어."

한나는 나중에 수첩에 메모해둬야겠다고 생각했다.

"언제 팔렸는데?"

"2년 전에, 트라이 카운티에서 대학 생활하기 직전이었어. 빌이 윌라의 정보를 조회해줬는데, 다른 대학에서 편입한 거라는데, 전에 다니던 학교가 어디였는지는 모르겠어."

"그건 내가 알아볼게. 팸이 아마 알고 있을 거야."

한나가 옆자리를 톡톡 두드렸다.

"잠깐 앉아 봐. 오늘 알게 된 사실들을 이야기해줄게."

"안 돼."

"몇 분이면 되는데?"

"그게 아니라 앉을 수 없다는 얘기야."

"왜?"

"바지가 너무 꽉 끼어서."

"너무 낀다구?" 한나가 동생을 향해 씩 웃었다.

"그래. 애를 낳고 나면 허리가 1, 2인치 느는 건 예삿일이라구. 정말 슬픈 현실이야!"

안드레아가 한나를 뚫어져라 바라보았다.

"언니 보기엔 내가 뚱뚱한 것 같지 않지, 그렇지?"

"네가 뚱뚱한 거면 난 어쩌라구!"

"오, 알았어. 그냥 가끔 걱정이 돼서 말이야. 언니도 알지? 우리 가족 내력."

"엄마는 평생 6사이즈 몸매를 유지하고 계시지. 아마 고등학교 때 입었던 옷이 아직도 맞을걸."

"그래서 걱정이 되는 거야. 아버지는 그렇게 날씬한 몸매가 아니셨잖아. 난 뚱뚱해지고 싶지 않아, 언니. 내가 뚱뚱해지면 빌도 날 떠나고 말 거야."

"빌은 절대 널 떠나지 않아. 널 사랑하잖아."

"내가 뚱뚱해지면 사랑하지 않을지도 모르지. 내가 유일하게 가진 장점이 외모인데, 이것도 나이 들면서 점차 사라질 거 아니야. 이렇게 날씬한 몸매를 유지하려면 항상 관리를 해줘야 해. 언니랑 다르다구."

자존감에 대한 도전이 될 것을 예상하며 한나가 물었다.

"어떻게 다른데?"

"언니는 나보다 더 많은 것을 가졌잖아. 언니는 똑똑하고, 재미있고, 성격도 좋잖아. 근데 난……, 흠, 가진 거라고는 예쁜 외모밖에 없어."

한나는 뭐라고 이야기해줘야 할지 몰라 당장에라도 계단을 뛰어내려가 사람들 무리 속으로 사라져버리고 싶었다. 하지만 그럴 수 없었다. 안드레아에게 대답해줘야 한다.

한나는 최선을 다해 보자고 결심했다.

"넌 바보야, 안드레아. 너 자신을 깎아내리고 있잖아. 난 네가 그러는 게 맘에 안 들어."

"아니야, 그렇지 않아."

"아니, 맞아! 내가 너보다 더 가진 것은 없어. 네 말대로 넌 얼굴도 예쁘고, 게다가 똑똑하기도 하잖아. 그리고 좋은 아내에 좋은 엄마야. 늘 창의적이기도 하고, 세상에서 제일 좋은 동생이지. 난 그런 널 사랑해."

"오, 언니! 너무 감동이야!"

"뭐, 그렇다고 너무 심각하게 받아들이진 마. 내일이면 생각이 달라질지도 몰라. 이젠 얼른 트레시랑 베서니에게 가봐. 수사에 대한 이야기는 나중에 해줄게."

안드레아가 떠난 뒤 한나는 잠시 더 사람들 무리를 구경하다 다시 손목시계를 내려다보았다. 이제 5분 정도면 노먼이 도착할 듯하다. 5분도 한나에겐 긴 시간이었다. 한나는 조단 고등학교에 가서 윌라의 책상을 살펴보고 싶었지만, 혼자 갈 수는 없었다. 더군다나 윌라의 서랍이 잠긴 상황에서는 더더욱.

4-H 건물에 가서 케니의 송아지나 보고 올까 생각하는데 마이크가 모퉁이를 돌아 모습을 보였다.

그가 계단을 뛰어올라오며 말했다.

"한나, 흥미있는 걸 찾았습니다. 이번 사건처럼 단서가 낳이 없는 경우에 우리는 보통 피해자의, 어……."

마이크가 사과하기 전에 한나가 얼른 나서서 말했다.

"괜찮아요. 케이크 좀 먹겠어요? 오늘 밤 우승한 출품작인데, 키티의 오렌지 케이크에요."

"좋죠. 오렌지 케이크 좋아하거든요. 안 먹어본 지가……."

마이크가 말을 멈추더니 힘들게 침을 삼켰다.

"아마 좋아할 만한 맛일 거예요."

이번에도 한나가 일부러 먼저 나서서 말했다. 아마 마이크는 죽은 전 부인이 만들어주었던 오렌지 케이크를 떠올렸을 것이다.

"고마워요, 한나."

마이크는 한나가 건넨 케이크 조각을 받아 맛을 보았다.

"음, 맛있군요. 이 케이크가 1등을 했어요?"

"네, 접전 끝에 초콜릿 사우어크라우트 케이크와 코코넛 스파이스를 제치고 당당하게 1등을 차지했죠. 한 조각 더?"

"네, 좋습니다. 점심을 걸렀거든요. 아직 몇 파운드 더 감량해야 해서 말입니다."

한나는 아까보다 더 크게 한 조각을 자른 다음, 케이크 접시를 덮었다.

"보통 피해자의 뭘 한다구요?"

"배경 조사. 지문채취를 한 다음에 보통 배경 조사를 하거든요. 그러다가 발견한 건데, 혹시 썬퀴스트 양이 결혼한 사실을 알고 있었어요?"

은으로 된 샴페인 잔에 대해 말하지 않은 채 한나가 대답했다.

"아뇨. 언제 결혼했대요?"

"3년 전이에요. 남편은 제스 앨런 리퍼라는 사람인데, 6월 11일에 결혼을 했더군요. 근데 그 사실을 아무에게도 말하지 않았어요. 심지어 백스터 부인에게도 말입니다. 전화로 물어봤더랬죠."

"그럼 윌라의 남편은 지금 어디에 있어요?"

"아무도 모릅니다. 근데……."

마이크가 한나 옆자리에 앉아 한나의 어깨에 팔을 둘렀다.

"새신랑인 제스 리퍼가 편의점을 털면서 썬퀴스트 양에게 망보기를 시켰어요. 그래서 썬퀴스트 양은 4개월간 철창신세를 져야 했습니다."

한나의 턱이 바닥까지 떨어졌다. 하지만 이내 정신을 차렸다.

그녀의 생각대로였다. 윌라에게는 정말로 비밀이 있었다!

한나가 재촉해 물었다.

"그게 어디였는데요?"

"오리건이요. 맥민빌이라는 마을이에요. 포틀랜드에서 45분 정도 떨어진 곳에 있습니다. 그녀가 체포되던 날 딱 한 통의 전화를 부모님께 걸었더군요. 그래서 부모님이 오리건까지 달려와 좋은 변호사를 선임해주었던 가봅니다. 근데 부모님이 오리건에 머무는 동안 차 사고가 나는 바람에 두 분 다 돌아가셨어요."

"세상에!"

한나는 자신의 귀를 믿을 수가 없었다. 윌라에게 그보다 더 최악인 상황은 없었을 것이다.

"그때도 윌라는 여전히 교도소에 있었구요?"

"맞아요. 하지만 변호사가 그녀에 대한 모든 혐의를 벗겨주었어요. 판사에게 그녀는 단지 남편이 편의점에 전화를 사용하러 들어간 줄 알았다고 호소했나 봅니다. 그가 편의점을 털 것이라고는 미처 몰랐다고 말입니다."

"그럼 남편은 어떻게 되었어요?"

"오, 그 사람은 유죄 판결을 받았습니다. 하지만 털린 금액도 많지 않고, 무기도 사용하지 않았고, 다친 사람도 없었기 때문에 겨우 2년형을 선고받았죠."

"그럼 지금은 출소한 상태겠네요?"

"맞아요. 사실 출소한 지 꽤 됐습니다. 모범수로 선정되어 14개월 만에 나왔거든요."

한나는 잠시 생각에 잠겼다.

"그럼 그가 출소한 사실을 윌라도 알고 있었던 건가요?"

"그건 나도 모르겠어요. 남편이라는 사람이 지금 어디에 있는지도 알 수 없으니 당사자에게 물어볼 수도 없죠. 자기 형량을 다 채우고 출소한 완전한 자유인이라 어디에 있는지 도통 알 방도가 없습니다."

한나는 번개처럼 떠오른 질문을 내뱉었다.

"그럼 혹시 제스 리퍼라는 사람이 윌라를 죽인 게 아닐까요?"

"왜요? 썬퀴스트 양에게라면 자신의 인생을 망쳐버린 그를 죽여 버리고 싶은 마음이 들었을 수도 있었겠지만, 그 남자가 썬퀴스트 양을 죽일 이유는 전혀 없지 않습니까."

"하지만, 윌라가 자신을 죽이려고 했기 때문에 그녀를 죽였을 수도 있잖아요?"

"그런 일은 없었어요. 그런 일이 벌어졌을 거라고 예상될만한 상처는 전혀 없었다는 것이 나이트 박사님 소견이었거든요. 그녀에게 몸싸움 흔적 같은 건 없었어요. 그것과 관련한 어떤 증거도 발견되지 않았죠."

한나는 살짝 한숨을 내쉬었다. 왜 쉬운 말로 설명하지 않는 것일까?

한나는 마이크의 말뜻을 잘못 이해했을 경우를 대비해 다시 한 번 묻기로 했다.

"그러니까, 윌라는 범인에 대한 위험을 전혀 예상하지 못하고 있었다는 거죠?"

"맞습니다. 머리 뒤쪽을 가격했는데, 아주 치명적이었어요. 그리고 뒤이은 가격은 오른쪽이었는데, 그건 벌써 의미가 사라진 뒤였죠."

한나는 몸이 떨려왔다.

"그럼 마이크의 말이 맞았네요."

"뭐가 말입니까?"

"화요일 밤에 우리 집에서 노먼과 이야기할 때 그랬잖아요. 두 번째 가격은 확인을 위한 거였을 거라구요."

"그렇군요. 그때 그녀는 이미……."

마이크가 하던 말을 멈추더니 깊은 한숨을 내쉬었다.

"이미 사망한 뒤였으니 말입니다. 가격해오는 것도 보지 못했을 테니 놀라거나 무서울 새도 없었을 겁니다. 범인이란 작자, 정말 인간쓰레기입니다. 이놈을 꼭 잡아야겠어요."

"저도요."

그녀의 대답을 어떻게 받아들일지는 전적으로 마이크에게 맡겨두며 한나가 결의했다. 그 나쁜 놈을 잡아 유죄 판결을 받게 한 다음 100년 이상 교도소에서 썩게만 할 수 있다면 누가 먼저 범인을 잡느냐는 한나에게 그리 중요한 문제가 아니었다.

키티의 오렌지 케이크

오븐은 섭씨 176도로 예열합니다. 틀은 오븐 중앙에 둡니다.

재료

노란 케이크 믹스 1상자 / 오렌지 젤로 파우더 3온스(무설탕 제품은 안 돼요)

오렌지 주스 1컵 / 오렌지 추출액 1티스푼 / 채소기름 1/2컵

오렌지 제스트 1티스푼(선택 사항입니다) / 계란 4개

50% 당도의 미니 초콜릿 1컵***

***미니어처 초콜릿칩이라고 보시면 됩니다. 근처에 파는 곳이 없으면 일반 크기의 초콜릿칩을 사서 1/2 혹은 1/4로 잘라 사용하시면 돼요. 크기 그대로 사용하게 되면 바닥에 가라앉아 나중에 팬에서 케이크를 떼어낼 때 무척 힘이 들 거예요.

만드는 법

1. 번트 팬(도넛 모양의 팬)에 기름칠을 하거나 밀가루를 뿌려둡니다(전 들러붙음 방지 스프레이를 뿌린 다음에 밀가루를 뿌렸어요).

> 한나의 첫 번째 메모: 튼튼한 팔의 소유자라면 전자믹서가 필요 없겠지만, 이왕이면 전자믹서를 사용하는 편이 편하실 거예요.

2. 커다란 그릇에 노란 케이크 믹스를 털어 넣고, 오렌지 젤로 파우더를 넣습니다. 거기에 오렌지 주스와 오렌지 추출액, 채소기름, 오렌지 제스트를 넣고 서로 잘 섞어줍니다.

3. 계란을 하나씩 깨뜨려 넣으며 잘 섞어줍니다.

4. 전자믹서의 중간 속도로 2분 동안 치대는데, 손으로 할 경우에는 3분간 치대줍니다.

5. 초콜릿칩을 넣습니다.

6. 완성된 케이크 반죽을 번트팬에 넣습니다.

7. 섭씨 176도에서 45~55분간 굽습니다. 가운데 부분을 꼬챙이로 찔렀을 때 묻어나오는 것 없이 깨끗하면 완성입니다.

8. 틀에 담은 채로 20~25분간 식힙니다. 가장자리가 조금 느슨해지면 팬에서 케이크를 꺼내 선반으로 옮긴 뒤 완전히 식혀줍니다.

9. 케이크가 식었으면, 케이크 위에 오렌지-퍼지 프로스팅을 뿌려 자연스럽게 흘러내리게 합니다(광택이 나는 효과를 원치 않으면 완전히 식힌 케이크에 설탕가루를 뿌리시면 됩니다).

오렌지-퍼지 프로스팅

재료

식힌 버터 2테이블스푼 / 50% 당도의 초콜릿칩 1컵

오렌지 추출액 1티스푼 / 냉장 보관한 오렌지 주스 2테이블스푼

만드는법

1. 전자레인지에 넣어도 안전한 용기에 버터를 넣고 거기에 초콜릿칩을 넣은 다음 '강' 으로 60초간 돌립니다.

2. 초콜릿칩이 잘 녹아들도록 저어줍니다(녹은 다음에 제 형태를 유지하는 경우가 많으니 잘 저어주세요). 만약 초콜릿칩이 완전히 녹지 않았으면 15초 정도 더 전자레인지에 돌립니다.

3. 완전히 녹아 잘 섞였으면 거기에 오렌지 추출액을 넣고 한 번 더 저어줍니다.

4. 그리고 오렌지 주스를 1테이블스푼씩 넣으면서 골고루 섞습니다.

5. 완성된 프로스팅을 케이크 위에 부어 옆쪽으로 자연스럽게 흘러내리도록 합니다. 그러니 당연히 제일 윗부분의 프로스팅이 가장 두터울 수밖에 없습니다(설사 그렇지 않더라도 상관없습니다. 케이크에 문제가 생긴 건 아니니까요).

6. 위에 아무것도 덮지 않은 채로 케이크를 냉장고에 20분간
보관합니다. 그래야지만 프로스팅이 단단히 굳거든요. 20분
동안 냉장보관한 다음에는 실온에 내놓아도 괜찮습니다.

한나의 두 번째 메모: 엄마에게 이 케이크를 구워 드렸을 때는 오렌지
추출액과 함께 오렌지 제스트도 사용하였어요. 엄마는 특히 오렌지와
초콜릿의 조화를 매우 흡족해하시더라구요. 하긴, 엄마한테는 초콜릿
만 들어간다면야 뭐든 환상의 조합이 되는 거죠.

"정말로 시간이 괜찮겠어요?" 한나가 노먼에게 물었다.

한나의 아파트로 돌아와 모이쉐에게 엄마가 선물한 송어 요리와 노먼이 애완용품점에서 고른, 개박하로 속을 채운 생쥐 인형을 주고 난 뒤였다.

"오늘 찍은 사진 현상해야 하지 않아요? 윌라의 책상 서랍을 살펴보는 건 나 혼자서도 괜찮아요."

그러자 노먼이 고개를 저었다. 그는 모이쉐를 바라보더니 얼굴을 살짝 찌푸렸다.

"같이 갈게요. 시간도 충분하고, 윌라의 책상도 잠금장치를 뜯어야 하는 거잖아요."

"그렇죠. 혹시 치의 기구 갖고 왔어요?"

노먼이 웃음을 터뜨렸다.

"그건 지갑에 넣어 다닐 수 있는 종류의 것이 아니잖아요. 그래도 스위스 칼은 갖고 있어요. 그거면 쓸모 있게 사용할 수 있을 거예요."

"좋아요."

한나는 모이쉐의 물그릇에 깨끗한 물을 담아 준 뒤 어차피 먹지 않을 것이 뻔한 연어 맛 키티 크런치를 두어 개 던져주었다.

"그럼 갈 준비 됐죠?"

"이것만 한나에게 선물한 다음에 콘센트에 꽂아놓구요."

노먼이 가져온 가방에서 상자를 하나 꺼내 한나에게 건네주었다.

"여기, 한나의 새 핸드폰이에요. 통신사에 가입은 해놓았어요."

"하지만……."

"하지만이라고 하기 없기에요."

노먼이 한나의 반발을 단호하게 잘랐다.

"배터리를 충전시켜 놓을게요. 그럼 내일 아침에 일어나서 핸드폰을 켠 다음에 전화만 걸면 돼요."

노먼은 핸드폰의 충전기를 콘센트에 연결하고는 모이쉐의 귀 뒤를 긁어주었다. 평소와 다름 없이 모이쉐는 미셸이 장착해준 창가의 카펫 깔린 선반에 올라앉아 창밖을 바라보고 있었다.

"녀석이 마르는 것 같아요, 한나. 갈비뼈가 만져져요. 한나 어머님의 송어 요리도 겨우 한 입밖에 먹지 않았고요."

"간식이나 개박하에도 영 관심이 없네요. 생쥐 인형을 몇 번 건드리는가 싶더니 다시 창가 자리로 돌아갔어요."

"생쥐에도 관심이 없었는데, 나를 생각해서 조금 놀아줬던 가봐요."

노먼은 한나가 문을 잠글 때까지 기다렸다가 한나를 따라 계단을 내려가서는 방문자용 주차장으로 향하는 길에서 한나의 팔짱을 꼈다.

노먼의 차에 탄 뒤 아파트 단지 출구로 향하며 한나는 모이쉐에 대한 화제를 꺼냈다.

"어디 아픈 것 같지는 않아요. 밥 선생님도 피검사 결과에 아무 문제 없었다고 했거든요. 모이쉐는 그냥……, 뭔가에 홀린 것 같아요. 무언가 집중하는 대상이 있는 것 같은데, 그게 뭔지 도저히 모르겠어요."

"내가 한 번 알아보려고 했었어요. 한나가 옷을 갈아입는 동안 창가에 서서 녀석이 쳐다보는 곳을 뚫어져라 바라봤거든요. 근데 한나의 이

웃집 창문 말고는 보이는 게 없던데요. 그림자만 드리워져 있고, 정말 아무것도, 아무 일도 일어나지 않았어요."

"정말로 거기에 뭔가가 있는 걸까요?"

노먼이 잠시 골몰했다.

"직감이나 본능, 뭐라고 표현해야 할지 모르겠지만, 아무튼 그런 게 느껴졌어요. 뭔지는 몰라도 송어 요리나 개박하 생쥐 인형보다 더 구미 당기는 것이 분명해요."

늦은 밤의 학교 주차장은 꽤 으스스했다. 늦게까지 일하는 선생님들이 주차해놓은 차를 보호하기 위해 간간히 켜둔 푸르스름한 할로겐 불빛은 오싹한 분위기를 더해 주었다. 주차장은 움직이는 사람 한 명 없이 적막했지만, 축구장과 맞닿아 있는 주차장 끝쪽에 차 여러 대가 주차되어 있었다.

노먼이 가정 교실로 향하는 뒷문 옆에 차를 주차하며 물었다.

"무슨 일로 차들이 이렇게 많이 주차되어 있죠?"

"내일 아침부터 굴 에비뉴의 도로 포장작업이 있거든요. 오늘 밤 자정부터 토요일 자정까지는 길을 다니지 못할 거예요. 그래서 바스콤 시장님이 굴 에비뉴에 사는 사람들에게 학교 주차장을 대신 사용하도록 한 거죠."

"그걸 어떻게 알았어요?"

"리사가 알려줬어요. 허브가 자정에 순찰을 다니면서 도로에 주차된 차에 딱지를 끊을 거랬어요."

학교에 가까이 다가갈수록 커다랗고 어둑어둑한 건물이 두 사람 앞에 점점 크게 다가왔다. 그리고 팸의 교실까지 가는 통로의 센서등이 두 사람의 움직임에 따라 반짝 불을 밝혔다.

"고마워요, 노먼."

"뭐가 고마워요?"

"여기 같이 있어줘서요. 혼자 왔으면 무척 무서웠을 거예요. 텔레비전에서 봤던 온갖 불길한 일들을 떠올리면서 말이에요. 텅 빈 건물에, 미치광이 스토커 같은 이야기들이요."

"그런 얘기는 꺼내지 말지 그랬어요."

"나도 후회 중이에요."

노먼이 잠근 문을 열 동안 한나는 심호흡했다. 그런 후 노먼이 막 문을 열려는데 안쪽에서 쿵하는 소리가 들려왔다.

노먼의 손을 잡고 그를 저지하며 한나가 놀라 물었다.

"무슨 소리죠?"

"뭐가요?"

"소리 못 들었어요?"

"소리가 들리긴 했지만, 아마 에어컨에서 나는 기계음일 거예요."

"조단 고등학교에는 에어컨이 없어요."

"오, 그렇군요. 이 문이 저장실로 통하는 거죠?"

노먼에게 보이지 않는다는 것을 알면서도 한나가 고개를 끄덕였다.

"맞아요. 이 문은 팸이 식료품 배달받을 때 사용하는 문이에요."

"그럼 누군가 선반에 물건을 잘못 올려놔서 그게 떨어졌는가 봐요."

"어쩌면요."

한나는 그 물건이 원인도 없이 혼자 떨어졌을 리 없다고 생각하며 대답했다. 세상 만물에는 관성의 법칙이란 것이 존재하게 마련이니 말이다. 물론 노먼도 그쯤은 알고 있었을 것이다. 단지 한나를 안심시키려 했던 것뿐이리라.

"안으로 들어가 봐야 할까요?"

노먼은 잠시 생각에 잠겼다.

"그래요. 내가 먼저 들어갈 테니 한나는 내 뒤에 따라와요. 바깥으로 통하는 문을 열어놓기로 해요. 뭔가 일이 생기면 그 길로 뒤돌아서 곧장 차 있는 곳으로 뛰어가요. 여기 내 차 열쇠 받아요."

한나는 그녀의 손에 열쇠를 꼭 쥐여주는 노먼을 향해 막 항변하려 했다. 무슨 일이 있더라도 당신을 혼자 버려두고 도망치는 일은 없을 거라고 말이다. 하지만 노먼은 한나를 보호하려는 것이다. 그런 그의 자존심에 상처를 낼 순 없었다.

노먼이 대답을 재촉했다.

"알았어요?"

"알았어요."

강자가 되고 싶어 하는 사람에게 고삐를 쥐여준다는, 케케묵은 전통에 순응하며 한나가 마지못해 대답했다. 하지만 아주 솔직히 이야기한다면, 그렇게 나쁜 기분은 아니었다. 지금 노먼이 한나를 보호하려 한다는 사실이 중요한 것이다. 한나에게 정말로 보호가 필요한지 아닌지는 나중에 생각할 문제였다.

윌라가 가르쳐 준 것을 떠올리며 한나가 말했다.

"불은 문 오른쪽에 있어요."

"알았어요."

노먼이 앞장선 채 두 사람은 저장실 안으로 들어갔다. 불이 켜지자 머리 위의 형광등 빛에 저장실이 환하게 반짝였다.

한나는 저장실의 선반을 둘러보았다. 모든 것이 한나가 기억하는 그대로 가지런히 나열되어 있었다. 양념들은 선반 끝에 있고 통조림들은 기타 식료품들 옆에 놓여 있고, 밀가루나 설탕같이 부피가 많이 나가는 재료들은 맞은편에 차곡차곡 얹어져 있었다.

한나가 노먼에게 말했다.

"저장실은 아무런 이상이 없는 것 같은데요."

"내가 보기에도 그래요."

"그럼 더 안으로 들어가 봐요."

한나는 노먼의 뒤에 붙어 함께 교실 문으로 향했다.

"불은 왼쪽에 있어요."

"알았어요."

노먼이 교실의 불을 켜자마자 두 사람은 아까 들렸던 소리의 원인을 알 수 있었다. 복도로 난 문쪽 의자 하나가 뒤로 넘어져 있었던 것이다.

노먼이 말했다.

"누군가 있었나 봐요."

"누군가이거나 무언가요." 한나가 덧붙였다.

"잠깐만요."

불과 몇 달 전에 바로 이 교실에서 요리 수업을 했던 한나는 요리 기구들을 어디에 보관하는지 아직 잘 기억하고 있었다. 한나는 근처 싱크대의 첫 번째 서랍을 열어 롤링핀을 꺼내 노먼에게 건네주고는, 잠시 후 또 다른 롤링핀을 찾아내 손에 단단히 쥐었다.

"좋아요. 이제 여기에 정말 우리 둘뿐인지 확인해보자구요."

책상 사이를 일일이 돌아다니며 살핀 결과로 교실 안에 정말 두 사람뿐이라는 사실을 깨닫기까지는 그리 오랜 시간이 걸리지 않았다. 침입자가 있었다고 해도, 이미 떠난 뒤였다.

"깨끗해요." 노먼이 들고 있던 롤링핀을 내려놓았다.

"이제 이건 더 이상 필요 없겠어요."

"아직은 안 돼요. 난 나가서 바깥으로 향하는 문을 닫고 돌아올 때까지 계속 쥐고 있을래요."

"그건 내가 할게요."

"좋아요. 그럼 롤링핀 가져가요. 오는 길에 저기 싱크대 첫 번째 서랍에 다시 넣어두면 돼요."

노먼이 바깥쪽 문을 닫으러 간 사이 한나는 복도로 통하는 교실 문을 확인해보았다. 모두 닫혀 있긴 했지만, 잠겨 있진 않았다.

한나는 손에 롤링핀을 든 채로 문을 열어 복도를 내다보았다. 밤에만 켜두는 희미한 불빛에도 복도에 아무도 없다는 사실쯤은 금방 알 수 있었다. 한나가 다시 교실로 돌아와 문을 닫고 잠글 때 노먼도 교실로 돌아와 윌라가 쓰던 창가 책상으로 향했다.

"잠금장치가 어떤 건지 봐야겠어요."

노먼이 서랍을 세차게 잡아당겼다. 그러자 놀랍게도 서랍이 벌컥 열려 노먼은 하마터면 뒤로 자빠질 뻔했다. 두 사람은 열린 서랍을 내려다보았다.

한나가 말했다.

"윌라가 항상 책상을 잠그고 다닌다고 팸이 그랬는데……."

"뭐, 어쨌든 지금은 잠겨 있지 않네요."

노먼은 열린 서랍의 바로 아래 서랍도 열어보고 반대편 쪽에 있는 서랍들도 모두 열어보았다. 전부 열렸다. 심지어 가운데 있는 가장 넓은 서랍도 거침없이 열렸다.

"누군가 벌써 잠금장치를 뜯은 걸까요?"

"그런 것 같진 않아요. 어디 긁힌 자국도 없고, 나무 표면도 깨끗하잖아요."

"그렇지만 팸이 서랍 열쇠는 단 하나뿐이고, 그건 윌라만 갖고 있다고 했어요."

"그 열쇠가 지금 어디 있는데요?"

"그건 몰라요. 마이크가 팸에게 윌라의 지하방 열쇠를 모두 바꾸라고 했대요. 사건 현장에서 윌라의 열쇠를 찾지 못했다면서요."

노먼은 잠시 생각에 잠겼다.

"그렇다면 범인이 그걸 가져가서 어딘가에 던져버렸는데, 누군가 주운 것일 수도 있고, 아니면 한나가 윌라를 발견하기 전에 누군가 그녀를 발견해 열쇠를 가져간 것일 수도 있겠군요."

"하나가 더 있어요."

"무슨 하나요?"

"다른 하나의 가능성이요. 윌라가 사건이 발생한 날에 잃어버린 열쇠를 누군가 주운 것일 수도 있잖아요."

"하지만 그렇다면 그게 윌라의 책상 열쇠인 줄 어떻게 알고 여기까지 왔겠어요?"

노먼의 반문에 한나는 잠시 당황했지만, 이내 돌파구를 찾고 말았다.

"열쇠고리에 윌라의 이름이 새겨져 있었는지도 모르죠. 아니면 누군가 일부러 그녀의 가방에서 열쇠를 훔쳤다든가."

"무슨 이유에서요? 윌라가 부자인 것도 아닌데 서랍 속에 값나가는 물건이 있을 리 없잖아요. 훔치려고 했으면, 윌라의 가방을 통째로 훔쳤지, 열쇠만 따로 골라서 훔치지 않았을 거예요. 이제 막힌 길이에요."

"막다른 골목이요." 한나가 바로잡아 주었다.

"아까 노먼이 했던 얘기로 돌아가 봐요."

"그게……?"

"범인이나 내가 죽은 윌라를 발견하기 이전에 먼저 그녀를 발견했던 사람에 대한 얘기요."

노먼이 말했다.

"난 범인 쪽에 돈을 걸겠어요."

"나도요. 우선 책상 서랍부터 살펴본 다음에 얼른 여기서 나가요. 자꾸만 오싹해지는 것이 별로 기분이 좋지 않아요. 그저 상상일 뿐이라고 스스로를 타이르는 일도 점점 벅차요."

책상을 살피는 동안 두 사람은 말이 없었다.

노먼은 오른쪽 서랍을 뒤졌고, 한나는 왼쪽 서랍을 맡았다.

오른쪽 서랍에서 노먼은 월라의 대학 성적표와 팸에게 제출할 용으로 작성한 수업계획서 몇 장, 레시피 한 묶음을 찾아냈다. 반면 한나는 고든 테이트에게서 받은 이메일 출력물들을 찾아냈는데, 교내 커피숍에서 만나기로 한 약속에 대한 내용이나 저녁식사 데이트, 기타 간단한 안부를 주고받는 내용이 담겨 있었다.

이메일에 적힌 글은 연인으로서의 친밀감보다는 친구 사이의 우정이 더 강하게 느껴졌는데, 그걸 보니 한나는 팸이 왜 월라와 고든 사이가 그렇게 열정적이거나 뜨겁진 않았다고 했던 것인지 알 것 같았다. 동시에 중간 서랍을 짚은 두 사람은 서로 바라보며 싱긋 웃었다. 한나와 노먼이 동시에 양쪽 서랍 살피는 일을 끝낸 것이다.

노먼이 말했다.

"이제 하나 남았군요. 아직은 이렇다 할 수확이 없었는데, 마지막 서랍에 희망을 걸어보자고요."

그리고 기대했던 대로 거기에는 무언가가 있었다.

두 사람의 시선이 동시에 그곳에 가 닿았다. 텅 빈 서랍 한가운데 빨간 에나멜 표지가 덮인 자그마한 앨범이 하나 놓여 있었던 것이다. 두 사람이 허리를 굽혀 살피니 표지에는 거의 알아볼 수 없을 정도로 디자인한 금빛 글씨로 '포토'라고 적혀 있었다.

노먼이 말했다.

"한나, 먼저."

"고마워요."

한나는 앨범을 집어 페이지를 넘겼다. 첫 번째 사진은 울타리에 몸을 기대고 찍은 나이 많은 커플의 모습이 담긴 것이었다.

한나가 말했다.

"아마 윌라의 부모님인가 봐요."

한나가 페이지를 넘기자 노먼이 말했다.

"이건 부부가 가장 아끼던 말이고요."

"그러네요." 두 번째 사진을 바라보며 한나가 대답했다.

부모님의 사진에 등장했던 말과 나란히 서서 찍은 윌라의 모습이 담겨 있었다. 그 뒤에도 비슷한 사진들이 계속 되었는데, 윌라의 아버지인 듯 보이는 남자가 다른 말과 함께 찍은 사진과 중년의 여자가 난로 앞에서 찍은 사진도 있었다.

"멋진 목장이에요."

한나가 넘기는 페이지마다 등장하는 집과 목초지, 말 축사 등의 사진을 보며 노먼이 감탄했다.

마침내 마지막 사진이 모습을 드러냈다.

"아니, 이건 대체……?"

사진 속 윌라는 분명히 웨딩드레스로 보이는 옷을 입고 있었다. 베일은 쓰지 않았지만, 한눈에 봐도 웨딩드레스가 분명했고, 윌라는 아주 행복해 보였다. 하지만 그녀 옆에 서 있는 신랑의 부분은 가위로 깨끗하게 오려 내어져 있었다.

노먼이 물었다.

"혹시 사진 속 신랑이 제스 리퍼일까요?"

"그럴 거예요."

한나가 대답했다. 학교까지 오는 길에 마이크에게 들은 사실을 노먼에게 모두 이야기해준 뒤였다.

노먼이 추측을 진전시켰다.

"그럼 아까 내가 문을 열기 전에 한나가 들었던 소리가 제스 리퍼가 이 사진에서 자기 부분을 잘라내려고 몰래 들어왔던 것? 너무 지나친 추측인가요?"

"제스 리퍼였을 수도 있지만, 만약 그렇다고 한다면 잘 이해가 안 가요. 그 사람이 윌라를 죽일 이유가 없잖아요. 그리고 또 무슨 이유로 결혼 사진에서 자기를 잘라냈겠어요?"

"좋은 지적이에요. 그래도 아까 들었던 소리가 윌라를 죽인 범인이 그녀의 책상을 뒤지다가 낸 소리라고 생각하는 건 맞죠?"

"일단 내 추측은 그래요. 그리고 범인이 여기서 뭔가를 가져갔다면, 우리로서는 그게 무엇인지 도무지 알 방도가 없어요."

한나가 사진 앨범을 숄더백에 넣고 자리에서 일어났다.

노먼이 물었다.

"이제 가려고요?"

"오, 그럼요." 한나가 롤링핀을 손에 단단히 잡아 쥐었다.

"노먼도 다시 롤링핀을 들어요, 알았죠? 내가 내일 팸에게 돌려줄게요."

"좋은 생각이에요. 대비해서 나쁠 것 없으니까요."

흉악한 살인범을 상대로 롤링핀으로 과연 얼만큼 대적할 수 있을까 의구심이 치밀어 오르는 것을 간신히 눌러 내리며 한나는 노먼에게 애써 미소를 지어 보였다.

"맞아요. 파이 껍질의 반죽을 언제 밀어야 하는지는 아무도 모르는 거죠."

한나는 문을 닫고 안전벨트를 맸다. 주차장까지 나오는 동안 아무 일도 일어나지 않은 덕분에 두 사람은 아무런 사고 없이 노먼의 차에 당도할 수 있었다.

"범인은 벌써 멀리 달아났나 봐요."

"어쩌면요. 목표하던 것을 손에 넣었다면 더 지체하고 있을 이유가 없었겠죠."

내가 뒤를 쫓고 있다는 사실을 알고 있었을 때는 얘기가 달라요.

한나는 속으로 생각했다. 운전하는 사람을 긴장시켜 보았자 좋을 것이 하나 없었다. 두 사람이 팸의 교실에 머물렀던 시간이 아무리 못해도 20분인데, 그 정도면 윌라의 범인은 위넷카 카운티의 경계 영역을 넘었어도 한참 전에 넘었을 터였다.

노먼이 주차장에서 나와 굴 에비뉴로 향하며 물었다.

"집으로 갈까요?"

"네."

한나는 심호흡을 하며 다음 부탁의 말을 준비했다.

"오늘 밤에 찍은 사진들을 현상하느라 무척 바쁠 거라는 건 아는데, 혹시 집에 가서 컴퓨터 할 수 있어요?"

그러자 노먼이 웃음을 터뜨렸다.

"하고 싶지 않아도 컴퓨터를 해야 해요. 거기서 사진들을 다운로드 받거든요. 그래야 출력하죠."

"오, 그럼. 나 대신 누구에게 메일을 좀 보내줄 수 있어요?"

"그럼요. 한나도 얼른 사이버 세계의 즐거움에 맛 들일 수 있게 이번 주말에는 꼭 컴퓨터 설치도 해줄게요."

한나는 살짝 신음소리를 냈다.

"미안해요, 노먼. 내가 진즉 설치했어야 했는데, 계속 바쁘기도 했고,

컴퓨터를 어디에다 놓아야 할지 아직 결정도 못 했고……."

"저항하고 있군요." 노먼이 끼어들었다.

"21세기에 끝까지 저항하며 고집을 피우는 사람들이 있죠."

"벌써 21세기란 말이에요?"

한나는 매우 놀란 척했다. 하지만 막 능청스럽게 농담을 던지려는 찰나에 후미경으로 헤드라이트 불빛이 눈에 들어왔다.

"우리 뒤에 차 한 대가 따라오고 있어. 바짝 쫓아오는데요."

"나도 알아요. 몇 블록 전부터 계속 지켜보고 있었거든요. 안전벨트 맸죠?"

"네."

"좋아요. 꽉 잡고 있어요. 급커브를 몇 번 할 테니까요."

노먼은 3번가에 도달하자 거칠게 좌회전했고, 한나는 손잡이를 꼭 붙들었다. 트럭이 아닌 세단이 이렇게 급커브를 하는 건 한 번도 겪어 보지 못했기 때문에 하마터면 소리를 지를 뻔했다. 하지만 한나가 가까스로 정신을 차리기가 무섭게 노먼이 이번에는 메이플 거리에서 또다시 거칠게 좌회전했다.

한나는 속이 마구 울렁거렸다. 흔히들 죽기 전에 그렇다고 하는 것처럼 그간 살아온 인생이 거의 눈앞에 파노라마처럼 펼쳐질 뻔한 순간이었다. 노먼은 또다시 4번가에서 급하게 좌회전을 했고, 한나는 그야말로 이제 죽는구나 싶었다.

곧이어 노먼이 다시 좌회전을 하자 두 사람이 탄 차는 굴 에비뉴의 제자리로 돌아오고 말았다. 하지만 한나가 미처 숨을 고르기도 전에 노먼은 급하게 다른 집 진입로로 차를 몰아 시동을 끄고 헤드라이트도 껐다.

한나가 숨을 몰아쉬며 물었다.

"아니, 왜……?"

노먼이 한나를 의자 밑으로 잡아당겼다.

"몸을 숙여요. 따라오던 차가 첫 번째 커브를 돌 때 우리를 놓쳤으니 다시 찾으려면 시간 좀 걸릴 거예요."

"그럼, 노먼 말은, 그 차가 정말로 우리를 따라오고 있었다는……?"

노먼이 먼저 나서 대답했다.

"네. 아마 곧 있으면 4번가에서 굴 에비뉴 쪽으로 다시 나타날 거예요."

조수석 쪽 창문이 1인치 정도 내려와 있어 한나는 바깥에서 나는 소리를 들을 수 있었다.

한나는 숨을 죽이고 귀를 기울여 보았지만, 바깥에서 들리는 것이라고는 근처 풀밭의 귀뚜라미와 꽤 멀리 떨어진 듯한 고양이 두 마리의 울음소리뿐이었다. 그 외에 주위는 아주 고요했다.

한나가 노먼에게 따라오던 차가 우리를 영영 놓친 모양이라고 막 말하려는 찰나 엔진 소리가 들렸다.

노먼이 경고했다.

"저기 오네요. 계속 숙이고 있어요. 운이 좋으면 우리가 먼저 앞서 가버린 줄 알 거예요."

한나는 두 눈을 감은 채 긍정적인 주문을 외웠다.

'얼른 가던 길을 가렴. 우린 너네 앞에 있어. 그러니 얼른 가던 길을 가.'

속으로 주문을 외던 한나는 위험을 무릅쓰고 밖을 살짝 내다보았다.

한나의 묵언 주문이 정말로 효과를 발휘한 것인지 그 차는 노먼과 한나가 있는 곳을 지나 길 아래로 내달려 사라져버렸다.

노먼도 밖을 살짝 살펴보지 않았을까 하는 생각에 한나가 물었다.

"그 사람, 봤어요?"

노먼이 다시 시동을 켜고 진입로에서 빠져나오며 말했다.

"네, 운전자 혼자였어요. 남자인 것 같았어요. 한나가 보기에도 그렇던가요?"

역시 노먼은 나를 너무 잘 알아. 한나는 생각했다. 하지만 대신 이렇게 대꾸했다.

"왜 내가 봤을 거라고 생각해요?"

"우린 동시에 머리를 내밀었잖아요. 한나가 밖을 살피는 것, 나 봤거든요. 우리 쪽을 보지 않은 게 다행이었어요."

한나도 전적으로 동의했다.

"정말이네요. 내가 보기에도 노먼 생각과 같았어요. 이걸 마이크에게도 얘기해줘야 할까요?"

"뭘 어떻게 얘기해요? 누군가 학교에서부터 우릴 쫓아온 건 맞지만, 어떤 차였는지 정확한 묘사도 할 수 없는데다가 자동차 번호판을 본 것도 아니잖아요?"

한나는 잠시 생각에 잠겼다.

"말 안 하는 게 낫겠네요."

한나는 간단하게 결론을 내리고는 화제를 돌렸다.

"죽음을 앞뒀을 때 그동안 산 인생이 눈앞에 파노라마처럼 펼쳐진다는 얘기 알아요?"

"들어본 적 있어요."

"나 아까 거의 그랬어요."

노먼은 아무 말이 없더니 이내 한나의 손을 잡았다.

"한나가 위험에 빠지는 일은 없을 거예요. 내가 절대 그렇게 두지 않을 테니까요."

"그럼 아까는요?"

"거칠게 몰긴 했지만, 신중하게 계산해서 회전한 거랍니다."

356

한나는 노먼의 대답에 별로 수긍할 수 없었지만, 그래도 고개를 끄덕였다.

"알았어요. 믿을게요. 그렇게 하는 건 어디서 배웠어요?"

"뭘요?"

"그렇게 운전하는 거요. 아주 정확한 속도를 유지하면서 차를 돌렸잖아요. 조금만 더 속도가 높았으면 차가 뒤집혔을 거예요. 반면 조금만 더 속도가 낮았으면 따라오던 차에게 추격당했을 거구요."

"오, 그거요." 노먼이 어깨를 살짝 으쓱해 보였다.

"대학 다닐 때 자동차 경주를 좀 했었어요."

"그럼, 전문적으로 말이에요?"

"네. 2년밖에 하지 않았지만, 막 시작했을 때는 피트 크루(10초 안팎에 기름을 넣고 바퀴를 교체하는 등 경주차를 재정비하는 정비공)로 활동했었죠. 내가 타이어를 93초 만에 교체할 수 있는 거 알아요?"

"아뇨……."

"93초 만에 가능해요. 혹시 타이어 교체할 일이 있으면 보여줄게요. 한나의 집까지 다른 길로 돌아가도 괜찮겠죠? 혹시 아까 그 차가 아직도 돌아다니고 있을지 모르니 안전한 길로 가려고요."

"네, 상관없어요."

둥근 달빛에 비친 노먼의 모습을 한나는 돌아오는 내내 바라보았다.

자동차 경주 레이서라니! 노먼은 정말 놀라움 그 자체다. 이제 그에 대해 웬만큼 잘 안다고 자부할 때 즈음 이런 커브볼을 던지다니 말이다.

"혼자 있어도 괜찮겠어요?"

노먼이 현관 안쪽으로 발을 들여놓으며 물었다.

"괜찮아요. 게이트 열쇠가 없으면 아예 아파트 단지 안으로 들어오지도 못하는 걸요."

"얇은 합판의 게이트를 거치려면 당연히 열쇠가 있어야겠지만, 바깥 공원에서 걸어서 들어오는 경우에는 얘기가 달라요."

"하지만 여기까지 쫓아오는 사람은 아무도 없었잖아요. 노먼이 이미 확인도 했구요."

노먼은 여전히 결정하지 못한 채 문가를 서성이더니 이내 한숨을 내쉬었다.

"알았어요. 대신 내가 가고 나면 꼭 경보 시스템을 켜두도록 해요. 그래야 한나를 두고 가는 내 마음이 조금은 편할 것 같아요."

"그럴게요. 약속해요."

시스템 작동법을 내가 아직 기억하고 있던가 속으로 의아해하며 한나가 대답했다.

"좋아요, 그럼. 내일……."

노먼이 하던 말을 멈추더니 얼굴을 찌푸렸다.

"모이쉐를 봐요! 창문 밖에서 뭔가 본 것이 틀림없어요. 확실해요!"

"정말이네요. 동물이나 다른 사람 소리를 들은 걸지도 몰라요. 아무튼, 그게 무엇이든 간에 녀석이 저렇게 반응하는 걸 보면 뭔가 있는 게 맞을 거예요."

두 사람은 함께 창가로 다가갔다. 한나는 어둠 속을 열심히 살폈지만 움직이는 것은 아무것도 없었다.

한나가 물었다.

"뭐가 좀 보여요?"

"아뇨, 우리 눈에 보이지 않을 정도로 작은 것인지도 모르겠어요. 들쥐나 뱀 같은 것이요."

"그럼 정말 그것인가 보네요."

한나가 동의하며 창문에서 떨어졌다.

노먼이 다시 현관으로 향하며 물었다.

"우리, 어디까지 말하고 있었죠?"

"내게 작별 키스를 해주려던 참이었죠."

"내가요?"

"오, 네. 두 번 이상이요."

노먼이 킥킥거리더니 한나를 팔에 안았다. 그러고는 한나의 제안을 백분 수용하여 한나에게 6번의 키스를 해주었다.

마침내 노먼이 현관문을 열었을 때 한나는 약간의 현기증을 느꼈다.

노먼은 의외로 키스를 잘한단 말이지! 노먼과 함께 문밖으로 나와 마지막 키스를 나누는 찰나 아래쪽에서 목소리가 들렸다.

미셸이었다.

"미안. 방해할 생각은 아니었어요."

미셸이 안드레아와 함께 계단을 올라오고 있었다.

둘 다 히죽거리는 것을 보니 한나와 노먼이 키스하는 장면을 목격한 모양이었다.

노먼이 계단으로 향하며 말했다.

"막 가려던 참이었어요. 오늘 밤에 출력해야 할 사진들이 있어서요."

안드레아가 물었다.

"트레시랑 제 사진도 어떻게 나왔는지 한 번 봐주실래요?"

"아주 잘 나왔을 거예요. 안드레아는 워낙 사진발이 잘 받으니까요, 트레시도 마찬가지고. 미셸도 사진이 정말 잘 받죠."

한나만 그 이야기 속에서 쏙 빠졌다는 사실을 두 동생은 모르고 있을 것이다. 결코 사진이 잘 받는 타입이 못 되는 한나는 늘 예외였다.

한나의 사진을 찍어본 사람이라면 누구나 그러한 사실을 금방 눈치채곤 했다.

노먼이 쿠키단지에 찍은 한나의 사진, 사진 전시회에서 영예의 1등을 차지해 지금은 마이크의 집 소파 위에 걸린 그 사진은 한나 일생에 다시는 없을 우연한 행운이었다.

현관문을 열고 동생들을 안으로 이끌며 한나는 오늘 오후에 노먼이 찍은 사진에 대해 생각해보았다. 그것 역시 영예로운 사진으로 남을 터였다. 물론 부정적인 방향으로 말이다.

보랏빛 드레스가 한나의 빨간 머리와 세차게 부딪히는 모습은 그야말로 스펙터클할 테지.

거실로 들어서자 미셸이 물었다.

"왜 그래, 언니?"

한나가 간단하게 대답했다.

"생각 좀 하느라구."

로드가 일요일판 레이크 에덴 신문의 첫 면에 그 사진을 싣겠다는 데 한나가 막을 도리는 없었다. 이미 끝난 일이다. 한나는 이미 그 드레스를 입지 않았는가.

다시 시간을 되돌린다고 해도 한나는 마지와 잭과 리사 앞에서 여전히 보라색 태피터를 골랐을 것이다. 리사의 아버지 얼굴에 떠오른 환한 미소만으로도 그 옷의 가치는 충분했다.

"정말로 뭔가 있었던 거로구나!"

한나가 모이쉐의 귀 언저리를 긁어주며 용케도 녀석이 미셸과 안드레아가 아파트 안으로 들어와 계단을 올라오는 소리를 들은 것에 대해 닭고기 맛 간식을 주었다.

미셸이 깜짝 놀라며 물었다.

"우리 소리를 들었단 말이야?"

"뭔가 들은 것 같더라구. 그것만으로도 대단하지. 커피 줄까?"

커피를 물처럼 마시는 스웬슨가 사람들에게는 참 바보 같은 질문이라는 것을 깨달은 한나는 굳이 대답을 기다리지 않고 곧장 주방으로 가 커피를 올렸다. 그런 다음 수 플랫닉의 오렌지 케이크를 잘라 접시에 담은 다음 커피와 함께 거실로 가지고 나왔다.

거실에서는 안드레아와 미셸이 한나를 기다리고 있었다.

한나가 안드레아에게 물었다.

"그래, 오늘은 어쩐 일로 온 거야?"

"언니가 뭘 알아냈는지 나중에 얘기해준다고 했잖아. 그 나중이 지금이야."

한나는 조금 전까지 팔팔 끓어 얼마 식지 않은 뜨거운 커피를 크게 한 모금 들이켰다. 잠이 들기에는 정신이 너무 생생하고, 카페인 수치는 높아질 대로 높아졌으며, 너무 많은 일이 벌어졌던 오늘 하루였다.

한나는 머릿속마저 빙글빙글 도는 듯했다. 단 1, 2분이라도 쉬지 않으면 제대로 생각할 수 없을 것 같았다.

"잠깐 1분만 시간을 줘."

한나가 커피를 내려놓고는 욕실 세면대로 향했다.

얼굴에 찬물이라도 좀 끼얹으면 나을지 모른다. 물론 8시간 동안 아무에게도 방해받지 않고 숙면을 취한다면 아주 훨씬 더 낫겠지만, 우선은 찬물 세수만으로도 만족했다.

찬물이 얼굴에 닿자 한나는 정신이 번쩍 들었다.

레이크 에덴 역사학회 부스의 자원 활동 당번을 오늘 밤으로 정하는 것인데 그랬다. 그랬으면 버니 풀튼이 황소의 눈에 정확히 공을 던져 한나를 물탱크 속에 빠뜨릴 수 있었을 텐데 말이다. 그보다 더 정신 차릴 방법은 없을 것이다.

한나가 다시 거실로 나오자 미셸이 물었다.

"언니, 괜찮아?"

"아니, 그래도 조금 나아졌어. 내가 너 오늘 아침에 보고 계속 못 봤지?"

"맞아."

한나는 안드레아를 돌아보았다.

"너도 심사 이후로는 한 번도 못 봤어. 그때 나랑 제대로 얘기할 시간도 없었잖아. 맞지?"

"맞아."

"좋아. 그럼 이제 너희 둘 다 모르는 사실을 알려줄게."

한나는 마술 상자에 들어가 두 명의 카우보이가 나누던 대화를 엿들었던 이야기를 해주었다.

안드레아가 물었다.

"정말 터커라는 사람이 컬리라는 사람을 죽이려고 했단 말이야?"

"일부러 그랬다는 뉘앙스였어! 두 사람 이야기를 들어보니까 터커와 컬리가 로데오 팀의 소유주 딸인 브리아나를 두고 라이벌 관계였다더라구. 터커가 팀에 합류하기 전에 브리아나는 원래 컬리와 만나던 사이였대."

미셸이 말했다.

"로데오에서 카우보이 한 명이 다쳤단 이야기 나도 들었어. 하지만 그 이야기를 해줬던 여자 아이는 그게 사고였다고 했는데."

"사고처럼 보였기 때문이었겠지. 브라마 황소를 타는 시합 중에 발생한 거였으니까. 카우보이 둘이 하는 말로는 터커가 컬리를 위험에 빠뜨리게 하려고 일부러 떨어진 거래."

그러자 안드레아가 얼굴을 찌푸렸다.

"하지만 그러기도 쉽지 않은 일 아니야?"

"나도 로데오에 대해서는 잘 모르니까 모르겠어. 근데 두 사람 얘기가 꽤 신빙성이 있는 것 같더라. 그래서 노먼이랑 같이 컬리를 만나러 병원에 갔었어."

두 자매가 동시에 커피잔을 내려놓고 앞으로 몸을 바짝 기울였다.

미셸이 물었다.

"그래서 뭘 알아냈어?"

"몇 가지 물어보긴 했는데, 마취 중이라서 말을 할 수 없었어. 그래도 고개를 끄덕이거나 좌우로 흔들거나 하면서 대답할 수 있는 질문을 했는데, 터커가 컬리를 죽이려 했던 것이 맞느냐고 물었더니 그렇다고 하더라구. 그리고 터커의 배경을 알아보고 다녔다는 것이 사실이냐고 했더니 그것도 그렇다고 했어. 그래서 무엇 때문에 터커가 당신을 죽이려 했던 것이냐고 물었는데, 완전히 마취돼서 그것까진 대답하지 못했어."

"그럼 다시 이야기를 해봐야겠네."

안드레아가 걱정스러운 표정으로 말했다.

"터커가 컬리를 죽이려 했다면, 언제든 또다시 시도할 거 아니야."

"그래, 터커가 정말로 컬리를 죽이려고 했다면 말이지."

미셸이 지적했다.

"확실히는 모르지만, 어쨌든 컬리는 터커가 자신을 죽이려 했다고 생각하는 거잖아."

"둘 다 맞아. 나이트 박사님이 컬리의 수술이 끝나는 대로 연락을 주시겠다고 했어. 그럼 그때 다시 찾아가서 이야기해볼 거야. 근데 오늘 일어났던 일이 그것뿐만이 아니야. 노먼이랑 병원에 갔다가 먹을 것을 사러 푸드 코트에 들렀었는데, 거기서 메리 애덤작을 봤어."

안드레아가 안도하며 외쳤다.

"오, 정말! 오늘 오후에 애덤작 부인 집에 갔었는데, 아무도 없더라구."

"그래. 두 명의 메리 모두 푸드 코트에 있던데."

안드레아가 알쏭달쏭한 표정을 지었다.

"두 명의 메리?"

"메리 루 애덤작이랑 메리 케이 애덤작. 그동안 1등 리본을 휩쓸었던 사람은 바로 메리 루였어. 메리 케이는 메리 루의 며느리인데, 이번에 메리 루가 오른쪽 팔을 다치는 바람에 며느리인 메리 케이가 루의 레시피로 제빵 경연대회에 처음 참가한 거래. 그래도 그게 장려상을 받아서 두 사람 다 무척 기뻐하더라고."

미셸이 물었다.

"그럼 부인도 용의자 명단에서 지워버려야겠네?"

"그렇지. 힉스 씨도 지워야 해. 마지 비즈먼이 그 가족을 잘 아는데, 힉스 씨는 지난 두 달간 휠체어를 타고 있었대. 다리를 다치는 바람에 아직 서지도 못한다던 걸. 월라를 죽인 범인이 뛰어 달아나는 것을 내 눈으로 똑똑히 봤으니까, 힉스 씨는 분명 아니야."

미셸이 말했다.

"라일 모트센슨도 아니야."

"누구?"

한나와 안드레아가 거의 반 박자의 간격을 두고 물었다.

그러자 미셸이 웃음을 터뜨렸다.

"두 사람 꼭 메아리 같잖아. 라일 모트센슨은 월라가 가정학 수업을 낙제시켰던 학생 이름이야."

"그렇군."

한나는 수첩을 꺼내 그의 이름을 적었다.

"그럼 월라가 살해당했을 때 그 학생은 어디 있었어?"

"미니애폴리스에서 톡식 톰슨이 라신 리퍼를 혼내주는 걸 보고 있었대."

"뭐?"

한나는 막냇동생을 멍하니 쳐다보았다.

"레슬링 말이야. 라일의 아빠가 톡식의 아빠와 함께 일하신대. 그래서 경기 때마다 따라다닌다고 하더라구. 이번에도 그랬으니 라일이 범인일 리 없어. 자정이 가까워서야 집에 돌아왔다던 걸."

한나는 용의자 명단을 내려다보더니 또 다른 이름 위로 동그라미를 쳤다.

"좀 더 알아보고 나서 정하려 했는데, 아무래도 고든 테이트도 아닌 것 같아."

미셸이 물었다.

"누구라구?"

"윌라의 전 남자친구. 트라이 카운티 대학의 고고학 교수야. 지금 유적 탐사 차 멕시코에 가 있대. 노먼이 일단 이메일을 보내 두었어."

안드레아가 물었다.

"그럼 아예 국내에 없다는 이야기니까 당연히 그 사람도 아니겠네?"

"그래도 일단 확인은 해봐야지. 잠깐이라도 국내에 들어왔었던 적은 없는지 말이야. 뭐, 거의 불가능해 보이는 이야기이긴 하지만."

미셸이 물었다.

"그럼 아직 용의점을 두는 사람은 누구야?"

한나가 대답했다.

"아직 누구인지 모르는 윌라의 최근 남자친구. 윌라가 그렇게 옷을 차려입게 한 사람."

안드레아가 물었다.

"그 사람이 누군데?"

"그건 모르지. 그리고 한 사람이 더 있어. 페어 개최 측 사무실에 몰래 들어가 돈을 훔쳐갔던 사람."

"그 사람 역시 누군지 모르는 거지."

미셸이 두 언니에게 상기시켰다.

"안 그래도 오늘 밤에 로니랑 그 얘기를 했었는데, 사무실을 억지로 뜯고 들어간 흔적은 없었대. 내가 4-H 아이들에게 오늘 아침에 보여줬던 사진에 대해서는 어때? 그것과 관련해서 들은 이야기는 없어?"

"있어. 안 그래도 아이 중 하나가 부모랑 같이 오늘 나를 만나러 왔었어. 비밀로 해주겠다고 약속했기 때문에 누구인지는 말 못해. 아마 그 아이가 월요일 밤이랑 화요일 밤, 그러니까 윌라가 살해당하기 바로 전에 그녀가 로데오 카우보이랑 함께 있는 것을 본 것 같아. 근데 불행하게도 생김새나 외모 같은 건 잘 보지 못했다고 해."

안드레아가 말했다.

"그럼 혹시 그 카우보이가 윌라의 남자친구?"

한나가 대답했다.

"어쩌면. 하지만 남자친구가 전혀 다른 사람일 수도 있어. 그건 아직 모르는 거야."

미셸이 물었다.

"윌라의 아파트는? 거기서 뭣 좀 찾았어?"

그러자 안드레아가 한숨을 내쉬었다.

"별로. 찾아낸 거라곤 윌라가 간직하던 꽃 배달 카드뿐이었어. 거기에 '어제도, 오늘도, 내일도 영원하리' 라고 적혀 있었지."

한나가 덧붙였다.

"'바람과 함께 사라지다' 양장판에 끼워져 있었어. 코르사쥬에서 떼어낸 것 같은 난초랑 같이. 무척 중요한 카드였나 봐. 안 그랬으면 그렇게 소중히 보관할 리 없지."

미셸이 물었다.

"팸에게 갔더니 언니한테 학교 열쇠를 줬다고 하던데. 윌라의 책상을 살펴볼 거라고 했다면서?"

"우리가 도와줄까?"

"벌써 학교에 갔다 왔어, 노먼이랑 같이."

노먼과 한나의 뒤를 따라오던 차에 대한 이야기는 동생들에게 하지 말자고 한나는 결심했다. 이야기해봤자, 걱정만 끼칠 뿐이었다.

"거기서도 흥미롭던 건 이 작은 앨범 하나밖에 없더라."

한나가 가방에서 앨범을 꺼내 미셸에게 건네주었다.

안드레아가 미셸의 어깨너머로 앨범을 흘끗 쳐다보더니 말했다.

"나도 저것과 똑같은 것 있는데. 검은색으로."

한나는 입술을 지그시 깨물었다. 이제 앨범 속 사진이 남들과 다르다는 사실을 설명해줘야 할 때였다.

"마지막 사진을 봐봐."

미셸이 알아보았다.

"윌라가 하얀색 새틴 드레스를 입고 있네. 내가 대회 때 입었던 이브닝드레스랑 비슷해. 물론 내가 입었던 건 이보다 반쯤 짧았지만. 누군가 윌라와 함께 있는 사람을 잘라냈나 봐. 윌라의 어깨에 두른 팔은 보이는데, 나머지 부분은 없어."

안드레아가 제법 확신 어린 어조로 말했다.

"아마 윌라가 그랬을 거야."

미셸이 물었다.

"왜?"

"간단해. 내가 벤톤 우들리랑 같이 졸업파티에 갔었던 것 기억나?"

나머지 두 사람이 고개를 끄덕이자 안드레아가 말을 이었다.

"나도 그 애랑 헤어진 다음에 졸업파티 사진에서 걔를 오려냈어. 아마 윌라도 나랑 똑같은 심정이었을 거야."

"동의해." 한나가 말했다.

"아마 이건 윌라의 결혼 사진이고 윌라가 오려낸 사람은 제스 리퍼일 거야. 윌라가 그렇게 한 것도 무리는 아니지!"

충격 어린 두 동생의 표정에 한나는 끙 소리를 냈다.

"윌라가 결혼했었단 얘기 내가 안 했던가?"

둘이 동시에 고개를 저었고, 한나는 말을 이었다.

"그럼 윌라가 엄마한테 자기 결혼식에서 썼던, 은으로 된 샴페인 잔을 팔았단 것도 모르겠네?"

또다시 둘이 동시에 고개를 저었다. 여전히 충격에 사로잡힌 표정이었다.

"그럼 윌라가 오리건에서 4개월 동안 교도소 신세를 졌던 것도?"

안드레아와 미셸이 또다시 고개를 저었고, 마침내 미셸이 먼저 입을 열었다.

"아니, 그건 전부 언제 알게 된 거야?"

"오늘. 둘 중 아무나 커피 한 잔만 더 갖다주면 얘기해줄게."

"우리가 왜 이걸 해야 한다고 했지?"

안드레아가 디거 깁슨의 장례식장 앞에 차를 주차하자 한나가 물었다.

안드레아가 설명했다.

"왜냐하면 쇼핑몰에 있는 꽃집이 문을 닫았으니까. 우리가 꽃도 없이 나타나면 윌라가 살해당했던 날 밤에 그녀와 같이 있었던 카우보이가 누구인지, 터커가 정말로 컬리를 죽이려고 했는지 아닌지를 알아보려고 불쑥 나타난 줄 알 거야."

"그래서 가는 거잖아."

"그건 언니와 나만 아는 사실이고, 그 사람들은 그걸 알면 안 되지."

한나가 물었다.

"웬 꽃이냐고 물으면?"

"그에 대비한 핑계가 있어."

차 문을 여는 안드레아는 매우 자신감 어린 모습이었다.

"여기서 기다려. 금방 갔다 올게."

"아, 저 애를 어떻게 말려."

안드레아가 보도를 지나 장례식장 위에 있는 깁슨의 아파트 초인종을 울리는 것을 바라보며 한나가 신음소리를 냈다.

"그건 너도 마찬가지야. 병원에 도착하면 어떻게 해야 할지 알고 있지?"

미셸이 고개를 끄덕였다.

"너랑 안드레아가 간호사의 주의를 끄는 동안, 난 환자 명단을 훔쳐 보는 거야. 레이크 에덴은 그렇게 큰 마을이 아니니까. 병원에 입원한 사람 중에 우리가 알 만한 사람이 분명히 있을 거야."

"그렇겠지. 그리고?"

"꽃을 들고 대기실에서 기다려야 해. 마치 누구를 기다리는 것처럼. 그런 다음에 원래 목적을 이행해 나가는 거지. 터커와 컬리에 대해 알 아보러 온 사람이 또 있는지 말이야."

"맞아. 저기 안드레아 언니랑 디거가 보여."

미셸이 창밖을 바라보았다.

"디거가 웃는 것 같아! 디거가 웃는 건 한 번도 못 봤는데."

"그거야 매번 장례식장에서만 봤으니까 그랬겠지. 사적인 자리에서 는 잘 웃을 거야."

"정말?"

한나는 무뚝뚝한 표정의 장의사를 떠올리고는 어깨를 으쓱해 보였다.

"흠, 아닐지도 모르고. 그래도 근무 시간 외에는 록 밴드에서 키보드 를 치는 연주자 활동을 하는지도 모르지. 어떤 사생활을 하는지 우리는 알 수 없는 거야."

한나와 미셸이 다시 한 번 계획에 대해 논의하는 사이 안드레아가 차 에 당도했다.

"이것 좀 들어줄래?"

안드레아가 반 부탁, 반 명령조로 한나의 손에 꽃이 가득 꽂혀 있는 화병을 쥐여주었다.

한나가 꽃다발을 내려다보며 말했다.

"아주 예쁘네."

"종류별로 한 송이씩 샀어."

운전석에 올라타며 안드레아가 설명했다.

"혹시 다른 사람이 우리가 장례식에 간다고 생각할까 봐 디거가 신경 써줬어."

한나가 말했다.

"그래서 백합이 없구나."

"아니, 그래서 없는 게 아니라 백합이 있으면 사람들이 궁금해할까 봐 그랬대. 백합은 전통적인 장례식 꽃이거든. 부활절을 제외하고 병문 안을 갈 때는 백합을 넣는 게 아니래."

마을을 빠져나온 안드레아의 차는 레이크 에덴 병원으로 향했다. 그리고 10분도 지나지 않아 세 사람은 병원의 방문자용 주차구역에 차를 세웠다.

"컬리의 친구들이 와 있나 봐."

미셸이 옆에 주차된 차를 가리켰다.

"유리창에 노스웨스턴 로데오와 카니발 스티커가 붙어 있어."

한나는 반대편에 주차된 소형 트럭을 쳐다보았다. 거기에도 노스웨스턴 스티커가 붙어 있었다.

"여기 트럭에도 있는데. 모두 우리랑 같은 목적으로 찾아오기라도 한 건가?"

"만약에 로데오 팀 소유주의 딸인 브리아나도 와 있으면, 내가 그녀를 맡을게. 나이도 비슷하니까 말이 잘 통할 거야. 터커에게서 멀리 데리고 나와야지."

"그럼 난 터커를 맡을게."

한나가 말하고는 안드레아를 돌아보았다.

"넌 브리아나의 아빠인 샘 웨버를 맡는 게 좋겠어."

"좋아. 그 사람한테 뭘 물어볼까?"

"혹시 터커와 컬리 사이에 뭔가 앙금이 있는 건 아닌지를 물어봐. 내가 카우보이 두 사람한테 들은 얘기로는 그랬으니까. 아마 쉬운 일은 아닐 거야."

"알았어, 어떻게든 알아내 볼게. 그리고 다른 건?"

"데리고 있는 카우보이 중에서 윌라를 아는 사람이 있는지 알아봐. 그것도 아마 머리를 꽤 써야 할 거야. 그러고는 꼭 로데오 쇼에 대해서도 물어봐. 그가 쇼에 대한 설명에 정신이 팔리는 동안 미셸과 내가 각각 터커와 브리아나와 이야기를 나눌 테니."

안드레아가 대답했다.

"알았어."

"나도, 명심."

미셸 역시 대답하고는 차 문을 열고 내렸다.

"아직도 피곤해, 언니?"

"오, 당연하지. 이미 피곤한 상태에서 몇백 광년은 넘어섰어."

안드레아가 물었다.

"그걸 어떻게 알아?"

"이 미친 계획들이 다 합리적으로 들리는 거 보면 그런 것 아니겠어?"

"세 가지 선택이 있어."

병원 복도를 걸으며 한나가 두 동생에게 말했다.

"캘빈 제노스키가 편도선 적제술을 받으러 입원해 있고, 에드 바텔이 관절 수술을 받으러 와 있었고, 닷 트루먼 라슨이 첫째 아이 출산 때문에 지금 한창 진통 중이래."

안드레아 말했다.

"캘빈은 안 돼. 우리가 밤 11시에 가까운 야심한 시각에 초등학교 1학년생인 캘빈을 병문안하러 왔다는 건 아무도 믿지 않을 거야."

"좋은 지적이야. 에드 바텔은? 그 부인은 엄마랑 같은 퀼트 클럽 회원인데."

미셸이 동의했다.

"그거라면 가능하겠어."

"난 닷 트루먼 라슨에게 한 표 던질래. 첫 아이면 분만하는 데 꽤 오래 걸릴 거 아냐."

"언니 말이 맞아." 안드레아가 말했다.

미셸이 찬성하고 나섰다.

"그럼 나도 닷에게 한 표. 우리 셋 다 그녀를 아는데다가 작년 여름에 있었던 그녀 결혼식에도 갔었잖아."

한나가 복도 끝쪽에 있는 커다란 대기실로 향하며 말했다.

"근데 문제가 하나 있어."

미셸이 물었다.

"뭔데?"

"출산을 위한 대기실은 따로 있어. 그녀를 보러 온 것이라면 우린 여기에 있으면 안 돼."

"거긴 닷의 남편이며 가족, 친척들이 다 와있을 테니까 복잡할 거야."

안드레아가 그럴듯한 설명을 제시해주었다.

"그거면 되겠는데."

모퉁이를 돌던 한나가 갑자기 멈춰 서는 바람에 뒤따르던 두 명의 동생은 하마터면 그녀와 부딪힐 뻔했다.

안드레아가 물었다.

"왜 그래?"

"오늘 오후에 내가 엿들었던 카우보이 두 사람이 지금 대기실에 있어."

미셸이 물었다.

"그게 뭐가 어때서?"

"날 알아볼지도 몰라."

"잠깐만." 안드레아가 한나의 팔을 잡고 몇 걸음 뒤로 물러났다.

"그때 마술 상자에 숨어 있었다고 했잖아."

"오, 그랬지."

미셸이 물었다.

"아무 소리도 내지 않았지?"

"맞아."

안드레아가 물었다.

"그러면 어떻게 저 사람들이 언니를 알아보겠어?"

한나는 에덴 호수에서 헤엄치다 나온 강아지처럼 고개를 도리도리 흔들었다. 제대로 된 사고의 기능이 멈춰버린 듯했다. 과연 이 상태로 컬리에게 질문할 수 있을까?

"커피?"

"아까 보니까 타 먹을 수 있도록 커피를 놓아둔 조그마한 골방이 있던데 내가 가서 가져올게."

미셸이 서둘러 달려갔다. 그리고 잠시 후 커피가 가득 든 스티로폼 컵을 들고 나타났다.

"이것 마셔. 도움이 될 거야."

한나는 한 모금 마시고는 얼굴을 찌푸렸다. 과연 이 페인트 희석제와 같은 맛이 나는 커피가 지칠 대로 지쳐버린 뇌에 카페인을 제대로 공급

해줄까 의문이었지만, 그래도 연거푸 세 모금을 거듭 들이켰다.

한나가 말했다.

"좋아. 가자."

안드레아가 물었다.

"좀 괜찮아졌어?"

"그런 것 같아. 아까 전까지만 해도 눈꺼풀이 쿼터(25센트) 동전 무게였는데, 지금은 다임 정도(10센트) 무게로밖에 안 느껴져."

미셸이 말했다.

"그 정도만 해도 됐어."

안드레아도 동의했다.

"내 생각도 그래. 꽃은 내가 들게. 언니가 떨어뜨릴지도 모르니까."

"터커도 네가 만나볼래?"

한나는 평소 생생한 상태였다면 절대 하지 않았을 질문을 했다.

"아니. 터커처럼 으스대기 좋아하고 손가락으로 찍기만 해도 모든 여자가 다 자기한테 넘어올 거라고 생각하는 남자를 다루는 건 나보다 언니가 나아. 만약 그 사람이 나한테 조금이라도 치근덕댄다면 난 아마 그 자리에서 뺨을 날려버릴 거야."

안드레아의 말에 한나의 눈꺼풀이 번쩍 뜨였다.

"터커를 알아?"

"개인적으로는 모르지만, 페어 첫날 오후에 로데오 쇼에서 봤어. 트레시가 하도 가자고 조르는 바람에 데리고 갔었거든. 그때 트레시도 그러더라. '저 카우보이는 너무 잘난 척해. 자기가 뭐라도 되는 줄 아는가 봐. 저런 사람은 다 별볼일없더라.' 라고 말이야."

한나는 내심 놀랐다. 어린 조카가 그래도 사람 볼 줄 아는 모양이었다. 하긴 그 방면에는 안드레아도 능력이 있었다.

"알았어. 그럼 터커는 계획대로 내가 맡을게."

"좋아." 안드레아가 한나를 살짝 포옹했다.

"가서 언니의 솜씨를 보여 봐. 그런 다음에는 미셸과 내가 집까지 고이 모셔다가 푹 잘 수 있게 해줄게."

커피가 효험이 있었다. 아니면 컵 밑에 가라앉은 커피 찌꺼기 때문이었는지도 모르겠다. 어쨌든 한나는 커피 맛이 어땠는지 돌이켜 생각해 보고 싶지 않았다.

한나는 미셸에게 손짓으로 따라오라고 한 다음 젊은 커플이 앉은 대기실의 긴 의자로 다가갔다.

"앉아도 될까요?"

만약 안 된다고 하면 뭐라고 해야 할지도 대비하지 않은 채 한나가 물었다. 하지만 다행히 두 사람은 고개를 끄덕였고, 한나와 미셸은 긴 의자에 각자 자리를 잡았다. 한나는 카우보이의 옆에 앉았고, 미셸은 아주 어리고 순수해 보이는 소녀 옆에 앉았다.

"심각한 일로 오신 건 아니길 바라요."

카우보이가 무슨 일로 온 것인지 이미 알고 있으면서도 한나가 능청스럽게 말을 걸었다.

카우보이가 살짝 한숨을 내쉬며 말했다.

"꽤 심각한 일이긴 하죠. 로데오 팀에서 왔는데, 우리 동료 중 한 명이 부상을 당했거든요. 지금 소식을 기다리는 중입니다."

어린 소녀가 설명했다.

"지금 수술 중이거든요. 의사 선생님이 누군가 나와서 컬리의 상태가 어떤지 설명해줄 거라고 해서 벌써 1시간째 기다리는데, 아무도 나오지 않네요."

"그럼 직접 가서 알아보기로 해요."

미셸이 자리에서 일어나 소녀의 손을 잡았다.

"친구가 아기를 낳는다고 해서 왔는데, 마침 여기 간호사 몇 명을 알거든요. 뭔가 알려줄지도 몰라요."

"그거 잘 됐네요!"

소녀가 뛸 듯이 기뻐하며 터커인 듯 보이는 카우보이를 쳐다보았다.

"같이 갈래요?"

"그냥 있는 게 좋을 거예요."

"어째서요?"

"간호사들이 쉽사리 이야기해주지 않을 텐데 너무 많은 사람이 몰려가서 물어보면 혹시라도 문제가 될까 봐 더 입을 꾹 다물 거예요. 내말, 무슨 뜻인지 알죠?"

"오. 그렇다면……, 혼자 갔다 와, 브리."

브리아나인 듯 보이는 소녀가 터커인 듯 보이는 카우보이에게 다가가 키스를 하자 한나는 살짝 미소를 지었다. 비록 온전한 정신은 아니었지만, 두 사람이 터커와 브리아나라는데 1,000달러도 걸 수 있었다.

사람들도 붐비는 대기실에서 한나는 두 사람을 정확하게 포착해낸 것이다. 미셸이 브리아나와 함께 자리를 뜨자 한나는 터커를 돌아보았다. 안드레아와 트레시의 말이 맞았다.

앉은 자세에서도 왠지 모를 거들먹거림이 느껴졌고, 무척이나 마초다운 기질이 엿보였다. 영화에 출연해도 손색없을 법한 잘생긴 외모에 반짝이는 금발은 마치 노동자 합숙소에서 나와 머리카락에 묻은 먼지를 털어내려는 듯 펌프 아래에서 찬물 샤워를 마친 것처럼 멋들어지게 헝클어져 있었다.

또한 약간의 비음이 섞인 음성은 카우보이들이 즐겨 외치는 '하우디,

아가씨(howdy: '안녕'이라는 뜻의 카우보이 인사)와 매우 잘 어울릴 듯했다. 브리아나 만큼이나 순수하고 순진한 월라와 같은 사람이라면 금방이라도 이 당당한 남자에게 빠져버릴 것이다.

"무슨 문제 있습니까?"

터커의 질문에 한나가 생각 속에서 퍼뜩 깨어났다.

"아뇨. 여기에 의자 대신 간이침대를 가져다 놓았으면 더 좋았을 거란 생각을 하고 있었어요."

"오, 그래요?"

터커가 한층 밝은 표정으로 의미심장하게 한나를 쳐다보았다.

내가 이놈의 입에 지퍼를 채워야지! 왜 그런 생각을 했는지 설명할까 하다 한나는 그냥 내버려두었다.

한나가 화제를 돌렸다.

"밧줄 던지기 하는 거 언제 한 번 본 것 같은데요."

"그랬을 수도 있겠군요. 가끔은 다른 친구들과도 같이 나갑니다."

"확실히 당신이었어요. 밧줄을 돌리면서 그 안으로 뛰어넘기도 하더라구요. 4-H 아이들이 무척 감탄하면서 봤어요."

그러자 터커가 미소를 짓기 시작했다.

"내가 무척 잘한다고 생각한 모양이로군요. 사실 다른 친구들보다 내가 더 박수를 많이 받긴 하죠."

터커는 안드레아가 생각한 그대로였다. 하지만 한나는 맞장구 쳐주기로 했다.

"오, 정말 잘하시더라고요! 학생들이 전부 카우보이가 되고 싶어 하던 걸요. 당신 같은 유명한 카우보이 말이에요. 터커 스미스, 로데오 쇼의 스타인 터커 스미스가 맞죠?"

"맞습니다. 하지만 항상 내가 쇼의 스타라고 말하고 다니진 않아요.

기분이 괜찮은 날이라면 또 모를까."

'이기적인 사람 같으니라구, 그걸 지금 겸손이라고 말하는 거야?'

한나는 생각했다. 그러면서도 얼굴에는 줄곧 감탄 어린 미소를 걸쳐 놓았다. 속마음을 감추는 기술이 점점 향상되고 있었다. 아마 그간의 연습이 도움된 모양이었다.

"상처 입은 카우보이, 잘 아세요?"

터커가 제법 심각한 표정을 지어 보였다.

"그럼요. 제 가장 친한 친구입니다."

내가 듣기론 그렇지 않던데. 한나는 생각했다.

"그렇다면 여기 이렇게 앉아 기다리는 일이 무척 괴로우시겠어요."

"이렇게 힘든 적은 처음이에요. 컬리와 무척 가까운 사이였거든요. 매우 가까운 사이 말입니다."

그의 거짓말이 무척 무거워지고 있군, 매우 많이. 한나는 심호흡을 한 뒤 풀쩍 뛰어들었다.

"장소에 따라 불운이 따르기도 하는 가봐요, 그렇죠?"

터커는 알 수 없다는 표정을 지었다.

"무슨 뜻입니까?"

"올해 트라이 카운티 페어에는 불운한 일이 많이 있었잖아요. 우선 한밤중에 불쌍한 여인이 살해당한데다가 이제 당신의 가장 친한 친구가 부상을 당해 여기 병원에 와 있으니 말이에요. 얼른 옮겨가고 싶으실 것 같아요."

"넵. 그렇다고 볼 수 있죠."

"혹시 살해당한 여자, 아세요?"

터커는 무척 놀란 눈치였다.

"그 사람을 내가 어떻게 알겠어요? 우리 팀도 아닌데."

"우연이라도 마주친 적이 없었나 해서요. 이름이 윌라 썬퀴스트인데, 제빵 경연대회 심사위원을 맡았더랬어요."

"오, 흠, 글쎄요, 우연히 본 적은 있을지 모르겠는데, 기억은 안 나는군요."

"미인대회에서 샤프롱으로 활동하기도 했어요."

"그렇다면 확실히 본 적은 있겠네요. 여자 몇이 참가자들을 데리고 우리와 같이 사진을 찍게 한 적이 있었거든요."

한나의 머릿속이 복잡해지고 있었다. 터커가 윌라와 아는 사이라고 해도 쉽게 그 사실을 인정하지 않을 터였다. 한나는 다른 방법으로 접근해보기로 했다.

"당신 친구 분이 괜찮았으면 좋겠는데요."

"저도 그러길 바랍니다."

"오늘 오후 로데오 쇼에 가지 않길 잘했네요. 무척 끔찍한 상황이었을 거예요. 무슨 일이 일어났는지 다 보셨나요?"

그러자 터커가 고개를 끄덕였다.

"봤어요. 그때 브라마 황소를 탔던 카우보이가 나였거든요."

"그럼, 일이 벌어졌을 때 바로 그 자리에 계셨다는 거예요?"

"그래요, 아가씨. 내가 소에서 떨어지자 컬리가 황소로부터 나를 구하려고 일부러 위험한 위치로 달려들었죠."

"오, 세상에!" 한나는 몹시 놀란 척했다.

"죄책감이 무척 크시겠어요."

"오, 맞아요. 정말 그렇습니다. 할 수만 있다면 시간을 되돌리고 싶어요. 내가 재빠르게 조치했더라면 그가 부상을 당하지 않았을 텐데, 머릿속으로 얼마나 후회하며 자책했는지 모릅니다. 끔찍했어요. 정말 끔찍했어요!"

한나는 아무런 반응을 보이지 않으려 애써야 했다. 그녀가 아는 한 터커는 지금 새빨간 거짓말들을 늘어놓는 것이다.

"나를 그렇게까지 보호하려 했던 사람은 처음이에요. 물론 로데오 카우보이들은 황소 타기를 하는 사람을 보호하게끔 되어 있지만, 컬리는 나를 위해 무리수를 뒀습니다. 모두가 알아야만 해요, 그가 얼마나 훌륭한 사람이었는지……."

터커가 말을 멈추더니 굳은 표정을 지었다.

"얼마나 훌륭한 사람인지 말입니다. 난 긍정적으로 생각할 겁니다. 컬리는 괜찮을 거예요. 꼭 그래야만 합니다!"

그 후 두 사람의 대화는 매우 영양가 없는 내용으로 채워졌다.

한나가 그에게 어떻게 로데오 팀에 합류하게 됐는지를 묻자 그는 와이오밍에서 유년 시절을 보냈던 이야기와 그의 아버지가 어떻게 그에게 말 타기를 가르쳤는지 등에 대한 이야기를 줄줄이 늘어놓기 시작한 것이다. 그가 처음 로데오 경기에 나갔을 때 이야기를 막 시작한 무렵, 친근한 목소리가 들려왔다.

"이런, 이런, 이런. 이게 누구신가요."

한나가 고개를 돌렸다.

마이크였다. 바로 마이크가 한나 쪽으로 다가오고 있었다.

"한나 스웬슨. 저기 안드레아도 있군요. 두 사람, 여기서 뭐 하는 겁니까?"

한나의 심장이 발끝까지 떨어졌다. 사건에 관여하지 말라고 단단히 경고해온 사람에게 한나는 용의자들을 탐문하고 다니는 현장을 제대로 들켜버린 것이다. 하지만 변명거리는 언제든 준비되어 있었다.

한나가 인사했다.

"안녕, 마이크. 닷이 아기를 낳는다고 해서요."

"그럼 왜 그쪽 대기실에 있지 않았습니까?"

"갔었는데, 대기실에 사람이 너무 많더라구요. 닷의 남편 쪽 친척들이 잔뜩 와 있어서요."

"그랬군요."

하지만 마이크는 한나의 설명을 믿지 않는 듯한 눈치였다.

마이크가 터커를 돌아보았다.

"같이 얘기하던 분은…… . 터커, 맞죠?"

"맞습니다. 당신은……?"

"전 위넷카 카운티 경찰서의 형사 마이크 킹스턴입니다."

그러자 터커가 놀란 표정으로 물었다.

"컬리는 괜찮은 건가요? 그러니까, 설마……, 죽은 건 아니죠?"

"아, 그건 아닙니다. 전 페어 주최 측 사무실에서 발생했던 절도 사건을 수사하러 왔어요. 사건이 발생했던 화요일 밤 저녁 6시에서 6시 45분 사이에 의심스러운 것을 본 것이 없으십니까, 터커?"

"없어요. 그 시간대라면 보통 저녁을 먹거든요. 그러니 아마 푸드 코트에 있었을 겁니다. 아니면 브리의 트레일러에 있었거나."

"브리요?"

"브리아나 웨버, 내 약혼녀입니다. 요즘 한창 요리를 배우는 중인데, 내가 기꺼이 실험용 기니피그가 되주고 있죠. 아마 그녀와 함께 있었을 것 같군요. 직접 확인해보셔도 됩니다."

"그럼 브리아나는 어디 가면 만나볼 수 있습니까?"

"여기 근처에 있을 거예요. 아까…… ."

터커가 한나를 쳐다보았다.

"같이 온 숙녀분 이름이 뭐라고 했죠, 달링?"

그러자 마이크가 한나를 향해 무뚝뚝한 표정을 지어 보였다.

"제가 맞춰보겠습니다. 미셸, 맞죠?"

"맞아요." 한나가 재빨리 끼어들었다.

"미셸이 닷이랑 같이 학교를 다녔었거든요."

"그 닷이 아기를 낳는다고 해서 병원에 왔다는 말이죠. 그 설명이라면 이미 들었습니다."

마이크가 긴 의자의 앞쪽에 놓인 커피 탁자를 흘끗 쳐다보았다.

"아직 커피를 안 마셨나 보군요. 내가 가서 좀 가져오겠습니다."

"오, 그게……."

한나는 병원 커피라면 더 이상 마시고 싶지 않다고 얘기하려 했지만, 마이크는 이미 대기실 문밖을 나선 뒤였다.

한나는 다시 터커를 돌아보았다.

"한 컵 정도는 더 마실 수도 있을 것 같네요. 당신은요?"

"나도 커피라면 언제나 환영입니다. 근데……, 설마 저 사람이 내가 강도 사건이랑 연관이 있을 거라고 생각하는 건 아니겠죠?"

절도라니까, 한나는 속으로 구시렁댔다.

"아닐 거예요. 마이크가 당신을 의심했다면, 아마 더 많이 질문했을 걸요."

"그렇다면 다행이군요! 왜냐하면 난 그 일과는 아무 상관이 없으니까 말입니다."

한나는 안드레아와 시선을 맞추며 몰래 이쪽으로 오라는 신호를 보냈다. 터커에게서 알아낼 수 있는 정보는 모두 알아냈으니 더 이상 질문을 하면 되려 의심을 받을지도 모른다는 생각에서였다.

한나의 신호를 알아챈 안드레아는 샘 웨버와 함께 한나에게 합류했다. 그때부터 대화는 지루해지기 시작했고, 한나는 또다시 졸음이 쏟아지기 시작했다.

그때 마이크가 커피가 담긴 쟁반을 들고 나타났다.

"여기 있습니다. 컵이 이래서 미안합니다. 아무리 찾아봐도 플라스틱 밖에 없더군요. 커피가 뜨거울 테니 모두 두 개씩 받쳤어요."

'센스있는 판단이로군.'

한나는 컵을 향해 손을 뻗었다. 하지만 한나가 터커에게 채 컵을 건네주기도 전에 마이크가 그에게 쟁반을 들이밀었다.

터커는 쟁반에서 컵을 집어 조금 홀짝이더니 이내 얼굴을 잔뜩 찌푸렸다.

"낡은 목장에서 내주는 커피만큼이나 형편없군요."

터커가 테이블에 컵을 내려놓자 마이크가 말했다.

"아마 커피 주전자 밑바닥에 남은 걸 따라놓은 컵을 고른 모양입니다. 여기요. 다른 걸로 마셔요."

터커는 마이크가 내민 컵을 받아 맛을 보았다.

"훨씬 낫네요. 고마워요."

"이건 제가 버리고 오죠."

마이크가 컵의 가장자리를 집어들더니 쓰레기통으로 향했다. 마이크가 다시 자리로 돌아오자마자 미셸과 브리아나가 대기실로 돌아왔다. 브리아나는 터커에게 달려가 그의 볼에 또다시 키스했다.

터커가 물었다.

"좋은 소식?"

"최고의 소식이 있어요. 의사 선생님이 그러시는데, 컬리의 수술이 성공적으로 끝났대요. 내부 부상도 잘 치료가 되었구요. 상태가 제법 안정기에 접어들었다고 하셨어요."

"그럼 말할 수 있나?"

"아직은. 의사 선생님이 약물로 혼수상태에 빠지게 했어요. 이틀 후면 깨어날 텐데, 그때 다시 상태를 살피실 거랬어요."

"그래도……, 결국엔 회복된다는 거지?"

"의사 선생님이 잘 회복될 것 같긴 한데, 아직 안심할 단계는 아니라고 하셨어요."

"정말 다행이에요."

미셸이 브리아나를 포옹한 뒤 마이크를 슬쩍 쳐다보았다.

"그럼 우린 그만 닷에게 가봐야겠어요. 간호사 말이 아기가 나올 때가 다 되어서 닷이 분만실로 옮겨졌다고 하더라구요."

한나는 망설임 없이 자리에서 일어나 모두에게 작별인사를 하고는 두 명의 동생과 함께 대기실 문밖으로 나섰다.

그런 뒤 복도를 걸으며 뒤에 마이크가 따라오지는 않는지 슬쩍 확인하고는 미셸에게 물었다.

"정말 닷이 분만실에 들어갔어?"

"그거야 나도 모르지. 어떻게든 빠져나올 핑계가 있어야 할 것 같아서 둘러댄 거야. 닷에게 한 번 들러볼까?"

"그러는 편이 좋겠어. 곧장 집으로 갔다가 마이크가 사실을 알게 될지도 모르잖아."

닷을 방문하는 일은 그리 오래 걸리지 않았다. 세 자매는 닷의 병실에 가져온 꽃을 놓아두고 신생아실로 가서 갓 태어난 닷의 아기 공주님까지 만나본 후에야 병원 출구로 향할 수 있었다.

커피가 놓인 골방을 지나치려는 데 한나가 외쳤다.

"잠깐 기다려 봐."

안드레아가 믿을 수 없다는 듯한 음성으로 물었다.

"커피 더 마시려구?"

"아니, 확인해볼 것이 있어서."

동생들이 기다리는 가운데 한나는 골방으로 들어갔다.

거기에는 쿠키단지에서 사용하는 것과 비슷하게 생긴 30잔들이 커피 주전자와 설탕과 크림, 인공감미료가 담긴 광주리가 놓여 있었는데, 주전자 옆에는 빨대와 플라스틱 스푼, 그리고 커피용 스티로폼 컵 무더기와 생수용 플라스틱 컵 무더기가 놓여 있었다.

한나는 습관적으로 커피를 한 잔 따라 밖으로 나왔다.

안드레아가 말했다.

"여기 커피 안 좋아하는 줄 알았는데."

"안 좋아해. 하지만 이렇게 커피가 손에 들어왔으니 마셔야 하지 않겠어? 낭비가 없으면 부족함도 없는 법이니까. 자, 어서들 가자."

병원 출구로 향하며 두 동생이 이상하다는 표정으로 서로 시선을 주고받는 것을 한나는 눈치 채지 못했다.

마이크가 왜 가득 쌓인 스티로폼 컵을 두고 플라스틱 컵밖에 없어서 플라스틱 컵에 커피를 따라왔다고 했는지를 생각하느라 한나의 머릿속은 무척 분주했다.

한나는 한창 배를 타고 바다를 항해 중이었다.

태양은 활대(돛 위에 가로 댄 나무)를 가로질러 걸려 있었다.

'활대? 근데 활대가 뭐지?'

한나는 자신이 묘사해 놓은 표현에 알쏭달쏭해 했다.

따뜻한 바람이 한나의 볼을 키스하듯 스쳐 지나갔고, 소금기 가득한 파도가 한나의 피부 위를 사포처럼 훑었다. 그건 마치 고양이 혓바닥이 닿는 느낌과도 비슷했다.

"모이쉐?"

한나가 눈을 뜨니 코앞에는 두 개의 동그랗고 노란 눈동자가 그녀를 쳐다보고 있었다.

한나는 눈을 깜빡였지만, 모이쉐의 눈은 꿈쩍도 하지 않았다.

눈싸움에서 한나가 지고 만 것이다.

"몇 시야?"

한나는 침대에서 일어나 서쪽으로 난 창을 통해 햇살이 환히 비춰 들어오는 광경을 쳐다보았다.

물론 모이쉐가 대답할 리 없다. 대신 한나의 침대 옆 협탁에 놓인 알람시계가 친절하게도 지금이 오후 2시 10분이라는 사실을 알려주었다.

지난밤에 알람을 맞춰놓는 것을 그만 잊고 잠들어 버린 것이다!

출근시간에 늦어버렸다. 그것도 굉장히 많이! 왜 아무도 전화해서 나를 깨우지 않았을까?!

어찌할 줄을 몰라 마구 허둥지둥하는데 시계 옆에 붙여놓은 메모가 눈에 들어왔다.

〈오늘은 출근할 생각하지 말 것! 카페 문은 2시에 닫을 거야. 그럼 나도 페어장에 일찍 나가볼 수 있잖아. 오늘은 페어장에 3시까지 가야 하거든. 리사는 내가 도와줄게. 안드레아 언니는 배달을 맡을 거구. 아, 걱정하지 마. 안드레아 언니한테 절대 베이킹은 안 시킬 테니까. 그리고 서명에는, 미셸〉

다른 사람의 호의를 두고 트집을 잡지 말라는 옛 속담은 나름 일리가 있었다. 쿠키단지는 이미 문을 닫았을 테니, 한나는 이제 급하게 옷을 갈아입고 시내에 나갈 필요가 없어져 버렸다.

미셸이 출전하는 미인대회가 열리는 저녁 7시까지 완전히 자유로운 시간을 갖게 된 것이다. 대회 후에 오늘 출품된 제빵 심사만 마치면 오늘 하루 일과는 끝이었다.

주방까지 가는 내내 한나의 입가에서는 미소가 떠날 줄을 몰랐다.

미셸이 미리 커피를 준비해준 덕분에 한나는 기계에 물만 부으면 되었다. 커피가 내려지기를 기다리며 한나는 탁자에 앉아 무심코 새 핸드폰을 바라보았다. 이미 충전 코드는 뽑아져 있었다.

미셸이 뽑아놓은 듯 탁자 위에는 또 다른 메모가 놓여 있었다.

〈중요한 사실인지는 모르겠는데-어제 브리가 나한테 약혼반지를 보여줬거든. 근데 거기에 '어제도, 오늘도'라는 문구가

새겨져 있더라구. 그거 언니가 어제 월라의 아파트에서 찾아
낸 카드 내용이랑 비슷한 거 아니야?》

한나는 깜짝 놀라 메모를 내려다보았다.

월라의 집에 있던 꽃배달 카드 속 내용도 바로 그렇게 시작되었다!

이건 터커와 월라가 서로 뭔가 연관이 있었다는 것을 증명해주는 단서였다!

마이크도 이 사실을 알아야 한다. 한나가 수화기를 막 집으려는 찰나에 머릿속에 마이크가 분명히 물어볼 질문들이 떠올랐다.

약혼반지의 문구는 누가 생각해낸 거지? 브리아나가 보석상에게 그렇게 새겨달라고 부탁한 것은 아닐까? 정말 그게 터커의 생각이 맞을까? 혹시 '어제도, 오늘도, 내일도 영원하리' 라는 건 흔하게 쓰이는 문구가 아닐까? 그게 정말 터커와 월라의 관계성을 증명해줄 만한 단서가 되는 걸까?

한나는 커피를 따라 다시 탁자 앞에 앉았다. 바보가 되지 않으려면 마이크에게 알리기 전에 좀더 알아봐야 한다.

한나는 탁자 위에 놓인 핸드폰을 집어들고 '켜짐' 버튼을 눌렀다. 그러자 경쾌한 음악이 짧게 흘러나왔고, 한나는 이 기회에 새 핸드폰을 장만해준 노먼에게 고맙단 인사를 해야겠다고 결심했다.

한나는 노먼의 번호를 눌렀지만, 아무 일도 일어나지 않았다.

전화가 연결되지 않은 것이다. 뭔가 잘못 조작했음이 분명하다.

한나가 핸드폰의 '끊음' 버튼을 누르고 다시 시도해보려는 찰나 초록색 버튼이 눈에 들어왔다. 잉그리드 할머니는 뭔가 잘되지 않을 때는 계속, 자꾸만 시도해보라고 말씀하시곤 했다.

한나는 초록색 버튼을 눌렀다. 그러자 수화기에서 연결음이 흘러나

오더니 이내 노먼의 목소리가 들려왔다.

"여보세요?"

"안녕, 노먼. 한나에요. 핸드폰 사준 거 고맙단 인사하려고요. 방금 켜봤어요."

"내 번호를 눌렀어요?"

"그렇게 하는 거 아니에요?"

그러자 노먼이 웃음을 터뜨렸다.

"그렇게 해도 되지만, 더 쉬운 방법도 있어요. 난 1번이에요."

"네?"

한나의 알쏭달쏭한 대답에 노먼이 또다시 웃음을 터뜨렸다.

"한나의 핸드폰에 내 번호를 단축키 1번으로 저장해놓았어요. 핸드폰을 열고, 1번을 누른 다음에 초록색 버튼을 누르기만 하면 바로 연결돼요. 다른 번호들도 그런 식으로 연결될 거예요."

"멋지네요."

노먼이 저장해놓은 다른 번호들이 과연 무엇일까 의아해하며 한나가 말했다.

"노먼이 1번이면, 2번은 누구죠?"

"그것도 나예요. 내 집 전화번호요."

한나는 씩 웃음을 지었다.

노먼의 의도가 조금씩 읽히기 시작한 것이다.

"그럼 3번은 노먼의 병원 전화번호겠네요?"

"맞아요."

"4번은요?"

"안드레아의 핸드폰 번호요."

"5번은?"

"미셸의 핸드폰 번호."

"6번은요?"

"한나 어머님 핸드폰 번호에요."

한나는 눈을 깜빡거렸다.

방금 한나가 잘못 들은 건 아닐까?

"지금 우리 엄마 핸드폰이라고 했어요!?"

"네, 장만하신지 몇 주 되셨어요."

한나는 끙 소리를 냈다.

역시 스웬슨가에서 첨단기술에 가장 늦은 사람은 한나였다.

"노먼의 어머님도 핸드폰을 갖고 계시겠죠?"

"그럼요. 저희 어머니가 장만하시니까 한나 어머님도 사신 것 같던걸요."

"같이 묻어가는 분위기인 건가요?"

"그렇다고 할 수 있겠네요. 마침 전화 잘했어요, 한나. 테이트 교수에게서 회신이 왔거든요."

"그 사람이 전화했어요?"

"아뇨, 이메일을 보냈어요. 아주 먼 오지에 머무는 터라 트럭이 2주마다 한 번씩 교수가 속해 있는 팀을 데리러 온다네요. 그때야 근처 마을에 들러서 필요한 도구도 사들이고, 컴퓨터로 메시지도 확인한다더군요. 마을에도 비행장 같은 건 없구요."

"그럼 윌라를 죽이러 여기까지 날아올 수 없었겠네요?"

"맞아요."

"잠깐만요."

한나는 가방을 집었다. 그러고는 거기서 수첩을 꺼내 용의자 명단을 적어놓은 페이지를 펼쳤다.

"좋아요. 그럼 그 사람도 엑스."

"엑스요?"

"용의선상에서 빠졌다는 뜻이에요. 수첩에서 이름을 줄로 그어버렸거든요. 점차 사건이 해결 국면에 접어드는 것 같아요. 이제 용의자가 3명밖에 남지 않았으니 말이에요."

노먼이 물었다.

"원래는 몇 명이었는데요?"

"열셋이요. 타샤의 세 오빠랑 힉스 씨, 애덤작 부인, 윌라가 낙제시킨 고등학생, 테이트 교수, 제스 리퍼, 제스 리퍼일지도 모르는 옛 남자친구, 윌라가 살해당했던 날 밤에 그녀와 함께 있는 것을 목격당한 카우보이 남자친구."

"그렇군요. 그밖에는요?"

"도둑이요."

"페어 주최 측 사무실에 침입했던 사람 말이에요?"

한나가 대답했다.

"네, 그 사람도 아직 명단에서 대기 중이에요. 어쩌면 윌라가 살해당한 것이 그냥 불운했던 탓이었을지도 모르겠다고 생각했는데, 방금 중요한 단서를 하나 잡았어요."

"뭔데요?"

"안드레아랑 내가 윌라의 집에서 찾아낸 꽃배달 카드요. 윌라가 개인적으로 보관하던 물건은 윌라의 책상 서랍에서 발견한 사진 앨범 외에는 그게 유일했어요. 내가 얘기해줬죠?"

"'어제도, 오늘도, 내일도 영원하리'라고 적혔던 카드를 말하는 거라면, 네, 한나가 얘기해줬어요."

"네, 그거요. 미셸이 어젯밤 병원에서 브리아나의 약혼반지를 봤대요."

노먼이 염려스러운 목소리로 물었다.

"내가 돌아간 다음에 병원에 또 갔었어요? 그럼 잠은 도대체 얼마나 잔 거예요?"

"14시간이요. 그 얘긴 나중에 하구요. 아무튼 브리아나는 로데오 팀 소유주의 딸인데, 자기 약혼자인 터커 스미스와 함께 병원에 와 있더라구요."

"컬리를 죽이려고 했던 카우보이 말이에요?"

한나가 말했다.

"네, 그게 사실이라면 말이죠. 터커 스미스라는 사람, 정말 굉장한 인물이던 걸. 조각 같은 날렵한 외모에 그 살인미소면 여자의 마음을 금방이라도 녹여버리겠더라구요."

"그럼 윌라가 예전부터 그 남자와 아는 사이였고, 윌라에게 꽃을 보낸 것도 그 사람이라는 거예요?"

"가능한 얘기예요. 혹시 그 문구에 대해 인터넷에서 찾아봐 줄 수 있어요? 흔하게 쓰이는 말은 아닌지 확인해보고 싶어요."

"한 번 찾아볼게요."

수화기 건너편에서 종이 부스럭거리는 소리가 들리는 것으로 봐서 노먼이 메모하는 모양이었다.

"다른 건요?"

"그 외에는 별로 없어요."

"좋아요. 알아보는 대로 연락 줄게요. 마지막으로 한 가지만 더요, 아까 용의자를 열두 명까지 말했는데, 열세 번째 용의자는 누군가요?"

"와일드카드(예측할 수 없는 요인, 사람이라는 뜻)요."

"와일드카드?"

"네, 용의자 명단에 빠지지 않고 들어가는 인물이죠. 알 수 없는 이유로 윌라를 살해한 알 수 없는 사람 말이에요."

"그 사람을 찾으려면 용 꽤나 써야겠는데요."

한나가 탁 소리가 나게 수첩을 닫았다.

"그렇죠. 노먼도 오늘 밤에 있는 미스 트라이 카운티 경연대회에 올 거예요?"

"놓칠 수 없죠. 한나는요?"

"나도 가야죠."

한나가 물었다.

"그럼 이따 데리러 올래요?"

"좋아요. 한나가 운전하겠어요? 아니면 내가 운전할까요?"

"내가 운전하는 게 낫겠어요."

"그래요. 그럼 이따가 봐요."

"네, 근데 노먼?"

"네, 한나."

"이 핸드폰 정말 맘에 들어요."

"다행이네요."

"근데 한 가지……."

"왜요?"

"전화를 끊으려면 어느 버튼을 눌러야 해요?"

6시간 후, 아까와는 달리 한나는 어느새 풀이 죽은 상태였다.

노먼이 공들여 인터넷 검색한 결과, '어제도, 오늘도, 내일도 영원하리.'에 대해 800만 건에 달하는 정보를 찾아낸 것이다.

생각했던 것 이상으로 아주 흔한 문구였다. 이것으로 윌라와 터커의 관계에 대해 굳게 확신했던 한나는 또다시 방향을 잃고 말았다.

하지만 아주 절망적인 상황은 아니었다. 14시간의 숙면을 취한 덕분에 윌라의 사건이 발생한 이후 처음으로 한나의 머릿속은 아주 또렷하고 선명했다.

오늘 밤 미스 트라이 카운티 선발대회의 댄스 경연에서 미셸은 아주 잘해 내었다. 살아 있는 파트너를 대동하면 안 된다는 규칙이 있었기 때문에 미셸은 대신 무대 옆에 장식으로 세워놓은 '허수아비와 짚더미 속 칠면조(19세기에 미국에서 유행하던 포크송)' 라는 곡에 맞춰 아주 멋들어지게 춤을 추었다.

사람들로부터 박수갈채를 받은 미셸은 결국 댄스 경연에서 2등을 차지했는데, 1등은 8년 동안 발레를 하며 지금은 미니애폴리스에 있는 전문 발레팀에서 활동하는 참가자에게 돌아갔다.

경연이 끝난 후 모두 미셸을 축하하려고 강당 밖에 모였다. 미셸의 공연을 보려고 근무 중에 잠시 짬을 낸 로니와 마이크도 함께였다.

한나는 막냇동생에게 축하인사를 전한 다음 모여 있는 사람들과 몇 마디 이야기를 나누고, 전문적으로 발레를 하는 참가자와 겨루는 것은 불공평하지 않으냐는 엄마의 의견에 동조한 뒤 리사와 함께 제빵 심사를 하기 위해 크리에이티브 아트 빌딩으로 향했다.

달콤한 출품작들을 맛보며 세 사람은 윌라의 결혼에 대해 이야기를 나누기 시작했다. 팸은 여전히 가장 가까이에서 수업을 도우며 학생들을 가르쳤던 윌라가 그런 뼈아픈 비밀을 간직하고 있었다는 사실을 믿을 수 없어 했다.

팸이 마지막 출품작을 맛보며 말했다.

"그래서 고든을 거절했던 건가 봐."

부드러운 당밀과 건포도가 들어간 쿠키는 한나 생각에 맛보다는 향이 나왔다.

"제스 리퍼와 결혼하고 난 뒤 불쌍한 월라는 어떤 남자도 좀처럼 믿지 못했을 거야."

그러자 리사가 살짝 고개를 끄덕였다.

"이해할 수 있을 것 같아요. 물론 그 남자에게 전적으로 책임이 있는 건 아니지만, 월라가 그 사람과 엮이지만 않았어도 월라의 부모님은 아직 살아계셨을지도 몰라요."

이미 지난 일을 곱씹어봤자 좋을 것이 없었다. 그 사실을 아주 잘 아는 한나는 그저 쿠키를 한 입 베어 문 다음 리사가 가져다준 커피로 입안을 헹구었다.

"월라가 고든의 청혼을 거절했던 이유가 그녀가 아직 이혼한 상태가 아니었기 때문이었는지도 몰라요."

팸과 리사가 깜짝 놀라 한나를 돌아보았다.

리사가 물었다.

"정말이요?"

"모르겠어. 그것도 안드레아에게 부탁해서 확인해봐야 할까? 월라가 부모님의 집을 팔았을 때 작성했던 서류들에 그런 내용이 기재되어 있을지도 모르잖아."

리사가 말했다.

"그럼 안드레아에게 물어봐요."

팸도 고개를 끄덕였다.

"그래, 그렇게 해. 이번 사건과 관련이 없을지 몰라도 개인적으로라도 알고 싶어."

팸이 점수표를 내려다보더니 두 사람에게 건네주었다.

"심사는 모두 끝났어. 여기 각자의 최종점수만 기재하면 오늘 밤으로 끝이야."

한나는 점수를 기재하고 팸에게 점수표를 건네주었다.

잠시 후, 리사도 똑같이 했다. 그런 뒤 팸이 최종 점수표 기재를 완료했다.

팸이 물었다.

"어느 쿠키가 1등을 했는지 맞춰볼래?"

리사가 말했다.

"전 치퍼스가 제일 맛있었던 것 같은데요."

한나 역시 의견을 내놓았다.

"저도 동감. 치퍼스가 단연 최고였어요."

"내 생각도 그랬어."

팸이 최종 점수표에 서명하며 말했다.

"우리의 예상대로야. 치퍼스가 1등을 했어."

리사가 물었다.

"누가 구운 거예요?"

"어디 보자……."

팸이 쿠키에 붙은 카드를 뒤집어 이름을 확인하고는 한나를 돌아보았다.

"레지나 토드야. 안드레아의 시어머님 맞지?"

한나가 말했다.

"맞아요. 얼른 안드레아에게 알려서 말씀드리라고 해야겠어요. 그럼 안드레아가 점수 따는 데 도움이 될 거예요. 그리고 남은 치퍼스는 제가 가져가서 엄마께 맛보여 드리고 싶은데, 괜찮을까요?"

"양가 어머님들 사이에 평화로운 분위기를 조성하려는 거구나?"

팸이 묻자 한나는 웃음을 터뜨렸다.

"그러려면 파란 리본을 수상한 쿠키 정도론 안 되죠! 지난번 안드레아의 집에서 저희 엄마랑 안드레아 시어머님이 만나셨을 때 엄마가 사돈어른께 살이 좀 붙은 것 같다고 하시니까 사돈어른은 저희 엄마에게 그 칙칙한 머리카락색 좀 바꿔보는 게 어떻겠냐고 하셨거든요."

오븐은 섭씨 176도로 예열합니다. 틀은 오븐 중앙에 둡니다.

재료

부드러운 버터 1과 1/2컵 / 밀가루 2와 1/2컵(체질할 필요 없습니다)

백설탕 1과 1/2컵 / 백설탕 1/3컵(담금 작업을 위한 거랍니다)

계란 노른자 2개 / 소금 1/2티스푼 / 바닐라 추출액 2티스푼

잘게 조각낸 포테이토칩 1과 1/2컵(조각낸 다음에 측량하세요)

잘게 다진 피칸 1과 1/2컵 / 장식을 위한 반쪽짜리 피칸 60여 개

레몬 제스트 1/2티스푼(선택사항입니다—꼭 오렌지의 노란 부분만 사용하셔야 해요. 하얀

부분은 사용하면 쓴맛이 난답니다)

하나의 첫 번째 메모: 포테이토칩은 일반적인 것을 사용하시면 됩니다. 약간 소금기가 묻은 것 말이에요. 구운 칩이나 감자 껍질이 붙은 칩 등은 절대 사용하지 마시고, 마켓에서 흔히 볼 수 있는 전통 방식의 포테이토칩을 사용하세요.

만드는 법

1. 커다란 그릇에 버터와 설탕, 계란 노른자, 소금, 바닐라를 넣고 거품이 날 때까지 잘 저어줍니다(전자믹서를 사용하시면 편해요).

2. 밀가루와 조각낸 포테이토칩, 다진 피칸, 레몬 제스트(선택 사항입니다)를 넣고 다시 잘 섞습니다.

3. 1인치 공 모양으로 반죽을 떼어낸 다음 기름칠을 하지 않은 쿠키틀에 올려놓습니다.

4. 들러붙음 방지 스프레이를 뿌린 작은 그릇에 설탕을 넣고, 그 위로 반죽을 넣어 골고루 설탕이 묻도록 굴린 뒤 꾹 눌러줍니다. 그 위의 중앙에 반쪽짜리 피칸을 올린 다음 피칸이 반죽에 묻히도록 살짝 눌러줍니다.

5. 섭씨 176도에서 10~12분간 굽습니다. 가장자리에 먹음직스러운 황갈색이 돌기 시작하면 완성입니다. 다 구워진 것은 틀 위에서 2분간 식힌 다음 선반으로 옮겨 완전히 식힙니다.

한나의 두 번째 메모: 엄마는 레몬 제스트 대신 오렌지 제스트를 넣은 것을 좋아하세요. 오렌지 제스트를 사용할 때는 그것의 맛이 레몬 제스트만큼이나 강하지 않기 때문에 1티스푼을 넣어야 한답니다. 때때로 바닐라 추출액으로 제스트를 대신하기도 합니다.

한나와 리사가 막 크리에이티브 아트 빌딩에서 나오는데, 안드레아와 미셸이 계단을 뛰어올라 왔다.

"도대체 언제 끝나나 했어!"

안드레아가 한나의 팔을 잡으며 외쳤다.

"여러 번 전화했는데 왜 연결이 안 되는 거야? 언니 핸드폰에 무슨 문제가 생겼나 봐. 나한테 줘봐."

한나는 가방에서 핸드폰을 꺼내 안드레아에게 건네주었다.

"여기, 아마 아무 문제없을걸. 내가 꺼놨거든."

"뭐? 긴급 상황일 땐 어쩌려고?"

"그때는 다시 켜서 사용하면 되지. 무슨 일로 전화했었는데?"

"잡았어."

안드레아보다는 확실히 한결 더 차분한 미셸이 설명했다.

"윌라를 죽인 범인 말이야?"

"맞아."

미셸이 미소를 지으며 리사를 바라보았다.

"범인을 잡은 사람이 바로 리사 남편이야! 지금 경찰서에 가 있어. 마이크와 로니가 한창 심문하는 중이야."

"우리 허브가 윌라를 죽인 범인을 잡았다구요?"

리사는 무척 놀란 듯한 눈치였다.

"어떻게요?"

"우리가 서 있는 바로 이 자리에서 리사가 심사를 끝내기를 기다리고 있었는가 봐."

안드레아가 미셸의 배턴을 이어받아 말했다.

"기다리면서 사람들 무리를 바라보고 있는데, 사무실 건물 주변을 서성이는 카우보이 하나가 눈에 띄더래. 처음에 허브는 누구 기다리는 사람이 있는가보다고 생각했는데, 자기 손목시계를 확인하는 것도 아니고, 전혀 그런 기색이 아니더라는 거야. 왜, 만나기로 한 사람이 늦으면 으레 하게 되는 행동들 있잖아."

이번에는 미셸이 다시 설명을 이었다.

"그래서 허브가 그 남자한테 다가가서 무슨 일이냐고 막 물으려는데, 그 카우보이가 자신을 지켜보는 사람은 없는지 두리번거리더래."

"근데 허브는 계단 위에 있었으니까, 허브를 보지 못한 거지."

안드레아가 끼어들었다.

"그리고 아무도 자기를 보고 있지 않다고 생각했는지 건물 모퉁이를 획 돌아가더래. 그래서 허브가 계단을 내려가 그 카우보이를 따라갔나봐. 그리고 모퉁이를 돌아 건물 유리창을 통해 사무실로 넘어가려는 그 남자를 포착하고 만 거지."

리사의 눈이 휘둥그레졌다.

"그래서 허브가 어떻게 했대요?"

안드레아가 말을 이어받았다.

"우리 그이 말에 따르면, 이 일은 빌이 전화로 알려준 사실이거든. 허브가 창문을 넘는 카우보이 발을 붙잡고 밑으로 잽싸게 끌어내린 다음, 바닥에 넘어뜨렸대. 그리고 그를 엎드리게 하고는 못 움직이도록 팔로 꾹 누른 다음에 경비원을 불렀다고 하더라고. 그러자 전직경찰이었던 로랜드 바이스가 침입 건이 발생한 것을 눈치 채고 달려와서 카우보이에게 수갑을 채웠나 봐."

한나는 혼란스러웠다.

"잠깐만. 그래서 그 카우보이가 자기가 윌라를 죽였다고 자백했어?"

"아니, 윌라가 살해당했던 날 밤에 사무실에 들어가 영수증을 훔쳐갔던 사람이 그 남자였어. 물론 그것 역시 혐의를 인정하지 않았지만, 마이크가 로니를 시켜 그의 모텔 방을 수색하게 했는데, 거기서 페어 주최 측 사무실에서 보관하던 돈과 영수증이 발견됐대."

한나는 고개를 저었다.

"그럼 또다시 같은 장소에서 돈을 훔치려고 온 거였구나?"

"그렇지." 안드레아가 살짝 웃음을 터뜨렸다.

"단지 이번에는 상당히 취한 상태였다던 걸."

"약물에? 아니면 술에?"

그러자 미셸이 어깨를 으쓱해 보였다.

"그건 로니도 확실히 모르겠대. 아무튼 상당히 취한 상태였다는 것만 말했어. 박사님이 와서 검사하셨다니까 조만간 알게 될 거야."

한나는 사건의 조각들을 맞춰보느라 잠시 아무 말이 없었다.

"카우보이라고 했는데, 로데오도 했던 사람이야?"

"로데오 팀이었는데, 매니저가 화요일에 그 사람을 잘랐대."

"잠깐." 한나가 말했다.

"그래서 매니저가 그 사람을 사무실로 데려가서 비서를 시켜 그 자리에서 바로 수당을 지급하게 한 거로구나?"

"맞아. 그래서 돈을 어디에 보관하는지 정확히 알게 됐던 거지. 그걸 기회로 그날 밤 사무실로 들어가 돈을 훔친 거야."

한나는 얼굴을 찌푸렸다.

"하지만 그건 저녁 6시에서 6시 45분 사이에 일어난 일이었잖아. 윌라는 카니발이 끝난 밤 10시 이후에 살해당했어."

리사가 말했다.

"그 남자가 윌라가 만났던 카우보이인지도 몰라요. 그렇다면 어딘가에 숨어 윌라를 기다렸는지도 모르잖아요. 그녀에게 훔친 돈을 보여 주면서 같이 주말에 어디론가 떠나자고 했다거나 하는 바보 같은 제안을 했는데, 이미 절도 건에 대해 알던 윌라가 그를 의심하게 된 건지도."

한나가 물었다.

"그럼 입막음을 위해 윌라를 죽였다?"

그러자 세 명의 여자가 동시에 고개를 끄덕였다.

잠시 골몰하던 한나에게 새로운 생각이 떠올랐다.

"전부 일리가 있는 이야기지만 좀더 멀리 가보자구. 허브가 붙잡은 카우보이는 진짜 이름을 말하지 않았을 거야. 그의 진짜 이름은 제스 리퍼야."

안드레아가 놀란 표정으로 한나를 쳐다보며 물었다.

"윌라의 남편 말이야?"

"바로 맞췄어. 윌라가 말 타기를 좋아했던 건 우리 모두 잘 아는 사실이야. 팸이 이야기해준 것도 있고, 노먼이랑 내가 찾아낸 앨범에도 전부 말 사진뿐이었어. 그러니 아마 제스 리퍼도 말 타기를 좋아했을 거야. 그래서 두 사람이 만난 건지도. 그가 말 타기에 소질이 있었다면 교도소에서 출소하고 나서 이름을 바꾸고 로데오 팀에서 활동했을지도 모를 일이야."

미셸이 물었다.

"그럼 밧줄 묘기를 하는 그를 발견하고 윌라가 깜짝 놀랐던 걸까?"

"그렇지. 윌라가 그때 그를 알아본 거야. 그리고 그가 윌라에게 안겨주었던 슬픔은 모두 잊은 채 여전히 그를 사랑하는 자신을 발견한 거지."

안드레아가 동의했다.

"정말 언니 이야기가 그럴 듯해. 더군다나 그 사람이 교도소에 있는 동안 많은 것을 깨달았다며 다시는 범죄를 저지르지 않겠다고 윌라에게 눈물로 호소했다면 더더욱 마음이 동했을 거야."

"그리고 그가 화요일 밤에 윌라를 만났을 때는 갑자기 많은 돈을 손에 넣게 된 후였어. 그리고 윌라는 절도에 대한 이야기를 들은 뒤였구."

리사가 한숨을 내쉬며 말했다.

"그래서 윌라가 그를 의심하자 윌라를 죽인 거로군요."

미셸 역시 한숨을 내쉬었다.

"윌라는 나쁜 남자를 사랑한 대가로 죽은 거야."

꼭 옛날 포크송 가사 같군. 한나는 생각했다. 하지만 정말 그렇게 얘기하진 않았다.

대신 한나는 이렇게 입을 열었다.

"그렇게 되면 윌라의 앨범도 설명할 수 있어."

미셸이 고개를 끄덕이며 맞장구를 쳤다.

"맞아, 제스 리퍼가 윌라의 열쇠로 그녀의 책상을 열어서 자기가 의심받을 수 있을만한 증거를 모두 없앤 거야. 결혼 사진에서 자기 얼굴도 오려서 아무도 자기를 알아보지 못하도록 한 거지."

윌라의 불운했던 운명을 생각하며 네 사람은 모두 할 말을 잃었다.

마침내 한나가 입을 열었다.

"어쨌든 잡았잖아."

"맞아. 윌라의 복수는 법의 심판이 내려줄 거야."

안드레아가 리사를 쳐다보았다.

"경찰서까지 내 차 타고 가."

"그렇게 해주시면 고맙죠."

"어차피 가는 길인데, 뭐. 미셸이랑 나는 엄마 집에 갈 거야. 엄마가 쇼핑몰에서 프린터에 넣을 카트리지를 사다 달라고 하셨거든. 언니도 같이 갈래?"

"고맙지만, 난 됐어. 참, 이 쿠키도 가져가. 네 시어머님이 만드신 치퍼스인데 오늘 쿠키 경연대회에서 1등을 했어."

한나가 쿠키 꾸러미를 미셸 품에 안긴 다음 안드레아를 돌아보았다.

"시어머님한테 전화해서 1등 하셨다고 알려 드려."

"경찰서에 가서 전화해야겠어. 그럼 우리 그이도 같이 축하할 수 있으니 말이야. 언니는 바로 집으로 갈 거야?"

"노먼이 오는 대로."

미셸이 죄책감 어린 표정으로 말했다.

"어-오, 잊고 있었다."

"뭘?"

"아까 우연히 노먼을 만났는데, 언니한테 곧장 언니 집으로 가겠다고 전해 달라고 했거든. 괜찮을 것 같아서 내가 가지고 있던 언니 집 열쇠를 노먼한테 줬어."

"그래, 괜찮아. 근데 심사 끝나고 여기서 나랑 만나기로 했는데."

"그랬는데, 계획이 바뀐 것을 윌라를 죽인 범인을 잡았다는 흥분에 그만 깜빡 잊고 전하지 못했지 뭐야."

"충분히 이해할 만해. 그럼 노먼은 지금 우리 집에 있는 거야?"

미셸이 손목시계를 내려다보았다.

"아마 그럴 거야. 모이쉐가 무엇에 정신이 팔려 있는지 한 번 알아보겠다고 했어. 언니 없이 모이쉐랑 단둘이 있으면 뭔가 달리 행동하는 것이 있을지도 모른다고 말이야."

"시도해볼 만하네."

노먼이 데리러 와주지 않은 것에 대해 살짝 실망하던 한나는 한 가지 중요한 사실을 깨닫고 말았다.

조만간 동생들과 리사가 자리를 뜨면 한나 혼자 남게 되고, 아직 푸드 코트는 열려 있다는 사실이었다. 그 말은 곧 '죄악의 열매' 부스로 달려가 그토록 원하던 딥-프라이드 밀키웨이를 드디어 맛볼 수 있단 뜻이다!

"난 아직 할 일이 좀 있어서."

그 할 일이라는 것이 어마어마한 양의 칼로리를 섭취하는 것이라는 이야기는 굳이 하지 않은 채 한나가 말했다.

미셸과 안드레아가 리사와 함께 자리를 뜨자 한나는 곧장 푸드 코트로 향했다. 하지만 탄수화물의 극락으로 향하는 한나의 야심 찬 발걸음은 루비의 등장으로 멈춰 버렸다.

한나가 외쳤다.

"루비!"

그러자 캔디 바의 주인인 루비는 가던 길을 멈추고 뒤를 돌아보았다.

"안녕, 한나. 설마 딥-프라이드 밀키웨이를 먹으러 온 건 아니겠죠? 오늘은 문을 조금 일찍 닫았거든요."

한나는 먹으러 가던 길이었다고 말하려다 멈칫했다. 괜히 루비의 마음을 심란하게 하고 싶지 않았다.

"괜찮아요. 루비에게 사무실 돈을 훔쳐갔던 범인을 잡았다는 소식을 전하러 가던 길이었거든요."

루비가 밝은 얼굴로 물었다.

"그래요? 샘에게도 알려줘야겠어요. 샘을 만나러 가는 길이었거든요. 브리아나랑 같이 꽃을 들고 컬리의 병문안을 가려고 하는데, 샘을 태워다준다고 했어요."

"컬리가 깨어났나요?"

"아직. 근데 의사 선생님 말씀이 상태는 많이 호전되었다고 하더라고요. 내일 아침에는 깨어날 거라고 했어요. 그리고 잘 회복될 거라고까지 하셨어요. 컬리가 내일 아침에 깨어나자마자 우리가 가져다준 꽃을 보고 우리가 왔다 갔었다는 사실을 알았으면 좋겠어요."

"정말 자상한 생각이네요. 그리고 컬리가 괜찮아질 거라니 다행이에요."

"그렇죠. 근데 그 도둑 말인데……, 혹시 훔쳐간 돈은 되받을 수 있는 건가요?"

한나는 고개를 저었다.

"그건 저도 잘 모르겠어요. 제가 아는 건 범인이 화요일에 로데오 팀에서 해고당했던 카우보이라는 거예요."

루비가 얼굴을 찌푸리며 말했다.

"벅 존스. 그 인간이 언젠가 문제를 일으킬 줄 알았어요. 샘에게 얼마나 하소연을 해댔는지. 샘이 동정심에서 그를 고용해 쇼 무대 준비와 약간의 밧줄 묘기 시범을 시켰어요. 밧줄 던지기는 웬만큼 실력이 있었지만, 릭스가 그를 데려다 브라마 쇼 준비를 시킨 건 확실히 무리였죠."

"그게 무슨 말씀이세요?"

"브라마 쇼에서는 매 15피트(4.5m) 간격으로 나무통을 세워야 해요. 그래야 황소 타는 카우보이를 보호할 수 있거든요. 통은 철근 콘크리트로 채워져서 무척 무겁죠. 근데 벅은 종종 그걸 전부 꺼내놓지 않았어요."

한나의 머릿속이 속력을 내기 시작했다.

"컬리가 다쳤을 때요? 그때는 통이 전부 설치가 됐었나요?"

"그건 릭스에게 물어봐야겠지만, 컬리가 다친 건 어제였고, 그때는 이미 벅이 해고당한 뒤였잖아요."

"그렇긴 한데, 벅이 아예 통을 없애버린 건지도 모르잖아요. 그럼 어제 쇼를 준비했던 사람은 나무통을 모두 몇 개 설치해야 하는지 알지도 못한 채 통을 내놓았을 거예요."

그러자 루비의 눈이 휘둥그레졌다.

"정말 그럴 수도 있었겠군요! 컬리는 발이 빠른 사람이에요. 성난 황소가 달려들 때 어느 쪽 나무통으로 피해야 하는지도 아주 잘 알고 있었구요. 근데 통이 제대로 설치되어 있지 않았다면……, 컬리는 황소에 받힐 수밖에 없었을 거예요."

한나가 말했다.

"제 생각도 바로 그래요. 릭스에게 꼭 물어보시고 저에게도 알려주시겠어요? 혹시 범인의 죄를 가중시킬 수 있을지도……."

한나는 하던 말을 멈추었다.

"물론 어떤 죄목을 붙일 수 있을지는 모르겠지만, 분명히 뭔가 성립되는 것이 있을 거예요."

"꼭 알려줄게요. 그 얼간이 같은 인간 때문에 컬리가 다친 것이 사실로 밝혀지면, 내 그놈을 가만두지 않을 거예요."

한나는 이보다 더 배가 고플 수 없었다.

페어장이 곧 폐장될 것이라는 메시지를 전하는 5분간의 불빛이 깜빡이기 직전, 한나는 주문한 음식을 받을 수 있었다.

그런 뒤 한나는 황급히 빈 테이블에 앉은 뒤 굶주린 늑대처럼 퍼널케이크를 먹어댔다. 그리고 막 커피를 마시려는 찰나 왠지 모르게 거들먹거림이 낯익은 누군가가 이쪽으로 오는 것이 눈에 띄었다. 바로 터커 스미스였다.

터커가 특유의 느끼한 미소를 뽐내며 인사를 건넸다.

"한나, 합석해도 되겠어요?"

마음 같아선 한나는 안 된다고 대답하고 싶었다. 물론 터커는 범인이 아닌 것으로 밝혀졌지만, 그렇다고 해서 한나가 꼭 그를 좋아해야만 하는 건 아니지 않은가. 하지만 이 상황에서 그를 거절한다면 몹시 기분 상해하겠지?

"의자 가져와서 앉아요."

한나는 자신의 말투가 의도했던 것 이상으로 친절하게 들렸길 바랐다.

"이렇게 만나서 반가워요."

터커가 제법 손쉽게 의자를 끌어와서는 말을 타듯 두 다리를 쩍 벌린 채 앉았다.

"당신이 살인사건을 수사한다고 누가 말해 주던데, 어떻게 돼가는지 궁금하네요."

"그게 왜 궁금해요?"

터커가 어깨를 으쓱해 보였다.

"그냥 호기심인 거죠, 뭐. 그게 다 여기 페어장에서 벌어진 일 아닙니까. 아무튼 한나가 수사하는 거 맞죠?"

"아뇨."

"아니에요?"

한나가 고개를 저었다.

"수사했었죠. 지금은 아니구요."

"왜입니까?"

"범인이 잡혔으니까요."

"농담이겠죠! 아니……, 그것참 좋은 소식이군요. 한나가 잡았나요?"

"아뇨, 범인이 또다시 사무실로 몰래 들어가려는 것을 우리 마을 교통단속원이 잡았어요."

"그럼, 사무실 돈을 훔쳐간 놈이 범인이란 말인가요?"

"그런 것 같더라구요."

터커가 또다시 외쳤다.

"농담이겠죠!"

한나는 그의 머릿속 단어장에 다른 표현은 없는가 심히 궁금해지기 시작했다.

"그럼 한나도 그 사람이 범인이라고 생각합니까?"

한나가 솔직하게 대답했다.

"딱히 그렇진 않아요. 사실 전 당신이 범인이라고 생각했어요."

"나요?!"

터커가 몸을 앞으로 숙이자마자 때맞춰 페어장의 불빛이 또다시 깜빡이기 시작했다.

"왜 그런 생각을 했습니까?"

한나가 말했다.

"얘기하자면 길어요. 시간 많아요?"

터커가 한나를 똑바로 바라보았다.

"이런 이야기라면 밤을 새울 준비도 되어 있죠."

"하지만 불행하게도 이제 문 닫힐 시간이 3분밖에 안 남았네요. 이 안에 갇히고 싶진 않거든요."

터커가 주머니에서 열쇠를 찔렁거렸다.

"오, 그건 걱정하지 않아도 돼요. 내가 뒷문으로 내보내 줄 테니까요. 나를 의심했다는 얘기는 다른 사람에게는 하지 않았겠죠?"

"안 했어요. 이제 진짜 범인이 잡혔으니, 얘기하지 않은 게 다행이죠."

터커가 킥킥거렸다.

"나도 그렇게 생각합니다. 근데 도대체 무슨 이유로 날 의심한 거예요?"

불빛이 또다시 깜빡거렸고, 한나는 커피를 한 모금 마셨다. 페어장을 빠져나가는 사람들 무리에 끼어 한나도 얼른 집으로 돌아가고 싶었지만, 일단 터커에게 대답해줘야 할 터였다.

"4-H 아이 중 한 명이 윌라가 카우보이와 함께 있는 걸 봤다고 했거든요. 전 그게 당신인 줄 알았어요."

한나가 설명했다.

"윌라랑 같이 밧줄 던지기 묘기를 선보이는 곳 옆을 지나친 적이 있었는데, 그걸 보고 깜짝 놀라더니 금방이라도 기절해버릴 것처럼 얼굴이 창백해지더라고요. 그래서 난 당신이 윌라의 남편인 제스 리퍼라고 생각했어요."

터커는 당혹감을 감추지 못했다.

"그녀의 남편이라고요? 난 아직 미혼이에요. 브리아나와 약혼했고."

"저도 알아요. 그래서 윌라의 남편이 당신이 아닌 벅 존스라고 다시 고쳐 생각했죠."

터커가 손을 들자 불빛이 다시 깜빡거렸다.

"잠깐, 벅 존스라면 화요일 로데오 쇼 뒤에 바로 잘렸어요. 무대 준비를 제대로 하지 않는 것을 릭이 잡아냈다고 샘이 말하던데요."

"네, 루비한테 얘기 들었어요. 그래서 당신이 황소에서 떨어지고 컬리가 다쳤던 걸 거예요. 루비가 그러는데 보호용 나무통이 더 많이 배치되어 있었어야 했다고 하더라구요. 게으른 벅이 귀찮아서 다 꺼내놓지 않았다면서요."

터커의 입이 떡 벌어졌다.

"그래서 그런 거였군! 뭔가 잘못됐다고는 생각했지만, 그런 이유가 있으리라곤 상상조차 못했습니다. 그럼 벅이 다른 나무통들을 어찌했을까요?"

"모르겠어요. 페어가 끝나고 로데오 팀 짐을 챙길 때 나무통들도 찾을 수 있겠죠."

"그렇겠군요."

터커가 깜빡이는 불빛을 올려다보았다. 잠시 후, 툭 소리와 함께 불이 완전히 꺼지고, 야간등이 희미하게 밝아왔다.

터커가 자리에서 일어섰다.

"자, 이제 뒷문으로 안내하겠습니다."

"좋아요."

피크닉 스타일의 테이블에 붙은 불편한 의자에서 가까스로 몸을 일으키며 한나가 대답했다.

"정말 날 확 넘어가게 한 것은 약혼반지였어요."

"내가 브리에게 준 것 말인가요?"

"네, 그래요. 안에 글귀가 있잖아요."

한나는 그를 따라 황량한 푸드 부스를 지나 통로를 걸었다.

터커가 외웠다.

"'어제도, 오늘도.' 결혼반지에는 '그리고 내일도 영원하리.'라고 새겨줄 참이었어요. 근데 그게 어째서요?"

"그것과 똑같은 글귀가 윌라가 가지고 있던 꽃배달 카드에도 적혀 있었거든요. 그래서 당신을 연결 지어 생각하게 된 거죠."

터커가 느끼한 미소를 지으며 물었다.

"모르나 봐요?"

"뭘요?"

"그건 컨트리송 가사예요. 누군지 기억이 안 나는데, 덩치 큰 가수가 불렀었죠. 컨트리 음악을 잘 안 듣는가 봅니다."

"별로요." 한나가 인정했다.

노먼에게도 알려줘야겠다는 생각에 노래 제목이 무엇인지 막 물으려는 찰나 귀에 익은 두 음짜리 윌리엄 텔 서곡이 들려왔다.

한나의 가방에서 나는 소리였다.

"뭐예요?"

"핸드폰인 것 같네요."

한나가 가방에 손을 넣어 핸드폰을 집었다.

"오, 이런! 안드레아가 아까 켜놓았나 봐요. 이거, 정말 싫어요. 잠깐만요. 금방 끌게요."

희미한 불빛 아래에서는 한나는 어느 것이 빨강이고 어느 것이 초록인지 좀처럼 버튼 색깔을 서로 구분하기가 어려웠다. 그래서 이것저것 마구잡이로 버튼을 누른 후 핸드폰을 다시 가방에 집어넣었다.

다시금 두 사람이 통로를 걷기 시작하는데 가방 안에서 안드레아의 목소리가 들려왔다. 약간 웅얼거리긴 했지만, 똑똑히 들을 수 있을만한 음성이었다.

"언니? 벅 존스에 대해 우리가 잘못 짚었어. 그가 돈을 훔친 건 맞지만 윌라는 죽이지 않았대. 듣고 있어?"

굳이 지금 이곳에서 들어야 할 만한 이야기는 아닌 듯했다.

한나는 안드레아가 알아서 전화를 끊어주길 간절히 바랐지만, 안드레아는 계속해서 말을 이었다.

"언니? 제발 메시지 녹음으로 넘어가지 않기를 바랐는데. 경찰에서 벅 존스의 알리바이를 확인해봤는데, 완벽했어. 윌라가 살해당했을 때 그 사람은 코너 테번에서 16온스(450g)짜리 스테이크에 바닷가재 요리를 먹고 있었대. 닉 프렌티스가 기억하고 있더래. 샴페인을 많이 마시고 완전히 취해서는 앨버트랑 춤까지 추려고 했다구 말이야. 아무튼 이 메시지 듣는 대로 전화해줘. 우리 지금 한창 언니 걱정을 하고 있단 말이야."

벅 존스의 짓이 아니었다. 그 말은 즉 한나의 용의자 명단에 올라와 있던 사람들은 모두 혐의를 벗고, 단 한 명, 터커만이 유일하게 남았다는 뜻이었다. 한나는 고개를 돌려 그를 쳐다보며 꿀꺽 침을 삼켰다. 제법 큰 덩치의 그가 어느새 한나를 쏘아보며 야비한 미소를 흘리는 것이 아닌가.

"어-오!"

한나는 숨을 몰아쉬었다. 그러고는 통로를 따라 젖 먹던 힘을 다해 달리기 시작했다.

그 방향은……, 한나는 자신이 어디로 향하는 것인지 알 수 없었다.

하지만 그렇다고 해서 속도를 늦출 순 없었다.

어디든 숨을 곳이 나타나면 바로 몸을 숨기리라. 윌라가 살해당했던 날 밤에는 밀짚 포대가 하나의 든든한 피난처가 되어 주었지만, 이번에는 범인이 한나를 쫓는 상황이니 그때와는 이야기가 달랐다. 게다가 한나가 페어장에서 홀로 위험에 처했다는 사실은 아무도 모르고 있다!

한나는 어지러운 마음을 애써 닫으며 재빠르게 발을 움직이는 일에만 집중했다. 왼발, 오른발, 왼발, 오른발, 최대한 빨리.

한나는 굳이 뒤를 돌아보지 않아도 터커가 아주 가까이에서 그녀를 쫓아오고 있다는 것을 느낄 수 있었다. 그녀는 더 빨리 내달렸다. 그렇게 모퉁이를 돌았을 때 한나는 자신이 틸트 어 휠 기구(예측 불가능한 방향으로 회전과 정지를 반복하는 놀이기구)가 놓인 울타리 안에 들어와 있다는 사실을 깨달았다.

숨어. 마음이 이렇게 말했고, 한나는 누군가 '저기 미치광이 로데오 카우보이 살인범이 너를 쫓고 있어. 그러니 서둘러야 해.' 라고 말하기 전에 마음이 시키는 대로 따랐다.

여러 개의 수레 중 하나에 휙 올라타며 한나는 부디 터커가 자신이 이 수레를 타는 모습을 보지 못했기를 간절히 기도했다.

한나는 둥근 오렌지 모양의 수레 바닥에 몸을 납작 엎드렸다.

두 줄로 된 안전손잡이 사이로 하늘에 뜬 달을 볼 수 있었다. 푸르스름하고 희멀건 초승달. 해처럼 밝은 보름달이 아닌 것이 다행이었다. 게다가 야간등도 한나가 있는 곳에서 조금 떨어진 곳에서 불을 밝히고 있으니 그것 또한 다행한 일이었다.

잔뜩 숨을 죽이며 먼지투성이 바닥에 엎드려 있는 한나의 가슴은 축구공이라도 널뛰는 것처럼 쿵쾅거렸다. 내가 여기에 숨어 있다는 것을 터커가 눈치 챘을까? 날 발견하자마자 죽이려 들겠지?

밖에서 들리는 소리로 봐서 그는 놀이기구 옆을 지나 다시 모퉁이를 돌아간 듯했다. 하지만 확실하지 않다.

미리 앞일을 준비해놓는 것도 나쁘지 않으리라.

한나는 가방에서 핸드폰을 꺼냈다. 노먼이 1번이라고 했겠다. 그에게 전화를 걸어 마이크를 페어장으로 보내달라고 부탁할 수도 있다.

마이크의 최고 속력 경찰차라면 10분 이내에 이곳에 도착할 것이다.

순간 땡그랑거리는 소리가 들렸다.

한나는 현실감을 되찾으려 애썼다. 두 부스 정도 앞에서 터커가 무언가를 하는 모양인데, 한나는 그가 뭘 하는 것인지 알 것 같았다. 강한남자 망치의 체인을 떼어내는 것이다.

마이크가 10분 안에 도착하면 무엇 하랴. 지금 당장 한나는 5분 안에 저승사자를 영접할 판인데!

터커가 한나를 발견했을 경우를 대비해 그를 조금이라도 지연시킬 수 있을만한 핑곗거리를 찾아야만 했다. 예전에도 모두 그런 식으로 시간을 끌어 목숨을 건지지 않았던가.

범인들은 모두 하나같이 왜 자신이 희생자를 죽여야 했는지, 그리고 어떻게 그들을 죽였는지 설명하는 것을 좋아하는 듯했다. 자기가 한 짓을 뿌듯이 여기기 때문인지도 모르고, 어디가 좀 모자라서 그런 것인지도 모르겠다. 이유야 어찌 됐든, 한나는 이번에도 그 점을 이용해보자고 결심했다.

한나의 손가락이 핸드폰의 1번을 눌렀다. 그런 뒤 통화 연결버튼으로 짐작되는 초록색 버튼을 눌렀다. 긴장된 가운데 드디어 신호가 가기 시작했다.

노먼이 전화를 받자 한나가 나지막이 속삭였다.

"마이크에게 연락해요! 나 지금 숨어 있어요. 틸트 어 휠 놀이기구 안에요. 터커가 나를 죽이려고……."

순간 전화기가 꺼졌다. 두 번의 틱 소리와 한 번의 삐 소리와 함께 핸드폰은 빈사의 백조(단막의 솔로 발레곡)처럼 마지막 숨을 거두어버리고 말았다. 한줄기의 희망이 사라져버리고 만 것이다.

그때 멀리서 사이렌을 울리며 달려오는 순찰차 소리가 들렸다. 고속도로에서 빠져나와 페어장을 향해 달려오는 듯했다. 하지만 그와 동시에 누군가 한나를 향해 달려오는 소리도 들을 수 있었다.

한나는 무기가 될 만한 것을 찾아보았지만, 아무것도 없었다. 그렇다면 방어할 수 있을만한 것이라도 찾아보자. 한나가 가진 것은 축 늘어진 숄더백 밖에 없다. 이거라면 날아오는 망치를 한 번 정도 막아낼 수 있을지 몰라도 오래 버티긴 어려웠다.

마음이 급해진 한나는 다시 무기가 될 만한 것을 찾아 주변을 두리번 거리기 시작했다. 살인범의 살기 어린 망치질에서 한나를 보호해줄 수 있는 것이면 무엇이든 좋았다. 하지만 다시 한 번 아무리 살펴봐도 안전 손잡이에 붙은 끈적끈적한 포도맛 풍선껌 외에는 보이는 것이 없었다. 이제 믿을 것이라곤 한나의 재치밖에 없었다. 하지만 지금으로선 그 어떤 새치도 떠오르지 않았다.

밤 바람이 통로를 따라 불어와 쓰레기통에 있는 빈 깡통을 흔들었다. 올여름에도 어김없이 여름 폭풍이 찾아올 모양이다. 구겨진 종이컵이 한나가 숨어 있는 수레 옆으로 굴러갔고, 신문지 뭉치들이 그 뒤를 이었다.

한나는 소리로 그가 다가오는 것을 느낄 수 있었다. 그의 부츠 굽이 먼지 바닥을 딛는 소리가 마치 번개처럼 울려 퍼졌다. 한나는 수레 바닥에 깔린 마분지와 혼연일체가 된 듯 최대한 납작 엎드려 마이크가 빨리 이곳에 도착하기만을 간절히 기도했다.

사이렌 소리는 더 이상 들리지 않았다. 어쩌면 경찰차가 아니었는지도 모른다. 응급차였거나, 소방차였거나, 아니면……

한나는 사이렌 소리를 낼만한 다른 차종은 애써 더 떠올리지 않았다. 지금으로서는 경찰이 한나를 도우러 출동한 것이라고 굳게 믿는 수밖에 없다. 경찰차가 아닌 다른 것은 상상조차 하고 싶지 않았다.

그때 예상하지 못한 일이 일어났다. 한나에게 기회가 찾아온 것이다.

다른 수레에 누군가 두고 간 검정 우비가 바람에 날려 너무도 자연스럽게 한나를 찾아온 것이다. 우비는 마치 커다란 검정 박쥐처럼 공중에 잠시 떠 있더니 또다시 불어오는 바람결에 날려 한나가 있는 수레에 떨어지고 말았다. 이걸 운명이라고 불러도 좋지 않을까. 아니면 천운이라고 해도 과언이 아닐 것이다. 무엇이 됐건, 정말 믿을 수 없는 타이밍이 아닐 수 없었다.

우비는 터커가 한나가 탄 놀이기구의 울타리를 넘어 한나의 수레로 향하기 바로 몇 초전에 마치 달리기를 마친 선수에게 덮어주는 환영의 담요처럼 한나의 위를 덮은 것이다. 얼굴에 덮어 온 우비 때문에 한나는 거의 질식할 듯했지만, 감히 움직일 수 없었다. 우비의 단춧구멍 사이로 그가 한나 쪽을 바라보는 것이 보였다.

한나는 숨을 죽이며 가느다란 비명도 새어나오지 않도록 입을 막았다. 거대한 인간의 손바닥 아래서 곧 압사할 위험에 처한 모기의 심정이 바로 이런 것일까? 그렇다면 죽을 때까지 절대 모기 한 마리 죽이지 않으리라! 온갖 생각들이 너무 빠르다 못해 거의 동시에 한나의 머릿속을 스치고 지나갔다.

이 우비가 내 몸을 제대로 가려줄 수 있을까? 불빛도 희미하니 거의 모르고 지나치려나? 최근에 가족들에게 사랑한다고 말했던가? 내가 죽으면 모이쉐는 어쩌지? 노먼이 데려다 키워 줄 수 있을까? 터커에게 죽임을 당할 때 많이 아플까? 아직 마치지 못한 블랙 포레스트 쿠키의 레시피는 리사가 대신 완성해주겠지?

그때 터커가 몸을 휙 돌렸다. 우비가 효과가 있었던 것이다!

이제 살았다!

하지만 잠시 후, 우비가 확 벗겨지더니 그가 잔혹한 미소를 지으며 한나를 내려다보았다.

"거기 숨어 있으면 못 찾을 줄 알았나?"

다른 곳으로 또다시 숨어들기엔 이미 늦었다. 하지만 어떻게든 시간은 벌어볼 수 있을 것이다.

"못 찾기를 바랐죠."

"이제는 네 남자친구가 도착하기 전까지 계속 나한테 말을 시키려 들 겠지?"

한나가 아무 생각 없이 되물었다.

"어느 남자친구요?"

"병원에서 봤던 경찰 말이야."

"마이크 킹스턴."

마법처럼 그가 이 자리에 뿅 나타나준다면 얼마나 좋을까 생각하며 한나가 그의 이름을 말했다. 물론 그런 일은 일어나지 않았고, 한나는 계속 말을 이었다.

"난 또 노먼 로드를 말하는 줄 알았죠."

"그럼 남자친구가 둘이란 말이야?"

터커 스미스, 아니 제스 리퍼, 아니 누구인지 진짜 정체를 알 수 없는 남자가 거칠게 킥킥거렸다.

"그 정도면 충분히 말했겠지. 곧 끝내주겠어."

"윌라도 자기가 곧 죽으리란 걸 알고 있었나요?"

터커가 망치를 집으려 허리를 숙이는 동안 한나가 벌벌 떨며 애써 질문을 던졌다.

"아니, 뒤에서 바로 내려쳤으니 몰랐지. 너 같은 경우는 수레에 타고 있으니 좀 힘들겠어. 두세 번은 휘둘러야 할 것 같은데."

망치를 집어드는 그에게 한나가 외쳤다.

"기다려요! 왜 윌라를 죽였어요? 그녀의 존재는 아무런 위협이 되지 않았을 텐데요."

"200만 달러. 그것 때문에 죽였지. 내가 브리랑 결혼하고 샘이 죽으면 내가 상속받게 될 돈이야. 하지만 이미 결혼한 상태에서는 브리랑 결혼할 수 없지 않겠어?"

한나가 물었다.

"그럼 이혼하면 됐잖아요?"

"이혼하지 못하겠다잖아. 아직도 날 사랑한다나, 뭐라나. 내가 조금만 늦었더라도 내가 교도소에 있었던 일에 대해 누군가에게 떠벌리고 말았을 거야. 그렇게 되면……."

"그럼 노면과 내가 탄 차를 쫓아왔던 것도 당신?"

한나가 그의 말에 끼어들었다.

"그래, 나였어. 같이 있던 남자가 운전 꽤 하던걸. 나도 운전이라면 한 솜씨 하는데 말이야."

한나는 속으로 노면에게 감사를 했다. 그리고 제발 누군가 빨리 이리로 와 자신을 구해 달라는 기도도 잊지 않았다.

"우리가 학교에 찾아가기 전에 당신이 윌라의 책상에서 결혼 사진을 꺼내 오려낸 거로군요?"

"맞았어. 나를 알아보는 사람이 있으면 안 되니까. 이제 수다는 그만 떨고, 잠자코 앉아 있어, 아가씨. 고통 없이 끝내줄게."

"난 당신이 황소를 무척 잘 타는 줄 알았어요."

살인범의 자만심이 한나에게 기회를 던져주길 간절히 바라며 한나가 툭 내뱉었다.

"소라면 잘 타지."

"저번에 쇼장에서 봤을 때 그렇지 않은 것 같던데요. 혹시 일부러 황소에서 떨어진 거예요?"

"당연하지."

"그렇다면 모든 게 말이 되는군요. 정말 실력이 있었기에 일부러 그렇게 보이도록 하는 연기도 가능했던 거예요. 덕분에 당신이 일부러 컬리를 다치게 하려 했다는 걸 아무도 눈치 채지 못했죠."

터커가 한나가 있는 수레로 더 가까이 다가오며 오싹한 미소를 지었다.

"있잖아, 아가씨. 당신, 참 똑똑해. 하지만 더 이상 소용없을 거야."

"난 별로 똑똑하지 않아요."

한나가 반박했다. 어떻게 해서든 계속 말을 시켜야만 했다.

"아직도 당신이 왜 컬리를 죽이려고 했는지, 그 이유를 모르겠는 걸요."

"그거야 간단하지. 컬리가 내 정체를 알아내고 말았거든. 나를 궁지에 몰아넣었지. 로데오가 끝난 뒤에 바로 마을을 떠나지 않으면 브리아나와 샘에게 사실을 폭로해버리겠다고 했어."

"그래서 그를 죽이려 했군요?"

"그래, 이제 너만 죽이면 모든 일이 끝나. 거기 가만히 있으면 순식간에 보내줄게."

그의 팔에 들린 망치가 하늘 높이 치켜 들렸다. 그런 뒤 머리 위에서 휭휭 소리를 내며 돌리기 시작하더니 순간 한나는 앞으로 뒤로, 그리고 원을 그리며 빙글빙글 돌기 시작했다.

잠시였지만, 한나는 내가 이제 죽은 거로구나 생각했다.

근데 이상한 건 저승길 가까이 다녀왔던 사람들은 보통 하얀 불빛 속으로 걸어 들어갔다는 이야기를 많이 하는데, 휭휭 바람 소리가 나는 터널을 지났다는 이야기는 한 번도 들어본 적이 없다는 것이었다.

한나는 뜨거워진 볼 위로 바람이 불어오는 것을 분명히 느낄 수 있었다. 머리 위에 뜬 달도 보였고, 귓가에는 칼리오페(융변, 서사시의 여신)의 노래가 크게 들려왔으며, 속은 마구 울렁거렸다.

저승길을 가는 여정에 배경음으로 양키의 노래(컨트리 송)를 깔아주는 것이 아니라면 한나는 아직 살아 있는 것이다!

한나는 바닥에서 가까스로 몸을 일으켰다. 그리고 몇 번의 힘겨운 시도 끝에 겨우 수레의 의자에 앉아 안전손잡이를 꽉 붙들었다. 미친 듯이 돌아가는 수레 밑을 내려다보니 마이크가 터커와 한바탕 몸싸움을 벌이고 있었다.

마이크 혼자였다! 싸움에 능한 마이크였지만, 터커는 만만치 않은 상대였다. 수레가 한 바퀴 돌 때마다 한나는 아래를 내려다보았다. 처음에는 마이크가 위에 올라타 있었지만, 두 번째에는 터커가 마이크 위에 올라타 있었다. 그다음에는 마이크, 터커, 마이크, 터커……

마이크에게 뭔가 도움을 줘야 한다!

하지만 공중에 떠 있는 한나로서는 아무것도 할 수 없었다. 뛰어내리기에는 수레의 속도가 너무 빨랐다. 용기를 낸다고 해도 무사히 착지하기 어려울 것이다. 의자 등판에 바짝 몸을 붙이지 않고서는 일어나기조차 쉽지 않았다.

핸드폰이 제대로 작동하기만 한다면 전화로 지원을 요청할 수도 있을 텐데, 지금은 마이크가 놀이기구를 작동시키지만 않았어도 발생했을 한나의 상황과 똑같이 완전히 죽어버린 상태였다.

'이런 핸드폰이라면 돌멩이 대신 던질 무기로밖에는 쓸모가 없……, 그거다!'

터커를 향해 핸드폰을 던지는 것이다. 한나는 일어서려 했지만, 갑자기 수레가 아래로 떨어지며 빙글빙글 도는 바람에 다시 자리에 주저앉고 말았다. 수레 난간에 기대어 설 수조차 없었다.

수레에 작용하는 원심력 때문에 한나는 달리는 차창에 붙은 벌레처럼 자리에서 꼼짝할 수 없었다. 어떻게 해서든 간신히 핸드폰을 던지려 겨냥하는 찰나 무언가 떠오르는 것이 있었다. 대게 수레는 이쪽, 저쪽으로 정신없이 빙글거렸지만, 꼭대기에 올라갔을 때 아주 잠시 균형을 맞추고 가만히 서 있는 때가 있었다.

바로 그때 핸드폰을 던진다면 터커를 맞춰 마이크가 그를 쓰러뜨리는 데에 도움을 줄 수 있을 것이다.

수레가 돌아가는 가운데 경쾌한 음악이 울려 퍼졌다.

'양키 두들이 당나귀를 타고 마을에 갔다네. 모자에 깃털을 꽂고……'

마카로니 가사 구절이 세 번째로 나왔을 때 한나의 수레가 꼭대기에 멈춰 섰고, 한나는 팔을 높이 세워 있는 힘을 다해 핸드폰을 아래로 던졌다. 하지만 순식간에 다시 수레가 어지럽게 돌기 시작해 한나는 자신이 성공한 것인지, 실패한 것인지 알 수 없었다.

마이크의 외침이 들렸다.

"잘했어요, 한나! 그의 머리에 정확히 명중했어요!"

음악 소리 가운데 다른 사람들의 외침도 섞여 들렸다.

몇 명의 경찰관이 이제야 도착한 모양이었다.

노먼이 부르는 소리도 들렸다. 누군가 제발 내가 제일 싫어하는 놀이기구 중 하나로 방금 새로이 등극한 이놈의 수레 좀 멈춰 달라고 막 소리를 지르려는 데 음악 소리가 잦아들면서 수레도 점차 고요해지기 시작하더니 이내 아래로 내려와 멈췄다.

노먼이 한나의 팔을 부축하는 가운데 수레에서 내린 한나가 말했다.

"고마워요. 여기까지 어떻게 왔어요?"

"한나가 전화하자마자 다시 차에 올라타 여기로 달려왔어요. 오는 길에 마이크에게 연락했고요. 그는 벌써 반쯤 도착해 있더라구요."

판단력이 돌아온 것을 내심 기뻐하며 한나가 물었다.

"아직 알리지도 않은 상태에서 마이크가 어떻게 알고 미리 여기로 나섰어요?"

하지만 균형 감각은 아직 회복되지 못했는지 위니 헨더슨의 갓 태어난 망아지처럼 다리가 후들거리고 머리가 어질어질했다.

"터커의 지문을 검색해본 결과 그가 제스 리퍼라는 사실을 알아냈습니다."

마이크가 제때 등장해 한나의 질문에 대답해주었다.

"자, 노먼. 당신이 한나의 한쪽 팔을 부축하고, 내가 다른 쪽 팔을 부축해서 같이 당신 차로 데려갑시다. 한나의 트럭은 내가 나중에 집까지 갖다 줄게요."

후들거리는 다리로 매표소 옆을 지나던 한나가 말했다.

"잠깐만요."

여전히 어지럽고 울렁거렸지만, 마이크의 말은 앞뒤가 맞지 않았다.

마이크가 그녀를 앞으로 이끌었다.

"어서요, 한나."

"지금은 운전할 상태가 못 된다는 것 알지 않습니까. 한나는 놀이기구에 5분 이상 타고 있었어요. 아직도 무척 어지러울 겁니다."

"그걸 말하는 게 아니구요."

한나가 두 사람의 부축에 몸을 맡기며 앞으로 발을 내디뎠다.

"어떻게 터커를 체포하지도 않은 상태에서 지문 샘플을 얻을 수 있었느냐는 말이죠."

"병원에 있던 커피 컵에서 채취했죠."

"그랬군요."

자신이 알아서 추측하지 못했던 것을 아쉬워하며 한나가 대답했다.

물론 마이크가 스티로폼 컵이 다 떨어져 플라스틱 컵을 이중으로 만들어 커피를 담아왔다고 말했을 때 그가 거짓말을 했다는 것은 눈치 챘지만, 이유는 생각하지 못했다.

"그럼 어떻게 해서 터커를 처음부터 의심할 수 있었죠?"

마이크는 한나의 질문에 별로 대답하고 싶지 않은 듯했지만, 마지못해 입을 열었다.

"그러니까 이런 겁니다. 경찰에게는 가끔 직감이 통할 때가 있어요. 이번에도 그랬습니다. 그를 보자마자 좋지 않은 느낌을 받았더랬죠."

한나가 고집스럽게 물었다.

"어떤 점에서요?"

마이크가 노먼의 조수석 문을 열고 한나를 좌석에 앉혔다.

"그 작자가 당신을 '달링'이라고 불렀을 때부터 기분이 안 좋았어요. 그건 나만 부를 수 있는 호칭이 아닙니까. 아, 노먼도 가능하겠군요. 그렇죠, 한나?"

"그렇군요."

한나는 마이크가 대신해 주려 하기 전에 얼른 안전벨트를 맸다. 그런 뒤 노먼의 손에서 가방을 받아들었다.

마이크가 말했다.

"좋습니다. 그럼 나중에 봐요."

마이크가 조수석 문을 닫고 저 멀리 사라지자마자 한나가 노먼을 향해 고개를 돌렸다.

"노먼의 생각이 옳았어요."

"뭐가요?"

노먼이 차의 시동을 걸고 주차장을 빠져나갔다.

"나한테 줬던 핸드폰 말이에요. 전혀 예상치 못하게 그것이 내 목숨을 구했잖아요."

노먼이 한나의 아파트 주차장에 들어서 미셸의 차 바로 뒤에 주차할 때쯤 한나는 웬만큼 마음이 진정된 뒤였다.

"여기다 세워도 괜찮겠죠?"

"괜찮을 거예요. 미셸이 어디 외출할 일이 있을 것 같지 않거든요. 로니도 지금은 마이크랑 같이 있을 거 아니에요."

"모이쉐 문제가 어느 정도 해결 국면을 맞은 것 같아요."

노먼이 차에서 내려 한나의 문을 열어주려고 반대편으로 돌아왔다.

"모이쉐랑 같이 어둠 속에서 창밖을 바라보고 있었는데, 커튼이 뒤로 젖혀지면서 조그만 얼굴이 하나 보이더라고요."

"조그만 얼굴이요?"

노먼이 고개를 끄덕였다.

"아마 고양이인 듯했는데, 어두워서 자세히는 보지 못했어요. 어쩌면 작은 강아지였을 수도 있고."

"둘 다 아닌 것 같은데요. 홀른벡 자매는 고양이도 강아지도 키우지 않거든요. 클라라가 고양이랑 강아지에게 심한 알레르기가 있어요. 알레르기 약을 먹기 전에는 나도 그 집에 찾아가 자매를 만나볼 수 없을 정도인 걸요."

"당신에게도 알레르기 반응을 보인다구요?"

"아뇨, 모이쉐한테요. 나도 녀석이랑 같이 생활하고 있으니 모이쉐의 채취가 옷 여기저기에 묻어 있겠죠."

"그러니까 고양이는 아닐 것이다?"

노먼이 어딘가 먼 곳을 응시하며 말했다.

"그래요."

"알았어요. 얼른 차에서 내려요, 한나. 보여줄 것이 있어요."

차에서 내린 한나는 주변을 두리번거렸다.

"도대체 무얼 보여준다는……"

한나는 하던 말을 멈추었다.

마가리타 흘른벡이 뭔가를 쓰레기통에 버리고 있었기 때문이다.

말을 잃은 한나에게 노먼이 물었다.

"저거 모래 상자 아닌가요?"

"나한테는 모래 상자인 것처럼 보이는데. 그러면 모든 상황이 설명되 잖아요. 우리 생각이 맞는지 가서 한 번 확인해봐요."

마가리타는 쓰레기통 옆에 서서 모래 상자의 뚜껑을 열고 안에 든 모 래를 막 버리려던 참이었다.

한나가 막 인사를 건네려는데 그녀의 볼에 눈물방울이 흘러내리는 것이 눈에 띄었다.

한나가 마가리타의 허리에 팔을 두르며 말했다.

"마가리타! 무슨 일이에요?"

"커들 때문에요. 정말 마음이 아파요, 한나. 내가 그 애를 얼마나 사 랑하는데, 이제 그만 포기해야 한다니."

한나가 마가리타를 돌보는 동안 노먼이 모래 상자를 받아들었다.

잠시 한나의 어깨에 기대어 울던 마가리타는 마침내 눈물을 닦고 깊 은 한숨을 내쉬었다.

"마음을 강하게 먹어야 하는데, 쉽지 않네요. 사실 오래전부터 고양 이를 키우고 싶었거든요. 클라라와 나는 알레르기가 어느 정도 완치된 줄 알았어요. 근데 클라라의 증세가 악화하였지 뭐예요. 나이트 박사님 이 더 이상 쓸 수 있는 약이 없다고 하셨을 정도로요. 클라라도 나만큼 속상해하고 있어요. 커들을 너무 많이 사랑하지만, 이제 그 애를 위해 새로운 보금자리를 찾아줘야만 해요!"

노먼이 한나도 놀랄 만큼 재빠르게 나섰다.

"여기 있어요. 커들은 제가 데려가서 키울게요. 그러면 마가리타가 보고 싶을 때마다 와서 볼 수 있잖아요."

마가리타가 깜짝 놀라 물었다.

"정말, 그래 주겠어요?"

한나 역시 놀라고 말았다.

"정말 그렇게?"

"네, 그래요. 커들이 모이쉐랑 사이좋게 지낸다면, 제가 한 주에 몇 번 한나 집에 오면서 그 애를 데려올게요. 그럼 일부러 저희 집까지 오실 필요 없겠죠."

그 말은 내 집을 일주일에 몇 번씩이나 놀러 오겠다는 건가, 노먼의 재치에 감탄하며 한나가 생각했다. 하지만 기분 나쁘지는 않았다. 노먼이라면 언제든 환영이다.

마가리타가 노먼을 꼭 끌어안았다.

"오, 로드 박사님!"

"커들의 수양아버지가 될 테니 이제부터는 노먼이라고 부르시는 게 나을 거예요."

노먼의 말에 마가리타가 그제야 미소를 지었다.

"좋아요, 노먼. 우리의 기도에 당신이 대답해줬군요! 그럼 지금 당장 커들을 만나보겠어요?"

"좋죠. 캐리어는 갖고 있나요?"

"오, 그럼요." 노먼이 한나를 돌아보았다.

"괜찮다면, 난 가서 커들을 만나볼게요. 그런 다음 마가리타와 같이 커들을 데리고 모이쉐를 만나게 해줄 참이에요. 그래도 되겠어요?"

"물론이죠."

한나의 대답에 두 사람은 미소를 지었다.

윌라를 죽인 범인이 잡힌 지금 한나의 문제도 해결되었고, 그토록 창밖에만 몰두했던 것이 이웃집 커들 때문이었다는 사실이 밝혀진 지금 모이쉐의 문제도 해결되었다.

모든 것이 순조롭게 끝을 맺었다.

보라색 태피터를 입은 한나의 사진이 레이크 에덴 신문 1면에 크게 실릴 일과 버니 풀튼의 투구에 의해 물탱크 밑으로 잠수를 하게 될 일만 제외하면 말이다. 참, 그리고 보니 '죄악의 열매'에서 딥-프라이드 밀키웨이도 아직 맛보지 못했다.

커튼이 곧 내려질 것이다.

한나는 역사학회 부스 안에서 물탱크 위에 놓인 의자에 조심스럽게 앉아 애써 미소를 지어 보였다. 마이크와 노먼은 한나를 물에 빠뜨리지 않겠다고 약속했지만, 버니 풀튼은 아니었다.

한나가 옆에서 수건을 들고 서 있는 미셸에게 물었다.

"시간?"

미셸이 보고했다.

"문 닫기까지 10분 남았어. 안드레아 언니도 아직 들어오는 거 보지 못했대."

안드레아와 트레시는 입구 쪽에 서서 풀튼이 들어오는지 감시하고 있었다. 모두가 오늘 밤에는 부디 버니 풀튼이 페어장을 찾지 않기를 바라고 있었다. 미스 트라이 카운티 대회에서 미셸이 영예의 우승을 차지한 것을 축하하려고 밤 10시 30분에 레이크 에덴 호텔에 모이기로 했는데, 10시에 역사학회 부스에서의 일이 끝나는 한나로서는 30분 동안 다시 집으로 돌아가 젖은 옷을 갈아입을 여유가 없었다.

물론 만약을 대비해 갈아입을 옷을 미리 준비해오긴 했지만, 젖은 머리가 문제였다. 물에 흠뻑 빠진 한나의 머리카락은 꼭 형광에 가까운 빨간색 플라스틱 수세미 같아 보일 것이다. 옷은 어떻게 갈아입는다고 해도 머리카락까지 말려 손질할 시간은 없었다.

5분이 흐르고, 이제 한나는 초까지 세기 시작했다. 그 사이 세 명의 사람이 와서 황소의 눈을 향해 공을 던졌다. 우선 레이크 에덴 미식축구팀의 새 코치인 드류 바브라가 첫 번째로 시도했는데, 고등학생 시절 굴스 야구팀에서 활동한 이력이 있는 그는 마이크가 가까이 다가가 귓가에 무슨 말인가 속삭이자 세 개의 공을 모두 과녁에서 멀찍이 떨어지도록 던지고 말았다. 다음은 플로렌스 에번스였다.

그녀는 그저 한나를 위해 시간을 때우려고 던지는 것이라고 했다. 솔직히 그 이유 때문이 아니더라도 안경을 쓴 플로렌스가 심한 근시라는 것은 모두가 잘 아는 사실이었다. 하지만 선무당이 사람 잡는다고 플로렌스가 던진 마지막 공이 곧바로 과녁을 향해 날아오다가 아슬아슬하게 비켜나가 한나는 안도의 한숨을 내쉬며 가슴을 쓸어내려야 했다.

세 번째 투수는 나이트 박사님이었다. 한나는 이번에야말로 물탱크에 빠질지도 모르겠다고 생각했다. 그는 우수한 외과의사다. 외과의사란 아주 세밀한 것에라도 신중하게 판단하고 집중하지 않으면 찰나와 같은 순간에도 사람의 목숨을 잃게 할 수 있는 직업이다.

하지만 박사는 수술할 때 착용하는 안경도 쓰고 있지 않았고, 공을 던지기 전에 일부러 한나에게 윙크를 해보이기까지 했다. 예상대로 박사의 공은 성실하게 과녁을 비켜나갔고, 마지막에 던진 것은 너무 멀리 비켜나가 엄하게 서 있던 엄마를 맞힐 뻔했다. 시간이 종료시각을 향해 달리고 있었다.

2분밖에 남지 않았을 때 미셸의 핸드폰이 울렸다. 미셸은 잠자코 듣고 있더니 한나에게로 달려왔다.

"풀튼이 떴대. 어떡해, 언니."

'에이, 뭐.' 한나는 생각했다. 이보다 더한 위험에서도 여러 번 목숨을 건진 한나인데, 고작 물탱크에 한 번 빠지는 것이 대수일까.

어쩌면 이렇게 생생하게 살아 물탱크에 빠질 수 있다는 사실에 감사해야 할지도 모른다. 운이 조금만 나빴더라도 이미 틸트 어 휠 놀이기구 안에서 죽임을 당했을지도 모를 일. 하마터면 저승길에 오를 뻔했던 순간을 여러 번 겪었으니 그야말로 감사를…… *저승길에 오를 뻔했다.*

한나는 흔히 쓰던 표현에 대해 새로운 개념이 떠올랐다.

'거의 그럴 뻔했다는 것은 그렇게 되지 않았다는 뜻이 아닌가? 성공할 뻔했다는 것은 결국 성공하지 못했다는 것을 의미한다. 그렇다면 저승길에 오를 뻔했다고 말하는 것이 아니라 저승길에 오르지 않았다고 말해야 맞는 것이 아닐까? 아니면 표현 그대로 저승길에 오를 뻔한 것이 사실이니, 있는 그대로 표현하는 것이 맞는 것일까?

하지만 한나의 이런 생각들은 트윈스 유니폼을 입고 싱글거리며 나타난 야구선수의 등장으로 순식간에 뿔뿔이 흩어지고 말았다.

피해갈 수 없는 사태를 겸허히 받아들이며 한나가 인사했다.

"안녕, 풀튼."

"안녕, 한나. 있잖아요? 나 메이저리그에 진출하게 됐어요!"

한나는 야구에 대해 웬만큼은 알고 있었다. 아버지가 몇 년 동안 딸들을 데리고 트윈스팀을 따라 경기를 보러 다니며 쉴 새 없이 야구 이야기를 해주셨기 때문이다.

"그럼, 이제 트윈스팀에서 뛰게 된 거예요?"

"맞아요. 근데 한나가 걱정이 되네요."

"무슨 말이에요?"

"어젯밤에 핸드폰으로 살인범을 제대로 맞췄단 이야기 들었어요. 난 한 번도 그래 본 적이 없는데 말이에요. 그래서 말인데 한나에게 트윈스팀 최고 투수를 향해 공을 던질 기회를 주려고 해요."

"그 말은……."

한나는 자신이 생각하는 의미가 맞는 것인지 차마 입이 잘 떨어지지 않았다. 너무 꿈같은 제안이었던 것이다.

"맞아요. 내가 한나 자리에 앉고 한나가 대신 나를 향해 공을 세 번 던지는 거예요. 만약 그중 하나라도 맞춰 나를 물탱크에 떨어뜨리게 되면 어젯밤에 입증되었던 것처럼 미네소타 주에서 최고 실력을 갖춘 아마추어 투수로 등극하는 것이고, 만약 하나도 맞추지 못하면, 그땐 내가 다시 한나를 향해 공을 던질 거예요. 이리면 공평하죠?"

한나는 구경꾼들을 바라보았다. 거기에는 윙고 존스와 카메라맨도 함께였다. 레이크 에덴 역사학회 홍보를 위해 엄마 역시 이런 이벤트를 마음에 들어 하실 것이다. 그때 한나에게 아주 좋은 생각이 떠올랐다. 그녀는 카메라맨을 향해 활짝 웃어 보였다.

"좋아요. 근데 최고 실력을 갖춘 아마추어 투수는 내가 아니에요."

풀튼은 깜짝 놀랐다.

"아니라고요?"

"오, 그럼요. 진짜 실력 있는 사람은 우리 엄마예요. 역사학회 회장인 딜로어 스웬슨이요. 저도 다 엄마에게서 배운 것이거든요. 내가 고등학교에 다닐 때 엄마는 종종 소프트볼 게임을 하셨는데, 정말 굉장했어요. 만약 우리 엄마가 당신을 세 번 만에 맞추지 못하면, 당신이 엄마를 향해 던지는 것으로 해요. 이 정도면 거래 성사인가요?"

"좋아요."

풀튼의 대답에 얼굴이 파랗게 질려버린 엄마를 본 한나는 하마터면 웃음이 터져 나올 뻔했다. 그야말로 꼼짝없이 발목이 잡혀 버린 것이다. 만약 한나의 내기를 거절하면 역사학회 홍보는 물 건너가는 것일 테고, 한나의 내기를 수락한다면 물탱크에 빠지게 될 것이 뻔했다.

하지만 대신 레이크 에덴 역사학회 홍보를 위한 방송시간을 원하는 만큼 확보할 수 있게 된다. 엄마가 목표한 바를 달성할 수 있도록 적극적인 지원을 아끼지 않는 딸이라니, 이만한 효녀가 또 있으랴. 이게 다 처음부터 엄마의 모략에서 시작된 일이 아니었던가. 엄마의 꾀에 엄마가 넘어간 것이다!

"세 번째 공을 던질 때까지 일부러 기다렸던 거예요?"

샐리의 웨이트리스가 주요 요리를 내오기 시작할 때쯤 안드레아가 물었다.

엄마가 어깨를 으쓱해 보였다. 3분 이상 KCOW 텔레비전의 전파를 탄 엄마는 무척 흡족해하고 있었다. 엄마가 더욱 흡족할 수밖에 없었던 이유는 물탱크에 빠지지 않았기 때문이기도 했다.

"당연히 그랬지. 긴장감을 줘야 하잖니. 내가 방송을 좀 안다."

햄 치즈 샌드위치에서 햄과 치즈 사이에 낀 겨자소스가 된 듯한 기분이라고 거세게 항의해봤지만, 노력이 무상하게도 또다시 노먼과 마이크 사이에 앉게 된 한나는 그저 미소만 지을 뿐이었다.

버니 풀튼을 보기 좋게 물탱크에 빠뜨린 엄마의 투구 실력은 대대손손 전설로 남게 될 듯했다. 아, 전설 이야기를 꺼내고 보니 잊고 있던 한 가지가 생각났다.

한나가 맞은편에 앉은 안드레아에게 말했다.

"오트밀은 그만 먹어도 돼. 네가 어렸을 때 그런 식으로 나 많이 속여 먹었잖아. 그래서 복수한 거야."

"알고 있어."

"알고 있다구?"

"그날 바로 알았어. 언니한테 지은 죄가 크니까, 그걸로 속죄하자고 생각했지."

"흠, 이제 속죄는 그만해도 좋아."

"고마워, 하지만 오트밀은 계속 먹을 거야."

한나는 잠시 안드레아를 쳐다보다 이내 미소를 짓기 시작했다.

"혹시 너……."

안드레아가 끼어들었다.

"맞아. 먹다 보니 맛있지 뭐야!"

"한나?"

리사가 한나를 향해 손짓하자 한나는 등을 뒤로 기울여 마이크의 의자 뒤로 리사와 눈을 맞췄다.

"귀걸이가 정말 예쁘다는 말을 해주고 싶어서요. 목걸이 팬던트와 너무 잘 어울려요."

"고마워."

귀걸이는 한나가 걸고 있는 목걸이의 펜던트를 디자인했던 보석상에서 특별배송을 해주어 오늘 아침에 갓 도착한 것이었다.

이건 영화 체리우드의 위기 제작자인 로스 바톤이 보내온 선물이었다. 그는 마을을 떠난 이후로 매주 한 번씩 한나에게 자그마한 선물이나 꽃 등을 보내오고 있었다. 전화 통화를 했을 때 그는 그것들이 전부 사랑의 열정을 계속 불타오르게 하기 위한 촉매제일 뿐이라고 했다.

미셸이 노먼에게 물었다.

"커들은 어떻게 지내요?"

노먼과 로니의 사이에 앉은 미셸은 샌드위치가 된 기분이 어떤 것인지 전혀 알지 못할 것이다. 한나는 새삼 부러워졌다.

"잘 지내."

노먼이 한나의 아버지가 사용하시던 책상 의자에서 모이쉐와 함께 찍은 회색 털의 암고양이 사진을 건네주었다.

"커들이 모이쉐를 너무 좋아해. 그래서 일주일에 세 번은 한나의 집에 갈 생각이야."

한나는 마이크를 흘끔 바라보았다. 그의 표정이 굳어 있었다.

"그럼, 둘 사이에 새끼 고양이는 안 생길까요? 나도 고양이 한 마리 키울까 하는데 말입니다."

이런, 세상에! 고양이를 사이에 두고 마이크와 노먼의 신경전이 더욱 격해지기 전에 얼른 이 상황을 종료시켜야만 했다.

"커들은 난소 제거 수술을 받아서 임신을 못해요. 그러니 새끼 고양이를 낳을 수 없죠. 설사 임신을 한다고 해도 우리 모이쉐 역시 거세를 시켰기 때문에 불가능해요."

마이크가 끔찍하다는 듯한 표정을 지었다.

"오, 한나! 어떻게 그런 일을?!"

"내가 그런 게 아니에요. 우리 집에 왔을 때 이미 거세당해 있었어요. 하지만 그렇지 않았다고 해도 내가 수의사에게 데려갔을 거예요. 책임감 있는 고양이 주인이라면 마땅히 그래야죠. 길거리에 떠돌아다니는 개나 고양이들이 너무 많잖아요."

"그래도……."

한나의 단호함에 마이크는 당황한 듯했지만, 뭐라 말을 꺼내기도 전에 엄마가 포크로 샴페인 잔을 탱그랑 두드리는 소리에 막히고 말았다.

"모두 여기를 주목해주겠어요?"

엄마가 요청했다. 너무나 뻔하고 형식적인 연회 멘트였지만, 역시나 엄마는 아주 자연스러웠다.

"우선, 리사와 허브에게 우리의 도움이 필요해요."

엄마의 말에 한나는 너무 놀라 포크로 샐러드의 앤초비 대신 냅킨을 찌를 뻔했다.

리사가 마이크의 의자 뒤로 몸을 누이며 한나에게 말했다.

"먼저 말씀드렸어야 했는데. 한나가 너무 바빠서 말씀드릴 짬이 없었어요. 우리 친척들이 8월 마지막 주에 오는데 그동안 에덴 호수에 있는 방갈로를 빌릴 수 있을지 여쭤보았거든요."

엄마가 말을 이었다.

"리사와 허브가 가족 모임을 한다고 해요. 그래서 에덴 호수의 방갈로를 빌리려고 한답니다. 안드레아, 네가 도와줄 수 있겠지?"

안드레아가 뭔지 모를 전자 도구를 하나 꺼내 메모했다.

"그럼요. 8월 마지막 주라고?"

리사가 고개를 끄덕이는 허브를 흘끗 바라보며 대답했다.

"네. 학기 시작하기 바로 전이라 좋은 때라고 생각했거든요."

"내가 다 알아서 준비해줄게. 몇 명이나 오는데?"

리사와 허브가 서로 쳐다보았다. 두 사람은 자신들의 계획이 공개적으로 논의되는 것에 조금 당황하는 듯 보였다.

리사가 추측했다.

"아마 36명쯤? 좀더 확실하게 알아보고 말씀드릴게요."

허브가 덧붙였다.

"12명 더 추가될지도 몰라요. 리사네가 대가족이거든요. 저희 쪽도 그렇고요."

"그 정도쯤이야 문제없어. 그때는 방갈로를 정리하는 사람들이 많으니까 추가로 대여 신청이 들어오면 다들 좋아할 거야. 저렴한 값에 빌릴 수 있도록 애써볼게."

엄마가 리사와 허브를 향해 미소를 지으며 말했다.

"어쨌든 안드레아가 도와준다고 하니 걱정하지 말도록 하려무나."

"그리고 우리 막내딸, 미셸이 미스 트라이 카운티 미인 경연대회에서 우승을 차지한 것을 축하하는 의미로 건배 제의를 하고자 해요."

"고마워요, 엄마."

미셸이 엄마의 잔에 자신의 잔을 쨍그랑 부딪쳤다.

"그리고 모전여전 대회에서 우승을 차지한 안드레아와 트레시를 위해서도 건배를 합시다."

"나도……." 그때 트레시가 끼어들어서는 안드레아를 쳐다보았다.

"엄마, 할머니가 뭐라고 하셨더라?"

"건배 제의." 안드레아가 대답해주었다.

"맞아, 난 심사위원의 머리카락을 잡아당기지만 않았어도 예쁜 아가 경연대회에서 1등을 했을 우리 베서니를 위해 건배 제의할래요."

안드레아가 설명했다.

"그건 가발이었어. 다들 재미있어했지만, 베시는 우리 베서니가 부적절한 행동을 했다며 실격시켰지 뭐야."

그러자 엄마가 고개를 저었다.

"오히려 베서니의 안목에 대해 상을 줘야 하는 거 아니냐. 정말 그렇게 형편없는 가발은 내 보다보다 처음 보았다. 아마 디거에게서 머리카락을 얻어 직접 만든 모양이야."

"엄마!" 웃음을 터뜨리면서도 한나가 제법 엄하게 말했다.

이내 엄마도 딸들과 함께 웃음을 터뜨렸다.

"4개월 동안이나 매달렸던 프로젝트를 마침내 끝내서인지 기분이 아주 많이 들떠 있단다, 내가."

"무슨 프로젝트요?"

엄마가 매일 밤 서재에서 무슨 일을 하고 있었던 것인지 한나는 궁금해서 참을 수 없었다.

"아직은 말할 때가 아니란다, 얘야. 벌써 몇 년 전부터 하고 싶었던 것인데, 성사만 잘된다면 또 다른 가족 경사가 생길 게야."

여부가 있으려구요. 한나는 생각했다, 물론 생각만.

"노먼은 사진대회에서 우승한 것을 축하하고."

엄마가 말을 이었다.

"허브는 아마추어 마술사 대회에서 우승한 것을 축하해요. 그리고 마이크에게는 우리 한나를 구해준 것에 대해 감사를 전하고 싶군요. 자, 내가 할 이야기는 여기까지입니다. 이제 디저트를 먹도록 해요!"

웨이트리스가 엄마의 말을 듣고 있었는지 곧 디저트 수레를 끌고 나타났다. 수레에는 윌라를 죽인 살인범이 잡힌 것을 축하하는 의미로 한나가 만들어 온 블론드 브라우니와 빈 은접시가 놓여 있었다.

"여기요, 한나." 노먼이 태피터를 입은 한나의 사진을 건넸다.

사진을 본 한나의 얼굴에 환한 미소가 번졌다.

"너무 완벽해요, 노먼. 어떻게 한 거예요?"

"포토샵으로요. 그게 바로 디지털 카메라의 백미죠. 입은 옷 색깔을 마음껏 바꿀 수 있거든요. 한나의 머리카락색과 잘 어울리도록 청록색으로 바꿔봤어요."

"훨씬 나아요."

흥분된 마음을 애써 감추며 한나는 극도로 압축된 표현으로 대답하고는 포토샵이라는 프로그램을 만들어 낸 누군가에게 너무도 감사하다는 인사를 보냈다.

"그럼 내일 신문에는 이 사진이 실리는 거예요?"

"네."

"고마워요, 노먼."

고마운 마음을 더 잘 전달할 수 있는 또 다른 방법을 이미 머릿속에 떠올려둔 한나가 인사했다. 그때 웨이트리스가 한나 쪽으로 다가왔다.

그런데, 은접시는 또다시 빈 채였다.

"아니, 왜……?"

한나가 막 물으려는 찰나에 루비가 은접시 위에 얹을 라이너(접시 위에 겹쳐서 얹는 용기)를 들고 나타났다. 유리로 된 라이너 안에는 적어도 열두 개가 넘는 딥-프라이드가 담겨 있었다.

"왼쪽은 밀키웨이이고, 오른쪽은 스니커스예요."

루비가 라이너를 은접시에 올려놓고는 한나를 향해 미소를 지으며 말했다.

"한나 어머님께서 준비하신 거예요. 샐리가 바로 여기서 만들 수 있도록 배려해주셨어요."

접시를 내려놓은 루비가 한나에게 다가와 포옹했다.

"브리아나가 일생일대의 실수를 저지르지 않도록 해줘서 너무 고마워요!"

한나도 루비를 꼭 안아준 뒤 접시에 놓인 딥-프라이드 밀키웨이를 맛보았다. 첫 번째로 베어 물었을 때는 기쁨에 겨워 거의 신음을 낼 뻔했다.

한나는 자신이 얼마나 행복한 사람인가 새삼 느끼게 된 것이다. 사랑하는 가족과 친구들이 이렇게 한자리에 모인 가운데 그토록 꿈꾸었던 간식까지 맛보게 되었으니 말이다.

그때 엄마와 눈이 마주쳤고, 순간 한나는 엄마가 가까스로 끝냈다는 프로젝트가 과연 무엇일까 다시 한 번 궁금해졌다. 그 비밀이란 것이 한나의 인생에 지대한 영향을 미칠만한 것일지도 모르지 않는가.

블론드 브라우니

오븐은 섭씨 176도로 예열합니다. 틀은 오븐 중앙에 둡니다.

재료

화이트 초콜릿칩 3/4컵 / 버터 3/4컵 / 백설탕 1과1/2컵

거품 낸 계란 3개 분량(포크로 저으면 됩니다) / 코코넛 1/2컵

코코넛 추출액 1티스푼(바닐라로 대체할 수도 있어요)

밀가루 1컵(체질할 필요 없습니다) / 피칸 1/2컵 / 추가 화이트 초콜릿칩 1/2컵

만드는 법

1. 9×13 크기 케이크 팬에 가장자리까지 모두 덮을 수 있을 정도의 크기로 호일을 잘라 팬 안쪽으로 깔아줍니다. 그 위에 들러붙음 방지 스프레이를 뿌립니다.

2. 그릇에 화이트 초콜릿과 버터를 넣고 1분간 전자레인지에 돌려 녹인 뒤 잘 섞습니다(초콜릿칩은 녹은 후에도 제 형태를 유지하고 있을지 모르니 잘 섞이도록 저어주세요). 완전히 녹지 않았으면 20초 더 돌려주세요.

3. 버터와 초콜릿 혼합물에 설탕을 넣고 그릇을 만져봐서 너무 뜨겁지 않으면 거품 낸 계란을 넣습니다. 너무 뜨거운 상태에서 계란을 넣으면 계란이 익어버릴 테니까요. 그런 뒤 한 번 섞고, 코코넛 추출액을 넣습니다.

4. 밀가루를 넣고 다시 한 번 골고루 섞어줍니다.

5. 피칸과 코코넛 화이트 초콜릿칩을 따로 칼날이 달린 믹서로 갈아줍니다(믹서가 없을 때는 날이 잘 선 칼로 다지면 된답니다).

6. 그렇게 다진 재료들을 앞의 반죽에 섞은 뒤 마지막으로 저어주고, 준비된 팬에 붓습니다.

7. 섭씨 176도로 30분간 굽습니다.

8. 팬 위에서 어느 정도 식힌 다음 호일의 가장자리를 떼어 팬에서 브라우니를 꺼냅니다. 그런 뒤 윗면이 아래로 향하게끔 도마 위에 올린 다음 밑면에 붙어 있던 호일을 완전히 벗겨 내고 브라우니 크기로 잘라줍니다.

9. 접시에 올린 뒤에는 가볍게 슈가 파우더를 뿌려줍니다.

조앤 플루크(저자)의 메모: 로라 레빈이 그녀의 제인 오스틴 미스터리 시리즈 세 번째 작품인 '금발의 살인범' 출간 기념 파티를 열었을 때 만들어갔던 저의 레시피랍니다.

루비의 딥-프라이드 캔디 바

튀김을 위한 기름(전 카놀라유를 사용했어요)

초콜릿이 덮인 캔디 바 6개 이상

***어떤 종류의 캔디 바이든 다 사용이 가능합니다. 핼러윈 때 많이 나누어주는 미니 사이즈의 캔디 바를 사용하셔도 좋아요. 하지만 그럴 때는 일반 크기의 캔디 바를 튀기는 시간보다 조금 덜 튀겨줘야겠죠.

캔디 바는 만들기 하루 전에 사서 냉장보관합니다. 손님들에게 내기 1시간 30분 전부터 반죽을 만듭니다.

재료

밀가루 1과 2/3컵(체질하지 마세요) / 소금 1/4티스푼 / 백설탕 2테이블스푼
베이킹소다 3/4티스푼 / 타르타르 크림 1/2티스푼 / 계란 1개 / 우유 1컵

만드는법

1. 밀가루와 소금, 베이킹소다, 타르타르 크림, 설탕을 중간 크기의 그릇에 넣고 한 데 섞습니다.
2. 또 다른 그릇에 계란과 우유를 넣고 잘 섞어줍니다.
3. 2에 앞서 섞은 밀가루 혼합물에 넣고 덩어리가 생기지 않도록 잘 저어줍니다(반죽은 팬케이크 반죽보다 2배 정도 더 되어야 합니다).
4. 완성된 반죽은 위에 랩을 덮어 냉장고에 1시간 이상 보관합니다(2시간 정도면 딱 좋아요).

하나의 첫 번째 메모: 기름 온도계가 있다면 일반적으로 쓰이는 두터운 팬을 사용하셔도 됩니다. 단, 기름의 온도가 항상 섭씨 190도를 유지하도록 신경 써 주세요. 그리고 완성된 딥-프라이드는 절대 바구니에 담지 마세요. 캔디 바 겉면의 반죽이 바구니에 들러붙으면 잘 떨어지지 않거든요.

5. 기름은 섭씨 190도에 맞춰 준비해놓습니다. 튀김 냄비 위에는 튀긴 것을 올려놓아 기름을 완전히 뺄 수 있도록 철제

로 된 틀을 얹습니다.

6. 냉장고에서 캔디 바를 꺼내 포장을 벗긴 다음 차게 식힌 반죽에 넣습니다. 반죽이 골고루 잘 묻은 캔디 바를 뜨거운 기름에 넣고 2분 30초 정도 튀깁니다. 구멍이 뚫린 철제 스푼으로 튀긴 캔디 바를 꺼내 철제틀 위에 올려놓습니다.

7. 다 식은 캔디 바는 디저트용 접시에 옮겨 담은 뒤 손님에게 냅니다.

8. 캔디 바를 다 튀기고 남은 반죽은 비닐봉지에 넣어 끝 부분을 자른 뒤 기름에 동그란 모양으로 짜 넣어 튀깁니다.

아직도 눈치 못 채셨어요? 네, 이게 바로 퍼넬 케이크를 만드는 방법이랍니다. 퍼넬 케이크가 먹음직스러운 갈색으로 잘 튀겨졌으면 기름에서 건져내어 틀 위에서 기름기를 털어낸 다음 위에 슈가 파우더를 뿌려 먹으면……, 음, 아주 맛있습니다!

경고: 사용한 기름은 그때그때 버리도록 하세요!!!

키라임 파이 살인사건

2008년 10월 25일 초판 발행

지은이   조앤 플루크
옮긴이   박영인
펴낸이   이경선
펴낸곳   해문출판사

등 록   1978년 1월 28일 제3-82호
주 소   서울시 마포구 합정동 392-2 써니힐 202호
전 화   325-4721(대표)
팩 스   325-4725

값 12,000원

ISBN 978-89-382-0418-9
ISBN 978-89-382-0400-4(세트)

※ 잘못 만들어진 책은 구입하신 곳에서 바꾸어 드립니다.

국립중앙도서관 출판시도서목록(CIP)

키라임 파이 살인사건 / 조앤 플루크 지음 ; 박영인
옮김. -- 서울 : 해문출판사, 2008
p. ;   cm. -- (Cozy mystery)

원표제: Key lime pie murder
원저자: Joanne Fluke
영어 원작을 한국어로 번역
ISBN 978-89-382-0418-9 04840 : ₩12000
ISBN 978-89-382-0400-4(세트)

미국 현대 소설[美國現代小說]
추리 소설[推理小說]

843-KDC4
813.54-DDC21   CIP2008002969